회고적 욕망과 환멸의 담론으로 오정희 소설 읽기

오정희 소설 읽기

회고적 욕망과 환멸의 담론으로

박춘희

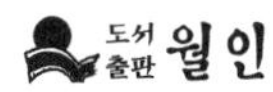

서문

이 책은 오정희 소설에 빠져 '매혹과 혼돈' 사이를 오고간 시간의 축적물이다. 오정희 소설의 강렬한 시적 이미지들은 필자에게 마성적 '매혹' 그 자체였다. 소설에는 100만개의 창문이 있다고 했던가? 다소 미흡하지만 나만의 프리즘을 통해 오정희 소설을 읽어낸 연구 결과물을 책으로 묶었다.

오정희 소설은 인간의 환멸과 퇴행을 드러내는 시적인 문체, 반복적으로 나타나는 회상과 환상과 같은 요소들로 인해 상징적이고 난해한 서사구조의 특징을 보여준다. 또한 작중인물들은 환상적인 무엇인가에 늘 사로잡혀 있는 인간, 회상이 일상이 되어 버린 인간으로 그려진다.

오정희 소설에서 회상이 일상이 되었다는 것은 미래를 위한 선택을 보류하고 과거에 집착하는 의미이다. 오정희 소설에서는 작가뿐만이 아니라 화자, 작중인물을 포함하여 라캉적 의미의 "주체"는 모두 과거에 사로잡혀 있다고 볼 수 있다. 과거에 사로잡혀 있는 주체는 소크라테스적인 의미로 "반성"을 하는 것은 아니다. 소크라테스적 반성이 비판적 검토를 통해 미래로 나아가기 위한 수단인 반면에 오정희의 소설 속 인물들의 회상은 퇴행적인 양상을 보여준다. 그러한 퇴행을 비판적 시각으로 바라보는 평자도 있지만 필자가 보기에 오정희 소설 속 주체의 회상은 윤리적 주체의 문제를 내포하고 있다. 여기서 "윤리적"은 일반적으로 말하는 "도덕적"의 의미가 아님은 물론이다. 평범하고 고요한 일상을 찢고 불쑥 낯선 모습으로 다가오는 그 균열을 일으키는 지점에서 라캉적인 주체의 "윤리적 가능성"을 감지할 수 있다는 것이다. 가부장적 제도를 위반하고 성적 일탈과 같은 금기에 도전하는 즉, 기존 사회의 질서(법)와 가치를 흔드는 여성 주체들의 일탈적 행동들은 라캉적 윤리 주체에 근접한 주체의 '욕망과 윤리'가 어떻게 연동되고 있는가를 엿볼 수 있었다.

이 연구는 오정희 소설에 나타난 주체의 욕망을 정신분석학의 관점에서 텍스트의 무의식, 라캉의 담론 구조를 통해 규명해 보았다.

텍스트의 무의식은 정신분석학에서의 무의식처럼 텍스트가 숨기고 있는 과도한 어떤 징후들'강박적이거나 반복적인 수사와 탈문자현상'을 포착해 그 의미를 해석하는 일이다. 그것은 징후적 읽기와 연관되어 살펴볼 수 있다. 즉, '텍스트와 텍스트 사이의 어떤 틈이나 과잉, 논리의 이탈'을 포함해서 읽어내는 것이다.
오정희 소설의 인물이나 서사는 기존의 소설 분석 방법론이나 한가지의 분석 방법론으로 다 파악하기 어려운 시적인 문체나 수사학적으로 난해한 구조로 직조되어 있다. 소설 속 등장인물들의 발화는 인간 내면의 복잡한 심리지형을 드러내는 다양한 언술과 메타포로 구성되어 있으며, 그러한 수사학적 표현 방법은 표층적인 독서만으로는 잘 포착되지 않는다는 점에서 꼼꼼히 그리고 해체적으로 읽기를 유도한다.

이 연구는 문학을 통한 정신분석학적 비평과 정신분석학이 구조적으로 동일하다는 전제에서 출발했다.

문학이 정신분석학의 무의식과 동일하다는 말은 정신분석학이 인간의 무의식을 전제로 하고 있다는 프로이트의 문학 연구에 의해서이다. 프로이트는 소포클레스의 『오이디푸스 왕』을 분석하면서 오이디푸스 왕 자신도 알지도 못하는 어떤 진실에 대한 앎이 결국 무의식에 내재되어 있는 근친상간적인 인간의 원초적인 욕망에서 비롯한 것으로 해석한다. 결국 문학 속에서 무의식을 발견한다는 것은 문학의 메타포, 즉 은유나 환유 등을 통해 문학과 환자의 수수께끼 같은 내러티브가 같은 수사학적인 구조로 연계되어 있다는 것을 밝히는 작업이다.

프로이트 복귀주의자로 알려진 라캉은 프로이트의 심리학에서 결여된 언어와 주체에 대한 연구를 심화시켰다. 구조주의 언어학에 빚진 바 있는 그는 『에크리』에서 에드거 앨런 포의 「도둑맞은 편지」 등을 시니피앙 논리를 통해 분석하면서 연쇄적인 시니피앙의 작용은 무의식의 법칙인 '은유'와 '환유'에 따라 작용한다고 설명한다. 그는 프로이트의 압축과 전치와 대응되는 은유와 환유를 통해 언어는 무의식처럼 구조화되어 있다고 보았다.

프로이트가 소포클레스의 『오이디푸스 왕』에서, 그리고 라캉이 에드거 앨런 포의 「도둑맞은 편지」에서 무의식을 발견했듯이, 정신분석학을 문학 작품에 맹목적으로 적용하는 것에서 벗어나 문학과 정신분석학이 각각 서로 속에 서로를 포함하고 있는 관계, 일정한 공간을 서로 공유하고 겹치는 관계, 즉 서로의 〈내재성〉에 근거하고 있는 관계에서 발견하는 것이 중요하다. 이러한 관점에서 이 연구에서는 작가, 화자, 작중 인물 등을 신경증자와 같은 정신분석학의 환자로 환원하여 분석하는 기존의 방법론을 답습하지 않고자 했다. 즉, 이 연구에서는 책임 있는 담지자라는 전통적인 '인물' 대신 내포작가, 화자, 작중인물을 포괄할 수 있는 라캉 정신분석학의 '주체' 개념을 상정하여 작중인물들을 분석했다.

오정희의 회상의 형식을 가장 잘 드러낼 수 있는 해석적 도구는 라캉의 담론 구조라는 것이 필자의 핵심적인 믿음이고 이 책은 그 믿음을 바탕으로 오정희의 소설을 분석하고 있다. 그러나 필자는 오정희의 소설 텍스트를 라캉의 이론에 종속시키지 않기 위해 노력했다.

필자의 목적은 라캉의 이론적 틀에 맞추기보다는 라캉 이론의 연장선상에서 확장된 담론구조로 오정희 소설 텍스트를 읽어내고, 문학이론과 문학텍스트의 상호텍스트성, 공존과 침투를 지향하는 것이다. 또한 정신분석학자 프로이트와 라캉의 해설자로 알려진 지젝의 이론도 분석의 도구로 사용하였다. 이러한 방법론은 문학 연구와 정신분석학 이론의 상호 포함적인 관계 형성에 기여할 것이다.

오정희 소설에 대한 필자의 연구가 그동안 오정희 텍스트에 대한 기존의 지배적인 해석에서 진전된, 신선한 방법론으로 독자들께 다가갈 수 있기를 바란다. 더 나아가 오정희 소설 연구에 새로운 길을 열고 문학텍스트 일반의 분석에도 적용될 수 있는 가능성을 보여준다면 필자에게 이보다 더한 기쁨이 없겠다.

끝으로 만학임에도 불구하고 용기를 주시고 학문의 길로 이끌어주신 김찬기 교수님, 박사논문 지도교수였던 박덕규 교수님과 인생의 동반자로서 변함없이 지지해 준 남편 김자성, 연구서의 시장성이 크지 않음에도 불구하고 선뜻 출판에 응해주신 도서출판 '월인', 그 밖에 맘으로 빚진 여러 선생님들께 깊이 감사드린다.

2018년 2월

사간재에서 저자

차 례

Ⅰ. 서 론

1. 연구 목적

이 연구는 오정희 소설에 나타난 주체의 욕망을 정신분석학의 관점에서 텍스트의 무의식, 라캉의 담론 구조를 통해 규명하는 것을 목적으로 한다.

오정희 소설의 인물이나 서사는 전통적인 소설 분석 방법론으로 파악하기 어려운 독특한 양상으로 나타나고 있다. 오정희 소설에 나타나는 인물의 발화는 인간 내면의 복잡한 심리지형을 보여주는 다양한 언술로 구성되어 있으며, 그러한 언술들의 의미는 표층적인 텍스트만으로는 잘 포착되지 않는다는 점에서 독자들로 하여금 세밀한 독법으로 읽기를 유도한다.

이 연구에서는 오정희 소설에 대한 심층적인 독해를 위해 행위의 책임 있는 담지자라는 전통적인 '인물' 대신 내포작가, 화자, 작중인물을 포괄할 수 있는 정신분석학의 '주체' 개념을 상정하고, 주체의 탄생과 함께 비롯된 분열과 결핍으로부터 욕망이 생산되고 유지되며 그 충족이 지연되는 구조 속에서 오정희 소설의 화자와 작중인물을 분석하고자 한다.

이 연구의 출발점은 정신분석학과 문학의 상동성, 즉 인간(환자)의 정신에 각인된 기억(트라우마)과 문학 텍스트가 동일한 구조를 가지고 있다는 전제이다. 문학 연구에 정신분석학을 적용해 왔던 선례 역시 이러한 상동성에 근거한다. 그러나 한때 문학이 정신분석학의 식민지로 여겨질 정도로 정신분석학적 방법론을 과도하게 적용하면서 이에 대한 반성이 싹텄으며, 문학과 정신분석학의 상호 포함관계에 대한 논의가 이루어지기 시작했다.[1] 따라서 이 연구에서는 작가, 화자, 작중 인물 등을 신경증자와 같은 정신분석학의 환자로 환원하여 분석하는 기존의 연구 방법론을 답습하지는 않고자 한다. 그러한 방식은 문학 연구를 정신분석학의 사례로 종속시키는 결과를 가져올 것이기 때문이다.

이 연구의 방법론으로 제시된 텍스트의 무의식을 분석하는 작업은 고도의 상징성을 가지고 있는 오정희 소설 텍스트의 어떤 '증상'에서 주체의 무의식이 드러날 수 있다고 보고 텍스트의 '수행' 기능, 즉 수사학적 기능에 주목하고자 한다. 이는 작가의 의도보다는 텍스트의 무의식을 읽어내고자 하는 징후적 독법과 일맥상통한다.

오정희 소설의 결말은 어떤 사건(심리적)이나 인물 주체들의 욕망이

---

1 프로이트가 소포클레스의 『오이디푸스 왕』에서 무의식을 발견했듯이, 정신분석학을 문학 작품에 맹목적으로 적용하는 것에서 벗어나 문학과 정신분석학이 각각 서로 속에 서로를 포함하고 있는 관계, 일정한 공간을 서로 공유하고 겹치는 관계, 즉 서로의 〈내재성〉에 근거하고 있는 관계이다.
문학과 정신분석학의 상호 포함관계에 대한 자세한 논의는 다음을 참조할 것. 박찬부, 『현대 정신 분석 비평』, 민음사, 1996; 어도선, 「라캉과 문학비평」, 김상환・홍준기 편, 『라캉의 재탄생』, 창비, 2002; 김형종, 「Che Voui Jacques Zizek? - 현대 정신분석학과 한국 문학비평」, 『인문학연구』 제44집, 조선대학교 인문학연구소, 2012; 함돈균, 『시는 아무것도 모른다 - 이상, 시적 주체의 윤리학』, 고려대 대학원 박사학위논문, 2010.

해소되거나 미래 지향적인 서사로 마감되지 않는다. 오히려 소설의 발단인 원인으로 회귀하는 경향을 보인다. 이러한 소설 구성 방식은 여러 작품에 걸쳐 나타나면서 연작(連作)과 유사한 형태를 보여준다. 예를 들면 태아살해, 동성애, 살해 욕구, 불임, 죽음 등의 모티프가 여러 작품에서 다르게 변주, 재생산된다. 그렇게 변주되는 모티프들은 다른 집단이나 사회라기보다는 정신분석학에서의 상징계로 볼 수 있는 상징질서 세계 속에서 주체의 퇴행적 집착과 환멸의 태도를 보여주고 있다.

특히, 이 논문에서는 오정희 소설의 주체가 상징계의 다른 구성요소와 어떤 관계를 형성하고 어떤 태도를 취하고 있는지를 정신분석학의 담론 구조를 통해 파악하고자 한다. 이를 통해 주체가 가지는 태도가 어떤 과정을 통해 형성되었는지를 규명할 수 있을 것으로 본다. 하지만 이 논문은 오정희 소설의 주체가 취하는 태도를 기존의 정신분석학 담론으로 환원시키려 하지는 않는다. 그 대신 라캉의 담론 구조를 차용, 확장한 24가지 담론의 가능성 중 라캉이 다루지 않았던 '회상의 담론' 구조와 그 하위 담론인 '회고적 욕망의 담론'과 '환멸의 담론'의 구조를 차별화된 방법론으로 제안한다. 이러한 연구는 문학 연구와 정신분석학 이론의 상호 포함적인 관계 형성에 기여할 것이다.

요컨대, 이 연구는 오정희 소설의 '주체'를 연구 대상으로 하여 미시적으로는 텍스트의 무의식을 읽어내고 거시적으로는 주체의 태도를 담론으로 파악함으로써 소설 속에서 주체의 욕망이 작동하는 구조를 총체적이고 입체적으로 밝혀내고자 한다. 이러한 논의는 오정희 소설 텍스트뿐만 아니라 문학 텍스트 일반의 분석에 새로운 방법론을 제시하는 출발점이 될 수 있을 것이다.

2. 연구사 검토 및 문제 제기

오정희[2]의 작품세계는 1968년 등단작 「완구점 여인」을 시작으로 총 4권의 중단편집을 거쳐 중편 소설 『새』(1995)에 이르고 있다. 오정희의 소설은 매우 다의적(多意的)이고 복합적인 양상을 보이는 것으로 해석되어 왔다. 그동안 오정희 소설이 함의한 미학적인 측면은 크게 실존(존재론), 페미니즘, 성장 또는 반(反)성장 소설, 문체론, 서사형식, 심리주의 또는 정신분석 비평 등의 범주로 연구가 진행되어 왔다.

첫째, 실존(존재론)의 범주에 해당하는 연구는 오정희 소설이 보여주는 세계관과 인생관에 주목한다. 오정희 소설은 사회와의 소통이라는 조건보다는 실존에 더 무게가 실린다. 오정희가 추구하는 주제는 "존재의 진실 추구"[3]에 있다. 오정희는 비극적인 세계인식을 바탕으로 한 "인간의 근원적인 고독, 삶과 죽음의 의미"[4] 등의 문제들을 섬세하면서도 대담하게 천착하고 있다.

오정희 소설을 실존적인 모티프로 해석한 김화영에 따르면 "개와 늑

---

2 1947년 서울출생, 1968년 「완구점 여인」으로 등단했다. 첫 창작집 『불의 강』(문학과지성사, 1977)을 필두로 『유년의 뜰』(문학과지성사, 1981), 『동경』(동서문화사, 1983), 『바람의 넋』(문학과지성사, 1986), 『불망비』(고려원, 1987), 『夜會』(나남, 1990), 『술꾼의 아내』(작가정신, 1993), 『옛우물』(청아출판사, 1994), 『불꽃놀이』(문학과지성사, 1995), 『새』(문학과지성사, 1996) 등의 중・단편집들을 엮은 바 있다. 그 외 단편으로 「구부러진 길 저쪽」(1995), 「얼굴」(1998)을 발표하였다. 그 밖에 장편동화집 『송이야, 문을 열면 아침이란다』(1993), 수필집 『물안개 피는 날』(1991), 『허리 굽혀 절하는 뜻은』(1994), 『내 마음의 무늬』(2006), 어린이를 위한 민담집 『접동새 이야기』(2006)가 있다. 문학평론가 이태동과의 대담집 『별사 - 작가와 함께 대화로 읽는 소설』(2007), 우화 소설집 『돼지 꿈』(2008)에 이어 『가을 여자』(2009) 등을 펴냈다.

3 성민엽, 「존재의 심연에의 응시」, 오정희, 『바람의 넋』, 문학과지성사, 1986; 성민엽, 「파괴적 시간과 존재의 비극」, 『변하는 것과 변하지 않는 것』, 문학과지성사, 2005.

4 오생근, 「허구적 삶과 비관적 인식」, 우찬제 편, 『오정희 깊이 읽기』, 문학과지성사, 2007.

대 사이의 시간”[5]대는 인간이 필연적으로 느낄 수밖에 없는 인간 조건에 대한 근원적인 두려움의 시간이자, 존재와 부재 사이의 낯설고 불안한 시간이라는 것이다. 즉, 저물녘 어스름이 지기 시작하는 시간은 인간이 존재에 대한 근원적인 불안에 직면하게 되는 시간대이기 때문이다. 그렇기 때문에 오정희 소설을 일반적인 독법으로 읽는다면 그 의미는 잡히지 않을 뿐만 아니라 난해하기 그지없는 텍스트로 남는다.

예를 들어 단편 「얼굴」이 보여주는 것은 근거 없이 사라지는 “근거의 사라짐 그 자체[6]”로서 존재 너머의 어떤 지점을 응시하게 한다. 이렇듯 ‘오정희 소설의 주체들’은 무탈해 보이는 일상 속에 숨어 있는 균열된 지점에서 포착되는 기이한 에너지를 두려움과 매혹의 시선으로 바라보는데 그것은 작가가 상징질서 내의 금기나 삶의 이면, 즉 “삶의 본질적 비극성”[7]에 주목하기 때문이다. 이와 같이 오정희의 작품이 보여주는 비극적 세계는 본질적으로 세계가 감추고 있는, 화해롭지 못한 이면을 환상이나 은유를 통해 드러내는 것에 있다. 세계의 총체성은 이미 찢겨져 있고, 개인은 끊임없이 그 합일된 총체성의 세계를 덧이어 나아가보려 하지만 이미 그 세계를 떠나온 인간들은 파편화된 개인의 힘으로 감당하기 힘든 상황에 직면한 주체들일 뿐이다. 이들 주체들이 보여주는 세계와의 화합할 수 없는 간극, 즉 불가능을 불가능 자체로 받아들이려는 태도는 역설적으로 어떤 가능성을 제시해준다. 그러므로 오정희의 소설 세계가 굳이 미래적 전망을 애써 보여 주려 하지 않는다는 것이 다른 동시대의 작가들과 차별화되는 지점이 된다.

둘째, 페미니즘의 연장선상에서 여성성(모성성)과 여성의 성정체성에 관한 연구 역시 활발하게 이어져 왔다. 오정희에게 있어서 여성성이란

---

5 김화영, 「개와 늑대 사이의 시간」, 위의 책.

6 김화영, 「고요한 비극」, 『소설의 숲에서 길을 묻다』, 문학동네, 2009.

7 이남호, 「휴화산(休火山)의 내부」, 우찬제 편, 앞의 책.

그 "자신의 가장 정직한 생의 조건이자 출발점"[8]이다. "여성의 몸은 그 자체로서 온전한 존재이며, 그 안에 미래와 과거를 생성"[9]한다. 「옛 우물」에서 우물은 여성 주체가 그것을 응시함으로써 '여성신화적 공간'으로 환치되는 효과를 불러오며, 그 우물 속 금빛 잉어가 헤엄쳐오는 환상은 「파로호」에서 40년 만에 꽃을 피운 '목화씨앗'의 비유로 이어져 생명의 무한한 영속성을 예감하게 한다. 여성의 몸을 통해 이어지는 생의 연속성은 "시간의 침식작용으로부터 존재의 소멸"을 지연시키며 "허무의 심연으로부터 존재를 구원"[10]할 수 있는 것이다.

「옛 우물」은 죽음 너머 재탄생(부활)의 영역까지 진입하는 것이며, 그것은 소멸의 위협으로부터 삶의 생명의 가치를 보존하려는 모성적 본능, 모성적 열림[11]이며 중년의 여성이 자신의 여성성을 새롭게 발견함으로써 소멸의 운명을 넘어서는 존재에 대한 신비와 직감을 그리고 있다.[12] 「옛 우물」은 여성을 통해 여성의 삶과 운명을 철저히 담아내고 있으면서도 여성 너머로 나아가 인간 전체의 존재의 의미를 묻고 있다.[13]

한편 김경수는 오정희 소설 「바람의 넋」에 등장하는 여성 주인공이 잦은 가출로 제기하는 여성정체성에 대한 물음은 "가부장제의 허구성 및 전통적 성역할에 대한 회의와 환멸에 기인한 것이며, 인물들에게 결혼은 본격적인 존재추구의 발판으로 인식하지만 남성들은 그것을 알지 못한다"[14]는 점에 천착한다. 또한 그는 오정희 「저녁의 게임」은 여성 섹

---

8 우찬제, 「'텅 빈 충만', 그 여성적 넋의 노래」, 위의 책.

9 김혜순, 「여성적 정체성을 향하여」, 오정희, 『옛 우물』, 청아출판사, 2004.

10 이혜원, 「도도새와 금빛 잉어의 전설을 찾아서」, 『작가세계』 1995 여름호, 세계사.

11 하응백, 「소멸에의 저항과 모성적 열림」, 『낮은 목소리의 비평』, 문학과지성사, 1999.

12 허만욱, 「여성소설에 나타난 내면의식의 형상화 연구」, 『批評文學』 Vol. 23, 한국비평문학회, 2006.

13 김정숙, 「「옛 우물」에 나타난 신화적 상상력 연구」, 『한국문학이론과비평』 제26집, 한국문학이론과비평학회, 2005.

슈얼리티가 가부장제 하에서 여성의 실존적 조건일 수 있으며 또한 여성 서사를 작동시키는 단초일 수 있다고 한다.[15]

심진경은 오정희 소설 「완구점 여인」, 「유년의 뜰」, 「중국인 거리」에서 모성성에 대한 거부가 생물학적 모성에 대한 거부로 나타난다면, 「번제」에서는 여성적 광기를 통해 여성의 육체를 통제하는 가부장제적 질서에 대한 무의식적·의식적 거부 의식이 나타날 뿐만 아니라, 한 걸음 더 나아가 이러한 가부장제적 규범에 대한 거부 의식은 자신의 진정한 모성성에 대한 탐색으로까지 확장되고 있다고 한다.[16]

그의 연구는 「옛 우물」에 이르러 모성의 거부보다는 적극적으로 모성을 수용하는 태도를 보여준다. 「옛 우물」에서는 여성의 모성적 몸에 주목하여 증조할머니 때부터, 아니 그 이전부터 현재의 그녀에 이르기까지 여성의 기억 속에 전설처럼 내려오는 '금빛 잉어'의 부활을 상기함으로써 자궁의 은유적 표현인 우물을 부활의 공간으로 변모시킨다고 한다. 즉 주름진 여자의 배는 또 다른 삶을 잉태하는 공간이자 부활의 공간으로 상징화되는 것이다.[17]

황도경은 오정희 소설 속에서 자주 다루어지고 있는 주제를 비정상적인 성관계로 파악했다. "뒤틀리고 일그러진 성관계는 관습과 윤리에 대항하는 것이 아니라 그 속에 확인되는 죽음에 대항하는 것이며, 이를 위해 성적 관계가 도입된다."[18] 이때 뒤틀린 성은 결국 생명과 모성을

---

14 김경수, 「여성성의 탐구와 그 소설화」, 『문학의 편견』, 세계사, 1994.

15 김경수, 「가부장제와 여성의 섹슈얼리티」, 『현대소설연구』 Vol. 22, 한국현대소설학회, 2004.

16 심진경, 「오정희 초기소설에 나타난 모성성 연구」, 서강여성문학연구회 편, 『한국문학과 모성성』, 태학사, 1998.

17 심진경, 「억압적인, 아니 해방적인 - 1990년대 여성 문학에 나타난 '몸'의 문제」, 『여성 문학을 가로지르다』, 문학과지성사, 2005.

18 황도경, 「뒤틀린 性, 부서진 육체」, 『욕망의 그늘』, 하늘연못, 1999.

찾으려는 주체의 지난한 몸부림으로 읽어야 한다는 것이다.

김복순은 오정희 소설이 어머니와 일체감 확보를 꿈꾸면서 태아 살해를 감행한 '딸의 서사'에 해당되며, 상징적 공간으로서의 자궁을 구원의 공간으로 확보하면서 모성성을 여성성의 긍정적 공간으로 상징화하려 한다고 보았다.[19]

이광호는 오정희 소설 「옛 우물」과 『새』를 분석하면서 오정희 문학은 제도화된 차원의 모성을 넘어, 보다 원초적인 감각을 일깨우는 여성성의 시간 감각을 서사화한다고 평한다. 『새』에서 남매의 척박한 현실을 규정짓는 것은 '부재로서의 모성'이며, 모성은 꿈과 환각 속에서 언뜻 그림자처럼 부재로서 존재한다고 한다.[20]

이소연에 따르면 오정희 소설은 「바람의 넋」과 「파로호」를 거쳐 마침내 「옛 우물」에서 한 정점을 도달하게 된다. 「옛 우물」에서 오정희는 기존의 질서를 정면으로 부정하거나 타파하려 하지 않고 또한 억압적인 질서가 부과한 여성상을 수락하지 않으면서, 독자적인 여성 정체성을 발견하는 숭고한 모습을 보여준다.[21]

그 밖에 이리가라이와 크리스테바, 라캉의 이론을 도입하여 여성성을 '물'의 이미지와 상징으로 분석한 권다니엘이 있다. 그는 오정희 소설에 나타나는 물의 이미지를 여성 성장소설의 맥락으로 해석한다. 그에 따르면 "물의 이미지와 그 변모 양상은 여성인물 특유의 성장과정을 상징하고, 물은 그 이미지를 달리 하면서 여성 인물의 내면세계의 변화와 성장 과정을 반영한다."[22]

---

19 김복순, 「여성 광기의 귀결, 모성혐오증」, 『페미니즘은 휴머니즘이다』, 한길사, 2000.

20 이광호, 「그녀 몸 안에, 깊은 물의 시간들」, 우찬제 편, 앞의 책.

21 이소연, 「오정희 소설에 나타난 여성 정체성의 의미화 연구」, 『한민족문화연구』 제30집, 한민족문화연구소, 2009.

22 권다니엘, 「오정희 소설에 나타난 '물'의 이미지와 여성성 연구」, 서울대 대학원 석사학위논문, 2002.

셋째, 성장 또는 반(反)성장 소설의 범주에 드는 논의는 김경수, 김영애, 심진경, 방민화, 정미숙 등이 있다.[23]

김경수는 오정희의 소설 중 「바람의 넋」에 나타난 제의적 입사의식에 주목하고 이를 성장소설로 보았다.[24] 그는 「바람의 넋」의 여성 작중인물이 행하는 가출은 일상의 권태로부터가 아니라 자신의 정체성에 대한 질문에 답하기 위해 반복되고 있다고 한다. 특히 그녀가 가출 중에 당한 성적 폭행을 의사(疑似)-죽음의 경험으로 해석하고 자신의 정체성을 확인하는 과정에서 겪게 되는 제의적 절차로 보았다.

김영애는 「완구점 여인」, 「중국인 거리」와 「유년의 뜰」을 성장소설의 측면에서 분석했다. 성장 주체들의 정상적인 성장을 지연시키는 주된 요인이 아버지의 부재에 있다고 보고 성인이 된 이후에도 지속적으로 영향을 미친다고 파악하였다.[25]

심진경은 오정희 소설에 나타나는 여자아이들은 새로운 자아를 형성

---

23 한편, 오정희의 소설을 성장소설로 파악한 학위논문들은 다음과 같다. 대부분의 학위논문들은 이 절에서 다룬 연구자들의 논의에서 크게 벗어나지 않는다.
남미영, 「韓國現代成長小說硏究」, 숙명여대 대학원 박사학위논문, 1991; 김효신, 「오정희의 성장소설 연구」, 경희대 교육대학원 석사학위논문, 2001; 김진희, 「오정희 소설에 나타난 여성의 성장 의식 연구」, 한국교원대 교육대학원 석사학위논문, 2003; 김나형, 「오정희의 여성 성장소설 연구」, 홍익대 교육대학원 석사학위논문, 2005; 이정은, 「오정희의 여성 성장소설 연구」, 서강대 교육대학원 석사학위논문, 2005; 지선희, 「오정희의 성장소설 연구」, 충남대 교육대학원 석사학위논문, 2005; 김인숙, 「오정희의 여성 성장소설 연구」, 순천대 교육대학원 석사학위논문, 2007. 반면, 반(反)성장소설로 분석한 논문으로는 장경렬, 「반(反)성장소설로서의 성장소설」, 『작가세계』 겨울 11호, 1991; 박성원, 「반(反)성장 소설 연구」, 동국대 문화예술대학원 석사학위논문, 1999; 정미숙, 「반(反)성장의 성장: 오정희 소설 『새』와 시점」, 우암어문논집 제10호, 우암어문학회, 2000; 나병철, 『가족로망스와 성장소설』, 문예출판사, 2007; 박춘희, 「오정희 소설 연구 - 여성의 성장과 반(反)성장 양상을 중심으로」, 한경대 대학원 석사학위논문, 2009.

24 김경수, 「여성 성장소설의 제의적 국면」, 『현대소설의 유형』, 솔 출판사, 1997.

25 김영애, 「오정희 소설의 여성인물 연구」, 『한국학연구』 제20집, 고려대학교 한국학연구소, 2004.

하는 유토피아적 이상을 거부하면서도, 사회적 현실에 대한 순응을 배면에 깔고 여성으로서 자아의 형성을 새롭게 모색한다고 보았다. 오정희의 유년기 소설에서는 애초에 가부장제적 규범에 기반한 재생산적 모성을 거부하고 일탈적인 성적 욕망을 자각하는 데서 자신의 성 정체성을 형성한다. 여자아이는 바람직한 역할 모델을 발견하지 못한 채 주변 여성 인물들의 삶과 별반 다르지 않은 여성으로서의 자신의 삶을 거부와 순응이 뒤섞인 이중적인 시선으로 바라본다. 그러한 모순된 여성 현실의 내면화야말로 성장기 여자아이의 성장 내용이라는 것이다.[26]

방민화는 오정희의 「유년의 뜰」을 성장기의 개인이 성 정체성에 이르며 성장하는 과정에서의 경험에 초점을 맞추어 고찰하였다. 그에 따르면 「유년의 뜰」의 여자들은 가부장제의 성규율로 통제되는 전근대 세계를 이탈하여 근대 자본주의 세계로 출분하고자 한다. 특히 가부장제적 성규율로 억압받는 여성의 삶의 양상들을 제시하며, 남성중심적 성규범이 여성적 욕망 발산을 응징하고 처벌하는 억압적 권력이 되고 있음을 보여주고 있다고 한다.[27]

정미숙은 기존의 논의와는 다른 '반(反)성장'을 주장한다. 정미숙은 『새』의 스토리는 아이가 부모와 형제를 모방하면서 동일시와 대립, 갈등을 통하여 마침내 성년이 되는 과정과 무관하며 가족서사가 파괴되어 있다는 점에 주목하여 성장소설의 반(反)담론[28]으로 읽을 것을 제안한다. 반담론은 어른들이 창출한 세상의 허구에 맞서는 아이들의 의식과 그 행위들을 일컫는 것으로 사회적 현현체인 '얼굴'을 매장하고, 동화적

26 심진경, 「여성의 성장과 근대성의 상징적 형식」, 『여성, 문학을 가로지르다』, 문학과지성사, 2005.

27 방민화, 「오정희의 〈유년의 뜰〉 연구」, 『한국현대소설연구』 제20집, 한국현대소설학회, 2003.

28 반담론(反談論)은 담론에 대한 담론, 즉 메타담론이며 동시에 허구적 담론들에 반하는 담론이다. 이정우, 『담론의 공간』, 민음사, 1999, 189쪽.

사유를 거부하며, 반기억(counter memory)[29]의 타자성인 '광기'를 빌어 자신의 정체성을 부정하기에 이른다. 특히 주인공인 우미는 타자로 자신을 설정하며 세상에서 부여받은 기호의 질서를 완강히 거부하는 부정의 몸짓을 보여준다고 파악한다.[30]

넷째, 오정희 소설을 문체론적으로 접근한 김현, 황도경, 이상신, 박혜경 등이 있다.

김현은 오정희 소설을 시적(詩的) 텍스트로 간주하고 상징주의적 비평을 시도했다. 그는 오정희 소설의 특징을 "살의의 섬뜩한 아름다움"으로 보고, 그 "섬뜩함"은 소설 구조 자체에서 나온다고 했다. 특히 김현은 오정희 소설에 자주 등장하는 '붉다'라는 형용사에 주목하고 붉은 색은 그녀의 소설을 은밀하게 내리누르는 색조로 보았다. 나아가 그는 이 붉은색을 죽음과 결부시켜 주인공의 몸 안에서 강렬하게 타오르는 파괴 본능으로 파악한다. 그 파괴 본능은 반도덕적인, 터부를 깨뜨려버리겠다는 욕망으로 해석된다. 또한 그녀의 소설에서 파괴 본능에 대응하는 개천, 강, 자궁은 생산의 풍요를 상징한다. 그러나 그 풍요성은 언제나 가능태로만 제시된다.[31]

박혜경은 오정희 소설의 인물들이 대부분 불모의 삶을 이끌고 가면서 보이지 않는 금을 벗어나려는 욕구로 팽팽하게 긴장하고 있다고 보았다. 짙은 내면적 정서로 채색되어 있는 오정희의 감각적이면서도 비의

---

29 반기억(反記憶)은 푸코가 옹호한 역사서술의 특징을 밝히고자 하는 시도로 사용된 용어이다. 푸코의 계보학(genealogy)은 역사에 있어서의 단절과 불연속에 초첨을 맞춘다. 그의 계보학은 역사상의 차이를 강조하고 광기나 성 같은 '타자성(otherness)' 형태의 환원 불가능한 특수성을 고집한다. 그 타자성의 형태가 통일적이고 연속적인 인간 정체성의 개념 속으로 병합하기 어려운 것임이 역사적으로 증명되었다. Childers, J. 외 편, 황종연 역, 『현대문학 · 문화비평 용어사전』, 문학동네, 1999, 122쪽.

30 정미숙, 앞의 논문.

31 김현, 「살의의 섬뜩한 아름다움」, 우찬제 편, 앞의 책.

적인 문체는 불모의 삶 속에서 어떤 존재론적 비의의 이미지들을 길어 올리는, 그럼으로써 그녀의 소설 속 인물들이 겪는 불모성 그 자체를 하나의 매혹적인 미학적 전략으로 만들어버리는 힘을 가지고 있다고 보았다.[32]

황도경은 「어둠의 집」을 분석하면서 오정희 소설에서 두드러지는 일상의 세계와 어두운 의식의 세계, 밖/남성의 세계와 안/여성의 세계의 대비는 다양한 대립적 문체소를 통해 반영된 것이라고 해석한다. 단문과 복문, 구체명사와 추상명사, 구체적이고 분명한 언어와 모호하고 불분명한 언어, 일상어와 관념어 등의 대립쌍들은 현실과 환상, 현재와 과거를 넘나드는 의식의 혼류에 기인한 이중의 문체를 구성하고 있다. 이는 동시에 평온과 위기, 파괴와 생산, 삶과 죽음의 공존이라는 오정희의 양면적 인식을 반영한 것이라고 평가한다.[33]

이상신은 언어의 선택적 표현이 어떻게 소설 텍스트가 재현하고자 하는 세계관을 환기시키는가에 관심을 두고 「바람의 넋」의 문체를 관념적 표현의 층위, 개인 간 언어 표현의 기능, 텍스트 표현의 기능 등 3가지 관점에서 분석했다. 이를 통해 은수의 외출과 가출로 요약되는 삶과 존재에 대한 인식론적 물음은 생활의 안이함만을 추구하는 세중의 가부장적 남성 중심 사고와 대립되며, 이러한 존재론적 대립 관계가 곧 소설 「바람의 넋」의 주제적 의미 층위를 구축하고 있는 '결합 모티프'를 구성한다고 해석하였다.[34]

다섯째, 오정희 소설을 서사형식의 관점에서 다룬 김윤식과 강헌국, 임영석 등의 논의가 있다.

---

32 박혜경, 「불모의 삶을 감싸안는 비의적 문체의 힘」, 『작가세계』 1995 여름호, 세계사.

33 황도경, 「빛과 어둠의 이중문체」, 『문체로 읽는 소설』, 소명출판사, 2002.

34 이상신, 「오정희 '문체'의 '문채'」(1990), 우찬제 편, 앞의 책.

김윤식은 오정희 소설의 참 주제는 회상이고, 그것은 루카치의 용어에 따르면 창조적 기억(Gedächtnis)이며 벤야민의 용어로 회상(Eingedenken)이라고 한다.[35] 소설의 등뼈인 창조적 지속적 시간을 오정희는 매우 깊이 이해하고 또 그것을 잘 활용한 작가라고 말한다. 오정희의 소설이 모호한 시적인 은유와 상징을 보여주지만 그것은 한갓 소설이되 회고의 형식이라는 것이다. 그러나 김윤식이 지적한 '회상의 형식'은 오정희 소설을 지나치게 루카치의 이론으로 단순하게 바라보는 한계가 있다. 그것은 오정희 소설이 표면적으로는 '회상의 형식'을 취하고 있으나 단순한 과거 회상을 통해 서사화하는 창작 방식에서 벗어나 인간 심리 내면에 은폐된 주체의 욕망을 보여주며, 그 창작 원리는 인간의 근본적인 욕망의 존재 양상들을 드러내는 정신분석학에서의 회상에 상응하는 '사후성(事後性, Nachträglichkeit; deferred action; afterwardsness)의 논리'[36]에 가깝기 때문이다.

강헌국은 오정희의 소설이 서사 구조가 미약하지만 사건이 아닌 서술을 통해 리얼리티를 확보하고, 치밀하고 섬세한 묘사에 힘입어 완성도를 높인다고 한다. 오정희 문체는, 외견상 인과성이 적지만 그 연결이 헐거

---

35 김윤식, 「회상의 형식 - 오정희론」, 『김윤식 평론문학선』, 문학사상사, 1991.
시간에 대한 해석은 최성실, 「영원한 '현재' 시간을 위한 변주곡 - 오정희론」, 『육체, 비평의 주사위』, 문학과지성사, 2003. 참조

36 프로이트는 '사후성(事後性, Nachträglichkeit; deferred action; afterwardsness)'이라는 개념을 통해 정신분석학 임상과 회상 형식의 서사와의 유사성을 포착한 바 있다. 그는 "가장 어린 시절의 기억들에서 우리는 진정한 기억 흔적(Erinnerungsspur)이 아니라 이후에 수정된 흔적을 갖게 된다" Freud, S., 이한우 역, 『일상생활의 정신병리학』, 열린책들, 2012, 71쪽.
사후성의 논리는 예를 들면 유년의 트라우마와 같이 잠재된 기억이 현재의 시점에서 유사한 사건이 주어지면 잊혔던 기억이 환기되는 것을 말한다. '사후'에 일어난 다른 경험은 잊혀있던 기억(경험)에 의해 의미가 구성되고 현재화되면서 오히려 시간적으로는 뒤에 일어난 경험(사건)이 진정한 원인이 된다는 것이다. 이렇게 전도된 형태의 설명 논리를 프로이트는 '사후성'의 논리라고 부르며 이것이 바로 정신분석의 고유한 인과적 설명방식이다.

운 지점에 놀라운 필치로 빽빽하게 채운다는 것이다. 그로 인해 삽화들은 서로 은유적 울림을 가지며 상관성을 맺게 되고 소설은 하나의 유기적 전체로서 완결된다고 해석한다. 그 결과 오정희 소설의 문체는 서사 장르를 이탈하여 서정 장르를 지향한다고 보았다.[37] 이런 의미에서 강헌국의 논의는 오정희 소설의 서사 구조를 규명했다고 보기는 어렵다.

임영석은 오정희의 「저녁의 게임」과 「동경」을 란다 사브리의 '여담적 담론'의 틀로 분석했다.[38] 오정희 서사 텍스트에 구사된 여담(말들의 과잉, 주제 일탈)은 텍스트 안에 미결정 상태의 타자성으로 존재하며, 텍스트가 본래 자기 동일적인 전체가 아니라 동화되지 않는 여러 층위의 이질적인 조합임을 드러낸다는 것이다. 임영석의 논의는 오정희 소설 텍스트에서 자주 나타나는 주변적 서사를 잘 설명해 준다. 그러나 그러한 주변적 서사를 여담적 담론의 틀에 환원하여 설명할 뿐, 그러한 서사가 나타나게 되는 심층적 원인에 대한 규명을 하지 못했다는 점에서 아쉬운 면이 있다.

다섯째, 심리주의 또는 정신분석 비평으로 권오룡, 김승환, 김경수 등을 들 수 있다. 정신분석 비평은 본고에서 연구 방법론으로 적용하고자 하는 것이므로 초기 연구부터 자세히 살펴보고자 한다.

권오룡에 따르면 오정희와 다른 작가와의 변별성을 두 가지 심리적 계기, 즉 프로이트의 가족 소설의 두 유형인 '업둥이(enfant trouvé)'와 '사생아(bâtard)'의 부류로 분류하여 각각 '지배 욕구'와 '변형 욕구'간의 차이로 파악한다. 그 변형 욕구는 개인의 내면으로 굴절되어 의식의 조작을 통해 모든 것을 바꾸어 놓게 된다는 것이다.[39]

37 강헌국, 「욕망과 회한」, 『활자들의 뒷면』, 미다스북스, 2004.

38 임영석, 「한국 현대 소설의 서사담론 연구 - 서정인, 오정희 소설을 중심으로」, 고려대 대학원 박사학위논문, 2009.

39 권오룡, 「원체험과 변형 의식, 『존재의 변명』, 문학과지성사, 1989.

김승환은 오정희 소설에 드러나는 불안과 공포, 단절 등의 단어에서 표상되는 것은 도피하는 자아의 메커니즘이며 그것은 오정희적인 대응 양상으로서, 탈출의 의지를 파괴의 메커니즘으로 전이시켜 자아의 갇힘에서 벗어나고자 하는 욕망으로 드러낸다고 한다.[40]

또한 이의 연장선상에서 김경수는 오정희 소설의 여주인공들은 태아 살해의 경험을 언제까지나 현재화하여 자신의 질병처럼 무의식에 지니고 있으며, 그것이 의식의 표면으로 부상할 때마다 그에 따른 정신적 위기를 경험한다고 한다.[41]

오정희 소설을 해석하는 초기의 정신분석학적 연구의 상당수는 프로이트의 심리분석 도구를 적용한다. 소설 속 인물들에 작용하는 억압기제를 '트라우마'나 '공포', '불안', '히스테리', '충동' 등의 개념으로 파악하고 신경증적인 인물들을 규명해 보려는 연구들이 2000년대 이전에 주요한 방법론으로 대두되었다. 오정희 소설의 작중인물들을 심리학적 도구로 분석한 연구들은 오정희 소설이 지니고 있는 난해성의 일정 부분을 규명하는데 도움을 준 것은 사실이다. 이러한 연구에 대해 일각에서는 소설 연구가 정신분석학에 주석 달기로 전락했다는 비판이 제기되었으나 이렇다 할 방법론적인 이론이 부재했던 시대에 프로이트의 이론은 여전히 오정희 소설을 해석하는데 유용한 방법론으로 활용되었다.[42] 「유

40 김승환, 「오정희적 자아의 존재양상에 관하여」, 『한국현대작가연구』, 민음사, 1989.

41 김경수, 「여성적 광기와 그 심리적 원천」, 『페미니즘 문학비평』, 프레스21, 2000.

42 정신분석학을 방법론으로 한 학위논문들을 최근 발표 연도 순으로 보면 다음과 같다.
채화영, 「오정희 소설 작중 인물의 트라우마와 욕망 연구」, 동국대 대학원 석사학위논문, 2013; 김은혜, 「오정희 성장소설의 트라우마 양상 고찰」, 경희대 대학원 석사학위논문, 2013; 이은서, 「오정희 소설의 신경증적 인물 연구」, 동국대 대학원 석사학위논문, 2012; 최윤자, 「오정희 소설 연구: 융의 재생 모티프를 중심으로」, 단국대 대학원 박사학위논문, 2011; 김윤실, 「오정희 소설에 나타난 트라우마 연구」, 고려대 교육대학원 석사학위논문, 2006; 김정희, 「오정희 소설의 억압기제 연구」, 영남대

년의 뜰」에서 보여주는 부권 부재(父權 不在)를 아들들이 드러내는 아버지 콤플렉스'로 파악한 임금복[43], '「바람의 넋」의 주인공의 트라우마가 드러내는 형식적 특성을 생략과 내적 독백으로 파악한' 지주현[44], '「銅鏡」의 '그'와 '아내'의 정신 구조가 허상에 머물러 있으며, 욕망의 투사가 거울(만화경)이라는 매개체를 통하여 드러나는 정신구조'로 파악한 양은창,[45] '오정희 소설 주인공들의 외상적 경험에 대한 기억은 주로 백일몽이나 환각 작용에 의한 히스테리적 증후로 나타난다고 분석한' 최영자[46] 등이 있다.

그러나 2000년대에 들어서면서 이러한 현상에 반성적인 의식이 싹튼다. 정신분석학적인 방법론을 적용하되 프로이트와 다른 분석의 틀로 해석하려는 움직임이 감지된다.[47]

새로운 방법론의 시도는 라캉의 번역서가 조금씩 번역되면서 활기를 띤다. 특히 라캉의 해석자로 알려진 지젝의 이론서가 본격적으로 번역됨으로써 과거와 다른 분석환경을 제공해 준 것에 힘입은 바 크다. 곧이어 지젝의 붐은 지젝이 한국을 방문하여 강연을 하고, 인터넷 매체를 이용한 사이버 강의 등이 활성화되고 라캉 전공자들이 라캉과 지젝의 이론을 제도권의 교육기관 외에 사이버 공간을 통해서도 확산하는 데

대학원 석사학위논문, 2006.

43 임금복, 「한국적 외디푸스 콤플렉스의 초상」, 『비평문학』 제7호, 한국비평문학회, 1993.

44 지주현, 「오정희 소설의 트라우마와 치유」, 『한국문학이론과 비평』 13권 4호, 한국문학이론과 비평학회, 2009.

45 양은창, 「「銅鏡」의 등장인물들의 정신 구조 考」, 『한국문예창작』 제1권 1호, 한국문예창작학회, 2002.

46 최영자, 「오정희 소설의 정신분석학적 연구 - 히스테리적 발화 양상을 중심으로」, 『인문과학 연구』 Vol. 12, 강원대학교 인문과학연구소, 2004.

47 라캉의 욕망이론을 부분적으로 적용한 홍양순의 연구는 프로이트의 '트라우마' 연구에 가깝다. 홍양순, 「오정희 소설에 나타난 욕망의 발현 양상 연구」, 동국대 문예예술대학원, 석사학위논문, 2001.

기여한다. 이 같은 논의들을 바탕으로 많은 학위논문들이 뒤를 이어 활발하게 발표되었다.[48] 2008년에는 라캉을 전유한 지젝의 이론으로 오정희 소설의 텍스트를 분석한 정연희의 연구가 시발점이 되면서 '주체와 타자', '윤리적인 주체', '히스테리적인 주체' 등 라캉과 지젝의 핵심적인 개념을 통한 해석이 등장하기 시작한다.

정연희는 오정희 소설을 대상으로 「욕망하는 주체와 경계의 글쓰기」[49]에서 라캉과 지젝의 이론을 원용하여 단편집 『불의 강』에 등장하는 인물들을 욕망하는 주체로 규정하고, 그 주체가 타자의 언어가 발언되는 장소가 되고 있으며, 작가의 글쓰기가 사회적 의미망에 포섭되지 않는 실재의 지점을 응시하는 타자의 담론을 도입한다고 해석한다. 오정희 주체는 일상과 비일상, 현실과 환상, 상징계와 실재계 등의 상반된 욕망이 충돌하는 경계 지점에서 분열되어 있다. 그런 점에서 오정희 소설을 통합과 질서를 지향하는 '리얼리즘 서사의 징후'[50]로 부를 수 있다고 보았으며 오정희 소설의 인물들은 욕망하는 주체들로 이를 라캉적인

48 지젝의 라캉 해설서는 라캉의 저작보다 더 많이 번역되었다. 지젝과 라캉의 논의를 본격적으로 소개한 인터넷 매체로는 '아트앤스터디' http://www.artnstudy.com/ 가 대표적이다. 연구물들이 축적된 결과 오정희 소설 연구는 2015년 8월 현재 국내 학술지 게재 논문 112편, 학위논문 196편에 이른다. (한국교육학술정보원 RISS)

49 정연희, 「오정희 소설의, 욕망하는 주체와 경계의 글쓰기 -『불의 강』(1997)을 대상으로」, 『현대소설연구』 Vol. 38, 한국현대소설학회, 2008.

50 징후란 주체가 자기 자신의 메시지로 인식하기보다는 실재계로부터 나오는 불분명한 메시지로 생각하는 수수께끼와 같은 메시지이다. Evans, D., 김종주 외 역, 『라캉 정신분석 사전』, 인간사랑, 2004, 379쪽.
그것은 그 자신이 보편적 기초(상상계)를 교란하는 특수한 요소이다. Zizek, S., 주은우 역, 『당신의 징후를 즐겨라!』, 한나래, 2006, 134쪽 주6)번.
가령 라캉의 논리적 개념으로서의 '남자'는 상징계의 지배적인 질서를 상징하는데, '여자'는 '남자'의 질서에서 간과되고 '남자'의 질서를 교란하는 예외적 질서이다. 이때 '여자'는 '남자'의 징후이다. 말하자면 오정희 소설의 무인과성과 애매함은, 리얼리즘 서사의 상징적인 의사소통 회로가 실패하는 곳에서 발생하는 의미형성물로서, 당시의 지배적인 상징적 의사소통의 회로였던 리얼리즘 서사의 징후이다. 정연희, 앞의 논문, 368쪽.

'윤리적 주체'로 해석한다.

또한 그는 「시간 이미지와 타자성」[51]에서 지젝의 '주체와 타자성' 개념을 적용하여 오정희 소설을 분석한다. 오정희 소설에서 과거의 시간은 상기되지 않는 '억압된' 기억으로 표상되고, 미래의 시간은 불가사의한 절대적 타자로서의 죽음으로 표상된다. 오정희 소설에는 이질적인 시간이 공존하고, 과거와 미래는 현재의 삶에 과잉으로서 실재계적 타자의 위치를 차지한다. 과거는 '현재 안에 있되, 현재의 것이 아닌' 실재계의 자리에 배치하고, 삶의 간극을 메우는 과거를 부정성 자체로 인정한다는 것이다. 오정희 소설은 현재의 삶뿐만 아니라 그 너머를 조망함으로써 안전한 삶의 위태로움을 포착해 내는 비극적인 생의 진실성을 내포한 소설이라고 해석하였다.

정연희의 또 다른 연구인 「오정희 소설의 표상연구」[52]에서는 『비어 있는 들』과 『夜會』를 중심으로 균열과 파괴를 두려워하고 무탈한 일상에 안주하려는 심리 이면에 내재한, 낯설고 어두운 힘에 의해 실재적 욕망에 대면하게 되는 주체들을 지젝의 이론으로 해석한다. 그들은 상징적 구조에서는 지젝이 제시한 실현 불가능한 내면의 '진공(*void*)'을 가진, 혹은 진공 그 자체로 존재한다. 인물들은 현실이 부과한 상징적인 정체성을 의심 없이 받아들이지 않고, 자신 내부의 텅 빈 자리에 출몰하는 내적 타자들에 의해 침식당하면서 '탈중심화'한다는 것이다. 오정희 소설에서 '나는 타자이다'의 형상을 보게 되는 것은 오정희 소설이 리얼리즘의 메타서사가 지배적인 1980년대의 징후적 소설이었음을 역설적으로 드러낸다고 한다.

---

51 정연희, 「오정희 소설에 나타나는 시간의 이미지와 타자성」, 『현대소설연구』, Vol. 39, 한국현대소설학회, 2008.

52 정연희, 「오정희 소설의 표상 연구 : 『비어 있는 들』과 『야회』를 중심으로」, 『국제어문』 Vol. 40, 국제어문학회, 2008.

정연희의 논의를 따르는 이혜린 역시 라캉과 지젝의 이론을 원용하여 주체와 타자와의 관계에서 욕망하는 주체들의 특성을 '강박적인 주체', '순응적 주체', '윤리적 주체' 로 분석한다. 특히 「바람의 넋」의 작중인물인 은수를 자신의 욕망에 충실히 하는 윤리적인 주체로 해석함으로써 앞서 정연희가 오정희 소설의 욕망하는 주체를 '윤리적 주체'로 분석한 논의를 따른다.[53]

오정희 초기 소설에서 여성 서술자에 의해 초점화된 시선에 주목한 이광호는 이러한 여성 주체의 시선은 여성 소설의 미학적 차원을 열어주는 새로운 여성 주체의 존재를 드러낸다고 한다. 시선 주체는 참혹한 모성과 모성을 제거한 여성성에 대한 응시를 보여주는 한편, 부재와 현존의 틈새에 위치한 남성을 응시한다. 그는 라캉의 이론을 적용하여 오정희 소설의 시선의 모험이 남성시선 중심의 상징질서에 균열을 가하는 새로운 미학적 응시의 가능성을 실현하고 있다는 점을 높이 평가한다.[54]

김세나는 오정희 소설에 나타난 관계의 단절과 그로 인해 파생되는 충동 양상을 오정희 소설의 특성으로 설명한다.[55] 단절된 관계 양상을 극복하길 시도하는 「안개의 둑」과 「불의 강」의 파괴적 충동 양상을 새

53 이혜린, 「오정희 소설의 주체 연구」, 충남대 대학원 석사학위논문, 2012.
앞서 살펴본 바, 오정희 소설을 라캉의 정신분석 이론과 라캉 해석자로서의 지젝의 해석을 적용하여 분석한 정연희의 학술논문은 기존의 프로이트 일색의 논문과 비교해서 그 자체로서 의의를 지닌다. 그러나 정연희는 오정희 소설 속 욕망하는 여성 주체를 라캉적인 '윤리적인 주체'로 단언하였는데 이는 '자신의 욕망에 충실하다'는 점만을 그대로 받아들여 적용했기 때문에 생긴 문제이다. 정연희의 논지를 따르는 이혜린의 논문 역시 동일한 문제를 안고 있다. 이에 대한 문제점 검토와 필자의 해석은 Ⅳ장 2절에서 밝히고자 한다.

54 이광호, 「오정희 소설에 나타난 여성적 응시의 문제 - 초기 소설을 중심으로」, 『여성문학연구』 Vol. 29, 한국여성문학학회, 2013. 이광호의 논의 중 오정희 소설 주체의 시선이 상징계의 균열된 지점을 응시함으로써 라캉의 남성 중심적 시선에 균열을 낸다는 지적은 주목할 만하다.

55 김세나, 「오정희 소설에 나타난 충동의 논리」, 『우리말글』 Vol. 63, 우리말글학회, 2014.

로운 부부 관계를 갈구하는 것으로 이해되어야 한다고 설명한다. 그러나 김세나가 분석한 「불의 강」에서 주체의 방화 충동을 '부부관계 회복'이라는 행위로 해석하는 것에는 동의하기 어렵다.

그 외에도 오정희의 「바람의 넋」을 '불안'이라는 징후로 분석한 엄미옥[56], '오정희 장편 『새』를 크리스테바의 '우울증', '히스테리', '기괴함'을 통해 분석한' 신혜수[57] 등이 있다.

최근 오정희 소설을 '젠더성의 정치'라는 새로운 독법으로 읽어내는 최수완[58]의 연구는 기존의 관점과 차별화되는 또 하나의 예이다. 그는 오정희 소설을 미학적 급진성에 바탕을 둔 랑시에르(Jacques Ranciere)의 이론을 바탕으로 여성 감각의 분할에 따라 나타나는 여성 정체성 형성과 젠더정치성을 분석한 바 있다.

그 밖에도 오정희의 각 소설집 발간에 맞추어 다양한 시각의 평론들이 시도된 바 있다.[59]

---

56 엄미옥, 「오정희 소설에 나타난 불안의 의미 연구」, 『한국어와 문화』 Vol. 5, 숙명여자대학교 한국어문화연구소, 2009. 엄미옥은 작중 인물인 은수의 가출 행위를 "상실된 대상-분리된 어머니와 쌍둥이 여동생을 향하면서 느끼는 향유를 추구한다고 보았다. 이는 분리되지 않은 어머니, 대타자의 욕망을 욕망하는 것"이라고 해석한다. 또한 로베르토 하라리(Roberto Harari)의 이론을 원용해 향유를 설명한다. 하지만 '향유'(주이상스) 개념을 적용한 본문 해석이 적절한지 의문시되며, '대타자'라는 용어 사용에 대한 정확한 설명도 미비한 것으로 보인다.

57 신혜수, 「부권적 세계의 잔혹성을 폭로하는 여성 주체의 윤리성」, 『이화어문논집』 Vol. 28, 이화어문학회, 2010.

58 최수완, 「오정희 소설의 젠더정치성 연구」, 이화여대 대학원 박사학위논문, 2013.

59 첫 번째 단편집 『불의 강』: 김현은 '붉다'라는 형용사에 주목하여 『불의 강』을 '삶의의 섬뜩한 아름다움'으로 보았다. 붉은 색은 그녀의 소설을 은밀히 내리누르고 있는 색조이며, '섬뜩함'은 소설 구조 자체에서 나오는 것이라고 해석한다. 김현, 우찬제 편, 앞의 책.
『불의 강』을 "신생을 꿈꾸는 불임의 성"으로 읽고자 한 박혜경의 '모순된 언술에 숨겨진 오정희 소설의 비의(秘意)'는 「파로호」를 겹쳐 읽음으로써 이해할 수 있게 된다. 박혜경, 「신생을 꿈꾸는 불임의 성」, 오정희, 『불의 강』, 문학과지성사, 2005
두 번째 단편집 『유년의 뜰』: 이상섭은 「별사」가 실제 시간의 선후가 아닌 작가의 오정희 소설들은 다의적이고 작품마다 각자의 특성이 있기 때문에 어느 한 이론적 틀의 적용을 쉽게 허용하지 않는다. 오정희 소설에 대한 기존의 연구가 존재론, 페미니즘, 성장소설, 문체론, 서사형식, 정신분석학 등 다양한 방면에서 이루어졌음에도 오정희 소설에 대한 총체적이고 입체적인 해석을 제시했다고 보기 어려운 것도 이와 연관된다.[60] 또한 상당수의 연구들이 오정희가 특정한 소설을 발표하는 때에 맞춰 평론이나 해석을 제시하는 방식으로 이루어져 왔던 관계로 텍스트 전체를 아우르는 연구가 부족했던 점을 지적하지 않을 수 없다.

이들 연구 분야 중 존재론, 페미니즘, 성장소설에 대한 논의는 큰 틀에서 오정희 소설이 '무엇'을 다루었느냐를 탐구하는 '주제론'에 해당한다고 볼 수 있는데, 이 분야의 논의는 여러 연구자들에 의해 상세하게

의도에 따라 회상이 전개되는 수수께끼의 원리로 읽을 것을 권유한다. 이상섭, 「오정희의 「별사」 수수께끼」, 우찬제 편, 앞의 책.

『유년의 뜰』에 등장하는 인물들의 외출 모티프에 주목한 김치수의 논의는 외출을 '의식의 눈뜸'이며, 생성과 소멸의 이중적인 짐을 표현해 주고 있는 방황, 즉 그 방황을 통한 삶의 허구성을 드러내주는 것이라고 한다. 그는 『유년의 뜰』에 실린 단편들은 성장 소설의 성격을 띤 작품들로 "기억은 삶의 은유"로 해석할 여지를 남긴다고 보았다. 김치수, 「전율, 그리고 사랑」, 오정희, 『유년의 뜰』, 문학과지성사, 2008. 또한, 최성실에 의하면 오정희의 문학세계는 어린 화자로부터 사춘기→ 청년기→ 중년의 화자로 이어지는 세계로서 여성의 일생과 관련된다. 최성실, 앞의 논문

세 번째 중·단편집 『바람의 넋』: 성민엽에 의하면 『바람의 넋』 소설집에 등장하는 중년여인의 내면은 가부장제도에 소외되고 훼손된 삶을 살아가는 권태로운 일상과 "중산층의 과잉된 자의식"으로 나타난다. 성민엽, 「존재의 심연에의 응시」, 앞의 책; 성민엽, 「파괴적 시간과 존재의 비극」, 앞의 책.

네 번째 중·단편집 『불꽃놀이』: 여성의 비극적 운명은 외출이 가출로 이어지지 않고 귀환을 동반한다는데 있다고 한 김치수는 『불꽃놀이』에 실린 작품을 '외출과 귀환의 변증법'으로 해석한다. 김치수, 「외출과 귀환의 변증법」, 우찬제 편, 『오정희 깊이 읽기』, 문학과지성사, 2007

60 또한 한 작가의 소설 텍스트가 하나의 해석으로 묶이거나 그렇게 해석된다는 것도 바람직하지 않다. 그것은 소설 텍스트가 함의한 의미의 다양성을 훼손하는 것이 된다. 헨리 제임스는 소설의 집에는 창문이 백만 개나 된다고 말한 바 있다. 그것은 어떤 시각에서 보느냐에 따라 상이한 여러 개의 구조로 볼 수 있다는 것이다.

다루어졌다고 볼 수 있다. 그러나 주제론만으로 오정희 소설의 면모를 충분히 파악하기는 어려울 것이다.

문체론, 서사형식 분야에서는 연구 성과 자체가 충분히 축적되지 못했다. 이것은 무엇보다도 오정희 소설의 시적, 서정적 특성과 기존의 서사 이론을 오정희 텍스트에 적용하기 쉽지 않은 난해성을 반영한다고 볼 수 있다. 한편, 정신분석학 분야에서는 많은 연구가 있었으나 앞서 살펴본 바와 같이 양적 연구에 상응하는 충분한 성과가 있었다고 보기는 어렵다.

지금까지의 연구사 검토를 바탕으로 한 이 논문의 문제의식은 다음과 같다.

첫째, 오정희 소설에 대한 다양하고 방대한 연구 성과가 축적되고 방법론 역시 여러 분석이론들을 적용하여 분석하였음에도 불구하고 오정희 소설 텍스트를 관통하는 해석의 총체성을 확보하지 못했다는 문제이다. 따라서 텍스트의 일부분만을 특정한 연구방법론에 적용시키는 파편화된 연구를 지양하고 가능하면 여러 텍스트를 끝까지 추적하여 그 의미를 해명하는 것이 필요하다. 그럼으로써 텍스트에 내재된 서사화의 의미를 거시적으로 규정하고 텍스트에 대한 해석의 총체성을 추구하는 것이 바람직하다.

둘째, 정신분석학적 연구의 경우 오정희 소설이 정신분석학 이론을 정당화시켜 주거나 정신분석학 이론의 예시가 되는, 주석달기 식의 전도된 분석방법의 문제이다. 이에 대해서는 정신분석과 서사, 주체의 무의식과 텍스트의 무의식, 인물의 욕망과 텍스트의 욕망의 관계를 텍스트 중심적으로 규명해 내지 못한 것이 문제점으로 지적된다. 오정희 텍스트의 내적 논리를 규명해내는 방법론으로서 정신분석학과 서사이론의 접목, 텍스트의 무의식에 주목하는 징후적 독법 등을 동원하여 그동안 간과되었던 서사의 구조나 수사학적인 측면들을 재조명하는 것이 요망된다.

셋째, 인물 연구의 방법론적인 문제로서, 저자나 작중인물을 포괄하면서도 개념적으로 차별화되는 '주체'가 상징계의 다른 대상들과 맺고 있는 관계에 대한 분석에 소홀했던 점이다. 이는 저자나 작중인물을 신경증과 같은 정신분석학적 증상의 환자와 동일시하는 획일화된 연구 경향과 관련되어 있다. 이와 같은 연구방법론을 완전히 배제하기는 어려우나 이와는 차별화된 방법론으로서 오정희 소설의 주체가 상징적 질서 속에서 여러 대상들과 어떤 관계를 맺고 있는지를 입체적으로 해명하는 것이 과제로 대두된다.

3. 연구 방법론 및 연구 범위

3.1. 연구방법론

3.1.1. 라캉적 주체

라캉은 프로이트의 정신분석을 계승하면서 구조주의 사고를 도입하여 무의식의 개념을 새롭게 해석하는데 공헌했다. 라캉은 프로이트로 돌아가자는 프로이트 복귀주의자이면서도 프로이트의 심리학에서 결여된 언어와 주체[61]에 대한 연구를 심화시켰다. 프로이트의 정신분석학에

61 전통적인 의미에서 사건과 행위의 주체로서 인물은 근대 초기의 주체 개념과 일맥상통한다. 데카르트는 방법적 회의를 통해 의심할 수 없는 가장 확실한 지식으로 '나는 생각한다. 그러므로 나는 존재한다.(Cogito, ergo sum.)'라는 명제에 도달했다. 즉 생각하는 나의 존재, 생각하는 내가 있다는 것보다 명석 판명한 지식은 세상에 없다. '생각하는 자아'를 데카르트는 정신적 실체로 파악했던 반면, 칸트는 인식론적으로 요청되는 인식 가능성의 형식 내지 구조로 보았다. 데카르트부터 칸트에 이르는 근대 철학의 주체 개념이 전통적인 서사 이론에서 말하는 사건이나 행위의 주체 개념

서 라캉이 주목한 것은 『꿈의 해석』, 『일상생활의 정신병리학』, 『무의식과 농담의 관계』 등에 나타난 전기의 이론이다. 또한 그는 소쉬르(『일반 언어학 강의』에서 시니피앙과 시니피에 이론)와 인류학자인 레비스트로스(근친상간 금지 - 친족관계는 사회적인 형식이고 모든 개인의 위치를 규정, 언어적 공간에 나타나는 무의식의 본성, 말이 가지는 무의식적 효과), 로만 야콥슨(은유와 환유 개념)의 영향을 받는다.

프로이트는 말장난, 농담, 망각, 말실수와 같은 증상들은 무의식에 억압되어 있던 것들이 '검열'(censorship)과정을 뚫고 나타나는 것으로서, 무의식의 메카니즘을 잘 드러내 주는 예로 설명한다. 라캉은 이러한 증상들을 무의식의 형성물로 보고, 상징계적 주체와 다른 무의식적 주체의 소망을 은연중 드러내주는 것이라 말한다. 이 무의식의 형성물은 '은유와 환유'[62]를 통해 작용하는데, 이것은 프로이트의 꿈 해석 중 압축과 전치에 조응한다.

라캉이 말하는 무의식의 주체는 문자의 세계인 상징계에서 결여와 균열로 분열된 주체로 읽힌다. 이것은 인간 주체가 처음부터 완전한 주체

과 밀접한 연관을 맺고 있음은 분명하다. 그러나 이러한 주체 개념은 20세기에 접어들어 세 가지 방향에서 부정되기 시작하여 급기야 해체라는 선고까지 받게 된다. 그 세 방향이란 프로이트에서 라캉으로 이어지는 정신분석학, 니이체와 소쉬르 이후 프랑스의 구조주의 언어학, 그리고 이 양자를 참조하면서 마르크스를 재해석한 알튀세르의 유물론을 들 수 있다.

62 라캉의 은유는 여러 의미로 쓰인다. 은유는 하나의 기표가 다른 기표로 대체되는 것을 말한다. 즉, 어머니의 욕망이란 기표가 아버지의 이름이라는 기표로 대체되는 것을 말하는데 그것이 원억압(오이디푸스와 연관)의 뜻이고 은유이다. 이 대가로 주체는 무의식을 갖게 되지만 무의식은 끊임없이 자신을 드러내려고 한다. 이때 나타나는 것들이 증상이다. 증상은 욕망의 은유이면서 욕망의 메시지를 증상을 통해 드러낸다. 증상은 제거될 수 없다. 은유는 주체를 만들어나가는 하나의 과정이고, 주체는 주체라고 호명될 때 비로소 주체가 된다. 환유는 상징계가 박탈한 상징계의 어떤 빈 공간, 틈, 실재일 수도 있는데 이 빈 틈에 대해 대상들을 찾아나가는 끊임없는 과정으로 설명된다. 환유는 욕망의 운동과 연관해 주체의 욕망이 어떻게 지속되는가를 보여준다.

로 태어날 수 없다는 것을 암시한다. 사유와 존재의 일치를 기반으로 했던 데카르트와는 정반대로 라캉은 사유(의미)와 존재의 양자택일적 불일치를 주장한다. 즉, "존재를 선택하면 무의미 속으로 떨어지게 되며, 의미를 선택하면 존재를 포기해야 하는" 양자택일적 상황이 주체의 진상이다. 라캉은 이러한 존재와 의미 사이의 분열을 아래의 도식으로 표현한다.[63]

표 1 라캉의 분열된 주체

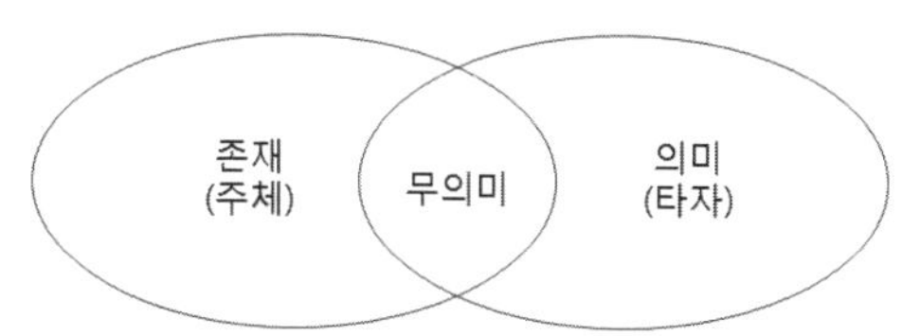

라캉은 존재와 의미의 양자택일적 상황을 강도에 비유하면서 '돈이냐 목숨이냐?'라는 강요받는 선택을 통해 설명한다. 이때 "돈을 선택한다면 돈도 목숨도 다 잃게 될 것이고 목숨을 선택한다면 돈 없는 목숨만을 건지게 될 것이다.[64] 또한 이는 인간을 노예의 길로 들어서게 하는 최초의 소외가 어떻게 발생하는가를 문제삼은 "자유냐 목숨이냐?"라는 헤겔의 물음과 유사하다."[65] 라캉적 주체는 이러한 분열에 다름 아니다. 즉 "나는 생각하고 있지 않거나 존재하지 않는다.(either I am not thinking or I am not)" 이러한 분열은 우리가 아이로서 처음 말하기 시작할 때

---

63 Miller, J. A., 맹정현 · 이수련 역, 『자크 라캉 세미나 11 - 정신분석의 네 가지 근본개념』, 새물결, 2008, 320쪽.

64 돈은 존재에, 목숨은 의미에 대응된다. 강도를 만난 인간이 돈을 포기하고 목숨을 선택하게 되듯이 주체는 상징계로 진입하면서 존재를 포기(억압)하고 의미를 선택하게 된다.

65 만일 자유를 선택하게 되면 죽임을 당할 것이므로 즉시 둘 다 잃게 될 것이다. 그런데 만일 목숨을 선택하게 된다면 자유가 잘려나간 목숨만을 건지게 된다. Miller, J. A., 앞의 책, 321쪽.

일어나는 우리 안에서의 언어 작용의 산물이다.[66] 라캉의 주체란 언어의 효과이며 시니피앙의 연쇄와 의미화의 지속을 위한 언어적 파생물이다. 라캉은 상징계를 지탱하는 구조의 인격화된 지점을 대타자(Autre)라 칭한다. 대타자는 상상계에 속하는 타자와 달리 언어의 장소로 정의되며, 호명을 통하여 주체를 발생시키는 근본 원인이 된다.[67]

라캉적 주체의 기원은 억압에 토대를 두고 있다. 억압은 충족되지 않은 어떤 것이기 때문에 주체의 기원은 무의식으로 남을 수밖에 없다고 말한다. '나는 XX이다'라는 발화에서 주체가 자신을 설명할 때 빠져나가는 것들은 공백과 관련된 무의식이다. 라캉에게 무의식은 알 수 없는 지식, 공백의 사유, 공백에 대한 답으로 설명된다. 라캉은 프로이트의 꿈 이론에서 꿈 작업인 압축과 전치의 근본적인 메커니즘에 근거하는 꿈 사고에서 무의식을 "언어처럼 구조 지어진"[68]것으로 규정한다. "언어는 무의식의 조건이고, 무의식은 언어의 논리적 결과이다. 따라서 언어가 없다면 무의식도 없다. 주체는 말하는 존재로서만 존재한다. 주체의 원인(cause)은 무의식의 도래"[69]라는 것이다.

무의식은 기표 아래로 기의의 미끄러짐을 통해 태어나는데, 이것은

---

66 Fink, B., 이성민 역, 『라캉의 주체』, 도서출판 b, 2012, 97쪽.

67 김석, 『에크리』, 살림, 2009, 124~125쪽.

68 Dor, J., 홍준기 · 강응섭 역, 『라깡 세미나 · 에크리 독해 I』, 아난케, 2009, 33쪽. 프로이트의 무의식을 계승한 라캉은 무의식은 언어와 같이 구조화되어 있고, 기표와 기의의 공백을 통해 태어난다고 보았다. 라캉이 언어적 무의식을 말하는 데 결정적으로 의존하는 것은 프로이트의 오이디푸스 삼각구도에서 드러나는 '부성적 메타포'(paternal metaphor)와 '아버지의 이름'(name-of-the-father)이고, 이것과 관련된 '원초적 억압'의 문제였다. 박찬부, 『기호, 주체, 욕망』, 창비, 2009, 89쪽.
즉, 상상계에서 어머니와 이자관계를 유지하던 아이는 언어 이전의 '이미지(상상계)'의 세계에서 기호(언어)의 세계인 상징계(아버지, 법)로 진입하면서 균열이 생기고 이때 균열의 결과 무의식이 형성된다고 보았다. 상상계가 법과 기호의 세계인 아버지의 세계에서 억눌리면서 그때 무의식이 생기게 되는데 이 무의식은 사라지지 않고 실질적으로 주체를 지배하는 무의식으로 존재하게 된다.

69 Dor, J., 앞의 책, 168쪽.

의미가 고정될 수 없는, 의미가 실패하고 와해되는 것을 말한다. 무의식적 욕망은 대타자 - 언어, 상징계 - 와 관련하여 출현한다.[70] 이는 무의식의 본성은 언어적 구조에서 찾을 수 있으며, 무의식적 욕망은 상징계와 관련 대타자(아버지 법)와의 관계에서 형성됨을 말해준다. 상징계에서 주체가 차지하는 자리는 안정된 자리가 아니다. 상징계의 기표에 의해서 바깥자리, 즉 상징계에 대해서 늘 규정되면서 그것에서 벗어날 수밖에 없는, 빈자리로 남을 수밖에 없는 것이 주체의 자리이고, 무의식 주체의 자리이다. 라캉의 주체는 말의 효과에 의해 상징계에 의해 구성되는 것과 동시에 상징계에 대해 빈자리를 유지하고 있다고 할 수 있다.

주체의 분열은 현존과 부재가 동시에 진행되는, 무의식의 주체라는 하나의 구조를 이루는 뫼비우스의 띠다. 라캉은 이를 언어학자들의 구분(용어)을 빌려와 언술주체(sujet de l' énoncé)와 언술행위의 주체(sujet de l'énoncation)의 예로 설명한다. 말이 소통되기 위해서는 주체는 상징계 내에 자리를 잡을 필요가 있는데 담론의 주어로 설정된 주체가 바로 언술주체로 주체성이 현실화되는 가시적 장소가 된다. 라캉의 시니피앙의 주체(sujet du signifiant)는 사실상 언술주체이며 언술주체는 주체화를 가능하게 해주는 대신 언술행위의 주체를 소외시키는데 이는 시니피앙이 존재를 완전히 대체할 수 없기 때문이다.[71]

라캉은 자아(ego)와 주체(subject)를 구분한다.[72] 자아는 상상계의 산

---

70 김경순, 『라캉의 질서론과 실재의 텍스트적 재현』, 한국학술정보(주), 2009, 16~17쪽. 프로이트는 무의식을 '타자의 장'(other scene)으로, 인간의 욕망의 영역으로 표현하는 반면, 라캉은 무의식을 '대타자의 담론(discourse of the Other)이라고 말하면서 소타자(other)와 구별한다. 소타자는 항상 상상적 타자를 가리키는 반면, 대타자는 주체인 아이가 동화될 수 없는 절대적 타자성이며 상징계이다.

71 김석, 「시니피앙 논리와 주이상스의 주체」, Journal of Lacan & Contemporary Psychoanalysis Vol. 9 No. 1, Summer 2007, 196쪽.

72 '자아'란 거울단계에서 발견되는 '나'의 기능 내지는 메커니즘으로서 근본적으로 기만과 환상의 장소이며, 본질적으로 자기를 망각하는 자기-인식이다. 따라서 자아의 기

물인 반면 주체는 상징계의 산물이라는 것이다. 그러나 이 둘은 모두 주체를 소외시킨다는 공통점을 가지고 있다. 이 소외의 극복은 불가능하다. 주체는 한편으로 상징계에 안착을 하면서 타자와의 관계를 지속해나가는 상징계적인 주체로서 의미를 부여받지만 다른 한편으로는 상징계를 빠져나가려 '부인(verleugnung)'하는 무의식적인 주체로 분열된다.[73] 이와 같이 상징계는 주체의 구성 조건으로 주어지지만 동시에 주체를 소외시키는 이중적인 구조로 작동한다.

라캉적 주체는 주어지는 것이 아니라 과정 속에서 형성되는 것이며 시간성의 개입과 연관된다. 자아는 자기가 자기 자신을 '오인'하는 것에서 출발한다. 예컨대 라캉의 거울단계는 '전 언어 단계'이다. 아이는 상상적 단계(나르시스)에서 거울에 비친 자신의 모습을 발견하고 환호하는데, 거울은 아이에게 매혹과 동일시로 이끌며 자신의 몸을 통일체로 받아들이는 오해, '오인'을 통해 자신을 지각하게 된다. 라캉의 주체는 타자를 경유하여 오인과 더불어 탄생하는데, 오인은 주체 구성의 필수적인 조건으로 주어지게 된다.[74] "주체는 오인의 구조로 형성된 에고에서 시작하여 상상계의 나르시시즘적 환상을 버리고 상징계로, 즉 문화와 언어의 상호 주관적 구조로 진입하여 욕망의 변증법적 운동을 통해

능들에 참조하여 구성된 '나'이 정의는 주체를 정의하는 데 아무런 도움이 되지 못한다. 문장수, 『주체 개념의 역사』, 도서출판영한, 2012, 166쪽.

73 라캉은 프로이트의 자아, 초자아, 이드의 분열구조를 주체 개념으로 확대 연구한다. 부인은 남근(phallus)에 대한 태도와 관련되어 있다. 남근은 비어 있는, '공백'의 구조를 지닌다. 이것은 상징적 남근으로서 아버지가 가지고 있다고 믿어지는 것, 근본적인 대상으로서 '기호'이다.

74 라캉에게 주체는 타자를 경유하여 구성된 변증법적 종합 효과이며, 이러한 변증법에는 오인(méconnassance)의 매커니즘이 개입되어 있다. 주체 구성의 한 국면을 보여주는 거울단계(stade du mirror)에서나 오이디푸스기를 거쳐 이른바 '아버지 이름(Nom du Pére)'이라는 상징의 법(法)으로 한 개체가 수렴되어 '정상적인 주체'로 탄생할 때까지, 주체의 문제는 언제나 타자를 경유하며 거기에는 상상적 또는 상징적 동일시의 매커니즘이 개입되어 있다. 함돈균, 앞의 논문, 34쪽.

형성되는 것으로, 늘 "과정중에 있는 주체"이다."[75]

라캉은 프로이트의 사후성의 논리처럼 주체는 사후작용에 의해 만들어지며, 사후작용으로서 전미래시제를 순차적인 시간이 아닌 논리적 시간으로 설명한다.[76] 주체는 상징계로 진입하면서 언어의 효과에 의해 만들어지고 나면 주체는 자기 위치를 잡아나간다는 것이다. 과거는 현재에 의해 의미가 비로소 부여되는 것처럼 사후작용에 의해 주체는 전도된 형태로 설명된다. 즉, 원초적인 어떤 것이 있고 그 다음에 주체가 구성되는 것이 아니라 주체가 구성되었을 때 원초적 차원이 전제가 되는 것이다. 주체가 언어적으로 구성되었을 때 비로소 과거의 원초적 욕구의 차원에 의미들이 부여된다는 것이다.

라캉에게 욕망은 주체를 구성하는 힘이자 상징계에서 소외되는 존재에 대한 갈망이다. 욕망은 주체가 갖는 정서적 촉발이며, 존재의 실재를 찾고자 하는 투쟁이 된다. 주체는 존재 결여의 상징물인 물(Chose)에 도달하고자 자신의 고유한 세계와 지식의 공간들을 상상계와 상징계의 장에 건설해나간다. 욕망이란 결여를 채우기 위해 경험 대상들을 환유적 운동에 의해 요청하는 것이며 이것은 환상대상 a에 의해서 가능해진다. 결여란 주체의 존재를 온전히 드러낼 시니피앙이 없다는 의미에서 결여이며 언어의 이면이다.[77]

주체는 상징계를 빠져 나갈 수 없다는 것을 수용하지 않고 상징계 너머로 가보려는 욕망을 포기하지 않는다는 점에서 모순된 주체이며 그것

---

75 윤효녕 외, 『주체 개념의 비판』, 서울대학교출판문화원, 2010, 100쪽.

76 라캉은 사후작용의 개념(주체가 가지는 논리적인 시간)을 세 죄수의 비유를 통해 설명한다. 논리적인 시간은 결론의 순간이 먼저 나오고(내가 흰 원반(주체)을 가짐) 이 결론의 순간이 이해되는 순간, 응시의 순간에 대해서 확신을 준다. (물리적인 시간은 응시→이해→결론) 이것은 욕망의 그래프에서 되풀이된다.

77 김석, 「욕망하는 주체와 기계 - 라캉과 들뢰즈의 욕망 이론」, 『철학과 현상학 연구』 Vol. 29, 한국현상학회, 2006. 발췌.

이 주체의 숙명으로 남겨진다. 주체의 분열은 말실수나 말장난들에서 나타나는 언표된 주체와는 다른 반대의 뜻으로 나타날 수 있다. 이렇게 말로써 표현되는 상징계의 주체는 실제 무의식의 주체를 왜곡시킬 수도 있다. 그러므로 라캉에게 주체는 '분열된 주체'이며, '욕망의 주체'이자 '무의식의 주체'라 말할 수 있게 된다.

주체의 성과 관련하여 라캉은 남녀의 심리적 차이를 주체가 남성적 존재 혹은 여성적 존재가 되도록 무의식적으로 선택하는, 따라서 자율적이고 의지적인 선택이라고 할 수 없는, 하나의 과정으로 보았다.[78] 또한, 라캉은 인간을 남성과 여성이라는 두 가지 범주로 묶지 않고, '말하는 존재(speaking being)'라는 하나의 범주로 묶었다. 그 이유는 라캉이 언어를 인간의 중요한 속성으로 보았고 언어가 인간을 지배하는 법칙이라고 생각했기 때문이다. 언어를 습득함으로써 인간은 비로소 주체로서의 인간이 된다. 그러나 주체가 언어 속으로 들어감으로서 언어로 표현되지 않는 많은 감각과 지각을 놓치게 된다. 이것은 주체가 감각, 욕구,

---

78 (Nobus, D. *Jacques Lacan and the Freudian Practice of Psychoanalysis*, Routledge, London, 2000.) 이민희 · 최상진, 「라캉적 관점에서 여성(남성)에 대한 이론적 고찰: 성과 남녀관계를 중심으로」, 『한국심리학회지: 여성』 Vol. 10 No. 3, 한국심리학회, 2005, 281쪽. 재인용. 정신분석학에서는 여아에게도 남근기가 있으며 이성간의 이끌림과 남녀의 차이는 생물학적 산물이 아니라고 주장한다. 심리적인 의미에서 순수한 남성과 여성은 있을 수 없고 인간의 심리적 성은 양성적이다. 오이디푸스 콤플렉스의 해결 단계에서도 여아(남아)가 전적으로 어머니(아버지)상만을 내면화하는 것이 아니다. 남아나 여아 모두 부분적으로 아버지(어머니)를 내면화하여 양성성을 습득한다. 이러한 정신분석 관점은 남녀의 엄격한 구분과 정의를 수정할 수 있는 토대가 되었다. 남성과 여성이라는 성의 결정에는 주체의 의식적 노력뿐만 아니라 무의식적 선택이 중요한 역할을 하기 때문에 심리적 상은 주체의 자율적 선택보다는 본인도 모르게 형성되는 측면이 더 많다. 따라서 여성과 남성은 태어나는 것이 아니라 길러지는 것이다. 결국 인간에게는 생물학적인 성보다 심리학적인 성이 더 중요하고, 그 중에서도 의식적 측면보다 무의식적인 측면이 더 중요하다.
지젝은 '남성(man)'이란 단어는 반드시 음경을 가진 사람을 지시하지 않으며, '여성(woman)'이란 단어 역시 질을 가진 사람을 가리키지 않는다 했다. Myers, T., 박장수 역, 『누가 슬라보예 지젝을 미워하는가』, 앨피, 2005, 165쪽.

욕망의 본질로부터 소외가 발생하는 것을 의미한다. 따라서 말하는 존재에게는 필연적으로 '실재하는 것'(실재계)과 '말로 표현된 것'(상징계) 사이에서 분열(split)이 발생한다. 라캉은 분열된 주체를 기호로 표현하였는데, 주체를 의미하는 대문자 S에 빗금(라캉이 사용한 빗금은 불완전함, 분열, 결핍을 의미한다.)을 그어 $로 표기하였다. 요컨대, '말하는 존재'는 해부학적 속성과 상관없이 자신의 무의식적 정체성을 남성 쪽이든 여성 쪽이든 어느 쪽이라도 선택할 수 있다.[79] 남성은 생물학적으로는 여전히 남성인 채로 있으면서도 여성의 자리를 차지할 수 있으며, 여성도 생물학적으로는 여성으로 남아 있으면서도 남성의 자리를 점할 수 있다. 정신분석학에서 주체는 의식과 무의식으로 분열되고 나뉘어졌으며, 이 분열은 주체가 언어의 습득을 통해 문화의 상징 영역에 들어가는 결과로서 발생한다.[80]

한편 지젝에 따르면 주체는 본원적으로 분열되어 있는데, 주체는 자기 자신이라 할 대상에 대하여, 그를 유혹하는 동시에 밀쳐내는 사물(Thing)에 대하여 분열되어 있다고 한다. 주체는 타자의 질문에 대한 실재의(대상의, 외상적인 중핵의) 응답이다. 그러한 질문은 그 수신자 안에서 수치심과 죄의식의 효과를 유발하고, 주체를 분열시키며 히스테리화 하고, 이러한 히스테리화가 바로 주체의 구조이며 주체의 위상을 히

79 라캉이 말하는 주체는 '남아'가 상상계에서 언어의 세계인 상징계로 진입하면서 언어의 효과에 의해서 태어나는 주체라고 규정짓는다. 그것은 여성 주체를 도외시한 전근대적인 사고이다. 이 논문에서는 이민희・최상진의 주체에 대한 논의를 수용한다. 소설 속에 등장하는 인물들이 여성이냐 남성이냐를 가지고 주체를 논하는 것은 무의미하다고 본다. 오정희 소설을 분석하는데 있어서 사용되는 '주체'는 '말하는 존재로서의 주체', '언어에 의해 분열된 주체'라는 의미의 '주체'로 정의한다. 이민희・최상진, 앞의 논문, 281~282쪽.

80 문화적 성(gender)이 만드는 정체성의 상징적 구성은 생물학적인 차이와 일치하기 때문에 자연스럽게 보이는 경향이 있다. 그러나 상징적으로 성이 구분되지 않는 무의식의 흔적은 그와 그녀로 고착된 이항 대립 체계를 혼란스럽게 만든다. Cohan, S., Shires, L. M., 임병권・이호 역, 『이야기하기의 이론』, 한나래, 1997, 215~224쪽.

스테리라고 설명한다.[81]

또한 지젝은 주체의 위상을 다만 자기 자신을 나타낼 기표를 찾을 수 없는, 재현의 불가능성에서 찾고 있다. "주체는 기표에서 기표로 끊임없이 이동하면서 나타났다 사라짐을 반복한다. 잇따른 소외는 기표들의 연쇄 안에 있는 결여를 둘러싸고 일어나는 지속적인 회전운동인데, 그 결과가 바로 라캉이 말하는 '주체의 도래(l'avènement sujet)'라 부른다."[82] 주체는 자기 자신을 기표로써 재현해야 하는 끊임없는 운동 속으로 소환되지만, 그 재현은 잠시 정박지[83]에서 순간적으로 이루어졌다 사라질 뿐 완전한 재현은 원천적으로 불가능하다.

---

81 Zizek, S., 이수련 역, 『이데올로기라는 숭고한 대상』, 인간사랑, 2002, 295~305쪽.
지젝은 분열된 주체의 라캉의 개념과 '포스트 구조주의'의 주체-위치 개념을 신중하게 구분할 것을 요구한다. 일반적으로 '포스트 구조주의'에서 주체는 소위 주체화로 환원되어 버리는 것이다. 그는 근본적으로 비(non-)주체적인 과정의 효과라고 인식된다. 주체는 항상 전(pre-)주체적인 과정('글쓰기'나 '욕망' 등등)에 의해서 관통되어 있고 사로잡혀 있다는 것이다. 라캉의 주체 개념은 이와 다른 주체 개념이다. 주체란, 기표의 주체란 상징적인 구조의 본원적인 공백, 결여인 것이고 구조 내의 결여가 바로 주체라는 것이다.

82 Nobus, D. 편, 문심정연 역, 『라캉 정신분석의 핵심 개념들』, 문학과지성사, 2013. 208쪽.
유아는 **타자**의 담화의 간격을 경험하면서 "그는 내게 이렇게 말했지. 그런데 그가 그런 말로써 내게 원하는 것은 뭘까?" (케 보이(Ché vuoi?)라는 질문을 던진다. Miller, J. A., 앞의 책, 324쪽.
그 질문은 주체가 자신의 욕망의 실현과 관련해 던질 수 있는 가장 근본적인 질문이 시작되었음을 의미한다. 하지만 이 "너는 무엇을 원하는가? Ché vuoi? - what want?"라는 질문에 의해 유지되기 위해서 욕망의 실현과정은 우선 주체를 의지할 것 없는 상태에 놓아둘 수밖에 없다. 대타자의 욕망의 원초적 현존은 주체에게 "불투명하고 모호하기"(라캉) 때문이다. 이 질문을 통해 은유적으로 표현된 이러한 불투명성은 타자의 욕망과의 관계에서 주체에게 고뇌(détresse)를 발생시키며, 주체는 타자에 대한 그 주체의 자아의 관계라는 상상적 차원을 개입시킴으로써 그것을 중화하려고 노력한다. Dor, J., 앞의 책, 303쪽.

83 정박지(누빔점)은 주체가 기표에 '꿰매어지는' 지점이다. 그것은 기표 연쇄를 주체화하는 지점이다. Zizek, S., 이수련 역, 앞의 책, 179쪽.

3.1.2. 징후적 독법

소설에서 인물에 대한 접근방식이 '주체' 개념을 중심으로 새롭게 재편되고 있는 상황에서, 철학적 인식론이나 존재론의 주제로서의 주체가 아닌 문학 연구의 대상으로서 주체를 탐구하기 위해서는 어떤 방법론을 채택할 것인가가 중요한 문제이다. 대부분의 정신분석학적 문학 연구가 프로이트나 라캉의 이론을 문학 텍스트를 통해 검증하고 확인하는 과정을 답습해 왔다. 이러한 연구를 통해 강조되는 것은 인물이나 텍스트에 대한 새로운 해석이라기보다는 정신분석학 이론의 절대적 권위이다. 특히, 소설의 인물 연구에 있어서 저자에 대한 전기적 비평에 집중하거나 허구화된 인물과 실제 인물의 차이를 무시하고 텍스트에 제시된 범위를 넘어서 인물의 과거와 미래까지 추론해 내는 것은 정신분석학의 과도한 적용이라고 할 수 있다.[84]

이와 같은 문제에 대해 "이글턴(T. Eagleton)은 정신분석비평의 대상이 작가, 작품의 내용, 구조, 그리고 독자에 한정되어 있"고 정신분석비평의 내용은 "작중인물의 무의식적 동기, 대상물이나 사건이 텍스트에서 지닌 정신분석학적 중요성에 대한 것 등으로 제한되어 있다"[85]는 것을 지적한다. 브룩스(Brooks.P)[86] 역시 이와 같은 맥락으로 정신분석비평의 문제점을 지적한다. 즉 문학텍스트에서 중요한 구조와 수사 등을 등한시하고 오로지 정신분석학적 관점에서 소설 속 등장인물들을 프로

---

84 "이러한 경향은 미국의 에드거 앨런 포에 대해서 보나파르트 여사 등 고전적 정신분석 비평가들이 범했던 '의도론적 오류'의 전철을 정확하게 되밟고 있는 것이다. 작가 연구 못지않게 작중인물의 정신분석도 프로이트를 비롯한 전통적 정신분석 비평가들이 즐겨 다루던 주제였는데, 국내에서도 '오이디푸스 콤플렉스'를 운운하면서 가설적 작중인물을 그것의 언어적, 기호론적 차원은 깡그리 무시하고 현실적인 인물인 양 접근하는 사례를 지적하기는 어렵지 않다." 박찬부, 『현대 정신 분석 비평』, 158쪽.

85 어도선, 앞의 논문, 609쪽.

86 Brooks, P., 박혜란 역, 『플롯 찾아 읽기』, 강, 2011.

이트의 이론에 복속시키는 주관적인 분석방법의 문제점에서 탈피해야 한다는 것이다.

무의식의 발견이라는 정신분석학의 성과를 인정하면서도 정신분석학에 대한 과도한 종속성을 탈피하기 위해서는 문학 텍스트[87]에 대한 정밀한 독서를 통해 텍스트가 억압하거나 감추고 있는 무의식을 드러내는 것이 필요하다. 또한 더 나아가 '텍스트성'[88]의 무의식을 읽어냄으로써 무의식의 형성물에 대한 미적 형식을 발견해낼 수 있을 것이다. 특히 무의식은 논리 없이 작동하고 말실수나 농담 등의 형태로 나타나기 때문에 문학 작품 속에서 은유나 환유 상징 등을 통해 우리에게 전달되는 텍스트를 분석함으로써 문학과 정신분석 사이의 상호 연관관계를 추측할 수 있게 된다.

특히 독서의 전략으로서 징후적 독서(symptomatic reading)를 채택하면서 그 동안 정신분석학 비평에서 소홀하게 취급되어 왔던 텍스트의 무의식에 주목할 필요가 있다. 징후적 읽기는 문학 텍스트를 '어떻게 읽을 것인가'에 대한 전략 중 하나로 '의도를 헤아리며 읽기'와 상반되는 전략이다. "의도를 헤아리며 읽는 방식은 서사의 배후에 단일한 창조적 감수성을 지닌 실체가 숨어 있다는 것을 가정하고 서사의 통합성을 상정하는 것이다."[89] 그러나 서사는 불완전하고 단편적이며 심지어 자기모

87 텍스트라는 용어의 사전적 정의는 설명의 대상이 되는 현상이나 자료, 또는 분석할 대상의 본문이다. "텍스트는 언어에 잡혀 있으며 오직 담화의 흐름 속에서 존재할 뿐이다." '작품'을 '텍스트'로 재인식할 때, '텍스트'란 용어 자체가 언어의 유희에서 포착된 하나의 강세 기표임을 명심해야 한다. Cohan, S., Shires, L. M., 앞의 책, 46~47쪽.

88 텍스트성은 둘 이상의 문장을 하나의 단위로 묶어주는 특성으로 "강세(강조, 압력, 긴장) 표시들은 텍스트성(*textuality*)의 기호들이다. 언어는 다양한 의미 작용의 결과를 생산하는 것, 혹은 그 생산성으로 인식된다." 위의 책, 41쪽.

89 Abbott, H. P., 우찬제 외 3인 역, 『서사학 강의』, 문학과지성사, 2010, 194~198쪽. 그러한 감수성을 지닌 실체는 사건, 서술 순서, 포함되는 인물들, 언어, 숏의 연결

순적일 수도 있다. 서사에는 틈이 있을 수밖에 없다. 이러한 인식에 기반하여 징후적 읽기는 통합적 해석에 반대하면서 서사가 징후적으로 자기 자신을 낳은 조건들을 드러낸다는 관점을 취한다. 징후적 읽기의 대상이 되는 저자들은 (내포저자를 통해서) 의도한 것과 드러내는 것 사이에서 분열되어 있는 존재로 여겨진다. 징후적 읽기는 저자가 쓰는 과정에서 의식적으로 인식하지 않았던 읽기를 배후에서 찾아냄으로써 의도를 헤아리는 읽기를 해체한다는 점에서 가벼운 의미의 '해체적 읽기'의 한 예에 해당한다고 할 수 있다.[90]

징후적 읽기와 유사한 개념으로서 리먼 케넌의 '수행으로서의 서술행위(narration-as-performance)'가 있다. 서술행위에 대한 고전적인 견해는 그것이 보고(report)하고 재현(represent)한다는 것이었다. 그러나 그는 서술행위가 '말하는 것(what it says)'이 아니라 '행동하는 것(what it does)'에 의하여 반복될 수 있다는 점에 주목한다. 한 걸음 더 나아가 그는 스토리가 '보고로서의 서술행위(narration-as-reporting)'에 의하여 감추어지고 오히려 '수행으로서의 서술행위(narration-as-performance)'에 의하여 드러난다고 한다.[91]

이와 같은 리몬-케넌의 구분은 프로이트가 말했던 '기억행위(remembering)'와 '반복행위(repeating)'의 구분에 대응될 수 있다. 환자

등을 선별하면서 만들어간다. 서사를 이러한 방식으로 읽어나갈 때, 우리는 의도를 헤아리는 읽기를 하고 있다고 할 수 있다. 다른 말로 하면, 우리가 서사로부터 추론한 관념과 판단이 이러한 효과를 의도했던 감수성의 실체와 긴밀하게 연결되어 있는 것으로 이해된다는 것이다.

징후적 독서는 "텍스트가 그 틈새와 부재들을 찾기 위해서 읽혀져야 한다는 것을 의미한다." Tambling, J., 이호 역, 『서사학과 이데올로기』, 예림기획, 2000, 252쪽.

90 Abbott, H. P., 위의 책, 194~205쪽.

91 리먼 케넌이 권터 그라스의 『고양이와 쥐』를 분석하면서 도입했다. Rimmon-Kenan, S., "Narration as Repetition: the Case of Günter Grass's Cat and Mouse", *Discourse in Psychoanalysis and Literature*, Routledge, 1987, p.176.

는 그가 망각했거나 억압당했던 것을 기억해 내지 못하며(방해), 오히려 그것을 무의식적인 행동으로 반복 재생산한다. 이것은 '보고로서의 서술행위(narration-as-reporting)'에 의한 텍스트의 감춤과 '수행으로서의 서술행위(narration-as-performance)'에 의한 드러냄의 차이와 일치한다. 문학에서 '수행으로서의 서술행위(narration-as-performance)'는 언어적 행위를 의미한다. 이러한 서술행위는 텍스트에 나타난 언술의 태도, 수사학, 아날로지 등 텍스트의 형식적 측면을 통해 드러난다.[92]

요컨대, 정신분석비평에서 텍스트의 문제는 정신 구조의 문제와 맞물려 있다. 정신분석 비평가들은 프로이트의 이론이 제시하는 정신이나 마음의 구조가 문학적 구조와 겹친다는 믿음을 갖고 있다. 그러므로 그들에게는 정신분석학 이론이 곧 문학 텍스트 이론으로 연결된다. 정신분석 비평은 본질적으로 텍스트 중심적이어야 한다. 정신분석 비평가가 무의식의 탐구에 관심을 갖는다면 그것은 텍스트화된 무의식, 즉 텍스트를 통해 드러난 무의식에 대한 관심이다.

3.1.3. 라캉적 담론 구조

이 연구는 오정희 소설 속에 나타난 주체의 욕망을 정신분석학과 텍스트의 무의식, 라캉의 담론 구조를 통해 규명하고자 한다. 따라서 구체적으로 오정희 소설 텍스트에서 '어떤' 주체의 욕망을 '어떻게' 읽어내어 최종적으로 '어떤' 담론의 구조로 규명해 낼 것인가가 방법론적 문제가 된다. 특히, 라캉의 4가지 담론 구조를 차용, 확장한 24가지 담론의 가능성 중 라캉이 다루지 않았던 '회상의 담론' 구조와 그 하위 담론으로서 '회고적 욕망의 담론'과 '환멸의 담론'을 새롭게 구성하여 차별화된 연구

92 단 하나의 차이점은 정신 분석 임상에서는 비언어적 행위가 가능하지만 문학에서는 언어적 행위만이 가능하다는 것이다. 위의 논문, p.177.

방법론으로 제시할 것이다.

담론(discourse, discours, Diskurs)이란 용어의 기원은 '돌아다닌다'는 의미를 가진 라틴어 "discurrere"이다. 담론에 대한 정의는 다양하다. 푸코가 담론을 사회 제 세력 간의 힘 관계 속에서 실행되는 구체적인 언어 권력으로 이해한 반면, 하버마스의 담론은 서로 억압하지 않고 합리적이며 공평한 대화 조건을 전제로 하는 당사자들 사이의 열띤 논쟁, 즉 이상적 논쟁을 의미한다.[93] 한편 일반적인 서사론에서 담론은 서사물의 구조 중에서 내용(무엇)에 해당하는 이야기에 대응하는 표현(어떻게)의 국면을 가진 하나의 구조에 해당한다.[94] 그러나, 이 연구에서 다루고자 하는 담론의 개념은 하버마스의 개념과 무관하며 서사론에서의 담론 개념과도 상이하다. 오히려 푸코의 담론에서 사회 제 세력을 상징계의 대상들로 바꿔 놓으면 정신분석학의 담론과 유사해진다.

정신분석학에서 담론은 주체가 상징계의 다른 대상들과 어떤 관계를 가지면서 말하는가에 관심을 가진다. 그것은 인간 주체가 욕망의 새로운 우회로를 만들어 놓는 수단이다. 라캉은 네 가지 담론에 관한 이론에서 일련의 공식적인 모형들, 즉 담론 수학소를 만들어내는데, 그것으로서 그는 주체가 말할 때 벌어지는 일을 분석하는 것이다.[95]

이 연구에서는 주체가 과거의 사건들을 회상하는 내러티브 구조를 라캉의 담론 형식을 통해 파악하고자 한다. 라캉의 담론은 "인간의 다양한 심리적 관계들과 사회적 관계들, 그리고 사물과의 관계들 속에 존재하

93 남운, 「담론 이론과 담론 분석 문예학의 입장과 전략」, 문학이론연구회 편, 『담론 분석의 이론과 실제』, 문학과지성사, 2002, 19쪽.

94 Chatman, S., 한용환 역, 『이야기와 담론』, 푸른사상, 2008, 161쪽. 그러나 이 논문에서는 채트먼의 이론을 통해 서사담론을 분석하는 것에 목적을 두고 있지 않다. 각각의 번역자마다 'discourse'를 '담화' 또는 '담론'으로 번역하였으나 이 논문에서는 '담론'으로 통일하여 사용하기로 한다.

95 Wright, E., 김종주 · 김아영 역, 『무의식의 시학』, 인간사랑, 2002, 122쪽.

는 하나의 필수적인 구조로서 인간의 발화 행위를 조건 짓는"[96] 것의 구조를 알 수 있게 한다. 하나의 담론이 돌아다닌다는 것은 하나의 질문, 그리고 그 질문이 추구하는 대답에 대해 움직인다는 의미이다. 대답의 발견은 진리의 발견과 같은 의미를 지닌다. 라캉의 '담론'은 주체가 상징계와 대상과의 관계 속에서 차지하는 위치를 살펴보는 것이다.[97]

라캉의 담론들은 어떤 의미에서 주인담론에서 시작된다. 그것은 네 가지 담론 중 특권적인 자리를 차지하며 일종의 일차적 담론을 구성한다. 그것은 소외를 통한 주체 발생의 기본 매트릭스이다.[98] 담론의 가장 기본이 되는 주인 담론과 그 주인 담론에서 파생된 네 가지 담론이 기본적인 담론의 구조이다. 주인 담론은 다음과 같이 도식화된다.

〈주인 담론〉

주인기표(S1)	→	지식기표(S2)
분열된 주체($)	←	오브제 아(a)

네 가지 담론들의 각각에 있는 위치들은 다음과 같이 지칭될 수 있다. 이 네 위치들 중 하나에 라캉이 어떤 수학소를 놓든지 간에 그것은 그 위치에 부여된 역할을 맡는다.

---

96 (Lacan, J., *Écirits: A Selection*, tr. Alan Sheridan, Norton, New York, 1997, 225쪽.) 김태숙, 「콘라드(J, Conrad)의 정치 소설과 라캉의 담론 이론」, 경희대 대학원 박사학위논문, 2004, 37쪽. 재인용.

97 Widmer, P., 홍준기 역, 『욕망의 전복』, 한울아카데미, 2003, 179쪽. 라캉이 정신병과 비정신병의 구조에서 비정신병은 정신병과 다른 구조를 가지고 있으며, 그 자체로도 여러 형태를 가지고 있다는 것을 보여준다. 담론은 비정신적병인 구조를 세분화하여 주체가 상징계와 대상과의 관계 속에서 차지하는 위치를 살펴보는 것이다.

98 주인 담론은 헤겔에 의해 인지되었다. Fink, B., 이성민 역, 앞의 책, 240~243쪽.

행위자	→	타 자
진 실	←	생 산

나머지 세 담론들은 첫 번째 담론의 각 요소를 시계 반대 방향으로 4분의 1만큼 회전 혹은 "공전 revolution"시킴으로써 그 첫 번째 담론으로부터 생성된다. 이 추가적인 혹은 "파생적"인 담론들은 시간상 나중에 존재하게 되었거나 아니면 적어도 포착되었다고 제안할 수 있을 것이다.

한 담론을 다른 담론과 구분하는 점은 각각의 담론에서 같은 항목들이 다른 자리를 차지한다는 것이다. 네 가지 담론은 담론 구조 내에서 4개의 위치(행위자, 타자, 생산, 진실)에 4개의 용어들[99]을 배치하는 방법에 따라 정해진다. 네 가지 담론의 공식(Matheme)[100]들은 다음과 같다.

---

99 〈네 개의 위치〉
- 행위자: 발화자. 가치, 이상, 욕망에 따라 타자에게 명령, 요구하는 자. 진실의 주체가 아님
- 타 자: 행위자의 말이나 메시지를 실천하는 자
- 생 산: 담론의 산물 또는 담론으로부터 상실되거나 배제된 것
- 진 실: 행위자를 움직일 수 있는 것. 나머지 세 위치를 움직이고 담론 전체에 영향을 미친다.

〈네 개의 용어(수학소)〉
- 주인기표(S1): 대타자의 결핍을 나타내는 기표에 대한 대체물. 텅 빈 기표.
- 지식기표(S2): 주인기표(S1)를 제외한 나머지 기표들 또는 기표의 사슬
- 분열된 주체($): 상징계로 진입하면서 소외와 분리의 과정을 겪은 주체
- 오브제 아(a): 대타자의 결핍을 채워주고 주체의 결핍을 없애줄 것으로 간주되는 어떤 것

〈두 개의 이접 - 불가능(impossibility), 무능력(inability)〉 : 의사소통의 와해를 나타냄

표 2 라캉의 4가지 담론

〈주인 담론〉	〈대학 담론〉	〈히스테리 담론〉	〈분석가 담론〉
$\frac{S1}{\$} \rightarrow \frac{S2}{a}$ ($\leftarrow$)	$\frac{S2}{S1} \rightarrow \frac{a}{\$}$ ($\leftarrow$)	$\frac{\$}{a} \rightarrow \frac{S1}{S2}$ ($\leftarrow$)	$\frac{a}{S2} \rightarrow \frac{\$}{S1}$ ($\leftarrow$)

라캉의 네 가지 담론은 4개의 위치에 놓이는 4개의 용어들의 배열에 의해서 주인(지배자) 담론, 대학 담론, 히스테리 담론, 분석가 담론으로 구분된다. 이렇게 네 가지로 구분된 담론은 "서로 다른 중심적 요소들을 정면에 부각시키면서 지배와 통치의 논리, 교육과 교리, 욕망과 저항, 그리고 분석과 혁명의 문제들에 깊은 통찰력을 제공한다."[101]

논리적으로 살펴보면, 라캉의 네 가지 담론[102]을 포함하여 다음과 같은 24가지 담론의 가능성이 존재한다.

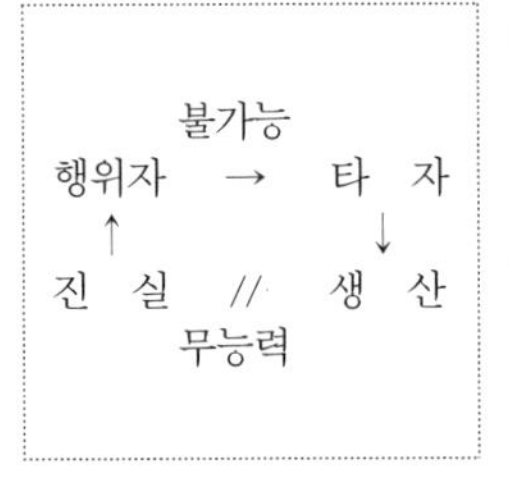

- 불가능: 행위자를 움직이는 욕망은 진실에 대한 욕망이지만 그 진실은 완벽하게 말로 표현될 수 없기 때문에 행위자는 완벽하게 그의 욕망을 타자에게 전달할 수 없다.
- 무능력: 행위자와 타자의 상호작용에 의해 일종의 담론의 효과로서 생산이 이루어지는데, 이 생산은 행위자의 진실과 아무런 관계가 없다.

김태숙, 「라깡의 네 가지 담론」, 『라깡과 현대정신분석』 Vol. 6, No. 1, 한국라깡과 정신분석학회, 2004, 40~45쪽.

100 Fink, B., 이성민 역, 앞의 책, 240~250쪽 참고.

101 박찬부, 『기호, 주체, 욕망』, 107쪽.

102 여기서 논의되는 네 가지 이외의 다른 담화들이 여기서 사용되는 네 가지 수학소의 순서를 변경함으로써 생성될 수 있다는 점에 유의할 것. 네 가지 상이한 위치에서 이 네 가지 수학소를 사용하면 총 24개의 상이한 담화가 가능하다. 라캉이 오직 네 가지 담화만을 언급한다는 사실은 그가 요소들의 순서와 관련하여 특별히 중요한 무언가를 발견한다는 것을 암시한다. 라캉이 정신분석에서 가치 있고 흥미롭다고 생각하는 것은 바로 이러한 특수한 배치인 것이다. Fink, B., 이성민 역, 앞의 책, 354쪽.

표 3 24가지 담론의 가능성

〈주인담론〉 S1 → S2 $ ← a	S1 → S2 a ← $	S1 → $ S2 ← a	S1 → $ a ← S2	S1 → a S2 ← $	S1 → a $ ← S2
S2 → S1 $ ← a	S2 → S1 a ← $	S2 → $ S1 ← a	S2 → $ a ← S1	〈대학담론〉 S2 → a S1 ← $	S2 → a $ ← S1
$ → S1 S2 ← a	〈히스테리담론〉 $ → S1 a ← S2	$ → S2 S1 ← a	$ → S2 a ← S1	$ → a S1 ← S2	$ → a S2 ← S1
a → S1 S2 ← $	a → S1 $ ← S2	a → S2 S1 ← $	a → S2 $ ← S1	a → $ S1 ← S2	〈분석가담론〉 a → $ S2 ← S1

브루스 핑크는 라캉의 담론이 최종적이고 궁극적인 유일한 담론인 것은 아니라고 설명한다. 다만 그것은 우리로 하여금 상이한 담론들의 작용을 유일무이한 방식으로 이해할 수 있도록 해준다.[103]

그렇다면, 문학 텍스트에서 주체가 과거의 사건들을 회상하는 행위는 어떤 담론 형식으로 어떻게 규정될 수 있을까? 이 연구에서는 오정희 소설에서 회상하는 행위자로서의 주체를 문제삼고 있으며, 뒤에 살펴보게 되는 것처럼 오정희 소설의 주체는 '언어에 의해 분열된 주체'이므로, 주체는 라캉의 도식에서 행위자로서 왼쪽 위 부분에 위치하게 된다.

다음으로, '진실'의 자리에 오는 것은 지식기표(S2)라고 할 수 있다. 오정희 소설에서 지식기표(S2)에 의해 드러나는 진리는 과거에 대한 기억이다. 행위자인 분열된 주체($)는 과거에 대한 회상을 통해, 즉 사후적 구성을 통해 주체를 움직이게 하는 동인(動因)을 얻는다. 즉, 행위자의 현재는 과거에 의해 대부분 추동된다.

103 Fink, B., 위의 책, 237~238쪽.

표 4 회상의 담론 구조

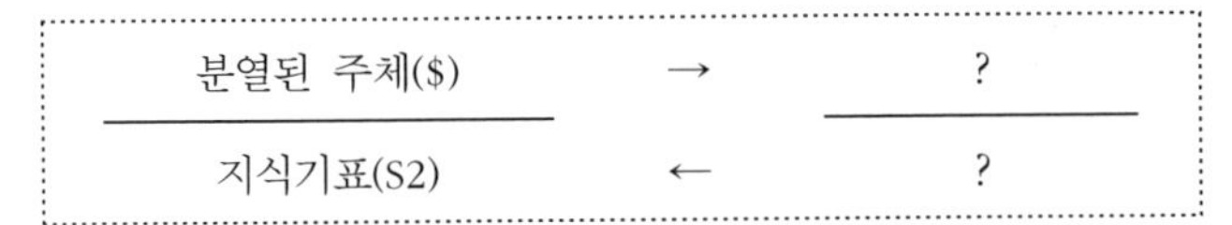

정신분석학의 서사와 회상의 담론 구조에는 상동 관계가 있는 것을 알 수 있다. 즉, 억압된 기억과 꿈 텍스트는 사후적 구성을 통해 대체/전치, 상징화를 거쳐 반복강박과 회귀의 방식으로 주체에게 재현된다. 회상의 담론 구조에서 지식기표(S2)가 저장하고 있는 진실은 억압된 기억과 꿈 텍스트에 대응된다.

표 5 정신분석학에서의 사후적 구성과 회상의 담론 구조

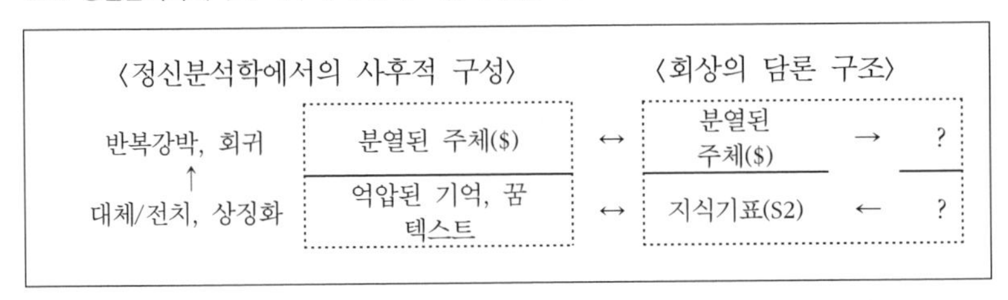

회상의 담론 구조는 남아 있는 두 자리에 주인기표(S1)과 오브제 아(a)가 어떻게 배치되느냐에 따라 다음 두 가지의 하위 담론 구조가 가능하다.[104]

104 여기서 '회고적 욕망의 담론'과 '환멸의 담론'이라는 이름은 필자가 붙인 것이다. 앞서 논의한 바와 같이 라캉은 24가지 담론 구조의 가능성 중에서 4가지 기본 형식에 대해서만 명명한 바 있다.

표 6 회고적 욕망의 담론

분열된 주체($)	→	주인기표(S1)
지식기표(S2)	←	오브제 아(a)

표 7 환멸의 담론

분열된 주체($)	→	주인기표(S1)
지식기표(S2)	←	오브제 아(a)

아래 표에 표시된 24가지의 담론은 라캉의 기본 담론에서 파생된 '환멸의 담론'과 '회고적 욕망의 담론'에 대해 이해를 돕기 위해 작성한 것이다. 기존 라캉의 담론은 점선 표시를 하였고, 기존 담론 이외 필자가 추가한 담론에는 음영표시를 하였다. 아래 24가지 담론 중에서 '환멸의 담론'은 '히스테리 담론'에서 파생되었고, '분석가 담론'에서 '회고적 욕망의 담론'이 파생되었다고 해석할 수 있다. 따라서 파생된 담론은 원래의 담론과 일정한 특징을 공유하지만 원래의 담론과는 다른 면도 가지고 있다.

라캉이 '요소들의 순서와 관련하여 특별히 중요한 무언가를 발견하고, 정신분석에서 가치 있고 흥미롭다고 생각했던 것이 특수한 배치'였듯이 필자 역시 라캉의 '히스테리 담론'과 '분석가 담론'에서 오정희 소설 텍스트를 분석할 수 있는 유용한 담론 구조의 단초를 발견한 것이다.

표 8 회고적 욕망의 담론과 환멸의 담론의 파생

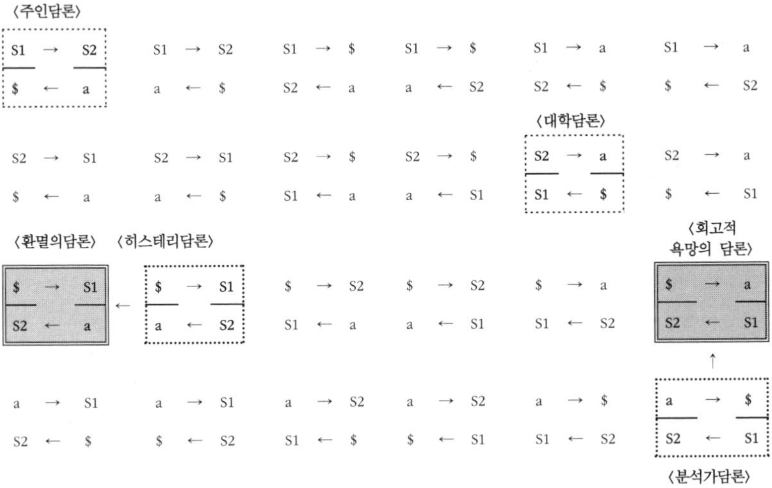

〈주인담론〉 S1 → S2 $ ← a	S1 → S2 a ← $	S1 → $ S2 ← a	S1 → $ a ← S2	S1 → a S2 ← $	S1 → a $ ← S2
S2 → S1 $ ← a	S2 → S1 a ← $	S2 → $ S1 ← a	S2 → $ a ← S1	〈대학담론〉 S2 → a S1 ← $	S2 → a $ ← S1
〈환멸의담론〉 $ → S1 S2 ← a	← 〈히스테리담론〉 $ → S1 a ← S2	$ → S2 S1 ← a	$ → S2 a ← S1	$ → a S1 ← S2	〈회고적 욕망의 담론〉 $ → a S2 ← S1 ↑
a → S1 S2 ← $	a → S1 $ ← S2	a → S2 S1 ← $	a → S2 $ ← S1	a → $ S1 ← S2	a → $ S2 ← S1 〈분석가담론〉

'회고적 욕망의 담론'은 라캉의 '분석가 담론'에서 오브제 아(a)와 분열된 주체($)의 위치를 맞바꿈으로써 구성된다. '회고적 욕망의 담론'은 분석가 담론에서 생산의 자리에 있는 주인기표(S1)와 진실의 자리에 있는 지식기표(S2)의 위치는 유지된다. 회고적 욕망의 담론은 분열된 주체의 회상 행위를 통해서 상실된 대상(오브제 아)에의 퇴행적 집착의 구조를 보여준다. 즉, 분열된 주체는 상실된 대상인 오브제 아(a)에게 욕망을 충족시켜 줄 것을 요구하면서 집착하지만 주체의 욕망은 충족되지 않는다. 회고적 욕망의 목표는 주인기표들이 다른 기표들과 관계를 맺도록 하는 것이지만 이 역시 성공하지 못한다. 텅 빈 기표인 주인기표(S1)는 아무런 진리도 생산하지 못한다. 지식기표(S2) 역시 분열된 주체에게 회상에 필요한 충실한 지식을 제공하지 못한다. 다만, 주체는 이러한 담론 구조 속에서 이미 알고 있는 과거의 지식, 즉 희미하고 파편화된 기억을 통해 과거에 상실한 대상에 퇴행적으로 집착하는 행위를 되풀이하게 된다.

'환멸의 담론'은 라캉의 네 가지 담론 중 히스테리 담론에서 지식기표(S2)와 오브제 아(a)를 맞바꿈으로써 구성된다. 즉, 환멸의 담론은 히스테리 담론에서 행위자와 타자와의 관계를 유지하면서 판타지(환상)와 회상의 형식을 설명할 수 있도록 해 준다. 이 담론 구조를 문학 작품에 적용할 때 작품 속에 도입되는 환상적 제요소들은 작가가 세계에 대한 태도 즉, 비극적 세계관에 내포한 환멸을 보여주는 전도된 구성방법을 채택하고 있음을 보여줄 수 있을 것이다. 또한, 판타지의 구성의 문제를 환멸의 담론과 연결시켜 해석해 봄으로써 주체가 지닌 욕망의 제요소들이 환멸의 태도와 연계되어 있다는 것을 규명해 낼 수 있을 것이다.

이러한 담론에서 분열된 주체($)는 남성인가, 여성인가?

소설이라는 담론을 '발화된 텍스트'로 볼 때 주체는 내포작가일 수도 있고 서술자 또는 작중인물일 수도 있다. 이 때 발화된 텍스트의 발화자, 즉 행위자가 남성인지 여성인지를 논하는 것은 무의미하다. 라캉의 담론 구조에서 중요한 것은 담론의 작용을 이해하는 것 자체이다. 라캉의 담론 구조는 4개의 위치와 4개의 용어(수학소)를 통해 이론적으로 구성된다. 분열된 주체($)의 성(sex)을 논하는 것은 담론의 구조를 뛰어넘는 메타 담론을 요구한다. 그러나 그것에 대해서 답하는 것은 라캉의 정신분석학 내에서는 가능하지 않다. 기존에 정신분석학을 통한 문학작품의 분석에서는 저자나 작중인물에 대한 분석이 주를 이루었고, 그 과정에서 저자나 작중인물의 성(sex) 역시 주된 관심사였다. 그러나 텍스트의 무의식을 탐구하는 새로운 방법론에서는 그 무의식의 담지자가 여성인지 남성인지를 묻는 것은 무의미하다. 왜냐하면 '무의식은 언어와 같이 구조화되어 있고', 구조로서의 언어는 특정한 성의 전유물이 아니기 때문이다.

두 담론 구조는 모두 분열된 주체가 지식기표로부터 회상을 이끌어낸다는 점에서 공통점이 있지만, 주인기표와 오브제 아(objet a)가 타자와 생산의 역할에 자리를 어떻게 잡느냐에 차이점이 있다. '회고적 욕망의 담론'에서는 주체가 오브제 아에 직접 말을 걸고 요구하면서 텅 빈 주인기표를 생산한다는 점에서 집착과 퇴행의 증상을 보이는 반면, '환멸의 담론'에서는 주인기표에게 말을 걸고 그 결과 오브제 아를 생산하는 과정에서 환상을 매개로 비극적 태도가 드러나게 된다.

3.2. 연구 범위

이 연구는 연구사 검토를 통해 제기된 문제와 앞에서 살펴본 연구 방법론을 바탕으로 오정희 소설 중 이 글의 문제의식에 부합하는 작품 16편을 집중적으로 분석함으로써 오정희 소설의 주체가 가지는 욕망의 문제를 고찰하고자 한다. 그 과정에서 주로 이야기하기의 욕망, 주체의 욕망을 추동하는 기억과 회상, 반복강박과 불안, 판타지의 형성, 주체가 언어의 세계인 상징질서 내에서 대상들과 맺는 관계를 다루게 될 것이다.

오정희의 소설집에 수록된 작품은 〈표 9〉와 같다. (그 중 이 글에서 중점적으로 다루게 될 소설은 밑줄로 표시함. 이후 본문에 인용하는 소설은 이 표를 기준으로 함.)

표 9 오정희 소설집에 수록된 작품 및 주요 분석 대상 작품

소설집	출판사	발간연도 (초판)	작품	발표연도	작품	발표연도
『불의 강』	문학과 지성사	1977	**「불의 江」**	1977	**「관계」**	1973
			「未明」	1977	**「燔祭」**	1971
			「안개의 둑」	1976	**「직녀」**	1970
			「적요」	1976	「散調」	1970
			「木蓮抄」	1975	「走者」	1969
			「봄날」	1973	「완구점 여인」	1968
『유년의 뜰』	문학과 지성사	1981	「유년의 뜰」	1980	「꿈꾸는 새」	1978
			「중국인 거리」	1979	**「비어 있는 들」**	1979

			「겨울 뜸부기」	1980	**「別辭」**	1981
			「저녁의 게임」	1979	**「어둠의 집」**	1980
『바람의 넋』	문학과 지성사	1986	**「夜會」**	1981	「순례자의 노래」	1983
			「밤비」	1981	「지금은 고요할 때」	1983
			「人魚」	1981	「새벽별」	1984
			「夏至」	1982	**「銅鏡」**	1982
			「전갈」	1983	**「바람의 넋」**	1982
『불꽃놀이』	문학과 지성사	1995	「옛우물」	1994	「불꽃놀이」	1983
			「破虜湖」	1989	「不忘碑」	1983
			「그림자 밟기」	1987		
『새』	문학과 지성사	1996	「새」	1996		

오정희의 소설에서 특정한 모티프들은 여러 작품들에서 반복적으로 나타나는데, 이때 반복 되는 요소들은 단순한 반복이 아니라 '차이' 즉, '다름'을 내포한다. 힐리스 밀러에 따르면 이러한 "텍스트 내에 반복되는 주제나 모티프, 단어, 이미지, 비유나 동기는 각각 독립된 요소이지만 상호보족적인 관계로 구성된다. 이러한 요소들은 반복되어 나타남으로써 텍스트의 의미를 발생시키는 역할을 한다"[105]

오정희가 천착하는 주제들[106]이 한 작품 속에 모두 형상화되는 경우는 드물지만 다양한 주제들 속에 한결같이 흐르는 것은 주체들의 '욕망'[107]

---

105 안진수, 「힐리스 밀러 - 『소설과 반복: 7편의 영국 소설』」, 『현대 영미 소설비평의 특성』, 현대미학사, 1999, 192쪽. 어떤 소설에서 붉은색이 처음부터 심심찮게 반복되듯 동사, 명사, 구, 은유가 반복된다. 때로는 장면이나 사건들이 반복된다. 여주인공이 다른 앞선 작품들의 여주인공을 반복한다. 저자는 자신의 한 작품의 얘기를 다른 작품에서 반복한다. 권택영, 『소설을 어떻게 볼 것인가』, 문예출판사, 1995, 300쪽.

106 이를테면, 인간의 근원적인 삶과 죽음(실존적인 문제)이라던가 가부장 제도에서의 여성적인 삶, 여성의 성(임신, 출산, 낙태, 동성애, 돌연한 성적 욕구), 중년여성의 일탈적인 욕구(살해, 방화 - 일련의 충동들), 여성 정체성 등의 다양한 주제를 천착해 온 바 있다.

107 힐리스 밀러는 그의 해체적 연구인 『토마스 하디: 거리와 욕망』에서 소설 속에 흐르는 지배적인 정신구조가 '거리'와 '욕망'임을 밝혀낸다. 안진수, 「힐리스 밀러 - 『소설

이라는 충동기제들이다. 욕망은 주체를 구성하는 힘이자 상징계에서 소외되는 존재에 대한 갈망이다.[108] 힐리스 밀러에 따르면 "해석은 텍스트의 '기원적' 의미에 도달하거나 모든 독서의 가능성을 포함할 수 없기 때문에 언제나 '오독'이 있을 뿐이고, '객관적인' 해석이란 있을 수 없으며 단지 보다 생생한 오독과 그렇지 못한 오독이 있을 뿐"[109]이다. "문학 텍스트는 그 자체가 '유기적으로 통일된' 하나의 사물이 아니라, 그들 스스로도 또 다른 관계들인 다른 텍스트들과의 관계"[110]에 있다. 이러한 점에서 오정희의 소설들 각각을 그의 다른 소설들과의 관계 속에서 즉, '상호텍스트적'인 견지에서 읽는 것이 바람직하다.

이 논문에서 Ⅱ, Ⅲ, Ⅳ장별로 분석의 대상이 되는 오정희 소설 16편을 상호텍스트적인 관점에서 표시하면 〈표 10〉과 같다.

과 반복: 7편의 영국 소설」, 『현대 영미 소설비평의 특성』, 현대미학사, 1999, 185쪽.

108 김석, 「욕망하는 주체와 기계 - 라캉과 들뢰즈의 욕망 이론」, 173쪽.

109 안진수, 앞의 책, 187쪽.

110 '상호텍스트성'은 하나의 텍스트가 그보다 앞선 개념, 비유, 암호, 무의식적인 관행, 관습, 텍스트 등에 의존하고 그것들에 의해 침투되는 것을 가리킨다. 안진수, 앞의 책, 188~189쪽. 라파떼르는 "서사의 상호텍스트는 허구의 무의식으로 작용한다. 그리고 독자들은 그 상호텍스트를 찾아내거나 발견할 수 있는데 그것은 그 서사 자체에 그것에 이르는 단서가 포함되어 있기 때문이다. 이것은 분석가가 환자의 독백에 나타나는 변칙성, 앞뒤가 맞지 않는 비논리성, 불합리한 추론 등에서 환자의 상징과 증상에 이르는 열쇠를 발견하는 과정과 다를 바 없다."고 한다. 박찬부, 『기호, 주체, 욕망』, 254쪽.
어떤 텍스트도 문화 속에서 끊임없이 회귀하는 의미의 회로로부터 분리될 수 없으며, 모든 텍스트는 다른 텍스트에 연결되어 있을 뿐만 아니라 다른 텍스트를 통해 구성되고 동시에 다른 텍스트로 구성되는 "상호텍스트성"을 갖게 된다고 한다. 어도선, 앞의 논문, 612~613쪽.

표 10 상호텍스트적 관점에서 표시된 분석 대상 작품

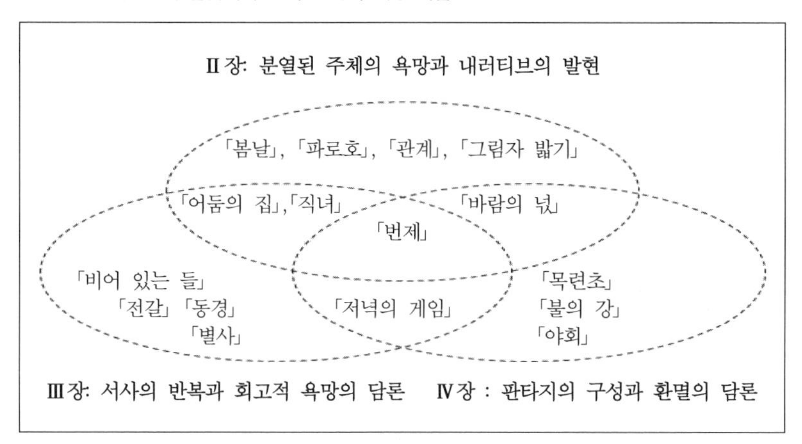

이 연구의 분석 대상이 되는 작품들 중 일부는 1개 장에서만 다루어지기도 하지만 「어둠의 집」, 「직녀」, 「바람의 넋」, 「저녁의 게임」의 경우 2개 장에서 다루어지며, 「번제」의 경우는 3개의 모든 장에서 다루어지게 된다. 이러한 분석 대상 작품의 배치는 특정 작품이 특정 이론으로만 해석되는 단편성을 극복하고 오정희 소설 텍스트들를 상호 연관성 하에서 읽을 수 있게 한다. 또한 앞에서 문제로 제기한 바 있는 오정희 소설 텍스트 해석의 총체성 확보에도 기여할 수 있을 것으로 생각된다.

보다 세부적으로, 오정희 소설들 중 이 연구 Ⅱ, Ⅲ, Ⅳ장의 각 절에서 분석의 대상이 되는 작품들을 표시하면 〈표 11〉과 같다.

표 11 각 장·절의 분석 대상 작품

구분		소제목	주요 분석 대상 작품
Ⅱ장 분열된 주체의 욕망과 내러티브의	Ⅱ-1절	주체의 소외와 이야기하기의 욕망	「번제」(1971), 「봄날」(1973), 「관계」(1973), 「어둠의 집」(1980), 「夜會」(1981), 「그림자 밟기」(1987), 파로호」(1989) **§중점 분석: 「그림자 밟기」, 「번제」, 「봄날」, 「어둠의 집」, 「파로호」**
	Ⅱ-2절	억압된 충동	「완구점 여인」(1968), 「번제」(1971), 「직녀」(1971), 「

발현		의 텍스트적 발현	관계」(1973), 「봄날」(1973), 「저녁의 게임」(1979), 「별사」(1981), 「파로호」(1989), 「옛 우물」(1994) **§중점 분석: 「직녀」, 「관계」, 「파로호」**
	Ⅱ-3절	분열된 주체와 회상의 담론 구조	「번제」(1971), 「목련초」(1975), 「중국인 거리」(1979), 「저녁의 게임」(1979), 「유년의 뜰」(1980), 「별사」(1981), 「바람의 넋」(1982), 「옛 우물」(1994) **§중점 분석: 「바람의 넋」**
Ⅲ장 서사의 반복과 회고적 욕망의 담론	Ⅲ-1절	반복강박과 불안의 서사	「안개의 둑」(1976), 「꿈꾸는 새」(1978), 「비어 있는 들」(1979), 「어둠의 집」(1980), 「밤비」(1981), 「夜會」(1981), 「바람의 넋」(1982), 「하지」(1982), 「전갈」(1983), 「새벽별」(1984) **§중점 분석: 「비어 있는 들」, 「어둠의 집」, 「전갈」**
	Ⅲ-2절	욕망의 유예와 여담적 내러티브	「주자」(1973), 「봄날」(1973), 「목련초」(1975), 「저녁의 게임」(1979), 「별사」(1973), 「옛 우물」(1994) **§중점 분석: 「저녁의 게임」, 「별사」**
	Ⅲ-3절	퇴행적 집착과 회고적 욕망의 담론	「직녀」(1971), 「번제」(1971), 「목련초」(1975), 「저녁의 게임」(1979), 「동경」(1982) **§중점 분석: 「직녀」, 「번제」, 「저녁의 게임」, 「동경」**
Ⅳ장 판타지의 구성과 환멸의 담론	Ⅳ-1절	모성적 초자아의 목소리와 내러티브의 공백	「번제」(1971), 「목련초」(1975), 「불의 강」(1977), 「저녁의 게임」(1979), 「저 언덕」(1989), **§중점 분석: 「목련초」, 「불의 강」, 「저녁의 게임」**
	Ⅳ-2절	주이상스와 환상의 서사	「불의 강」(1977), 「바람의 넋」(1982) **§중점 분석: 「불의 강」**
	Ⅳ-3절	비극적 세계관과 환멸의 담론	「번제」(1971), 「직녀」(1971), 「목련초」(1975), 「불의 강」(1977), 「비어 있는 들」(1979), 「저녁의 게임」(1979), 「夜會」(1981), 「바람의 넋」(1982), 「옛 우물」(1994) **§중점 분석: 「번제」, 「불의 강」, 「夜會」, 「바람의 넋」**

또한, 각 장·절별로 세부적인 작품 분석에 적용할 이론의 핵심들을 개괄하면 다음과 같다.

Ⅱ장에서는 회상의 담론 구조를 통해 분열된 주체의 이야기하기 욕망과 억압된 주체의 충동이 텍스트에서 어떻게 발현되는지 살펴볼 것이다. 또한 정신분석학에서 사후성의 논리처럼 소설 텍스트 내에서 작용

하고 있는 회상이 서사에 미치는 영향을 규명해 보고자 한다.

Ⅱ장 1절의 '주체의 소외와 이야기하기 욕망'에서는 라캉의 은유의 공식을 활용하여 「파로호」에서 주체가 겪고 있는 '기갈증'을 다음과 같은 라캉의 은유 공식을 통해 규명해 볼 것이다.

$$f\left(\frac{S'}{S}\right) S \cong S\ (+)\ s$$

Ⅱ장 2절은 '억압된 충동과 텍스트의 무의식'을 리몬 케넌의 〈보고로서의 서술행위(narration-as-reporting)〉와 〈수행으로서의 서술행위(narration-as-performance)〉의 개념과 홀란드의 방어기제로서의 〈부정(denial)〉과 〈무화시키기(undoing)〉와 텍스트의 무의식 등을 참고하여 해석해 볼 것이다.

Ⅱ장 3절에서는 프로이트의 '사후성의 논리'와 라캉의 담론에서 파생된 '회상의 담론' 구조를 바탕으로 오정희 작품의 특징 중 하나인 회상 형식을 조명해 볼 것이다.

Ⅲ장에서는 회고적 욕망의 담론을 중심으로 오정희 소설의 주체의 욕망이 유예되는 과정과 이로 인해 발생하는 불안이 서사에서 어떻게 강박적으로 반복되는지 살펴볼 것이다.

Ⅲ장 1절에서는 프로이트와 라캉의 '반복강박' 개념과 피터 브룩스의 플롯 이론을 바탕으로 주체의 반복적인 불안과 충동의 전개 양상을 분석해 볼 것이다.

Ⅲ장 2절에서는 란다 사브리의 '여담' 개념과 '핵심서사'와 '주변서사'의 구분을 바탕으로 이질적인 서사의 삽입이나 회상의 과잉과 같이 중심 스토리에서 이탈하는 서사의 양상을 파악하고 이러한 서사적 특징이 주체의 불안과 강박의 반복 양상과 어떻게 관련되는지를 규명해 볼 것이다.

Ⅲ장 3절에서는 '회고적 욕망의 담론과 서사의 반복'에서는 필자가 제안하는 '회고적 욕망의 담론' 구조를 통해 분열된 주체가 과거의 회상을 통해 상실된 대상에 집착하는 정신분석학적 메커니즘을 집중적으로 분석하고자 한다.

Ⅳ장에서는 환멸의 담론을 중심으로 모성적 초자아의 목소리의 영향력이 서사에 미치는 효과와 주체들의 불가능한 욕망이 어떻게 환상의 서사를 지향하는지를 논의할 것이다.

Ⅳ장 1절에서는 라캉의 이론과 지젝의 '담지자 없는 음성(voix acousmatique)', '모성적 대타자(mOther)' 등의 핵심 개념을 중심으로 모성적 초자아의 목소리가 서사에 미치는 영향에 대하여 살펴볼 것이다.

Ⅳ장 2절에서는 주체들의 '주이상스적인 향유와 환상의 서사'를 라캉의 '환상도식 $◇a'과 지젝의 '환상', '욕망하는 법', '끼임(interposition)', '얼룩(stain)' 등의 개념을 중심으로 살펴볼 것이다. 또한 '윤리적인 주체'에 대한 면밀한 분석을 통해 오정희 소설 속 주체들이 라캉적인 진정한 '윤리적인 주체'인지 상세하게 규명해 볼 것이다.

Ⅳ장 3절에서는 필자가 제안하는 '환멸의 담론' 구조를 통해 분열된 주체가 과거를 사후적으로 재구성하여 잉여 주이상스인 오브제 아(a)를 생산함으로써 서사를 지연시키고 좌절과 절망을 부각시키는 과정을 살펴보고자 한다.

Ⅱ. 분열된 주체의 욕망과 내러티브의 발현

오정희 소설 속 주체들은 근대적인 주체의 개념으로 포획되지 않는 정신분석학에서의 주체 위상에 오히려 더 근접한 주체라고 볼 수 있다. 따라서 이 연구에서는 데카르트의 사유와 존재가 일치된 주체와는 달리 사유와 존재가 분열된, 즉 '말하는 주체로서 분열되고 소외'된다는 새로운 주체 개념을 제시한 라캉의 이론을 수용한다.[1]

정신분석학에서의 주체는 데카르트적인 투명한 실체가 아니라 결여와 분열, 욕망을 조장하는 무의식의 주체들이다. 특히 "주체는 담론 속에서 발화의 주체와 무의식의 주체로 분열된다. 그 결과 주체는 에고를 만들어 냄으로써 언어 속에서 소외된다."[2]

---

1 이 연구에서는 라캉의 욕망이론과 언어에 의해 구성되는 주체 이론을 수용하고 적용하고자 한다. 그러나 이 글의 주체 개념은 라캉이 말하는 상징계로 진입한 후 탄생되는 남성 주체와는 동일하지 않다는 점을 거듭 밝힌다.

2 Lemaire, A., 이미선 역, 『자크 라캉』, 문예출판사, 1998, 236쪽. 또한 예를 들어 '나는 너를 좋아하지 않아 너무 다행이야'라고 할 경우 실제 그것을 통해서 반대로 그를 좋아한다는 속내를 은연중 드러내고 있다고 볼 수 있다. 그것은 언표 주체와 언표 행위의 주체는 일치하지 않기 때문이다.

주체는 언어의 효과에 의해 만들어지고 과거가 현재에 의해 의미가 비로소 부여되는 사후작용처럼 전도된 형태로 설명된다. 이러한 점은 주체가 처음부터 형성되는 것이 아니라 늘 과정 중에 있다는 것을 시사한다.

프로이트는 '균열'(die Spaltung)로서 인간존재의 특성[3]을 삼았다면, 라캉의 정신분석에서 가장 기본적인 주체는 '말하는 존재자'(parlêtre)라는 것과 그리고 말하는 존재자인 한에서 주체는 언제나 분열된 주체($)라는 점을 강조한다. 이 언어 의존적 상황에서 주체의 사유와 존재는 필연적으로 쪼개질 수밖에 없다. 그리고 이런 분열 속에서 주체의 존재는 순간적으로만 존속할 수 있다.[4] 주체의 소외는 주체가 자신이 원인이 될 수 없다는 분열된 주체의 양상에 의해서 생겨난다.

앞서 살펴본 바와 같이 주체의 분열은 현존과 부재가 동시에 진행되면서 하나의 구조를 이루는 뫼비우스의 띠이다. 언어로 중개된 주체는 회복될 수 없을 만큼 분열되어 있고, 주체는 즉시 의미의 연쇄 고리로부터 추방당하는 동시에 그 연쇄 고리 속에서 '재현된다'.[5] 언어(문자)의 세계에 진입한 주체는 자기 자신을 기호(문자)로 대신하면서 자신을 드러내지만 기호의 속성은 다른 기호의 차이에서 의미가 발생하기 때문에 의미는 지연되고 기호의 연쇄 속에 벗어날 수 없게 되는 것이다. 또한 언어는 존재의 진실을 모두 드러낼 수 없다는 한계점을 잘 보여준다.

---

3 그것은 주체의 심적 상태와 언어활동의 상징적인 연쇄 사이에 금이 간다. 즉, '상상적인 것'과 '상징적인 것' 사이의 '입벌림'(la béance)이 일어나게 되며, 후자가 전자를 이기는 단계가 생긴다. 라캉에 의하면, 그런 '틈'(la fente), '균열'(die Spaltung) 또는 '입벌림'으로 분열이 생김으로써 무의식이 구조화 된다고 말한다. 김형효, 『구조주의의 사유체계와 사상』, 인간사랑, 1990, 243쪽.

4 Lemaire, A., 앞의 책, 127쪽. 라캉적 의미의 언어, 즉 대타자는 기표의 환유적 연쇄다. 주체는 언제나 이 기표의 그물망 안에 위치하고, 그런 조건에서만 주체일 수 있다. 하나의 기표에 의해서 대리되는 한 주체는 소외를 겪을 수밖에 없다.

5 위의 책, 116쪽.

그러므로 주체의 진실은 언어로서 모두 전달될 수 없는 한계를 지녔고 언어를 통해 주체는 자신의 존재의 의미를 되물을 수밖에 없는 연쇄적인 기표의 운명에 처한다. 이러한 구조 속에서 주체는 근본적인 소외를 경험하게 된다. 이 소외는 주체에게 끊임없는 의미의 장속으로 이끌고 (대)타자를 향한 발화의 욕망을 드러낸다. 이 발화의 욕망은 인간의 근본적인 욕망으로 이야기하기 욕망과 맞닿아 있고, 끊임없이 무언가를 발설하고 고백하는 원환운동 가운데 내러티브는 탄생한다.

이 연구에서는 오정희 소설에 등장하는 인물들을 '고전적인 인물'[6] 개념이 아니라 정신분석학에서 말하는 주체 개념으로 해석하고자 한다. 20세기 중후반 이후 인물 또는 성격을 주체(subject)라는 개념으로 대체하려는 시도가 있어 왔다. 여기서 주체는 더 이상 기존의 서사학에서 통용되었던 사건과 행위의 담지자로 보기 어렵다. "정신 내지 주체는 담론, 욕망, 기호의 흔적 등을 표출하는 하나의 재료에 불과하다는 것이다."[7] 또한 자아는 더 이상 코기토의 '주체'가 아니라 '욕망'의 대상일 뿐이며 리비도의 경제 안에서는 주체와 대상의 가치가 직접적으로 치환된다고 한다.[8]

---

6 아리스토텔레스로부터 19세기까지 인물은 '성격'의 개념으로 파악되어 왔으며, 이 개념은 본질적인 인간성이 존재한다는 믿음에 근거하고 있었다. 이호, 「인물 및 인물 형상화에 대한 이론적 개관」, 『현대소설 인물의 시학』, 태학사, 2000, 29쪽.
롤랑 바르트는 "오늘날의 소설에서 퇴화해 없어진 것은 소설가가 아니라 작중인물이다."라고 하였고, 엘렌 식수(Helen Cixous)는 자아의 안정성뿐만 아니라 자아의 단일성(unity)에 대해서도 의문을 제기했다. 그에 의하면 '나'란 '항상 하나 이상이고, 다양하며, 한꺼번에 되고 싶은 모든 것이 될 수 있고, 함께 동작하고 있는 하나의 집단이 될 수 있다.' 자아가 끊임없는 하나의 유동이라면, 또는 '함께 동작하고 있는 하나의 집단'이라면, 작중인물이라는 개념은 변화되거나 사라지고, '낡은 안정적 자아'는 해체된다. Rimmon-Kenan, S., 최상규 역, 『소설의 현대 시학』, 예림기획, 2003, 57~59쪽.

7 문학이론연구회 편, 『담론 분석의 이론과 실제』, 문학과지성사, 2002, 5쪽.

8 Ricoeur, P., 김동규 · 박준영 역, 『해석에 대하여: 프로이트에 관한 시론』, 인간사랑, 2013, 602~603쪽.

이와 같이 오정희 소설의 등장인물들을'주체 개념으로 해석하려는 것은 정신분석학에서의 주체의 특성이 오정희 소설 텍스트에 등장하는 인물들의 분열되고 소외된[9] 모습을 잘 반영해 주기 때문이다. 이들은 모두 타자와의 관계에서 소통에 실패하고 현실세계 너머를 욕망하는 주체들이다. 그 주체들은 항성처럼 "자기 자신의 주위를 순환함"으로써 자기 안에서 "자기 자신 이상의" 무엇인가와, 바로 그 중심에 있는 낯선 육체와 만난다.[10] 이들은 언어로 구성된 상징세계에 안착하여 순응하며 살아가는 주체들이 아니라, 항상 상징세계 너머의 세계로 나아가 보려는 욕망을 포기하지 않는 문제적인 주체들이 대부분이다. 이러한 주체들의 발화는 다분히 구체적이지 않고 모호하고 상징적이어서 텍스트에 중층적인 의미를 부여하며, 텍스트를 해석하기 어렵게 한다는 측면을 지니고 있다.

오정희 소설의 주체들은 이러한 일상의 파편화되고 균열된 지점에서 내러티브가 시작됨을 알리며 그 균열을 밀봉하거나 미래적인 전망을 제시해 준다기보다는 오히려 그 균열을 낯설게 드러내줌으로써 주체들과 타자, 현실의 간극을 더욱 극명하게 드러내 준다는 점에서 문제적이다.

또한 오정희 소설의 내러티브는 주로 주체의 과거에 대한 회상이나 독백을 통해 진행된다는 점이 특징적이다. 소설 속 주체들의 회상 행위는 '회상의 담론 구조'로 파악된다. 즉, 분열된 주체는 회상의 원천인 지식기표(S2)로부터 내러티브의 추동력을 확보한다. 이들 주체들이 겪은 과거의 문제는 현재의 문제와 무관하지 않다. 이러한 내러티브의 독특

9 오정희 소설 속 주체의 분열은 주체 속의 또 다른 낯선 자아-타자의 이질적인 존재로 느껴지기도 한다.

10 바로 그 "자기 자신의 주위를 순환함" 으로써 주체는 "본질적으로 자기 자신 이상인" 무엇, 즉 쾌락의 외상적 중핵의 주위를 순환하는 것이다. Zizek, S., 김소연 · 유재희 역, 『삐딱하게 보기』, 시각과 언어, 1995, 332쪽.

함은 문제적인 오정희 소설 속 주체의 심층적인 심리 양상을 조명함으로써 역으로 개인을 불합리한 상황에 처하게 한 사회의 병리현상을 드러내 주기도 한다.

오정희 소설 속 주체들은 어떤 면에서는 현재의 문제를 과거에서 찾으려는 퇴행적인 모습을 보여주는 면도 있지만 자신의 욕망에 철저하게 따르고 주이상스와 근접한 거리를 유지하기도 한다. 이 주체들은 근대적, 이성적 주체에 대한 모반을 꾀함으로써 투명한 근대의 주체성을 전복하는 힘을 내재하고 있다는 점에서 라캉의 주체 개념과 맥이 닿아있다고 볼 수 있다. 이들은 데카르트식의 하나로 통일된 실체가 아니라, 다양한 상호 관계들에 의해 분열되어 있고, 끊임없이 형성되는 과정 속에서 스스로를 의심하는 주체들이라고 볼 수 있기 때문이다.

이 장에서 살펴볼 오정희 소설의 주체는 '언어'로 구축된 상징질서 내에서 '언어'에 의해 분열된 주체들이라는 점에서 주체와 언어, 타자와의 상호작용을 통해 주체로 형성되는 과정을 조망해 볼 수 있게 한다. 그러나 이 주체들은 그러한 과정을 거쳐 주체형성의 완성을 보여주는 것이 아니라 매번 실패의 지점을 지시한다는 점에서 '과정 중의 주체'라는 라캉의 논의와 상통한다고 볼 수 있다.

인간은 언어에 의해 사물을 인지하며, 언어에 의해 타인과 소통을 할 수 있다. 하지만 오정희 소설에 등장하는 주체들에게 언어는 외부로 향한 소통의 매개가 되지 못하며 오히려 그 소통의 의지는 내부로 향해 회상의 형식을 통해 발설된다. 이들이 삶과 존재의 의미를 찾아나서는 과정은 자기 인식에로의 여행에 비유될 수 있지만 자기 인식에서 찾아진 삶의 불투명성이나 존재의 불가해함은 주체의 삶을 변화시키지 못하고 늘 '과정 중에 있는 주체'로 남아 있게 한다.

이 문제적인 주체들이 출현하는 지점에서 오정희의 내러티브는 발생한다. 이 주체들은 어떤 결핍에서 출발하여 그 결핍을 어떤 충동으로 메워보려는 시도로 일관한다. 이 불가능한 욕망은 오정희 서사의 중심축을 형성하여 환상이라는 지지물에 의해 서사를 펼치거나, 인물의 과거에 대한 트라우마와 같은 외상적 흔적들을 회상에 의해 현재시점에서 사후적으로 재구성하는 특징들을 보여준다.

초기 소설의 화자나 인물들은 주로 억압된 욕망의 주체들로 이들을 추동하는 모티프들은 유독 '태아 살해나 낙태', '불임', '동성애', '죽음 충동' 등으로 요약할 수 있다. 이러한 모티프들은 현실에서는 '금기'의 대상들이지만 오정희 소설에서는 위반의 형식으로 서사화된다. 기존의 플롯을 전복하는 위반의 플롯은 오정희 소설의 근간을 형성하는 중핵[11]과 같은 구실을 하며, 오정희 소설이 다른 작가와 변별성을 갖는 지점이기도 하다. 이러한 충동들은 본문 텍스트에서 구체적인 동기가 밝혀지지 않는 가운데 서사화되기 때문에 순조로운 독서를 방해한다. 특히 오정희 소설은 시적이고 상징적인 문체로 진행되기 때문에 서사는 뚜렷한 사건의 발생이나 스토리를 드러내지 않는다. 이와 같은 현상들은 오정희 서사의 한 특징을 이루며, 오정희 소설 텍스트를 '텍스트의 무의식'으로 읽도록 유도한다. 텍스트가 무의식적으로 드러내 보이는 "탈문자 현상"[12]들은 서사 진행에 있어서 이유 없는 생략이나 반복, 갑작스러운 침묵 등으로 감지된다.

이 장에서는 언어의 세계인 상징질서 내에서 주체들이 겪는 분열의 다양한 양상들을 살펴보고, 그와 관련된 기억 · 회상의 내러티브가 어떻게 작품 속에 표출되는지를 징후적 독법을 통해 텍스트의 무의식을 분석함으로써 고찰하고자 한다. 이러한 내러티브의 독특함은 문제적인 오정희 주체의 심층적인 심리 양상을 조명함으로써 역으로 개인을 불합리

11 플롯은 사건들로 엮여 있고, 그 중에서도 더 중요한 사건을 '중핵'이라 부른다. 위성은 중핵보다 부차적인 사건으로 플롯의 논리를 파괴하지 않고도 생략될 수 있다.

12 박찬부, 『현대 정신 분석 비평』, 187쪽.

한 상황에 처하게 한 사회 또는 상징질서의 병리현상을 드러내 주기도 한다.

1. 주체의 소외와 이야기하기의 욕망

이야기하기에 대한 인간의 욕망은 인간이 근원적으로 결핍된 존재라는 것을 드러낸다. 그것은 기표의 연쇄를 통해 주체의 사라짐과 출현으로 주체를 보증할 수밖에 없다는 것과 연관된다. 그 근원적인 결핍을 채우려는 오정희 소설 속의 욕망하는 주체들은 자신과 세계와의 대결의식을 통해 새로운 주체의 '존재'[13] 가능성을 시사한다. 문학 텍스트 속에서의 주체들과 세계와의 불일치는 소설의 운명인 동시의 존재론적 간극을 말해주는 지점이 된다.

롤랑 바르트는 『S/Z』에서 "이야기의 기원에는 욕망이 있고, 이야기를 생산하기 위해서 욕망은 등치(等値)들과 환유들의 체계 속에서 변주되어야 하고 이 체계 안으로 들어가야 한다."[14]고 말한다. 바르트가 말하는 이야기에 대한 욕망은 "등치(等値)들과 환유들의 변주"를 통한 이야기가 끊임없는 이야기의 증식, 연쇄로 빠지는 운명을 짐작하게 한다.

정신분석에서 환자의 텍스트는 꿈의 텍스트처럼 압축과 전치를 통해 원래의 의미가 자리바꿈을 하고, 문학에서 사용하는 수사학처럼 간접적인 은유와 환유의 형식을 갖추고 있다. 라캉은 이를 로만 야콥슨의 용어

13 주체가 존재(being)를 획득할 수 있는 것은 분리, 환상을 통해서만 가능하다. 여기에서 존재(existence)는 상징질서가 부여하는 것인 반면, 존재(being)는 실재계에 집착함으로써 제공받는 것이다. 김경순, 앞의 책, 85쪽.

14 Barthes, R., 김웅권 역, 『S/Z』, 동문선, 2006, 126쪽. 일반적으로 인간의 이야기의 대한 욕망은 주지하다시피 『천일 야화』에서 그 전형을 찾을 수 있다. 『천일 야화』는 이야기의 속성이 이야기의 연쇄와 변주에 있다는 것을 잘 말해준다.

를 빌려 '은유'와 '환유'의 개념으로 설명하고, 언어는 무의식처럼 구조화되어 있다고 말한다.

이와 같이 주체의 발화, 이야기하기의 욕망은 라캉이 말하는 '은유와 환유'[15]로서 설명할 수 있게 된다. 라캉에서 은유와 환유란 기표의 대체이다.

라캉의 은유 공식은 다음과 같다. (상징적 기호는 은유적 과정을 표현한다)

표 12 라캉의 은유 공식

$$f\left(\frac{S'}{S}\right) S \cong S\ (+)\ s$$

한 기표는 다른 기표로 대체됨으로써 시나 창조에 속하는 의미(화 작용)의 효과가 산출된다. 달리 말하면 여기에서 쟁점이 되고 있는 의미(화 작용)가 출현한다는 것이다. ( )속에 있는 기호 +는 여기에서 분리선(-)을 넘었다는 것을 나타낸다. 그리고 의미화 작용의 출현을 위한 이 넘어서기의 구성적 가치를 나타낸다.[16]

한편 오정희 소설에서 환상은 주체의 무의식에 내재된 욕망의 발현을

15 라캉에게 **은유**와 **환유**의 개념은 무의식의 과정에 대한 구조적 개념화를 위한 두 개의 주춧돌이다. 이 두 개의 큰 주춧돌은 **무의식은 언어처럼 구조지어져 있다**는 논제가 필요로 하는 이론적 건물의 대부분을 지탱한다. 또한 '환유적' 과정과 '은유적' 과정이 무의식의 작용 원리를 일반적으로 규율하는 메커니즘의 원천에 놓여있다. Dor, J., 앞의 책, 80쪽.

16 이 공식에서 왼쪽 항의 S'는 새로운 기표이며 S는 과거의 기표(잠재적 기표 기능)이다. 과거 기표 S의 자리가 새로운 기표 S'로 대체되면 S는 분리선 아래로 억압된다. 억압된 기표 혹은 잠재적 기표는 일시적으로 기의의 역할을 하기도 하지만 새롭게 생성된 의미의 후광 뒤에 숨어버린다. 이와 같이 새로운 기표와 억압된 기표 사이에서 새로운 기의 s(소문자)는 의미를 갖게 된다. 황수영, 「라깡 의미론에서 은유와 이미지」, 『철학』 Vol. 95, 한국철학회, 2008, 163쪽.

유도하는 문학 장치로서 기능한다. "환상은 '케 보이?(Che Voui?)'에 대한 **대답**이다."라는 것을 앞서 살펴보았다.[17] 이 부분을 좀 더 유연하게 적용해 본다면 상징계의 언어에 의해 소외된 주체는 그 결핍을 해소하기 위해 끊임없는 '환상의 상상적 시나리오'를 생산한다고 볼 수 있다. 환상적 시나리오는 주체를 결핍에서 견딜 수 있게 하는 하나의 지지물이라고 해석할 수 있고, 주체의 결핍을 드러내는 지표이자 주체가 자신의 소외를 부분적으로 해소하는 한 방법이 된다. 이러한 의미에서 환상적 시나리오가 주체에게서 외부(타자)로 표현될 때는 언어적인 방법으로 표출한다는 점에 주목해야 한다. 이 환상적 시나리오를 좀 더 확장하여 해석한다면, 분열과 결여에 의해 소외된 주체의 욕망은 '발화'의 욕망이라고 말할 수 있게 된다. 월퍼트는 사람은 외적이건 내적이건 자신을 둘러싼 세상을 의식적으로 정리하고픈 뿌리 깊은 욕망을 갖고 있다고 한다. 인과적 믿음은 우리의 행동을 지시하고 우리 존재의 핵심부에 존재한다는 점에서 근원적이다.[18] 정신분석학이 환자의 시나리오로부터 그 해결의 실마리를 찾는다는 점을 감안한다면, 이와 같은 환상적 시나리오가 소외된 주체에게 스토리텔링, 즉 '이야기하기의 욕망'으로 표출된다는 논리가 성립된다.

이러한 차원에서 오정희 소설의 작중인물 중 특정 주체를 '소외에 따른 이야기하기 욕망'으로 분석해 볼 수 있다. 「그림자 밟기」, 「번제」, 「봄날」, 「관계」, 「어둠의 집」, 「夜會」, 「파로호」 등에서 산발적으로 나타나는 발화에 대한 욕구가 이야기하기에 대한 욕망으로 변주되어 나타

---

17 I장 각주 82번 참조.

18 인간은 결과에 맞는 원인을 찾아내려고 함으로써 인과의 사슬을 만들어낸다. (Lewis Wolpert, *Six Impossible Things Before Breakfast, The Evolutionary Origins of Belief*, W. W. Norton & Co., New York-London, 2007, p.83) 김용석, 『서사철학』, 휴머니스트, 2009, 323~324쪽. 재인용.

난다. 이 장에서는 오정희 단편 소설 중 분열되고 소외된 주체가 어떻게 '이야기하기'의 욕망, 즉 서사의 욕망으로 드러나는지 「그림자 밟기」, 「번제」, 「봄날」, 「어둠의 집」, 「파로호」를 중심으로 살펴보고자 한다.

앞의 작품들의 주체는 말, 즉 이야기에 대한 욕망을 지속적으로 드러낸다. 주로 발화의 주체인 여성 화자나 작중인물들은 대부분 현실과의 불화를 이루고 있다. 이들은 낙태로 인한 정신적인 충격(트라우마)으로 불안한 정서를 드러내기도 하고 정신병원에 입원하거나(「번제」), 낙태 후 심한 갈증으로 물을 찾기도 한다(「봄날」).[19] "자신의 내부에 들끓는, 말하고자 하는 무절제한 욕구, 애매하고 무의미한 접속사로 한없이 이어지는 혼잣말"을 하는 경옥(「그림자 밟기」, 98~114쪽)이나 소설쓰기에 대한 열망을 표출하는 혜순(「파로호」), 아들의 죽음과 잉태에 대한 환상을 갖고 사는 노인의 독백(「관계」), 어둠 속에서의 1인극을 연출하는 중년 여성(「어둠의 집」), 아마추어 소설가 명혜(「夜會」) 등은 낙태(죽음), 물(생명)과 관계를 맺으면서 이야기하기의 욕망을 드러낸다.

먼저 「그림자 밟기」에서 화자인 주체는 이야기(발화)에 대한 욕망을 드러낸다. 경옥은 새벽 잠자리에서 꿈결처럼 느꼈던 미미한 흔들림이 지진이었다는 것을 초저녁 텔레비전 뉴스를 통해 알게 된다. 경옥은 지진이 일어났느냐고 묻는 아이를 상대로 지진이라는 자연현상을 설명하면서 "자신의 내부에 들끓"고 있는 말에 대한 욕망을 은연중 실토한다.

> 경옥은 아이들에게 이야기할 필요성을 느꼈기 때문에—어쨌든 지진이란 위협적이고 비일상적인 사건이므로—지진과 화산 폭발로 인해 전설만을 남기고 지상에서 사라져버린 도시와 땅들에 대해 이야기하고 지구는 내부에

---

19 여기서 '갈증'은 '발화 욕망'의 은유로 읽힌다.

들끓는 불꽃, 거대한 에너지를 갖고 있기 때문에 흔히 '살아 있는 지구'로 일컫는다고 말했다. 그러나 기실 그것은 무엇보다도 자신의 내부에 들끓는, 말하고자 하는 무절제한 욕구, 평온한 날의 지진이라는 예(例)를 빌려 현상계 이면의 것을, 보이지 않는 것의 존재함을 증명하고자 하는 시인 기질—자신을 이미 포기했다고 생각하는—의 발로가 아니었을까. (「그림자 밟기」, 99쪽)

경옥은 거울을 보고, 벽을 보고, 열린 창을 향해, 설거지를 하며 쏟아지는 물소리와 맹렬히 싸우듯 말했다. 혼잣말에 이미 너무 익숙해져 자신의 목소리를 타인의 응대처럼, 물음처럼 들을 수 있었다. 뭐라고 그랬어요? 누구하고? 왜요? 글쎄…… 그건…… 말하자면…… 바꾸어 말하면…… 아이들이 간혹 놀라 둥그래진 눈으로 묻곤 했다. 엄마, 누구한테 말씀하시는 거예요? (「그림자 밟기」, 114쪽)

그러나 위의 본문에서는 시인 기질이라는 변명을 통해 자신의 말하고 싶은 욕망을 애써 감춤으로써 오히려 경옥의 욕망이 이야기하기라는 것을 단적으로 드러낸다.

경옥은 거울, 벽, 창, 물소리 등과 같이 생명이 없는 사물에 대하여 맹렬히 싸우듯 말을 쏟아낸다. 그녀는 "애매하고 무의미한 접속사로 한없이 이어지는 혼잣말은 무엇을 위한 것이던가. 자기변명, 깊은 수치심의 은폐? 혹은 나약한 항변이었던가. 그렇다면 무엇을 향한?"(114쪽) 이라고 자기 안의 타자를 향해 질문을 던진다. 이러한 질문은 발화의 욕망에 대한 것이며 「파로호」에서 구체적인 발화/글쓰기(소설)에 대한 욕망으로 나타나는 것을 볼 수 있다.

라캉은 인간이 언어의 세계에 진입하면서 결핍이 생기며, 그 결핍은 인간의 근원적인 결핍으로 어떤 것으로도 채울 수 없는 공백을 가질 수밖에 없다고 지적한 바 있다. 말을 한다는 것, 이야기를 한다는 것은 끊임없는 자기 존재의 증명 또는 표현이다. 말을 하는 주체는 기표(언어)로써 자신을 드러낼 수밖에 없다. 경옥의 욕망은 라캉이 말하는 존재의 결핍에서 그 발원지를 찾을 수 있다.

「번제」에서는 낙태로 인한 심리적인 상처가 강박증의 하나인 결벽증 증세로 나타난다. "씻고 씻고… 쉴새없이 손을 씻는" 화자는 "비누가 피부의 기름기를 다 말려버릴 때야 씻기를 멈추지 않는다. 기름기가 없어져 허옇게 비듬이 돋아 시트 위에 나란히 놓여진 손은 거의 미라처럼 보였다."(164쪽)고 진술하는 가운데, 강박증에 시달리는 분열된 주체의 모습과 함께 이야기에 대한 욕망이 드러난다.

> 언젠가 내가 의사에게 창살을 뽑아주세요, 라고 말했을 때 한참 후에 들려온 그의 대답은 그게 무슨 상관입니까, 라는 것이었다. 그의 어조는 체온계를 눈 높이까지 들어 올리면서 삼십칠 도 오 부로군, 이라고 중얼거릴 때와 다름없이 피로하게 들렸다. 조금치의 냉소도 들어있지 않았다. 그 뒤 나는 줄곧 의사에게 말을 건넨다는 것에 터부를 느끼고 있었다. 딱히 그 창살이 견딜 수 없었던 것은 아니었다. 다만 몹시 이야기를 하고 싶었던 것이다.(…중략…) 그러나 거울을 보고 이야기하듯 혼자 떠들어 댄다는 따위의 용렬한 치희(稚戱)는 내 자신이 용납할 수 없었다. (「번제」, 160~161쪽)

위의 텍스트에서 한편으로 "의사에게 말을 건넨다는 것에 터부를 느끼고 있"는 화자는 이야기를 하고 싶은 욕망을 숨기지 않고 있다. 그렇다고 혼자 떠들어대는 것은 스스로 용납을 하지 못한다고 진술하는 것에서 타자와의 소통을 열망한다는 것을 읽을 수 있다. 의사에게 "창살을 뽑아" 달라는 요청은 화자가 꼭 필요해서라기보다는 단지 은유적으로 표현된 발화에 대한 욕망이다. 그것은 "딱히 그 창살이 견딜 수 없었던 것은 아니었다. 다만 몹시 이야기를 하고 싶었던 것이다." 라는 진술을 통해 확인된다.

여기에서 환자인 화자에게 무관심을 보이는 의사((대)타자)에게 주체인 화자가 질문을 던지는 것은 주체가 근본적인 언어의 장 속으로 소환된다는 것을 말한다. 언어 속에서 주체는 자신을 대체할 기표들을 생산하게 되는데, 오정희 소설 텍스트 내에서는 주체의 발화 욕구, 즉 이야기하기라는 서사적 욕망이 구체적인 행동으로 나타난다. 라캉적인 의미의 주체가 상징계에서 마주친 결여와 기표의 연쇄에 의해 소외에 빠지게 되는 것과 같이 오정희 소설 속 주체들은 끊임없이 발화의 욕망으로 나아가면서, 주체 자신의 결여로 인해 다음 기표의 사슬 속으로 미끄러져 들어갈 수밖에 없는 라캉적 주체의 구조와 같은 맥락으로 이해할 수 있다.

화자는 타자를 향한 질문을 경유해 우회적으로 표출된 주체 자신의 욕망의 모호함으로 인해 "타자의 욕망과의 관계에서 주체(화자)에게 고뇌(détresse)를 발생시키며, 주체는 타자에 대한 그 〔주체〕의 자아의 관계라는 상상적 차원을 개입시킴으로써 그것을 중화하려고 노력한다."[20] 즉, 주체는 환상적 시나리오를 직접 생산해내면서 타자와의 간극, "**타자의 욕망**의 구멍, 그 공백을 메우"[21]고자 무의식적으로 시도한다.

이 환상적 시나리오는 「어둠의 집」에서는 1인극으로 나타난다. 화자는 누군가 자신을 지켜보고 있다는 강박적 불안에 시달리는 주부이다. 가장 안전할 것이라고 생각했던 집에 갑자기 전기가 흐른다고 느끼거나, 천장에서 물새는 소리가 들리고, 밤에는 벽이 조금씩 갈라지고 그 사이

20 Dor, J., 앞의 책, 303쪽.
21 Zizek, S., 이수련 역, 앞의 책, 201쪽.

로 모래가 흘러내리는 소리를 듣기도 한다. 화자는 등화관제가 끝나면 모든 것이 제자리로 돌아오리라고 생각하지만 과도한 상상으로 인한 심리적 불안에서 벗어나지 못한다. 이러한 주체의 불안은 무탈해 보이는 상징질서의 세계[22]가 실제적으로 그렇게 견고하지 못하다는 것을 역설적으로 보여준다. 또한 소외된 주체는 끊임없이 환상적인 시나리오를 재생산함으로써 어둠으로 유예된 일상적 삶의 시간을 견딘다.

그 여자는 더럽고 어지럽게 흩어진 식탁을 향해 한껏 부드러운 목소리로 입을 열었다.

……애들이란 그렇게 크는 것이 아니겠어요……나이는 속일 수 없나봐요. 저는 요새 불면증이랍니다. 아니 술은 못해요.

그 여자는 가볍게 손을 내저으며 술을 한잔 따라 단숨에 들이켰다……

한 모금만 마시면 그냥 어지러운 걸요. 손님들이 돌아가시고 나면 설거지를 해야할 텐데, 그릇들을 다 깨라구요. 하긴 요즘엔 술담배 못 하는 여자가 없다고 하데요. 유명한 여자들 좌담회 때는 차 대신 맥주를 내놓는다잖아요?

그 여자는 또 한잔 술을 따라 마셨다. (「어둠의 집」, 262쪽)

위의 본문 텍스트에서 화자는 손님을 치른 뒤, 아직 취기가 남은 상태에서 거울을 보면서 자신을 (강박적으로) 타자화시켜 1인극을 연출하고 있는 주체의 이중적 심리를 보여주고 있다. 발화의 주체인 화자에게 불안이란 낯익은 일상에서 문득 찾아오는 삶의 미세한 균열의 지점을 지

---

22 라캉은 정신분석학의 위상학적인 공간을 상상계, 상징계, 실재계로 정의하면서 언어로 구성된 세계, 언어의 세계인 상징계로 진입하면서 주체의 소외와 주체분열이 시작된다고 말한다. 여기에서는 상징계→'상징질서의 세계'와 같은 맥락으로 라캉의 논의를 수용한다.

시한다. 주체의 이러한 불안은 발화의 욕망을 지지물로 삼아 환상이라는 1인극을 연출하게 한다. 이러한 환상은 분열되고 소외된 주체가 지속적으로 나타나는 강박적 현상, 즉 「어둠의 집」에서의 1인극과 「번제」에서의 손 씻기라든가, 「봄날」에서의 갈증과 같은 증상들로 가까스로 유지된다는 것을 암시한다.

「봄날」에서 발화의 욕망은 '갈증'이라는 은유를 통해 나타난다.

> 얇은 고무질의 피막을 벗기듯 일상의 표면을 한 꺼풀만 들치면 그 속에서 배태되고 자라는 새끼를 친 욕망과 회한의 기억들이 진득한 거품으로 부글대는 것을 볼 수 있었다. 그 늪이 입을 벌릴 때 마다 나는 달이 차오르듯, 물이 차오르듯 답답해지고 숨이 차올라 몸 안 가득한 물을 쏟아버리지 않으면 그대로 익사해 버릴 듯한 절박감에 발버둥질을 쳐대는 것이었다. 목까지 물이 차올라도 갈증에 허덕이며 물을 찾아나서는 것이다. 한 잔의 순수한 물을. (「봄날」, 124~125쪽)

「봄날」의 화자는 여섯 달째로 접어든 태아를 더러운 종양을 제거하듯 지워버리고 나서 태아의 망령에 사로잡혀 헤어나질 못한다. 그것을 화자는 시도 때도 없이 찾아오는 "잠재성 간질"로 규정한다.

"소화가 안 된다는 이유로, 잠이 오지 않는다는 이유로, 울적하다는 이유로 끊임없이 청량음료를 마셔"(117쪽)대는 화자는 표면적으로는 갈증으로 물을 마셔대는 행위를 보이지만, 심리적인 갈증의 원인은 다른 곳에 있다. "목까지 물이 차올라도 갈증에 허덕이며 물을 찾아나서는 것"은 실상 갈증을 해소시켜 주는 것이 한 잔의 물이 아니라는 것을 말한다. 물은 생리적인 갈증을 해소해줄 수 있지만 심리적인 갈증은 해소시키지 못한다는 점에서 그것은 타자를 향한 발화의 욕망으로 해석할 수 있다.[23]

이 절박감은 남편의 고향 후배가 집을 방문하는 것을 계기로 갑자기 적극적이고 돌발적인 행동으로 나타난다. 말을 건넬 대상에 목마른 화자에게 타인의 출현은 어떤 출구를 발견한 것과 같다. 타자를 향한 이야기에 대한 욕망의 발현은 남편에 대한 거짓된 정보를 생산해 내도록 화자를 유도한다.

화자는 남편이 출타하고 없음에도 '잠깐 나갔다'고 "생각지도 않던 말이 입에서 술술 풀려 자신이 거짓말을 하고 있다는"(126쪽) 것도 인식하지 못하고 오히려 "정말 근방의 이발소에서 머리를 감고 있거나 신문을 뒤적이고 있는 듯 생각되었다."고 진술한다. 화자는 거짓말로 남편의 출타를 둘러대고 젊은 고향 후배를 방안으로 유인한다. 그러나 남편의 후배는 어두컴컴해져 가는 방안의 분위기에 어색해 하다가 황급히 자리를 뜨고 만다. 타자를 향해 한껏 부풀었던 화자의 발화의 욕망은 다시 유예된다.

언어에 의해 소외되고 분열된 주체는 그 틈, 결핍을 해소하기 위해 환상적(상상적) 시나리오를 생산해낸다. 이러한 환상(가상)의 시나리오는 주체를 결핍으로부터 잠시 도피하거나 위안이 될 수 있게 해주는 역할을 한다. 주체를 보충해주는 일종의 지지물인 이 시나리오는 역으로 파편화된 주체의 위상을 드러내는 지표이다. 그러므로 화자인 주체는 자신이 남편 후배에게 남편의 행선지를 사실대로 알려줘야 함에도 그 자리에 가상적 시나리오를 삽입하는 지점에서 주체의 욕망이 무엇인가를 드러내게 된다. 주체의 이러한 언술행위는 주체가 자신의 소외를 부분적으로 가상적 시나리오로 대체함으로써 소외나 결핍을 우회적으로 보충하는 것이라고 해석할 수 있게 한다. 소외는 극복 불가능하지만 가

23 또한 '갈증'은 주체인 화자의 낙태에 대한 죄의식이 갈증이라는 구체적인 증상으로 나타난다고 볼 수 있다. 그것은 낙태가 양수를 마르게 하는 행위와 연관된다고 볼 수 있다.

상적 시나리오가 생산되는 동안 지연된 서사를 통해 주체의 욕망이 유예된다. 주체의 욕망은 환유에 의해서 미끄러지고 빠져나가기 때문에 고정될 수 없는 운명에 처하게 된다. 이런 방식으로 주체의 욕망은 보충되는 기표, 즉 말(언어)의 연쇄에 의해 유지된다.

주체의 욕망은 결코 충족될 수 없기 때문에 끊임없는 욕망의 연쇄에서 벗어날 수 없다는 것은 자명하다. 욕망이 환유적(대체적 기표로만 표상) 성격을 띤다는 것은 이러한 이유에서이다. 욕망은 언제나 전체에 대한 부분으로 자신을 드러내기 때문에 결코 완전히 채워질 수 없다. 앞에서 살펴본 「봄날」의 화자 역시 가상적 시나리오를 생산해냄으로써 소외된 주체(화자)로 하여금 채워지지 않는 '이야기하기의 욕망'을 지속적으로 유지해 나간다.

「夜會」에서는 소설가인 화자가 직접 등장한다. 화자인 명혜는 두어 편의 단편을 발표한 아마추어 소설가이다. 밤늦도록 책상에 앉아 메모하듯 인상들을 적어보지만 정작 그것이 소설로 형상화되지 않는다. '해질 녘의 흰 새' 라든가 "오후 다섯시와 여섯시 사이의－그것은 명혜가 인생에 대한 어떤 막연한 느낌을 갖는 시간"(13쪽)으로 인식하기도 한다. 그의 노트에는 존재에 대한 조그만 느낌들로만 채워진다.

화자는 "자신의 내부에 괴롭게 끓고 있는 욕망을 형상화시킬" 이야기의 소재를 찾아 '도수장'을 찾아서 관찰하기도 하고, 배를 빌어 섬으로 들어가 "선사시대 유적지에서 하루를 보내기도"(30쪽) 한다. 그러나 주체의 간절한 욕망은 이야기 소재가 될 만한 현장을 답사하거나 틈나는 대로 파편적인 이미지를 적는 것 이상으로 발전하지 못하는 것을 볼 수 있다.

「夜會」에서 화자 내부에 용암처럼 끓고 있는 서사에 대한 욕망은 미래 가능태(可能態)로서 유보되지만 「파로호」에서는 양상이 달라진다. 「파로호」의 작중인물이자 화자인 혜순은 미국생활에서의 부적응과 남편과의 소통의 부재를 느끼고 소설 쓰기를 통해 자신의 정체성을 확인하고 싶어 한다. 혜순은 미국생활이 힘들면 힘들수록 참을 수 없는 기갈증(飢渴症)에 시달리다 급기야 소금을 집어먹기까지 한다.

라캉은 신경증적 증상을 언어학적 개념으로 파악한다. 이것은 신경증적 증상이 무의식의 형성물이며 갈등하는 두 욕망 사이의 타협이라는 프로이트의 의견을 따른 것이다. "증상은 마치 언어처럼 구조화되어 있기 때문에 증상은 전적으로 언어의 분석 안에서 맴돌고 있"(E, 59)[24]고, 증상은 정확히 은유적 방식으로 구성[25]되며 억압 과정의 결과이다. 증상은 억압에 의해서 영향을 받은 충동으로부터 생겨나고, 증상은 억압이 실패한 지점을 지시한다. 라캉은 「문자의 지속」에서 증상이 명백히 은유인 것은 욕망이 명백히 환유인 것과 같다고 말한다.[26] 주지하다시피 꿈의 언어가 압축과 전치의 구조로 말할 수 있듯이 무의식도 은유와 환유의 구조로 파악할 수 있다. "무의식이 오직 언어로 표현될 때만 감지될 수 있는 것이라면 무의식은 이미 표층위에 올라와 의식의 일부가 된다. 표층위로 올라온 무의식은 더 이상 무의식이 아니라 주체의 일부이다."[27] 화자인 주체가 호소하는 '기갈증'을 무의식이 지시하는 어떤 '은유'[28]로 파악하고 그것을 지표로 삼아 분석해 보는 것이 「파로호」의 주체를 이해하는 데 도움이 될 것이다. 또한 '기갈증'이라는 증상을 통해 "주체 속에 있는 상처"[29]를 파악할 수 있을 것이다.

---

24 Evans, D, 앞의 책, 378쪽.

25 Dor, J., 앞의 책, 105쪽.

26 Fink, B., 김서영 역, 『에크리 읽기』, 도서출판 b, 2007, 191쪽. 은유가 가진 창조적이고 시적인 효과 때문만이 아니라 자아에 관련되는 환유와는 달리 은유는 주체의 자리와 연관되어 있다는 것이다.

27 권택영, 「욕망에서 사랑으로 - 라깡과 크레스테바의 타자」, 라깡과 현대정신분석학회 편, 『우리시대의 욕망 읽기』, 문예출판사, 1999, 66쪽.

28 라캉은 은유는 "의미가 무의미 속에서 산출되는 곳"에 위치되어 있다고 말한다(E 508). Fink, B., 김서영 역, 앞의 책, 179쪽.

잠이 오지 않는 밤이면 혜순은 물을 마시곤 했다. 석회질이 많은 물을 병에 받아놓고 앙금을 가라앉혀 습관적으로 마셔댔다. 물이 목까지 차올라 구역질이 날 지경이면 소금을 집어 먹었다. 그 찝찝한 맛에 안도감이 왔다. 불안이 사라졌다. 유리병 속의 물을 다 비우고 나면 몸 속에서 투명한 물소리가 나는 듯 했다. (「파로호」, 54쪽)

화자인 혜순에게 나타나는 '기갈증'은 어떤 이유에서든 무의식에 억압된 어떤 심리적인 요인이 작용하고 있음을 보여준다. 여기에서 갈증이라는 증상은 무의식의 형성물로서 은유로 파악하는 것이 타당하다. 화자의 글쓰기에 대한 욕망이 좌절된 원인을 표면적으로 찾는다면 남편 병언과의 갈등, 외국생활에 대한 환멸 등을 꼽을 수 있다. 아무리 물을 마셔도 해소할 수 없었던 이 갈증은 급기야 분노로 변한다. 화자의 분노는 떠돌이 고양이를 자루에 넣어 외딴 산 속 나무에 걸어두고 며칠을 방치하여 결국 죽게 만드는 결과를 낳는다.

화자를 들끓게 했던 분노의 원인을 밝히기 위해서는 남편과의 소통 부재만이 아닌 좀 더 심층적인 억압의 요소를 분석해 보는 것이 타당하다. 이러한 화자의 무의식에 내재된 심리적 요인들을 거슬러 올라가보면 이 증상이 어떤 차원의 기원을 가지고 있는지 밝혀낼 수 있을 것이다. 화자의 발화/글쓰기(소설)에 대한 욕망은 억압된 여러 기억들에서 찾아져야 한다. 이 기억들은 가까운 과거의 기억일 수 있고, 원초적으로 억압된 무의식에 내재된 근원적인 결핍과 그 욕구의 산물일 수도 있다.

화자는 소설의 말미에 낙태 사건의 정보를 툭 던지듯이 진술한다. 미국에 들어가기 전 남편 병언과 파로호를 답사하고 "돌아온 직후 혜순은 4개월 된 아이를 지웠"던 것이다. "아이를 새로운 희망으로 삼기에는 현

29 Myers, T., 앞의 책, 164쪽.

실의 날들이 너무도 어둡고 불확실했"(94쪽)던 것이 그 이유였다. 여기서 낙태의 이유를 찾기에는 너무 빈약하다. 그러나 낙태[30]와 연관된 억압(즉 낙태 이후의 죄의식)의 문제를 화자의 '갈증'이라는 증상의 1차적 요인으로 가정한다면, 이 낙태 사건을 몰고 온 또 다른 원인은 이것과 다른 차원의 억압에 기원을 두고 있다고 가정해야 한다. 기억(사건)이 억압되는 것은 기억과 연관된 일들이 매우 불쾌하거나 고통스러운 경우이다. 그것은 일종의 자기방어기제라고 볼 수 있다.

화자의 고양이를 살해할 정도의 분노에 대해 원인을 추론해 보면 과거 태아를 아무렇지도 않게(표면적으로는) 낙태하고 나서 화자의 무의식에 잠재된 죄의식이 역으로 또 다른 폭력을 통해 살해 충동으로 몰고 갔다고 해석할 수 있다. 다시 말해 1차 낙태 사건(인위적으로 양수를 비워냄)에서 죄의식이 발생되어 그 증상으로 기갈증이 왔고, 그 기갈증은 또 다른 살해 충동인 고양이 살해로 연결되었다는 추론이다. 그것은 자신에 대한 분노, 즉 자신을 살해하는 것과 등가관계를 이룬다. 그러나 이 모든 요인들은 모두 표면적으로 드러난 원인으로 화자의 충동적인 행동들을 명쾌하게 설명해내지 못한다. 태아 낙태, 고양이 살해, 기갈증으로 이어지는 일련의 상황들은 주체의 무의식에 억압된 욕망들이 행동, 즉 증상의 은유들로 나타난 것들이다.[31]

주체의 절단(단절)이 프로이트가 욕망과 동일한 것이라고 생각했던 어떤 발견(물)이 불쑥 다시 튀어 오르는 지점이라면, 무의식은 항상 이러한 주체의 절단〔단절〕속에서 동요하는 무엇으로 모습을 드러낸다.[32] 다시 말해 무의식이 주체의 단절, 틈, 균열이나 꿈, 말실수 등이

30 낙태는 자궁을 말라버리게 한 행위이다.

31 프로이트는 이와 같은 "억압의 과정은 증상을 형성하는 전제 조건"이라고 말한 바 있다. Freud, S., 임홍빈 · 홍혜경 역, 『정신분석 강의』, 열린책들, 2013, 400쪽.

32 Miller, J. A., 앞의 책, 48쪽.

드러나는 지점에서 모습을 드러낸다는 것이다.

무의식은 주체를 그림자처럼 따라다니면서 어떤 균열된 지점에서 불쑥 모습을 드러냈다가 사라진다. 결국 이 무의식은 주체의 영역에서 언어 속에서 그 모습을 재현하게 된다. 언어 속에서 소외된 주체 역시 기표에 의해 대체되어 나타났다 사라지기를 반복한다는 점에서 공통적인 특성을 지녔지만, "존재의 수준에서 볼 때 무의식은 달아나는 것"[33]으로 볼 수 있다. 억압에 의해 형성된 무의식의 내용들은 어떤 조건을 만족시키지 않으면 의식의 차원으로 떠오를 수 없다. 또한 그렇게 화자의 의식에 떠오른 무의식의 내용은 본래의 내용과 모습이 다른 형태로 떠오른다. 「파로호」에서 화자의 '기갈증'도 프로이트의 '꿈 작업'인 자리바꿈(전치) 또는 라캉의 '은유'[34]로 해석함이 마땅하다. 프로이트의 압축과 전치와 같은 꿈의 기제들은 문학과 꿈의 유사성을 말해주고 있다. 그것은 문학의 언어가 비유와 은유 등의 언어를 통해 서사를 진행시키기 때문이다. 따라서 화자의 기갈증이라는 증상은 무의식에 잠재된 어떤 내용들로부터 탈중심화되고 원본과는 다른 형태로 변이되어 나타난다는 것에 주목해야 한다.

여기에서 오정희 소설 「파로호」 속 주체가 겪는 증상의 은유를 라캉의 공식에 대입해서 해석해 볼 수 있다. 라캉의 은유 공식을 「파로호」의 화자에게 적용하면 다음과 같다.

---

33 위의 책, 56쪽.

34 라캉은 '무의식은 언어처럼 구조되어 있다'라는 명제를 토대로 프로이트의 '꿈의 해석'의 압축과 전치 현상을 야콥슨의 '은유와 환유'로 설명한다. 라이오넬 트릴링 역시 「프로이트와 문학」에서 정신의 구조가 본질적으로 시적 구조와 같은 것으로 본다. 박찬부, 『현대 정신 분석 비평』, 83쪽.

표 13 은유를 통한 글쓰기/말하기의 물마심/기갈증으로의 대체

$$f\,(\text{은유})\left(\frac{\text{물마심(기갈증) S'}}{\text{글/말(쓰기/하기) S}}\right)\text{글/말(쓰기/하기) S} \cong \text{글/말(쓰기/하기)}\ (+)\ s$$

앞서 살펴본 바에 의하면 은유는 두 시니피앙 간의 대체를 말하는데 S가 S'로 대체되는 것이 은유의 본질적 기능이다. 여기서는 '글/말(쓰기/하기)'가 '물마심(기갈증)'으로 대체되어 전혀 새로운 의미(s)를 발생시킨다. 이와 같이 기갈증(시니피앙)이라는 증상과 같은 신체 현상 속에는 글쓰기나, 이야기하기 욕망이라는 의미가 숨어있다. 화자의 기갈증은 심리적인 목마름이라는 시니피앙으로 표상되어 억압을 뚫고 현시된 신체적 증상이다. 따라서 원초적 억압을 통해 형성된 '목마름'은 화자의 무의식에 중요한 내용을 이루고 있다는 것을 알 수 있다. 잠재된 무의식의 내용을 형성하고 있던 시니피앙('발화의 욕망')이 화자의 의식계에 표상될 때는 '목마름'이라는 시니피앙으로 위장하고 변형된 형태로 나타나게 되었다고 볼 수 있다. 화자의 욕망의 은유인 '기갈증'은 '지식에 굶주렸다', '이야기(서사)에 목마르다'와 같은 맥락으로 이해한다면 화자의 '기갈증'에 대한 근원이나 기원을 더듬어 볼 수 있게 될 것이다. 그러므로 근본적으로 화자의 무의식에 잠재된 원억압은 발화의 욕망, 글쓰기/서사 욕망의 억압이나 좌절로 접근해야 한다.

이러한 무의식에 내재된 억압적인 요소들은 소외나 결핍과 같은 주체의 근본적인 문제로 접근하는 것이 타당하다. 소외는 어떤 분열 속에서만 나타난다. 상징질서 안에서 주체의 위상은 파편화되어 있고, 주체는 기표로써 그 존재를 증명해야 하는 사라짐과 재현을 반복해야 한다는 점을 상기한다면 발화나 글쓰기, 이야기에 대한 욕망은 주체가 겪는 근본적인 결여와 연결되어 있다는 것을 알 수 있다. 타자의 장에서 자신의

사라짐을 담보로 존재를 보증해야하는 악무한의 궤도 속에서 주체는 늘 부유하는 기표로 존재하기 때문이다.

신체는 말로 다 드러낼 수 없는 억압된 인간의 심리를 증상으로 기록하는 장이다. 이것은 몸의 언어인 증상을 통해 출현하며, 결국 이 증상이 주체에게 호소하는 것이다. 즉, 몸으로써 억압된 심리를 표현하는 것이다.

소외되고 억압된 주체의 발화 욕망은 충동[35]으로 변주되어 살해 충동으로 나타나 태아와 고양이를 살해한다. 또한 충동은 결여를 전제로 하기 때문에 화자의 신체적 증상인 '기갈증'으로 나타나며 이 증상은 지속적으로 주체에게 메시지를 보낸다. 그러므로 '기갈증'은 단순한 생물학적 욕구가 아니라 증상의 은유이다.[36]

주지하다시피 구강은 부분충동으로 구순기적[37] 충동에 해당하는 기관이다. 최초의 단계인 구순기는 구강이라는 기관의 특성상 생존 욕망(악=배출, 선=삼킴)과 직접적인 연관을 가지는 장소이다. 원초적 욕망의 바로미터인 구강이라는 기관은 단순한 생식기관이 아니다. 예를 들어 '사랑에 굶주렸다', '지식에 굶주렸다'와 같은 표현은 구강 충동의 원형이 작용한다고 볼 수 있다. 은유는 하나의 시적(詩的) 대체이다. 라캉은 대체라는 매커니즘 차원에서 하나의 시니피앙이 또 다른 시니피앙으로 치

---

35 라캉의 충동은 철저히 언어적인 것과 관련되며 충동은 반드시 오브제 아(objet a)개념과 연관된다.

36 증상은 의식적인 주체가 접근할 수 없는 의미작용에 의해서 해석될 수 있다(E 518) 증상 속에서 어떤 것이 무의식의(주체의) 자리에 나타나고, 어떤 것(some *thing*)이 주체 대신 자신을 드러낸다. 그러므로 증상은 은유이다(e 528). Fink, B., 김서영 역, 앞의 책, 196쪽.

37 정신분석이론에 따르면 유아는 4세가 될 때까지 인격과 성적인 정체성이 단계를 거쳐 발전하게 된다. (구순기/ 항문기/ 남근기/ 성기기) 최초의 단계인 구순기는 외부 대상을 입을 통해 받아들인다.(삼킴/ 배척) 입을 통해 대상관계가 형성되는 구순기는 대상을 소유하려는 마음의 원형들을 마련해 준다.

환되는 것이 은유의 본질이라고 말한다. 은유는 의미들의 생산을 가능하게 하고 의미화는 은유적인 것을 통해서만 나타난다는 것이다. 그러므로 오정희 소설 「파로호」의 주체가 겪는 '기갈증'은 '말의 고갈'이라는 은유로 해석할 수 있게 된다.[38]

이러한 해석을 종합해 본다면 화자가 귀국 후 맨 처음 파로호를 찾은 이유가 분명해진다. 화자가 이미지(신문의 사진)로만 접할 수 있었던 물을 뺀 파로호의 모습은 화자에게 "텅 빈 충만함"[39]으로 다가왔던 것이다. 화자는 태초의 시원으로서의 물, 그러나 현재는 퇴수지(退水地)인 파로호에 마음을 빼앗긴다. 결국 파로호가 텅 비어있음은 역으로 가득 채울 수 있는 완벽한 조건을 갖춘 장소인 셈이다. 그러므로 「파로호」는 서사의 복원, 이야기의 복원이라는 드라마가 펼쳐지는 장으로 해석이 가능해진다. 혜순이 남편을 미국에 혼자 남겨두고 귀국한 뒤 제일 먼저 한 일은 존재 증명과도 같은 사진 찍기와 텅 빈 퇴수지인 '파로호'를 탐사하는 일이었다. 혜순이 존재의 시원으로 인식한 '파로호'를 거슬러 올라가는 과정은 자아정체성의 확인뿐만 아니라 글을 쓰기 위한 의식에 가깝다.

> 끊임없이 말하고자 하는 욕구와 이윽고 찾아오는 텅 빈 공백 상태. 사용되지 못한 말들과, 그것이 지칭하는, 지시하고 가리키는 사물들은 텅 빈 뇌 속에서 화석처럼 굳어갔고 혜순은 자신의 사유와 세계라는 것이 얼마나 말

38 그러나 '기갈증'이 구강 충동의 원형이라고 살펴보았지만, 화자의 '고양이 살해'나 '태아 살해'에 대한 동기는 논리적으로 설명되지 않은 부분으로 남는다. 이 문제를 텍스트의 무의식으로 접근하는 것이 타당할 것 같다. 텍스트의 무의식을 바탕으로 분석한 연구들이 구체적으로 없었다는 점에서 본 연구는 새로운 시도라는 점을 밝혀 두는 바이다. 텍스트의 무의식을 통한 해석은 다음 절에서 논하기로 한다.

39 우찬제는 오정희의 소설이 '텅 빈 충만'의 세계에 사로잡힌 여성적 넋의 노래이며, 잃어버린 존재를 찾아나선, 그리고 존재의 본질적 의미를 탐색하는 고독한 순례자의 품격 높은 비창으로 해석한다. 우찬제, 앞의 논문.

의 질서 위에 세워져 있었던가를 참혹하게 깨닫곤 했었다. 입은 언제나 말하고자 하는 욕구로 벌어져 있고 귀는 미풍에도 쫑긋거리고 눈은 항상 의심쩍게 번쩍였다. 뇌의 회백질 속에서 굳어가는 것은 말이 아니라 말로써 표상되는 그 모든 것, 꿈 혹은 열망이라 해야 하지 않았을까. (「파로호」, 57쪽)

위 본문에서 화자는 "끊임없이 말하고자 하는 욕구" 후에 "텅 빈 공백 상태"가 찾아온다고 토로한다. 이와 같은 화자의 인식은 분열된 주체를 대신하는 기표들의 연쇄에 따른 기표의 소실과 출현을 주체의 사라짐과 재현으로 파악할 수 있게 한다. 화자인 주체가 "말(parole)을 하게 되면서 욕망은 자기 자신의 반영물(reflet)에 지나지 않는 것이 되고, 욕망은 자신의 언어로 만들어야 하는 필연성 때문에 결코 만족될 수 없다."[40] 그러나 언어에 의해 분열된 주체는 언어를 떠나서는 주체를 설명할 수도 보증할 수도 없다는 모순된 상황에 놓이게 된다.

알랭 밀레에 따르면 타자의 장에서 출현하는 시니피앙은 그것의 의미효과에 의해 주체를 출현시킨다. 그러나 그 시니피앙은 또 다른 시니피앙에 의미를 넘겨줌으로써 늘 과정 중에 있는 주체는(로 하여금) 시니피앙의 연쇄에서 벗어날 수 없게 한다. 그러므로 미처 의미로 환원되지 못하고 소실된 말들은 주체를 '텅 빈 공백 상태'로 잠시 내몬다. 이것을 감지하는 주체는 "자신의 사유와 세계라는 것이 얼마나 말의 질서 위에 세워져 있었던가를 참혹하게 깨닫곤"(57쪽) 한다. 주체는 언어, 즉 말을 떠나서는 자신의 존재를 증명할 길이 없기 때문이다. 그렇다고 해서 언어가 그 주체의 존재를 모두 드러내준다는 보장은 없다. 그래서 화자인 주체는 "말로써 표상되는 그 모든 것, 꿈 혹은 열망"이라고 말한다. 다시 말해 언어를 통해 자신의 주체성이나 존재를 표현하려는 일은 결국 주

40 Dor, J., 앞의 책, 153쪽.

체의 욕망(열망)일 뿐이라는 인식에 도달한다. 말, 언어로써 표상되는 모든 지시체는 그 실체를 보증할 수 없으며, 있다고 해도 그 실체의 실루엣에 지나지 않는다. 언어(기호)는 그 지시대상과 '자의적' 관계일 뿐이고, 또한 그 체계 내에서만 의미를 갖는다. 주체는 기표에 지나지 않고 그 의미는 환유적으로 미끄러지고 유예된다.

그러나 화자인 주체는 끝까지 이야기에 대한 욕망을 포기하지 않는다. 이러한 주체의 심리는 욕망의 사슬, 욕망의 원환 운동을 엿보게 한다. 또한 화자는 "사용되지 못한 말들과, 그것이 지칭하는, 지시하고 가리키는 사물들은 텅 빈 뇌 속에서 화석처럼 굳어"(57쪽)간다고 진술한다. 이와 같은 진술을 토대로 주체에게 대두된 욕망은 발화에 대한 욕망으로 해석할 수 있게 된다. 화석처럼 굳어서 미처 발굴하지 못해 사용가치를 상실한, 이야기가 되지 못한 말들이 마그마처럼 화자의 내부에 웅크리고 있다. 이것은 가까운 미래에 어떤 가능성을 지닌 잠재태로 기능한다. '화석'은 고고학적 발굴과 연관되고, 「파로호」의 서사가 선사시대 유물발굴 현장까지 "퇴행으로 전환(*conversion*)되는 것은 개인의 퇴행 욕망이 인류 보편의 정서인 '향수'의 옷을 입고 나타난"[41] 것과 같다. 정신분석학이 고고학적 발굴과 동일시된다는 것은, 글쓰기 역시 개인의 심층 의식 속에 '화석화'된 이야기를 발굴해내는 것과 같기 때문이다.

화자인 혜순은 남편 병언에게 한국으로 돌아가겠다고 선언하면서 "가능하다면 소설을 쓰고 싶"다고 말한다. 혜순이 귀국을 하고 처음 찾은 곳이 퇴수지인 '파로호'라는 점은 서사에 대한 욕망이 화자에게 얼마나 간절한 것인가 상징적으로 보여주는 대목이다. 그것은 '파로호'라는 호수가 지닌 상징적 의미가 한 몫을 한다. 파로호는 담수호지만 물을 뺀 퇴수지이다.

---

41 김형중, 『소설과 정신분석』, 푸른사상, 2007, 103쪽.

화자인 혜순은 파로호에 물을 빼자 목화밭이었던 그곳에서 사십년 만에 싹을 틔운 목화 묘목을 목격한다.

> 회백색의 텅 빈 거대한 골짜기와 물 마른 호수 바닥을 원혼처럼 할키며 떠도는 바람, 그리고 밑동을 헐어낸 채 황량하게 서 있는 산들은 낯설고 기이한 풍경이었다. 그러나 낯선 집의 문을 밀고 들어섰을 때의 그 낯설지 않음에 오히려 놀라듯, (…중략…) 이 이상한 친숙감은 무엇일까. 호수 안쪽 깊숙이 들어갈수록 혜순은 카메라 렌즈를 조작할 때처럼 뭔가 불투명하고 불분명한 것들이 분명해지는 느낌이었다. 이러한 황폐함과 황량함을 글로쓸 수 있으리라. 그러나 또한 글을 쓸 수 없었던 것은 얼마나 오래 전부터의 일인가. 간경변 환자 간이 굳어감을 느끼듯 혜순은 굳어가는 말들을 느낄 수 있었다. 세쪽이처럼 시조새처럼 화석이 되어버린, 그리고 태어나지 못하고 어둠 속으로 사라져버린 말들. (「파로호」, 77쪽)

혜순이 궁극적으로 퇴수지인 '파로호'를 선택하여 찾아간 이유가 분명해진다. 물을 뺀 텅 빈 호수를 '텅 빈 충만함'으로 인식한 화자에게 파로호는 잠재된 무의식적 본능으로 순례하는 시원(始原)이다. "잠이 오지 않는 밤이면 물을 마시곤"(54쪽) 했던 화자, 기갈증에 시달리다 소금을 집어먹고 안도하던 화자에게 퇴수지인 파로호는 신생의 장소이고 충만한 이야기로 가득 채울 수 있는 가능태(可能態)로서의 공간인 것이다. 그래서 그 황량한 풍경들이 오히려 낯설지 않고 친숙하게까지 느껴진다는 진술이 설득력을 갖게 된다.

물을 뺀 파로호에 도착하자 그동안 화자를 그토록 기갈증에 시달리게 하고 불면의 밤을 괴롭혔던 모호하고 추상적인 요인들이 구체적이고 분명하게 화자에게 인지된다. 그것은 화자인 주체의 글쓰기, 즉 이야기에 대한 열망이었다는 것임이 자명해진다. 화자가 외국 생활에서 가장 힘들었던 부분이 이야기에 대한 막연한 열망이었다. 화자는 그러한 심경을 "화석화 되고, 굳어가는 말들을 느낄 수 있었"기 때문이라고 진술한다. 미처 태어나기도 전에 입 속에서 구근처럼 굳어져버리는 말들의 공포, 주체에겐 사라져간 말들의 조바심과 곧 도래될 말들에 대한 열망이 '파로호'를 찾게 된 동기로 파악된다.

또한 이러한 상황에 앞서 화자에게 희망을 제시해주는 장면이 삽입되는데, 그것은 퇴수지 바닥에서 원주민이었던 노인과 만나는 장면이다. 노인은 "사십 년 물 속 땅에 묻혔다가 싹이 나다니 난 도통 그 조화 속을 알 수가 없"(76쪽) 다고 말하면서 조심스럽게 캐서 간직한 목화 묘목을 화자에게 보여준다. 목화씨앗의 신비를 목격한 화자에게 이야기는 구근(혀)에 싸인 채 발아하지 못하고 있는, 또는 일종의 씨앗으로 인지된다. 화자는 단단한 씨앗의 형태로 어떤 상황만 주어지면 다시 발아할 수 있는 가능태로서의 씨앗을 신비롭게 생각한다. 화자에게 씨앗 상태인 말들은 사실은 휴면 상태, 즉 잠재태로 존재한다. 화자는 거기에서 씨앗의 가능성을 보았기 때문에 '잠재태'에서 '가능태'로 다시 희망을 갖기에 충분하다. 그러나 「파로호」의 결말은 화자의 글쓰기가 실현되었는지는 구체적으로 제시되지 않고 있다. 이 희망이 현실에서 성취될 수 있을 지는 여전히 '잠재태'로 남아있다.

유물을 발굴하는 플롯이 소설 구성 요소로 채택된 것은 이야기하기의 욕망이 프로이트의 정신분석학에서 말하는 환자의 서사처럼 고고학적 발굴이라는 점을 암시한다. 정신분석학은 인간의 이러한 심리 근저에 놓인 환자의 서사에 주목한다. 환자의 서사는 완결된 형태가 아닌 파편적인 형태로 드러난다. 분석가는 이러한 환자의 서사를 재구성하여 하나의 스토리를 가진 서사로 복원시킨다는 점이 소설의 서사와 유사하다. 「파로호」에서는 목화 씨앗이 수십 년의 시간을 견디다가 발아하여 목화 묘목으로 복원되고, "갸름한 흰 돌에 날카로 돌로 세 개의 구멍을 쪼았을 뿐인데"(95쪽) 여인의 형상을 닮은 돌조각이 결국 신성한 옛 여인의 얼굴로 복원된다. 지금은 퇴수지에 불과한 파로호 역시 가까운 미래에는 물로 충만한 저수지로 복원될 가능성을 내포한다.

「파로호」는 정신분석학이 말하는 '서사의 복원 모티프'를 내재하고 있다. 「파로호」에서 화자의 서사 욕망은 결말에 가까워질수록 잠재태에서 조금씩 가능태로 나아간다. 언젠가는 "태어나지 못하고 어둠 속으로 사라져버린 말들"이 다시 이야기의 옷을 입고 복원될 것을 희망한다는 점에서 「파로호」는 은유와 환유의 수사학을 통한 서사의 복원 드라마를 연출하고 있다고 볼 수 있다. 이것은 이야기하기가 정신분석학에서 분열되고 소외된 주체를 잠시 고정시켜주는 라캉이 말하는 '누빔점'[42]의 역할을 한다는 것과 같은 맥락으로 이해할 수 있다. 욕망이나, 소외, 결핍과 같은 단어들은 언어에 의해 분열된 주체를 구성하는 요소로 작용하지만 이러한 요소들의 충족이나 극복은 원천적으로 불가능하다. 지젝은 이러한 주체가 막다른 골목에 다다르지 않기 위해서 환상적 시나리오와 같은 지지물에 기댈 수밖에 없음을 피력한 바 있다.

오정희의 소설들 중 「그림자 밟기」, 「번제」, 「봄날」, 「관계, 「어둠의 집」, 「夜會」, 「파로호」 등의 작품에서 소외되고 분열된 욕망하는 주체들의 발화에 대한 욕망은 지속적으로 변주되어 왔다. 오정희 소설의 주체는 이야기하기의 욕망이라는 증상을 향유하기에 치료를 통해 이 증상을 제거할 수는 없다. 프로이트의 증상 개념이 무의식의 지표로서 상징적인 기호에 훨씬 가깝다면, 라캉의 증상은 그 자체의 향유를 요구하는 실재계의 요구이다.[43] 즉, 오정희 소설 속 주체들의 이야기하기 또는 글

42 '누빔점'은 떠돌아다니던 기표가 잠시 의미가 고정되는 지점으로, 쇼파를 고정시키는 '단추'에 비유할 수 있다. 라캉에게 기표와 기의는 1:1 대응(소쉬르)되는 것이 아니라 그 의미는 미끄러지며, 기표가 기의에 닻을 내리는 지점에서 잠시 그 의미가 발생한다고 말한다.

쓰기에 대한 욕망은 주체가 자신의 증상을 향유하는 한 방법이 된다.

2. 억압된 충동의 텍스트적 발현

정신분석학은 무의식이라는 개념으로부터 출발한다. 프로이트의 정신분석학은 인간 행동 원형으로서 무의식을 다룬다. 무의식이란 의식적으로 감지할 수 없는, 즉 주체가 모르고 있는 부분이다. 그것은 억압된 부분이며 앞으로 밝혀져야 할, 또는 읽혀져야 할 미지의 텍스트인 셈이다.[44]

프로이트는 『꿈의 해석』[45]에서 의식은 현실 원리(자아 보존 충동)에 해당하며 무의식은 쾌락원리(성적 - 이드 - 충동)에 해당한다고 말한 바 있다. 충동에는 양가성—미움과 사랑(에로스)은 본질이 동일하듯이—이 내재되어 있다. 본능 충동으로서 원초아(이드)와 도덕 및 양심에 관계되는 초자아는 무의식에 해당하고 이성 활동은 자아에 속한다.[46]

---

43 김석, 앞의 책, 246쪽. 증상은 그 자체의 만족을 위해 승화를 요구하는데 여기에서 승화에 대한 라캉의 개념은 욕망의 윤리로 정식화된다.

44 프로이트는 「정신분석 운동의 역사」에서 정신분석의 모든 이론적 구조의 초석(礎石)은 바로 억압이론이라고 선언한 바가 있다. 이런 점에서 억압을 집중적으로 설명하고 있는 「억압에 관하여」와 「무의식에 관하여」는 정신분석 이론의 근본 바탕이 되는 중요한 논문으로 평가받는다. 억압의 본질은 어떤 것을 의식으로 진입하지 못하게 하여 의식과 거리를 두게 하는 데 있는 것이다. Freud, S., 윤희기 · 박찬부 역, 『정신분석학의 근본 개념』, 열린책들, 2012, 133~139쪽.

45 Freud, S., 홍성표 역, 『꿈의 해석』, 홍신문화사, 1991.

46 Freud, S., 강영계 역, 『쾌락 원리의 저편』, 지만지, 2009, 9~10쪽. 「충동과 충동의 운명」에서 프로이트는 명시적으로 충동을 "정신적인 것과 육체적인 것 사이의 한계 개념", "육체 내부에서 유래해 정신에 도달하는 자극의 심리적 대표"(SE 14, 122)로 정의한다. 라캉은 죽음의 충동을 주체의 분열, 결여, 완벽한 향유의 원초적 상실을 의미하는 논리적, 철학적 범주로 해석한다. 또한 라캉은 프로이트의 죽음 충동을 주이상스(jouissance)로 발전시킨다.

또한 『쾌락 원리의 저편』에서는 충동을 삶의 충동(Eros)과 죽음 충동(Thanatos)으로 설명한다. 인간은 유기체로서 갖는 긴장 요소들을 삶의 충동으로 완전히 해소할 수 없기 때문에 죽음 충동이 대두되며 그 긴장들을 완벽하게 해소하는 길은 유기체의 죽음뿐이라고 한다.[47] 이러한 관점에서 볼 때 삶의 충동과 죽음 충동 안에 내재되어 있는 모든 무의식적 충동들은 인간의 원초적 욕망의 한 형태라고 파악할 수 있다. 그러므로 프로이트의 이론은 인간이 삶을 영위하면서 끊임없이 이 둘 사이를 길항(拮抗)하는 것임을 유추하게 해준다.

오정희 소설 속 주체들의 기본적인 충동의 성질은 '성적(性的)이거나 공격적인 경향'으로 텍스트 속에서 다양한 무의식의 형태로 발현되는데, 이때 텍스트 내 서사는 "무의식적 내용의 의식적 의미로의 전환을 가능케 하는, 무의식적 판타지를 적절히 변형시"[48]켜 나타난다.

한편, 충동의 실제 의도(purpose)는 그 목표(완전한 만족)가 아니라 그 자체가 목적이라는 사실이 라캉이 지적하는 요점이다. 충동의 궁극적인 목적은 단순히 충동 그 자체를 재생산하는 것, 충동의 순환궤도로 돌아가는 것, 목표를 향한 그리고 목표로부터 나오는 그 궤도를 지속시키는 것이다.[49] 충동들의 대부분은 방어 기제와의 상호 작용을 통해서 지연된 만족을 택하거나 신경증과 같은 다양한 증상을 통해 나타나지만 충동이 반드시 행동으로 나타나는 것은 아니고 강박증이나 공포증을 통해 주체에게 도래하기도 한다.

무의식 속에 억압된 충동은 우회적인 방법을 통해 스스로 만족을 얻으려 하는데, 특히 공포는 '늑대 인간'의 서사에 나타나듯이 꿈의 전치된 이미지나 압축을 통해 비자발적 반복으로 제시된다. 프로이트의 「두려

---

47 위의 책, 120쪽.

48 박찬부, 『현대 정신 분석 비평』, 172쪽.

49 Zizek, S., 김소연·유재희 역, 앞의 책, 22쪽.

운 낯섦」에 따르면, 이러한 악마적 감정은 비자발적 반복에서 비롯되며, "억압된 성충동(Sexualtrieb)은 우회로를 통해서 직접적인 만족이나 대치 만족(Ersatzbefriedigung)으로 뚫고 들어"[50] 온다. 이와 같은 비의지적인 반복은 주체가 지닌 심리적 문제와 연관되어 있다. "대상을 결여하는 이 지향성은 몸짓이나 단어 같은 어떤 단편에 심리적 삶 전체를 집중하고, 이런 단편은 그 자체가 다시 다른 반복의 요소가 된다."[51]

분석가는 환자의 서사에서 드러나는 꿈, 증상, 말실수 등으로부터 표출되는 파편화된 서사를 재구성한다. 정신분석학이 문학 연구의 대상이 되는 것은 "기호로 드러난 텍스트성 무의식(textual unconscious)"[52]을 해석하는 일이다. 즉 "하나의 언어적 텍스트로서의 꿈, 그것은 어떤 무의식의 내용이 그대로 〈표현〉되거나 〈반영〉된 것이 아니라 수많은 굴절과 변형을 거쳐 〈생산된〉 결과물이다. 이러한 사실은, 문학 텍스트의 형성 과정에서도 꿈의 작업과 비슷한—물론 정도의 차이는 있지만—형식화 작업, 혹은 텍스트의 작업(text-work)이 일어나고 있다"[53]면 고전적인 방법으로서의 문학 텍스트에 대한 시각, 즉 문학이 현실을 단순하게 반영한다는 인식을 수정해야 한다는 것이다. 이와 같은 접근 방법은 소설 텍스트의 인물들을 모두 신경증적인 증상을 가진 환자로 환원하지 않고도 텍스트의 무의식을 함께 고찰할 수 있는 준거가 된다.

라캉의 설명대로 "인간이 결핍의 존재이기 때문에 욕망하는 것이라면, 같은 논리로 결핍의 언어 또한 욕망하지 않을 수 없다. 따라서 텍스트가 이러한 결핍의 언어로 구성되어 있는 한에서는 텍스트는 당연히 욕망하게 된다."[54] 텍스트의 욕망은 궁극적으로 끝에 대한, 텍스트에서

50 Freud, S., 강영계 역, 앞의 책, 23쪽.
51 Deleuze, G., 김상환 역, 『차이와 반복』, 민음사, 2008., 607쪽.
52 박찬부, 『기호, 주체, 욕망』, 236쪽.
53 박찬부, 『현대 정신 분석 비평』, 164~165쪽.

독자의 죽음의 순간인 이러한 인식에 대한 욕망이다. 인식을 향한 반복이 내러티브 텍스트의 진실을 구성한다.[55] 또한 텍스트의 "무의식은 발화의 주체가 반복되는 것 속에서 표출되는데"[56] 그것은 인물들의 불안이 반복되는 수사에 의해 감지되는 것을 뜻하며, 내러티브의 욕망 역시 반복되는 수사에 의해 결말의 유보나 지연의 형태를 띠며 드러난다.

억압과 억압된 것은 반드시 되돌아온다는 프로이트의 전언처럼, 정신계의 보편적 법칙을 의식과 무의식의 상호작용이라는 관점에서 읽을 때 무의식이 기호적·상징적으로 의식 속에 현현하는 문제, 더 나아가서 문학의 무의식, 또는 텍스트성의 무의식의 문제를 가장 효과적으로 설명해줄 수 있다고 생각한다. 텍스트성 무의식의 탐구는 "명시적 텍스트가 암시적으로 열어 보여주는 어떤 흔적을 추적하는 것이다. 그리고 이 흔적은 텍스트의 논리적 공백이나 탈문자 현상, 혹은 여러 증상적 현상들을 통해 감지된다. 이것은 개인의 무의식이 기호적 증상을 통해 감지되는 것과 같은 이치이다. 텍스트성 무의식의 존재 탐구에 결정적으로 중요한 것은 무의식의 기호적 현현 과정에서 드러나는 은유적 대치(metaphorical substitution)와 환유적 치환(metonymical displacement) 현상이다."[57]

텍스트의 무의식은 "강박적이거나 반복"적인 수사를 통해 나타날 수도 있다. 텍스트의 "방어 기제는 이미지의 배열과 구조화를 통한 〈부정(denial)〉과 〈무화시키기(undoing)〉"[58]로 나타날 수도 있고 또한 앞서 살펴본 것처럼 말하는 것(what it says) 또는 보고로서의 서술행위

54 이정호, 『텍스트의 욕망』, 서울대학교출판부, 2005, 7쪽.
55 Brooks, P., 앞의 책, 174쪽.
56 Lemaire, A., 앞의 책, 118쪽.
57 박찬부, 『기호, 주체, 욕망』, 250~253쪽.
58 박찬부, 『현대 정신 분석 비평』, 174~187쪽.

(narration-as-reporting)에 의해 감추어지고 행동하는 것(what it does) 또는 수행으로서의 서술행위(narration-as-performance)에 의해 드러날 수 있다. 특히, 텍스트 무의식의 분석을 통해 오정희의 소설 텍스트에서 충동의 양상이 두 가지로 나타나는 것을 확인하게 될 것이다.

오정희 텍스트 속 주체에게 나타나는 억압된 충동의 양상은 텍스트의 전면에 판타지나 해독할 수 없는 상징성을 내포한 문장으로 불쑥 튀어나오는 형태를 취한다. 이러한 문장들은 소설 속 주체의 정신적인 측면을 대리하는 것이기도 하지만 돌출된 문장은 문장 내 다른 문장과의 통일되지 않는 문장으로 서사를 논리적으로 흐르지 못하게 하는 측면과, 해석을 방해하는 측면을 동시에 지니고 있다.

이러한 점들을 고려하여 본 절에서는 오정희 소설을 텍스트의 무의식을 중심으로 분석하여 그것이 어떤 정신분석학적 의미를 가지는가를 밝히고자 한다. 텍스트 중심적인 분석은 오정희 소설의 텍스트가 어떤 형식을 통해 무엇을 방어하고 있는지, 어떤 내용으로 판타지나 충동을 보여주고 있는지를 보여주게 될 것이다.

한편 홀란드는 문학 작품에서 형식이란 방어에 상응하고 내용은 판타지나 충동에 상응한다고 말한바 있다.[59] 프로이트 역시 일찍이 충동에 대하여 두 종류의 충동들을 구분하게 되었는데, 하나는 생명을 죽음으로 이끌고 가려는 것이고, 다른 것은 성 충동으로서 끊임없이 삶의 재생을 추구하고 관철시키는 것이다.[60]

오정희 텍스트에 드러나는 충동들 중 하나는 공격적 성향을 보여주는 것으로 「파로호」에서 고양이 살해와 태아 살해, 「봄날」, 「번제」 등에서도 태아살해 등을 통해 반복적인 주체의 충동을 볼 수 있다. 또 다른

59 위의 책, 172쪽.

60 Freud, S., 강영계 역, 앞의 책, 88쪽.

하나는 성적(性的)인 성향을 보이는 충동을 들 수 있다.

「직녀」에서의 화자인 주체가 불임으로 인한 회임(懷妊)에 대한 원망(願望)이 남근(男根)에 대한 환상으로 나타나고, 「관계」에서도 며느리와 사는 노인이 역시 자살한 아들을 대신해 배태(胚胎)에 대한 욕망을 독백을 통해 반복해서 드러낸다. 「완구점 여인」, 「저녁의 게임」, 「옛 우물」에 나타나는 비정상적인 성적 행위 역시 이러한 맥락에서 해석할 수 있을 것이다. 특히 이 장에서는 「파로호」와 「직녀」, 「관계」를 중점적으로 고찰해 볼 것이다.

「파로호」의 화자인 혜순은 미국생활에 적응하지 못하고 소설을 쓰고 싶다는 욕망으로 남편 병언과 갈등을 겪고 끊임없이 물을 마셔대는, 기갈증으로 시달리는 인물이다.

앞서 '기갈증'이 구강 충동의 원형이라고 살펴보았지만, 화자의 '고양이 살해'나 '태아 살해'에 대한 동기는 여전히 논리적으로 설명되지 않은 부분으로 남는다. 이 논리의 공백의 문제는 텍스트의 무의식으로 접근하는 것이 타당한 것으로 보인다.

텍스트 분석은 하나의 텍스트에 대한 정신분석적인 독서이며, 그것은 **모든 텍스트가 감지되고 묘사될 수 있는 무의식적인 힘들의 영향을 받는다**는 첫 번째 가정에서 출발한다.[61] 독자가 독서를 할 때 중요한 것은 "첫 단계로 **텍스트에 귀기울**이기이다. 시나리오나 등장인물들이 말하지 않는 것에, 배경이 은폐하고 있는 것에, 수사학적인 문채(文彩)가 위장하고 있는 것에, 혹은 단어나 각운이나 소리가 중얼거리는 것에 귀 기울

61 Bellemin-Noël, J., 최애영, 심재중 역, 『문학 텍스트의 정신분석』, 동문선, 2001, 91~92쪽. 텍스트 분석은 "**작가에 대해 작품 밖에서 알게 된 사실들을 참조하지 않고, 그의 다른 작품들이 우리에게 가져다주는 것도 참조하지 않으며, 독자의 고삐 풀린, 어떤 식의 개인적인 특이 반응도 참조하지 않으면서 하나의 욕망의 담화를 재구성하는**"(《텍스트의 무의식을 향하여》) 것으로 정의된다.

인다."[62]

「파로호」에 등장하는 화자인 혜순을 한마디로 충동적인 주체로 가정할 수 있다. 혜순은 이유를 알 수 없는 살해 충동으로 4개월 된 태아를 낙태하거나 떠돌이 고양이를 살해한다. 화자가 왜 특별한 이유도 없이 생명에 대한 살해 충동을 느끼게 되는지 텍스트 내의 정보로는 밝혀지지 않는다. 단지 떠돌이 고양이가 더럽고 비천하다는 이유로 살해하거나, 아이를 키우며 살만한 세상이 아니라는 매우 추상적인 이유로 낙태를 한다. 그것은 화자의 어떤 억압된 무의식이 몸을 통해, 즉 '기갈증'이라는 구체적인 증상으로 신체를 통해 발현된다는 것과 같은 논리라고 볼 수 있다.

> 때로 초저녁에도 고양이는 아파트 단지로 들어와 어슬렁거리곤 했다. 저녁을 마친 후 산책을 구실로 동네 주위를 돌며 서성이는 혜순과 맞닥뜨리면 잠시 멈칫거리다가 더러운 걸레뭉치처럼 달아나곤 했다. 혜순은 그 고양이의 더러움을, 문밖에서 들려오는 처량한 울음소리와 비루한 몸짓 따위를 점차 참을 수 없었다. 발화점을 향해 모이는 불꽃처럼 그녀 속의 모든 적의와 잔인함과 분노가 잿빛 고양이를 향해 모아지는 것을 스스로도 이해할 수 없었다. (「파로호」, 88쪽)

62 위의 책, 91~92쪽. 텍스트의 무의식은 텍스트 속에 언어로 드러난 무의식을 분석하는 것이다. 텍스트의 미세한 부분까지 감지하고 해석하는 일은 언어(말)를 매개로 하는 정신분석학에서 환자의 무의식과 텍스트의 무의식의 상호 친화성이 발견된다. "이와 같은 텍스트와의 내밀한 관계 덕택으로 환상들과 심리 형성 단계들과 형상들이, 다시 말해 정신분석 이론에 열거된 가능한 모든 심리 구성들이 독창적인 모습으로 나타나는 것을 조금씩 감지하거나, 혹은 우리 자체의 내부에서 그것들을 재창조한다. 즉 우리는 그것을 다시 체험한다. 요컨대 우리는 텍스트 속에서 우리 자신을 확인하는 것이 아니라, 텍스트를(텍스트의 무의식적인 역동성을) 그 자체로서 인정한다."

본문 텍스트를 화자의 불안한 심리를 통해 분석해 본다면, 고양이에 대한 혜순의 적의는 '떠돌이', '비루함' 등과 같은 단어로 요약할 수 있다. 혜순은 미국 생활에 적응하지 못하고 부초처럼 흔들리며 자신의 정체성에 회의를 가진다. 이러한 점을 참작하여 떠돌이 고양이와 화자를 등가적인 관계로 설정한다면, 이 비루한 떠돌이 고양이는 화자의 심리적인 등가물이 된다. 그러므로 화자를 어떤 충동으로 이끄는 이 분노의 이면은 다름 아닌 자신을 향한, '자기반영적 분노'로 볼 수 있다.

화자의 해명되지 않은 분노가 떠돌이 고양이에게 전가되면서 '잔인함'으로 나타난다. 특히 이러한 화자의 살해 충동은 텍스트의 무의식으로 분석할 수 있다. 그것은 위의 본문 텍스트에서 '더러운', '걸레뭉치', '더러움', '비루한' 등의 유사한 의미를 가지는 단어를 집중적으로 진술되는 과정에서 드러난다. 흥분한 화자는 '걸레뭉치처럼 더러운 고양이'에 대해 강박적으로 관심을 보이고 급기야 그 고양이를 자루에 넣어 살해하기에 이른다. 화자 스스로도 그 분노와 적의를 알 수 없다고 한 진술은 무의식의 어떤 공백의 지점을 지시한다.

화자가 고양이를 살해하는 병적인 분노와 불분명한 태아살해 동기는 모두 "텍스트의 〈증상적인〉 측면들로서 명시적 텍스트에는 충분히 동기화되지 않은 부분들이다."[63] 이와 같이 텍스트의 무의식의 증상적인 요소들, 즉 살해 충동은 유사한 '언어의 과잉'을 통해 개연성 없는 과도한 감정의 진술로 전개되는 것에서 찾을 수 있다. 즉, 유사한 의미의 단어가 집중적으로 발화된 텍스트에서 텍스트가 은폐하고 있는 텍스트의 무의식을 감지할 수 있다. 이를 통해 화자가 드러내는 분노·적의와 같은 심리적 불안의 지표가 언어적 증상을 통해 감지되고 살해충동으로 이어진다고 말할 수 있게 된다.

---

63 박찬부, 『현대 정신 분석 비평』, 186쪽.

한편, 증상 그 자체가 하나의 은유라고 할 때, 분석 과정에서 새로운 은유의 창조는 증상의 재배치, 증상과 관련한 변경된 주체적 위치를[64] 말해준다.

> 예전 병언과 함께 왔을 때 혜순은 묵고 있던 집 주인으로부터 파로호라는 이름의 유래— 육이오 때 사단 병력의 중공군을 수장시키고 승리감에 취한 이승만 대통령이 오랑캐를 깨뜨렸다는 뜻으로 지었다는—를 듣고 한번 가보리라 작정했었다. 험한 산등성이를 넘어야 한다는 말에 병언이 만류했다. 임신중인 혜순의 몸을 걱정해서였다. 그러나 파로호에서 돌아온 직후 혜순은 4개월 된 아이를 지웠다. 아이를 새로운 희망으로 삼기에는 현실의 날들이 너무 어둡고 불확실했던 것이다. (「파로호」, 94쪽)

위 본문 텍스트는 소설 결말에 포함된 부분이다. 미국에서 혼자 돌아온 혜순은 '수석 취미를 가진 김선생'과 물이 빠진 '파로호'를 다시 방문한다. 파로호를 답사하면서 유물을 발굴하는 현장에서 여학생을 만나 대화를 한다. 그 여학생이 "여긴 언제나 바람 소리 뿐"(93쪽)이라는 말을 받아 김선생이 그 바람의 정체가 '수장당한 중공군의 망령들'이라고 농담을 한다. 그 말을 듣는 순간 혜순은 그 유물 발굴 현장에서 과거 남편 병언과 함께 왔던 사실을 상기하고 위의 본문 텍스트와 같이 회상 장면을 느닷없이 제시하여 결말을 혼란에 빠뜨리고 서사를 일반적인 종결로 가지 못하게 한다. 이러한 논리의 공백현상 또는 비약현상은 독자들에게 이해할 수 없는 독서로 이끌 뿐만 아니라 소설이 결말에서 다시 미궁에 빠지는 특이한 독서를 체험하게 한다.

화자는 유물 발굴 현장에서 왜 느닷없이 이 장면을 떠올렸을까? 그리

64 Fink, B., 이성민 역, 앞의 책, 139쪽.

고 "파로호에서 돌아온 직후 혜순은 4개월 된 아이를 지웠다. 아이를 새로운 희망으로 삼기에는 현실의 날들이 너무 어둡고 불확실했"다는 진술을 무엇 때문에 갑작스럽게 하는 것일까? 당시 병언의 실직을 기술한 내용이 앞서 언급되었지만 그것만으로는 결말 부분에 낙태를 갑자기 언급하는 것이 납득되지는 않는다. 혜순의 머리에 문득 떠오른 과거의 사건, 무의식적 회상에 딸려 나온 '낙태' 이유의 모호함은 비논리적이고 추상적이다. 이와 같은 내용들은 논리적으로 설명되지 않은 문장들의 배치와 관련되며 느닷없고 돌연한 문장들에 의해 나타나는 것으로 "탈문자 현상"으로 설명될 수 있다. 갑작스러운 의미나 이유의 생략은 화자의 무의식뿐만 아니라 텍스트의 무의식으로 접근해볼 수 있게 하는 지점이다.[65]

위의 본문 텍스트의 해명되지 않는 내용들은 등장인물인 혜순이 발설하지 않는 진실에서, 즉 파로호라는 공간과 배경이 은폐하고 있는 것에서 찾아질 수 있을 것이다. 화자인 혜순은 "애초 유물이나 수석에 관심이 있어"(94쪽) 파로호를 찾은 것이 아니다. 화자를 파로호 탐사로 이끈 것은 "흐린 흑백 사진에 나타난 황량하고 텅 빈 호수의 모습이었다."(94쪽) 화자는 스스로 그 텅 빈 호수에서 "무언가 볼 수 있으리라는 기대가 있었던 것이 아니었던가."(94쪽)라고 진술한다. 그러나 파로호를 다시 찾았지만 거기에 대한 '이유'나 '기대' 역시 명확하게 밝혀지지 않는다. 다만 무언가를 볼 수 있으리라는 화자의 기대는 소설의 말미에 '돌조각에 새겨진 옛 여인의 얼굴'을 만나는 것으로 대체된다.

---

65 다시 말해서 텍스트의 어떤 부분이 지나치게 강조되거나 혹은 갑작스런 침묵이나 생략이 있을 때, 이러한 현상을 통틀어 〈탈문자 현상〉이라고 하는데 정신 분석학에서 무의식의 소재를 알려주는 가장 믿을 만한 신호로 알려지고 있다. (……) 혹은 텍스트가 이유 없이 경련하거나 광기를 띨 때—이럴 때 텍스트의 무의식이 감지되는 것이다. 박찬부, 『현대 정신 분석 비평』, 187쪽.

「파로호」의 텍스트가 무의식적으로 숨기려 하는 것은 아이러니하게도 신생, 즉 배태(胚胎)에 대한 원망(願望)이다. 그것은 파로호가 물을 뺀 퇴수지라는 점과 텍스트 속에서 화자가 파로호를 보고 '텅 빈 충만함'이라고 말한 언어에서 그 의미가 역으로 드러난다. 거기에 대한 단서를 본문 텍스트에서 추적해 보면 '다시 방문한 파로호가 퇴수지라는 점, 사십년을 물속에서 견디다 싹을 틔운 목화 씨앗과 옛 여인의 얼굴이 새겨진 돌조각' 등이 그러한 사실을 뒷받침해 준다는 점이다. 이러한 분석을 감안한다면 모든 것을 비워두어야만 다시 새로운 것으로 가득 채울 수 있다는 논리가 성립된다고 할 수 있다. 텅 빈 그릇에 담길 구체적인 내용이 무엇이든 그것은 다름 아닌 신생의 원망인 것이다.

파로호를 다시 방문한 시점에 화자는 낙태를 언급함으로써 신생의 장소인 자궁을 '텅 빈 충만함'으로 비워둔 것을 말하는 셈이다. 이러한 사실은 '텅 빈 자궁'은 '퇴수지인 파로호'와 조응되며, 이어 '목화 씨앗의 신비'와 수만 년 전 돌조각에 새겨진 '옛 여인의 신비한 표정'과 조응된다는 점에서 그동안 화자의 돌연한 충동들과 이해할 수 없는 문장들이 비로소 해석될 수 있게 된다.

또한 화자인 "혜순은 돌을 손바닥 위에 얹고, 해독할 수 없는 암호를 바라보듯 그 표정을 읽으려 애썼다. 수만 년의 세월 뒤 흙을 털고 일어난 여인의 눈으로 물이 사라진 호수, 영원한 화두인 양 웅웅대며 떠도는 바람을 보려 애썼다."(96쪽) 라는 진술로 소설은 끝난다. '물이 사라진 호수' 그 너머는 어떤 심연의 지점을, 영원처럼 어떤 눈으로도 닿을 수 없지만 그 응시는 자신의 내부를 향하고 있다는 데서 미래지향적이다. 그러므로 위의 밑줄 친 부분은 앞서 밝힌 분석을 바탕으로 해석하는 일은 어렵지 않다. '물이 사라진 호수' 너머를 응시하는 옛 여인은 화자인 혜순과 다르지 않다. "영원한 화두인 양 웅웅대며 떠도는 바람"은 '신생'이 도래하기 전의 '카오스' 상태로 설명될 수 있고, 또한 화자의 욕망,

즉 '이야기하기(소설 쓰기)의 욕망'에 비추어 보면, '웅웅대며 떠도는 바람'은 말(이야기)이 되기 전의 소요(小搖) 상태로 볼 수 있기 때문이다. 이러한 추론은 텍스트가 감추고 있는 무의식의 지점을 밝히는 근거가 되고, 텍스트의 무의식이라는 방법적인 유추를 통해 화자의 살해(낙태) 충동에 대한 심적 동기가 발화에 대한 욕망에 기인한 것이라는 설명이 가능하게 된다.

「파로호」는 텍스트의 무의식과 작중인물이 출발부터 안고 있는 불안정한 충동 심리와 설명이나 동기화되지 않는 문장들의 도약(건너뜀), 은유와 상징으로 서술하는 방식 등이 혼재되어 있다. 이러한 오정희의 소설적 기법과 미학이 어우러져 펼쳐 보이는 「파로호」에서는 텍스트의 무의식과 작중인물인 화자의 무의식, 이 두 가지 차원의 무의식이 서로 교차하면서 직조해내는 무늬들이 소설 텍스트를 중층적인 구조로 이끈다. 이와 같은 서술은 한편으로는 독자들에게 '낯설게 하기로' 비춰지기도 하고, 다른 한편으로는 독자의 선형적인 독서를 지연시키고 이해를 방해하고 교란하는 데 한 몫을 한다.

오정희의 소설 텍스트에서 나타나는 공격적 성향의 살해 충동은 「파로호」의 예를 통해 어느 정도 해명되었다. 또 다른 성격을 보이는 충동은 성적(性的)인 충동이다. 이 성적 충동들은 여성의 성이 은폐되고 은밀하다는 기존의 고정관념을 전복시키고 외설적인 내러티브를 생산해내는 데 기여하고 있다. 소설 텍스트 내 문장들은 과도한 상징과 문장의 돌올함, 성적 환상이나 환청 등이 화자의 모호한 심리와 어우러져 일반적인 독서를 방해한다.

오정희 소설에서 여성 작중인물이 보여주는 이와 같은 성적 충동은 비정상적인 성적 행위로 나타나기도 하고 환상과 결합되어 성적 욕망으로 발현되기도 한다. 그것은 충동이 환상이라는 지지물에 기대어 자신의 목표를 추구한다는 것으로 이해할 수 있다.

「옛 우물」의 결말에서 돌연 여성 화자는 어둠이 깃든 숲에서 저녁의 어스름을 감상하다가 갑자기 나무 위로 올라가는 행동을 보인다.

> "다리를 꼬아 힘껏 굵은 줄기를 휘감았다. 돌발적이고 불합리한 욕구로 몸이 뜨거워졌다. 나는 나무를 껴안고 감아 안은 다리에 힘을 주며 온 힘을 다해 비틀었다. 아아, 억눌린 비명이 터져 나오고 나는 산산이 해체되어 흰 빛의 다발로 흩어지는 듯한 짧은 희열을 느끼며 축 늘어졌다. 나는 조금 울었던가?" (「옛우물」, 52쪽)

이 돌발적인 성적 환타지를 남근적 상상력에 기대어 해석한다면, 이 화자의 충동은 억눌린 성적 욕망으로 읽을 수 있다. 그러나 이 성적 욕망은 단순한 표출이 아니라는 것을 알 수 있다. 그것은 곧이어 나오는 문장에서 "별과 꽃이 난만한 밤에" 죽은 남자(애인)를 떠올리는 문장으로 연결된다. 즉 이루어지지 못한 사랑에 대한 재생 욕구로 읽혀질 수 있다는 것이다. 죽은 남자를 대신한 나무는 남근이라는 그 상징성을 간직한 채 그 다음 마지막 문단으로 이동한다.

화자가 그토록 기억하려고 애썼지만 좀처럼 떠오르지 않았던 '증조할머니의 금비녀'에 얽힌 설화가 돌연 떠오름과 동시에 소설은 끝난다.

> 나는 나의 생보다 오랜 산과 나무, 별들을 바라보았다. 비로소 먼 옛날 증조할머니가 내게 해준 말을 정확히 기억해내었다. 옛날 어느 각시가 옛 우물에 금비녀를 빠뜨렸는데 각시는 상심해서 죽고 금비녀는 금빛 잉어로 변해 …… (「옛우물」, 52쪽)

화자의 성적 환타지는 마지막 문단에서 옛 우물과 금비녀를 만나, 잉어로 환생하는 은유로 나아간다. 증조할머니는 먼 신화적인 시간대를 두르고 다산을 상징하는 잉어를 데리고 화자 앞에 나타난 것이다. 금빛 잉어로 환생한 생명이 헤엄쳐오는 판타지는 신화적 시간대를 현재적 시간대로 끌고 오는데 성공한다. 태곳적부터 헤엄쳐온 이 신생의 신비한 시간의 도래는 화자의 재생 욕구에 대한 강렬한 전언이 된다.

그러나, 이와 같이 상징적인 문장으로 배열된 텍스트는 의미의 전달을 단절시키면서 다음 문장으로 급작스런 도약을 하거나 다시 은유적인 문체로 그 의미를 모호하게 숨긴다. 지나치게 의미가 감추어진 문장은 문장과 문장 사이의 빈 공백의 의미를 독자가 채워 넣어야 하는 '텍스트 작업'으로 유도한다. 분석가 앙드레 그르앵은 텍스트적 무의식은 "있어야 할 세부 사항이 무시되고 있는 곳에 존재한다."[66]고 말한 바 있다. 이처럼 텍스트의 무의식은 의미의 공백이라는 요소를 통해 감지되기도 한다.

「저녁의 게임」의 결말 역시 모호하게 끝난다. 아버지의 눈을 피해 공사 현장의 인부와 성관계를 맺고 돌아 온 화자가 또 다시 보여주는 돌연한 자위행위는 무엇을 말하는가? 설명할 수 없는 화자의 외설적 성적 욕구는 소설을 해체적으로 읽도록 유도한다. 「저녁의 게임」은 통상적인 종결 대신 성적 자위행위를 암시하면서 종결되는데 그것은 소설 내적 요소들이 서로 "대립되는 가능성조차 형성하지 않고 여러 가지 항목이 상호 침해 내지 중화하게 함으로써 〈끝마무리된 가설〉이나 전체의 의미를 형성하지 못하도록 구상된 것처럼 보"[67]이게 한다.

일반적으로 소설 텍스트는 처음 시작 단계에서 제시된 인물들의 정보

---

66 (Green, A., "The Double and the Absent", *Psychoanalysis, Creativity, and Literature: A French-American Inquiry*, Edited by Alan Roland, Columbia University Press, New York, 1978, pp.284-285.) 박찬부, 『현대 정신 분석 비평』, 186~187쪽. 재인용.

67 Rimmon-Kenan, S., 앞의 책, 212쪽.

나 태도 등을 토대로 독자들에게 앞으로 일어날 사건이나 이야기들을 거기에 비추어 유추하도록 한다. 물론 소설이 진행됨에 따라 원래의 상정된 추측을 수정하거나 대체할 수도 있는 '끼워 넣기' 독서로 독자를 유도하기도 한다. "스토리는 독자에 의해 추상(abstract)되고, 작중인물들은 텍스트-연속을 따라 산재해 있는 여러 가지 지시 사항들을 근거로 해서 독자에 의해 구성된다."[68]

등장인물들의 동기화되지 않은 행위들은 소설 텍스트를 "〈결정불능(undecidability)〉 또는 〈해독 불능(unreadability)〉"이라는 해체적 독서로 내모는 결과를 초래한다. 이러한 텍스트를 "애매한(ambiguous) 텍스트라고 할 수 있고, 그런 결정을 아주 불가능하게 하고, 독자로 하여금 상호 배제적인 양자택일의 상황"[69]에 처하게 할 뿐이다. 결국 소설은 결말을 향해 나아가지만 결말은 다시 미궁으로 빠지고 독자들은 '해독 불능, 결정 불능' 과 같은 미확정적인 상태에 빠짐으로써 소설은 처음 출발했던 지점으로 회귀하는 경향을 보인다.

왜곡되고 변형된 「직녀」의 텍스트에는 무의식의 '핵심적 판타지'가 텍스트의 작업을 거쳐서 '핵심적인 의미'[70]로 변형된 것이라는 홀란드의 이론을 적용하는 것이 적절하다.

홀란드는 텍스트가 가동하고 있는 형식적 방어기제는 〈부정(denial)〉과 〈무화시키기 (undoing)〉라고 말한다. 또한 그것은 이미지의 배열과 구조화를 통해 나타난다는 것이다.[71] 텍스트에서는 이와 같은 형식화 작업을 거쳐 꿈 작업처럼 의식계에 떠올리기에 부적절한 무의식의 내용이 압축과 왜곡 등으로 변형되어 드러난다. 독자는 분석가의 입장이 되어

---

68 위의 책, 209쪽.

69 위의 책, 181~212쪽.

70 박찬부, 『기호, 주체, 욕망』, 246쪽.

71 박찬부, 『현대 정신 분석 비평』, 174쪽.

이러한 공백의 문장과 이미지, 은유 등을 재조합하여 '텍스트 작업'으로 재구성하는 능동적인 독서에 참여할 수 있다. 또한 "독자가 텍스트의 의미를 만들어 내는 데 참여하는 것과 마찬가지로 텍스트는 독자를 형성한다."[72]

「직녀」에서 화자인 주체는 남편으로부터 '석질의 자궁을 가진 여자'로 낙인찍힌다. 그 이후 남편은 그녀의 방을 찾지 않았고 남편의 기다림으로 일관하는 그녀의 회임(懷妊)에 대한 원망(願望)은 남근(男根)에 대한 선망적 도착으로 나타나는 것을 볼 수 있다.

> 햇빛은 어디에나 만연해 있었다. 나는 플라타너스 같기도 하고 은백양 같기도 한, 잎을 휘도록 달고 있는 나무를 바라본다. 그것은 햇빛에 부딪혀 쟁강거리는 잎새로 가지마다 다닥다닥 열매를 은폐하고 있었다. 손가락 사이를 좀 더 넓히고 반짝이는 잎들을 바라보다가 나는 아, 소리를 지르며 두 눈을 감아버렸다. 무성한 잎 사이로 얼핏얼핏 내뵈는 것은 풍작의 과일처럼 주렁주렁 달린 남근(男根)이었다. (192쪽)

화자의 남근 원망(願望)이 나무에 매달린 열매를 남근으로 착각하는 착시현상을 불러일으킨다. 이러한 "도착적 환영은 은폐된 욕망으로 마음속에 형성되어 있는 오래되고 낯익은 것이 단지 억압 과정을 통해 마음으로부터 소외된 어떤 것"[73]이다. 그것은 남근과 유사한 열매에 투사된 화자의 심리적인 결과물인 것이다. 이 경우 투사란 "주체가 그 자신 속에서 인정하길 거부하거나 거절하는, 따라서 자아로부터 추방되어 다른 사람이나 사물들 속에 위치하게 된 특성(느낌, 소망, 대상)들이다."[74]

---

72 Rimmon-Kenan, S., 앞의 책, 207쪽.

73 Jackson, R., 서강여성문학회 역, 『환상성』, 문학동네, 2007, 89쪽.

74 (Laplanche, J. and Pontalis, J-B., *The Language of Psychoanalysis*, tr. by Donald

열매를 남근이라는 은유적 기호로 전환하는 화자의 "무의식의 '기호적 현현'(semiotic manifestation)[75]은 텍스트가 감추고 있는 의미를 해석할 수 있게 하는 단초를 제공한다.

> 활짝 핀 꽃의 징그러움을 아시는가. 눈꺼풀이 두꺼워지도록 깊은 잠에서 깨어난 오후, 그 부어오른 눈두덩에 푸른 칠을 하고 입술을 붉게 그려 일곱 송이의 꽃을 쥐고 대문을 나서면 볕 바른 개천을 조심조심 건너가는 아, 당신은 육손이. 손가락이 여섯 개. (「직녀」, 193~194쪽)

위의 본문 텍스트는 결말 부분으로 많은 논란을 불러일으켰던 대목이다. 「직녀」 역시 결말은 해독할 수 없는 문장으로 끝나버리고 만다. 상징과 이미지와 은유로 가득한 문장은 단단한 빗장을 지른 성채처럼 좀처럼 그 뜻을 열어 보여주지 않는다. 텍스트가 감추고 있는 내용을 파악하기 위해 기호로 표현된 이미지나 은유 등을 통해 해석해야 그 의미를 재구성할 수 있게 된다.

우선 이 소설의 제목이 「직녀」라는 점에서 이 소설 텍스트가 어떤 내용을 의미하고 있는가 짐작할 수 있다.

다음은 밑줄 친 "눈두덩에 푸른 칠을 하고 입술을 붉게 그려"라는 문장이다. '눈두덩에 푸른 칠을' 하고 '입술을 붉게 그린'다는 것은 결혼식을 위한 특별한 신부 화장을 암시한다. '일곱 송이의 꽃을 쥐고' 는 화자가 혼인하던 날 남편이 아내인 화자의 면사포를 벗겨주며 "장식용으로 꽂은 일곱 송이의 흰 꽃을 뽑아주며 야수다라의 꽃이군요,"(187쪽) 라고

Nicholson-Smith, London, 1973, p.349) 위의 책, 89쪽. 재인용.

75 박찬부, 『기호, 주체, 욕망』, 235쪽. 이러한 '기호적 · 상징적 표현들'에 대해 프로이트는 꿈의 무의식에서 꿈, 말실수, 농담 등을 통해 드러나는 형식을 '기호적 현현'으로 말한 바 있다.

말해 주었다는 점을 상기한다면 이 꽃의 의미를 유추할 수 있게 된다. 일곱 송이 꽃이 상징하는 것은 부부의 인연을 맺어 주는 야수다라의 꽃이다. 즉, 남편을 다시 부부의 인연으로 맞이하고 싶은 원망(願望)으로 가득 찬 발화라는 해석이 가능하다.

여기에서 개천은 평범한 일반적인 개천이 아닌 '별 바른 개천'이다. '별 바른'이란 단어는 화자의 무의식적 욕망을 알 수 있는 매개적인 단어이고, '별 바른'이란 형용사가 주는 아주 평화롭고 안정적인 만남을 욕망하는 화자의 심리가 투영된 결과라고 볼 수 있다. 그것은 화자가 늘 창을 통해 그를 기다리며 바라보던 개천으로 이 개천은 '떠남'과 '돌아옴'이라는 이중적인 의미를 지니고 있다. 프로이트의 손자가 '포르트 다(fort-da)' 놀이, 즉 '사라짐(Verschwinden)과 돌아옴(Wiederkommen)'[76]의 놀이에서 떠남과 돌아옴을 반복하면서 어머니의 부재를 견디는 것과 같이 화자는 그 개천을 통해 '그'의 떠남과 돌아옴을 주시하면서 장차 다가올 이별을 무의식적으로 예비하고 있는 것으로 유추할 수 있다. 그러므로 개천은 화자의 기다림과 떠남이라는 모순된 심리가 반영된 화자의 심리적인 등가물인 셈이다.

또한 본문에서 "일곱 송이 꽃을 쥐고 대문을 나서는" 주체를 석질의 여자, 즉 화자 자신을 투영해낸 주체라고 가정한다면, 그 꽃을 받을 상대가 왜 '육손이'인지 모호하다. 이 부분은 본문 텍스트에서 그 의미를 유추하는 것이 타당할 것이다.

까마득히 먼 꼭대기에 아주 흐릿하게 일곱 개의 별이 물주걱의 형상으로

76 Freud, S., 강영계 역, 앞의 책, 32쪽. 'Fort'와 'Da'는 무의식적 담론의 단편으로 욕망이라는 끝없는 환상에서 대체기호로서만 가치를 띠게 된다. 그러므로 무의식의 기본구조는 최초의 본능이 성취되었을 때의 긍정적인 면과 부정적인 면을 나타내는 한 쌍의 언어학적 기호로 이루어진다. Lemaire, A., 앞의 책, 146쪽.

떠 있다. 나는 문득 당신의 길다란 손가락 사이에서 빙글빙글 돌아가던 일곱 송이의 꽃을 생각한다. (「직녀」, 187쪽)

위의 본문 텍스트가 감추고 있는 텍스트의 무의식은 의미가 표면으로 떠오르는 것을 억압하고 있는 것으로 생각할 수 있다.

이 문장은 "일곱 개의 별이 물주걱의 형상으로 떠 있고" 라고 먼저 제시된다. 그리고 "나는 문득 당신의 길다란 손가락 사이에서 빙글빙글 돌아가던 일곱 송이의 꽃을 생각한다."로 끝맺는다. 이 텍스트에는 어떤 무의식이 작용하고 있기 때문에 이 문장을 직역하는 것보다 환유적으로 읽고 해석해야만 그 의미를 파악할 수 있다. 알려진 바와 같이 일곱 개의 별은 북두칠성을 말한다. 일곱 개의 별과, 일곱 송이의 꽃은 서로 조응 관계를 맺고 있다. 북두칠성은 일곱 송이 꽃을 말하기 위해 가져온 예비적 이미지이다. 그러나 '문득'이라는 부사어는 '문득 떠오르다' '문득 이상한 느낌이 들다'와 같은 문장이 생략되었다는 것을 가정한다면, 그리고 그 다음 문장을 환유적으로 치환하여 읽어보면 새로운 의미가 잡힐 수 있다.

1차적으로 일곱 개의 별은 혼인날 남편의 '길다란 손가락 사이에서 빙글빙글' 돌던 꽃의 환시작용을 불러일으키고 뒤따라 2차적으로 당신의 손가락이 일곱 개로 환치되어 화자의 망막에 도착했을 때는 손가락이 일곱 개라는 착시 현상으로 나타난다고 볼 수 있다. 그것은 일곱 송이의 꽃송이가 서로 빙글빙글 돌면서 길다란 손가락과 어지럽게 어우러지는, 마치 일곱 송이의 꽃을 단 꽃 대궁이 빙글빙글 돌아가는 듯한 환시작용의 결과로 읽을 수 있다. 그것은 인접성에 기반을 둔 환유의 원리가 구조화 작용에 기여한다는 것을 알 수 있다.

'일곱 개의 별'과 '일곱 송이의 꽃', '길다란 손가락', 물주걱의 형상' 등과 같은 단어들이 인접성의 원리에 의한 연상 작용을 통해 '꽃다발', 즉 야수다라의 꽃이라는 환유로 의미화한다는 것이다.

여기에서 '길다란'이라는 부사어 역시 긴 손가락이 꽃대궁으로 환치된다는 암시로 읽을 수 있다. 만약 '길다란'을 뺀 '손가락 사이'라는 단어만으로 충분히 그 의미를 드러낼 수 있음에도 불구하고 '길다란'이라는 부사어를 쓴 것은 이러한 해석을 가능하게 해준다.

이러한 추론을 바탕으로 가장 난해한[77] "아, 당신은 육손이. 손가락이 여섯 개."라는 소설의 마지막 문장의 해명이 가능하게 된다. 앞서 살펴본 바와 같이 화자가 느끼는 '일곱'이라는 단어는 특별한 의미를 가진 단어이다. 소설 속 어떤 곳에서도 화자가 그리워하는 당신이 '육손이'이라고 명시된 적은 없다는 점을 감안한다면 소설의 마지막에 당신을 '육손이'로 지칭한다는 것은 의미심장하다. 앞서 살펴본 대로 '7'이라는 숫자는 화자에게 돌아오지 않는 그와의 다시 화합을 꿈꾸는 부부의 인연을 상징하는 야수다라의 꽃송이에 대한 은유이다. 그러므로 화자에게 '7'이라는 숫자는 완전함을 암시하는 숫자라면, '6'은 하나가 모자라서 완전하지 못하다는 말이 된다. 그것은 화자의 마음속에 있던 일곱 개의 꽃 대궁 같은 손가락으로 인식하고 있는 '그'와 비교했을 때, 현실에서 그 꽃을 받을 상대가 육손이라는 점은 결국 '그'와 화자가 어긋난 인연임을 간접적으로 드러내 준다고 해석할 수 있게 된다.

또한 오정희 소설에서는 숫자가 자주 등장한다. 오정희가 보여주는 숫자관은 탈각/제거, 분열/해체, 완전한/이상적인 의미로 대비된다. 그것은 오정희 소설을 정신분석학적으로 읽을 때, 주체의 발화에서(의식/무의식) 노출, 은폐된다. 특히 짝수는 분열/해체라는 주체의 충동적 심

77 많은 논란을 일으켰던 「별사」와 함께 「직녀」는 김현의 해석으로 유명하다. 김현은 육손이를 기형이 나타내는, 정상보다 큰 힘을 가진 자로, 덧붙여 필요 없이 덧가짐으로써 기형이 된 자의 과잉된 자의식에 대한 원망스런 비난을 함축하고 있다고 보았다.

리를 대변하고 홀수는 주체가 이상적으로 생각하는 숫자로 볼 수 있다.

「봄날」에서는 6개월 된 태아를 낙태하고, 「파로호」에서는 4개월 된 태아를 낙태한다. 「바람의 넋」에서는 신혼 6개월 만에 가출을 감행하고, 「관계」에서는 노인의 아들이 결혼 이태 만에 죽는다. 「직녀」에서는 손가락이 여섯 개인 육손이가 등장한다. 이와 같이 모두 짝수가 뜻하는 것은 탈각/제거, 분열/해체와 관련된다. 반면 「번제」에서는 그 양상이 사뭇 다르다. "눈이 열두 조각, 햇빛도 열 두 조각, 지나가는 사람들 다리도 열 두 조각"(161쪽)으로 화자인 주체가 인식하는 짝수는 분열(해체)을 지시하는 숫자가 명시적으로 드러난다. 「관계」에서도 마찬가지이다. 노인은 며느리인 그네를 떠올리면서 "'에덴'에서 아메바처럼 두 개로, 네 개로, 열여섯 개로 해체되고 분열되어 춤을 추고 있던 것이었어."(144쪽)라는 상상을 한다. 짝수는 분열된 주체들이 보여주는 '결핍'이라는 심리적인 기제로서 작용한다.

반면 「번제」에서는 짝수와 홀수가 교차되어 나타나는 데, 처음 주체가 보여주는 짝수에 대한 분열된 의식은 뒤에 가면 이상적으로 생각하는 홀수로 대체되어 나타난다. "때로 한 무리의 사람이 지나갈 때, 나는 다리 수를 아홉이나 열하나, 열 셋으로 헤아리는 수가 있다."(165쪽) 이와 같이 홀수를 대하는 주체의 태도에서 홀수는 짝수보다 이상적인 수로 상정되고 있음을 볼 수 있다. 그것은 「직녀」에서 '일곱 송이 야수다라 꽃'이라는 상징으로 나타난다. 「別辭」에서는 부모님을 안장할 묘지의 번호가 'D블록 9-3'이다. 인간이 완전한 휴식, 즉 영면(永眠)을 보장받을 수 있다는 의미에서 「別辭」의 묘지 번호의 홀수는 가장 이상적이고 완전한 수라고 말할 수 있다.

결국 오정희 소설 주체들이 인식하고 있는 짝수는 분열과 해체, 결핍의 '수'로 해석할 수 있고, 홀수는 완전한 수, 이상적인 수라는 것으로 이해할 수 있다.

또한 그것이 아니더라도 직녀성(織女星)은 어긋난 부부의 인연을 단적으로 드러내주는 정보가 된다. 야수다라의 아내 역시 부부 인연이 다하고 출가를 한다는 점을 미루어 볼 때, 이러한 해석을 뒷받침해주는 근거가 된다.

"활짝 핀 꽃의 징그러움을 아시는가. 눈꺼풀이 두꺼워지도록 깊은 잠에서 깨어난 오후, 그 부어오른 눈두덩에 푸른 칠을 하고 입술을 붉게 그려 일곱 송이의 꽃을 쥐고 대문을 나서면"(193~194쪽) 이 문장 자체가 화자의 무의식과 텍스트의 무의식이 감지되는 한 지점이다. 이 시적 이미지와 상징, 은유 등으로 일관하는 문장은 화자인 그녀와 남편이 혼인을 하던 장면을 떠올리게 한다. 화자는 한편으로는 '그'의 떠남을 받아들이면서도 다른 한편으로는 '그'를 욕망하는 양가감정을 보여준다. 그 결과 이와 같은 미학적인 장치를 동원하여 화자의 무의식적 소망을 은폐하면서 드러낸다고 말할 수 있게 된다.

여기서 문제가 되는 문장은 "활짝 핀 꽃의 징그러움"이고, 이 문장에서 모호한 단어는 '징그러움'이다. 그것은 화자가 석질의 자궁이라는 콤플렉스를 가지고 있다는 점을 상기한다면, 활짝 핀 꽃은 곧 열매를 맺는 식물의 생식 기능에 대해 느끼는 질투의 감정이라고 볼 수 있다. 그것은 앞서 본문 텍스트에서 "홍도화 가지에 다닥다닥 붙어 있는 꽃을 좌악 훑는다."(193쪽)라는 문장에서 화자의 불편한 심리적인 동요를 읽을 수 있다.

또한 앞서 분석한 내용을 바탕으로 이 문장을 해석하면, 혼인색(신부화장)을 띤 여성과 활짝 핀 꽃은 절정에 달한 꽃(여성성)의 시간대이고 또한 그것은 여성의 자궁과 대응된다는 점에서, 꽃은 여성의 생식기를 우회적으로 표현했다고 볼 수 있다. 그 다음 "눈두덩에 푸른 칠을 하고 입술을 붉게 그려 일곱 송이의 꽃을 쥐고 대문을 나서"는 문장은 앞서 살펴본 대로 자연스럽게 부부의 인연을 맺는 혼인식에 대한 화자의 원망이라는 것을 알 수 있다. 그러나 그 부부의 인연은 어긋난 인연이라는 점에서 그러한 결말을 '부정'하는 화자는 모호하고 해독 불가능한 문장(발화), "아, 당신은 육손이. 손가락이 여섯 개."[78]라는 수수께끼와 같은 문장에 의탁한다. 짧은 탄식('아,')과 함께 서둘러 문장을 끝내야하는 화자의 절박함은 종결 어미가 생략된 문장으로 마무리된다. 이러한 결말은 화자가 남편과의 이별을 부정하는 것으로 화자의 어떤 억압된 무의식의 지점으로 읽을 수 있다. 그것은 프로이트가 말한 '부정'은 억압된 것을 인지하는 하나의 방법이 된다는 것을 상기시키기 때문이다.

억압이 '검열'(censorship)과 '타협하기'(compromise-formation)의 과정을 거쳐서 의식계에 드러나고 그 억압된 내용은 본래의 내용과 다르게 변형을 거쳐 명시된다는 것을 감안할 때, 「직녀」는 수많은 은유와 이미지, 환유, 상징으로 위장된 채 주체의 무의식과 텍스트의 무의식을 동시에 보여주고 있다고 볼 수 있다. 또한 이 두 요소가 서로 교차하면서 어떻게 상호 작용하는지 또한 그것들이 억압하고 있는 것은 무엇인지를 역으로 드러내준다고 볼 수 있다.

「관계」[79]는 노인의 퇴행적인 성적 판타지에 숨겨진 배태(胚胎)에 대한 원망(願望) 충족의 시나리오를 보여준다. 화자인 노인은 자살한 아들을 대신해 며느리에 대한 성적 욕망을 반복해서 드러낸다. 그것은 죽은 아들에 대한 보상심리로 볼 수 있다. 노인은 반신불수의 몸으로 혼자서는 아무 것도 할 수가 없다. 가정부인 수분네가 노인의 수발을 들고 며느리는 늘 어딘가 외출중이다. 노인은 수분네의 '푸르뎅뎅한' 팔목을 볼 때

78 소설의 결말은 "눈두덩에 푸른 칠을 하고 입술을 붉게 그려 일곱 송이의 꽃을 쥐고 대문을 나서면 별 바른 개천을 조심조심 건너가는 아, 당신은 육손이. 손가락이 여섯 개."(194쪽)로 끝난다.

79 「관계」는 오정희 작품 중 다른 작품들에 비해 그다지 주목받지 못한 작품 중의 하나이다. 그 이유 중 하나는 텍스트의 내용과 형식이 주는 모호함에 있다. 그러나 「관계」는 「직녀」나 「별사」만큼 특별한 문제작 중 하나이다.

마다 생리적인 혐오감을 드러내고, 며느리가 '에덴'이라는 곳에서 외간 남자들과 춤을 추고 있다고 믿고 있다. 또한 며느리인 '그네'가 그 남자들과 정을 통하고 있으리라는 상상을 통해 자신의 전도된 성적 욕망을 외설적인 방법으로 드러낸다.

중요한 것은 화자인 노인이 견지하고 있는 시점의 특이성이다. 모든 텍스트는 '가정된 독자'를 상정하고 있지만, 「관계」의 화자인 노인은 '-어', '-지'라는 종결어미를 일관되게 사용하면서 누군가 자신의 이야기를 바로 앞에서 듣고 있는 독자나 청자를 상정하는 화법상의 독특함을 보여준다. 그것은 피분석가가 분석가를 상대로 자신의 과거 이야기를 들려주는, 정신분석 임상에서의 서술과 유사하다. 두려움, 혐오감, 관음증, 성적 욕망 등으로 점철된 화자의 서술은 마치 검열을 의식하지 않은 듯이 여과 없이 진행된다.

화자인 주체는 무의식적 충동에 충실하며 성적 욕망과 성적 공포에 사로잡혀 있다. 이 주체는 왜곡된 자신의 무의식적 충동에 대한 상대의 호응, 또는 인정을 구함으로써 죄의식을 '무화'시키기거나 '은폐', '부정'하려고 한다.

> 내가 요강에 똥을 한번 누고 수분네에게 빵을 사오라고 이르고 다시 팥이 든 것을 크림이 든 것으로 바꿔오도록 하여 그것을 두 개 먹고, 그네의 방을 엿보고 하는 동안 그네는 '에덴'에서 아메바처럼 두 개로, 네 개로, 열여섯 개로 해체되고 분열되어 춤을 추고 있던 것이었어. (「관계」, 144쪽)

노인의 성적 "충동은 '심적 대리자들' 즉, '대리- 표상' "[80]에 의해 성적 정서를 환기하는 사물 표상에 의해 노출된다. 위의 텍스트에서는 '똥',

80 Bellemin-Noël, J., 앞의 책, 18쪽.

'팥소, 크림소가 든 빵'과 같은 부분 충동에 해당하는 것들로 대체되어 나타나는 데, 노인은 원초적인 욕망의 단계인 배설에 대한 욕구, 즉 '똥 누기'를 통해 자신의 성적 욕망을 쾌락으로 대체한다. 이처럼 항문기로 퇴행하는 노인은 어머니 '젖' 대신 '빵'으로 구강기의 부분 충동 욕망을 함께 드러내고 있다. 입과 항문은 욕구의 충족과 배설이라는 하나의 기관으로 연결되어있기 때문에 둘 사이에는 불가분의 성적 판타지가 연루되어 있다.

장 벨맹-노엘에 따르면 원초적 감정들과 연결되어 있는 충동은 탄생의 순간에 뿌리를 두고 있고, 우리가 경험하는 최초의 충동만족/불만족들과 관련된다.[81] 프로이트에 따르면 억압된 충동은 자신의 완전한 만족을 추구하는 것을 결코 포기하지 않는데, 그와 같은 만족은 최초의 만족 체험을 반복하는 것에서 성립한다.[82] 최초의 만족은 어머니와의 최초 접촉(젖가슴)에서 찾을 수 있고, 그 이후 구순기나 항문기를 거치면서 형성된 '충동만족/불만족'으로 발전된다.

또한 노인의 '똥 누기' 행위는 '성적 자위행위'에 대응되며, 그 성적 흥분을 가속시키기 위한 방법으로써 관음증적 "〈엿보는 자(voyeur)〉의 병적 의지"[83]를 보여주는 시선을 동원한다. 며느리로 통용되는 '그네'의 방을 엿보면서, 며느리의 성적 행적을 상상함으로써 자신의 쾌락을 지속시키고 있지만 다른 한편으로는 아들을 대신해 배태(胚胎)에 대한 욕망으로 그 쾌락을 전이시킨다.

> 그네의 흐릿하게 빛나는 손톱을 세워 사내의 붉은 목덜미에 깊이깊이 박지. 사내의 살 깊은 목덜미에 은빛 비늘이 파도처럼 번득이고 사내는 이제

---

81 위의 책, 19쪽.
82 Freud, S., 강영계 역, 앞의 책, 81쪽.
83 박찬부, 『현대 정신 분석 비평』, 186쪽.

움직이지 않지. 그러나 그네는 사내의 어두운 곳에 아직 살아 꿈틀거리는 신비한 힘을 자궁 속 깊이 빨아들이지. (「관계」, 156쪽)

위의 본문 텍스트는 노인이 '그네'라고 칭한 며느리의 행동을 들여다보고 있는 듯 세밀하게 묘사를 하고 있는 대목이다. 며느리를 대상으로 상상적 시나리오를 통해 성적인 욕망을 펼쳐 보이는 노인의 관음증적 시선은 전도된 성적 욕망의 한 예를 보여준다.

여기에서 노인은 며느리를 '그네'라고 표현하는데, '그네'는 삼인칭 대명사이다. 인칭대명사와 달리 '그네'라는 단어가 지시하는 대상은 불명확하다. '그네'는 또한 '그녀'의 변형된 호칭임을 알 수 있고, 노인이 며느리를 정확하게 표현하지 않는 심리에는 근친상간에 대한 죄의식(도덕·양심)이 있기 때문으로 보인다. 노인을 억압하는 초자아는 자신을 위장하여 외설스러운 성적 판타지를 통해 드러내 보인다. 그것은 도덕적인 초자아와 욕망에 충실하려는 초자아간의 갈등에 의해 전개된다.[84] 이와 같은 초자아의 이중적 분화는 그것이 법이면서 동시에 법을 파괴하는 것이 된다. 라캉에 따르면 초자아는 "향유의지(will-to-enjoy, *volonte de jouissance*) 의 표현이다."[85] 이러한 관점에서 본다면 노인은 초자아의 향유의지를 충실히 따르는 인물이다.

또한 초자아는 자신의 그림자로서 공적인 법을 강요하고 동반하는 외

---

84 초자아는 보통 법 또는 양심이라고 말한다. 인간은 사회적 동물이기 때문에 사회 규범을 내면화하고 그 사회의 규범이나 윤리적인 체계를 받아들여야 한다. 프로이트는 인간을 신경증적인 존재로 만드는 것을 문명에서 찾았다. 초자아는 두 개의 하위 체계로 나누어지는데 하나는 자아이상(自我理想, Ego *ideal*)이고 다른 하나는 양심이다. 초자아는 원초적 형태의 목소리(부모)로 명령이나 금지로 발현된다.

85 초자아는 상징적 고리의 공백들로부터 생겨나며, 법을 왜곡하는 상상적 대체물로 그러한 공백들을 채운다. 초자아는 신경증적 주체에게 무분별한, 파괴적인, 거의 항상 반 법률적 윤리를 부과하는 외설적이며 잔인한 인물이다. 김경순, 앞의 책, 87쪽. 이 인물은 형성물로 볼 수 있다.

설적 '밤의' 법이다.[86] 지젝이 초자아를 외설적인 '밤의 법'이라고 말하는 것은 법을 말하면서 동시에 법을 넘어서려는 욕구를 불러일으키는 것이 초자아이기 때문이다. 초자아가 실패한 자리에 외설적인 초자아가 침입하는데, 위의 텍스트 속에서는 주체(노인)의 성적 환상으로 나타난다.

초자아의 이중적 분화로 인한 성적 판타지는 선형적 서사의 진행을 지연시키는 대신, 독자들은 현실이 제공하지 못하는 외설적 욕망과 조우하게 된다. 이것은 소설 읽기의 매혹으로 작용하며 독자의 흥미를 유도하여 독자의 욕망과 만나는 지점을 제공해 준다.

배태에 대한 욕망은 노인이 에덴을 '에덴'으로 ' ' 부호를 통해 강조한다는 것에서 그 단서를 찾을 수 있다. 주지하다시피 에덴은 원초적인 공간이다. 노인은 이 원초적인 공간을 단순히 성적인 쾌락의 공간이 아닌 더 승화된 생명이 탄생하는 장으로 유도하는 심리적 복선을 깔고 있다. 그것은 '아메바'로 대체된 인간의 씨앗이 "두 개로, 네 개로, 열여섯 개로 해체되고 분열되어 춤을 추고 있"는 신생(新生)의 순간을 판타지로 엮어내고 있다.

그 욕망은 죽은 아들을 다시 낳아보고 싶다는 것으로 나아가지만 다른 한 편으로는 아들을 대신하여 며느리에게 아이를 얻고 싶어 하는 두 가지 욕망으로 나타난다는 점이 특이하다. "결코 되살아날 리 없는 아들의 망령을 위해, 그네를 품에 안고 스무 명, 서른 명, 아니 그 이상의 자식을 잉태시키려면 한숨 푹 자두는 것이 지금으로선 최선의 길이다."(157쪽) 라는 「관계」의 마지막 문장이 위와 같은 해석을 가능하게 한다.

또한 「관계」에는 배태에 대한 상징과 은유, 이미지들이 가득하다. 우선 이 소설의 도입부는 수분네에게 어항의 물을 갈아주라고 소리치는

---

86 Zizek, S., 이만우 역, 『향락의 전이』, 인간사랑, 2002, 113쪽.

것으로 시작한다. 수분네의 이름부터 물을 연상시키는 단어이다. 어항 또한 물을 담아 물고기를 키우는 도구이기도 하지만, 이 텍스트 속에서는 생명을 잉태할 수 있는 '자궁'으로서 역할을 한다. 고전적으로 물은 생명과 관련되며 배태와는 뗄 수 없는 밀접한 관계를 맺고 있다. 노인이 "마비된 손을 오른손으로 집어올려 어항의 불룩한 배에 갖다 대"(138쪽)는 장면은 이러한 내용을 뒷받침해준다. 마비된 그의 손은 이미 거세된 남성성을 의미하기 때문에 이러한 노인의 욕망은 판타지에 불과하다.

배태에 관한 은유나 이미지들을 살펴보면, 어항이 형태적으로 임부처럼 불룩한 배의 형상을 하고 있다는 것과 물과 물고기와 어항, 이 모든 대상들이 갖는 각각의 기호적 의미와 특성들을 들 수 있다. 어항은 이러한 사물들의 상호연상 작용을 거침으로써 자궁에 착상되어 물고기 형상의 태아로 나아가는 환유작용으로 읽을 수 있다.

특이하게도 노인은 푸른색을 두려워하기도 하고 혐오하기도 한다. 노인을 도와주는 수분네의 '푸르뎅뎅한' 팔목을 볼 때 마다 생리적인 혐오감을 드러내는데, 그 단서는 본문 텍스트 속에서 찾을 수 있다. 노인은 "수분네의 팔목은 늘 푸르뎅뎅하지. 난 그것을 볼 때마다 생리적인 혐오감을 금할 수 없었어."(139쪽)라고 중얼거리기도 한다. 수분네의 푸르뎅뎅한 팔목에 대한 혐오감은 나중에 성적 공포로 전이된다.

> 껌벅거리는 형광등 빛에 수분네의 손에 들린 식칼이 푸르끼리하게 빛났어. 그러나 불이 환하게 켜지자 그것은 본래대로 시커멓고 무디게 변하는 것이었어. 나는 수분네를 피해 아랫목으로 기어가서 이불을 뒤집어썼지. 수분네는 아직도 푸르뎅뎅한 팔목을 드러낸 채였어. (「관계」, 153쪽)

이 소설의 표층적인 텍스트뿐만 아니라 심층적인 텍스트에서도 노인의 무의식이 다른 사물(대상)을 통해서 드러난다는 것을 알 수 있다. 예를 들면 '푸른 식칼'과 수분네의 '푸르뎅뎅한 팔목'을 지목할 수 있는데, 이러한 것들은 남성의 건강한 성기를 대신한다. 이 같은 점을 미루어보아 노인의 저변 심리에 내재된 채 의식으로 떠오르지 못하고 억압되어 있는 실체는 성적 콤플렉스이다. 그것은 힘을 상실한 '의수(義手)' 라든가 '껌벅이는 형광등 빛'에서 본 '식칼'과 밝은 불빛에서 드러난 '식칼'의 차이에서 발견할 수 있는데, 무의식의 세계에서의 노인이 믿고 있는 생식기는 의식세계인 현실에서 노출되었을 때 그만 "본래대로 시커멓고 무디"다는, 볼품없는 자각에서 그의 성적 콤플렉스가 드러난다.

리몬 케넌에 따르면 지각적 국면이 초점화자의 감각 영역과 관계가 있는 반면에 심리적 국면(*psychological facet*)은 초점화자의 정신 및 감정과 관계가 있다.[87] 서술자(초점화자)의 눈에는 '푸르뎅뎅한 팔목'과 퍼런 '식칼'이 남성의 성기로 보인다는 것은 화자의 심리적 지각 인식이 반영된 결과라고 볼 수 있다. 그것은 다음 문장에서 확인된다.

> "염려 말아요, 죽이려는 게 아니니까."
>
> 수분네는 심술궂게 이불을 걷어챘어. 수분네의 얼굴에는, 우리가 꿈틀거리는 연체 동물을 발바닥으로 한껏 눌러 죽일 때의 살의와 정욕이 번득이고 있었어. (「관계」, 153쪽)

수분네가 들고 있는 퍼런 식칼과 수분네의 푸르뎅뎅한 팔목은 화자에게 공포로 다가오고 그 공포는 성적 충동이 변형된 형태로 나타나는데,

---

87 Rimmon-Kenan, S., 앞의 책, 142쪽.
즉 초점화 대상에 대한 초점화자의 태도가 인식적 지향이냐 감정적 지향이냐에 따라 텍스트의 해석이 달라진다. 리몬 케넌은 지각적 국면(*perceptual facet*)이라는 장에서 지각(시각 · 청각 · 후각 등)은 공간과 시간이라는 두 가지 주요한 등위 요인에 의해 한정(*determine*)된다고 한다. Rimmon-Kenan, S., 같은 책, 139쪽.

그것은 화자를 죽일 것 같은 수분네의 정욕이 살의를 품은 공격적인 형태로 화자인 주체에게 인식된다는 것이다. 성적 행위는 어떤 면에서는 격렬한 운동의 속성을 지녔고 그 폭발적 에너지는 충동(살해)의 또 다른 얼굴이라는 점에서 그러하다.

또 다른 문장에서는 "난 그네에게 아이를 낳게 할 수도 있지. 그러한 내 능력을 의심해본적은 한번도 없어."(156쪽)라는 노인의 독백 속에 드러나는 것은 성적 콤플렉스가 노인이 '아이를 낳게 할 수 있'다는 확신으로 더욱 두드러진다. 혼자 걸어 다닐 힘도 없는 노인이 보여주는 심리는 역설적이다.

이어서 수분네가 성적 판타지로 전환되는 장면이 중요하다. 수분네는 노인을 향해 "염려 말아요, 죽이려는 게 아니니까." 라고 진술하는 장면과 노인이 그러한 수분네의 행동을 보고 "살의와 정욕이 번득이고 있었"다고 진술하는 내용에 근거한다. 위의 텍스트가 억압하고 있는 것은 노인의 성적 충동이다. 그러므로 노인의 성적 욕망의 판타지는 수분네의 푸르뎅뎅하게 발기된 손목을 통해 공격적으로 변하는 성애의 장면으로 대체된다. 텍스트의 무의식은 강박성과 반복성을 특징으로 하고 있다는 점을 상기한다면, 노인이 수분네의 푸르뎅뎅한 팔목을 볼 때마다 반복해서 성적 콤플렉스를 느낀다는 데서 그러한 특징이 확인된다.

노인의 성적 판타지는 자아의 검열을 피하기 위해 성적인 충동들에 관한 내용들을 모두 이해할 수 없는 단어로 자리를 바꿔 변형된 형태로 드러낸 결과이다. 또한 「관계」의 텍스트의 내용은 실제 의도한 내용보다 더 왜곡되고 변형되어 본래의 의미를 제대로 밝혀낼 수 없을 정도로 철저하게 위장되어 있다.

앞서도 언급했지만, 특히 「관계」에서 대부분 '-어', '-지'라는 종결어미를 사용하던 화자의 서술이 단 한 번 변화를 보이는 지점을 주목할 만하다.

나는 늘 수분네를 두려워해왔어. 냉장고 속의 과일을 모조리 먹어치우고 그릇을 깨뜨리고 내 밥을 훔치고 어둠 속에서 무표정한 얼굴을 불쑥 들이대는 수분네가 못 견디게 두려웠어. 그러나 수분네가 확실히 집에서 나가버린 지금 나는 무엇에 대해 두려워하고 있는 것일까.

그러나 곧 익숙해지겠지. 그네의 말대로 사람은 어디에나 길들여지게 마련이니까. (「관계」, 156쪽)

여기에서 이전까지 상대방을 향한 '보고'의 형태를 보이던 서술방식은 일시적으로 자신을 향한 자의식적인 의문형 '독백'으로 변화한다. 라캉의 유명한 명제인 '나는 존재하지 않는 곳에서 생각하고, 생각하지 않는 곳에서 존재한다'는 말을 상기한다면, 「관계」에서 보여주는 주체인 화자의 존재 양상은 대부분 "생각하지 않는 곳에서 존재하는" 자아와 일시적으로 "존재하지 않는 곳에서 생각하는" 자아로 나뉠 수 있다. 주지하듯이, 지금까지의 대부분의 서술방식은 생각하지 않는 곳, 즉 무의식의 공간에서 존재하는 자아의 모습을 보여주었다.

존재하지 않는 곳에서 생각하는 자아는 수분네, 즉 두려움의 구체적인 대상이 사라진 뒤에도 여전히 두려움의 감정이 남아 있는 것에 대해 놀란다. 무의식에서 깨어나 의식의 공간으로 돌아온 자아는 모든 존재에 대해 낯설고 두려움을 느끼게 된다. 이러한 감정의 실체는 이미 다음과 같은 화자의 서술에서 드러난 바 있다.

어릴 적 잠에서 깨어나면 저녁일까, 아침일까 몰라지고 맥없이 뜰을 내다보다가 문득 두려움이 생기지. 일상사에 가려져 잊혀지고, 보이지는 않지만 확연히 느껴지던, 우리가 미립자의 시절부터 잉태하고 있던 진상(眞相)이 비로소 인식되어 무서워진 탓일 거야. (「관계」, 145쪽)

위의 본문은 형식적으로는 '-지', '-야'로 끝나는 보고 형태의 서술이지만 내용적으로는 의식의 공간에 있는 자아가 느끼는 추상적인 두려움의 의문스러운 원인에 대해 실마리를 던져 주고 있다. 그것은 진상, 즉 실재(實在, the real)에 대한 인식이다. 그러나 이러한 실재에 대한 인식은 지속되지 못한다.[88]

이와 같이 「관계」에서는 '보고형태'의 서술을 통해 무의식 속에 갇혀 있던 화자의 욕망과 충동, 혐오와 성적공포를 상징과 은유를 통해 나타나기도 하고 실재에 대한 날카로운 통찰을 드러내기도 한다. 이러한 점들은 이미 살펴본 바와 같이 수사학적이나 문체상의 특징을 통한 텍스트의 무의식을 분석함으로써 확인할 수 있다.

검열을 피하려는 「별사」[89]의 화자 정옥처럼 노인에게는 자신의 신체 조건을 부정하거나 성적 판타지로 무화시킴으로써 방어 기제를 작동시키려는 무의식이 내재되어 있다. 이러한 노인의 입장은 홀란드의 〈방어로서의 형식〉이라는 명제에 상응하며 리몬 케넌의 〈수행으로서의 서술행위(narration-as-performance)〉[90]에 해당한다.

텍스트의 논리를 정신 메커니즘의 한 아날로지로 보았을 경우, 텍스트의 과정도 꿈이나 증상과 같이 의식과의 관계 속에서 무의식이 자기 표현을 획득하는 일반적인 방법인 〈타협하기〉의 전략을 취한다[91]는 것을 전제로 읽을 때 텍스트는 조금씩 자신의 속을 열어 보여 해석의 실마리를 제공해 준다. 지금까지 오정희의 소설을 텍스트의 무의식으로 분석한 결과, 텍스트 속 주체에게 나타나는 억압된 충동이 어떤 양상으로

---

88 인간은 언어(기호)의 세계인 '상징계'를 떠나 살 수 없고, 떠나더라도 다시 돌아오는 것을 반복하기 때문이다. 라캉의 위상학적 '실재계' 너머는 죽음이 있을 뿐이다.

89 오정희 「별사」는 Ⅲ장 2절에서 자세히 다룰 것이다.

90 박찬부, 『현대 정신 분석 비평』, 149쪽.

91 위의 책, 176쪽.

나타나는지와, 주체의 무의식이 이 충동들을 어떻게 우회적으로 만족시키고 있는지를 확인할 수 있었다.

3. 분열된 주체와 회상의 담론 구조

오정희 소설의 일부 인물들은 주로 과거의 기억들을 회상하거나 트라우마적 과거가 그들의 삶을 간섭하면서 서사가 전개된다. 과거 시간에 잠시 포획된 인물들의 서사가 현재의 시간과 병치되면서 인물들의 의식과 서사의 플롯을 교란하는데, 이러한 서사의 시간은 사후적 효과로 재구성된 전도된 시간의 형식을 띠기도 한다.

서사 문학은 인간의 삶을 다루는데 있어서 '시간'[92]에 따른 '기억'[93]과

---

92 폴 리쾨르의 이야기론은 시간론과 뗄 수 없는 관계에 놓여 있다. 그는 이분법적인 역사 이야기와 허구 이야기를 넘어 수많은 이야기 장르 사이에는 '기능적 통일'이 있고 "인간 경험에 공통된 특성을 그 시간적 특성"으로 본다. 리쾨르의 시간 경험은 상상적 세계를 지평으로 하는 **허구적인** 경험이며, 그러한 상상의 세계는 여전히 **텍스트의 세계**로 보고, 시간의 허구적 경험(expérience fictive du temps)이라는 말을 사용한다. 그에 따르면 허구적 경험이란, 문학 작품이 자기 스스로를 넘어서는 힘에 의해 투사하는, 이 세계를 사는 잠재적 방식이라 한다. Ricoeur, P., 김한식 · 이경래 역, 『시간과 이야기』, 문학과지성사, 2009, 207~327쪽.
그의 시간 경험은 상상을 바탕으로 재구성된 허구적인 경험의 산물이며 그것이 문학 작품, 즉 서사 텍스트 형식으로 존재하는 방식을 드러내는 일로 이해된다. 시간 속에 산다는 것은, 단순히 우리가 끊임없이 경험을 서사화한다는 것, 즉 경험을 조직화하고, 플롯화한다는 의미를 갖는다.
또한 루카치에 따르면 시간은 현재적 의미에 대한 유기체의 저항이라고 한다. 소설의 내적 활동은 전부 시간의 힘과의 투쟁에 불과하고, 시간은 모든 이질적인 조각들을 맺도록 하는 동질성의 통일 원칙에 있다. 희망과 기억의 체험이 곧 서사적인 시간의 체험이며, 그것은 바로 시간을 극복하는 시간의 체험이기도 하고, 흘러가 버린 통일성으로서의 삶을 사후에(post rem) 총괄적으로 파악하는 시간의 전망이다. 시간이 구성적인 요소가 될 수 있었던 것은 선험적 고향과의 유대가 끊어지면서부터이다. 본질을 찾아야 하지만 그러나 찾을 수 없다는 사실을 소재로 삼고 있는 소설에서만이 시간이 형식과 함께 주어진다. Lukács, G., 반성완 역, 『소설의 이론』, 심설당,

그 기억의 '회상'[94] 또는 기억으로부터 꾸며낸 상상적 허구를 서사적 스토리로 진행시켜나간다. "서사는 우리가 시간 속에서 세계를 이해하는 가장 중요한 방식이며, 또한 그 세계는 우리가 그것을 바라보는 방식에 의해 결정된다."[95]

토도로프가 내러티브 변형을 구성한 '같 - 지만 - 다름'에 필수적인 것이 시간성[96]이라고 말한 것 같이 서사는 시간성과 기억, 회상을 제외하고 말할 수 없다. 프로이트의 정신분석 작업을 고고학적 메타포로 말할 수 있는 것 역시 시간이 서사문학에서 수행하는 창의적인 (재)구성 작업과 관련된다.

정신분석에서 기억과 '서사'[97]는 긴밀한 관계를 맺고 있다. 과거의 시

1998, 138~140쪽.

즉, 소설에서만이 시간은, 현재적 의미에 반기를 드는 단지 살아 있는 듯한 유기체의 저항이 되고, 또 완전히 폐쇄적인 자신의 독자적인 내재성 속에서 삶을 고수하려고 하고 있는 것이다.

93 기억은 더 이상 흔적이나 저장체가 아니라 현재의 다양한 시각에 따라 매번 새로 형성되는 조형적 물질로 여겨지고 있다고 말한다. 알라이다 아스만에 따르면 문학은 (집단적인) 기억을 꾸며 낸 (허구의) 현재로 만들어 낸다. 문학은 (공동의) 과거를 요술방망이처럼 현재로 되불러온다고 한다. Assmann, A., 변학수・채연숙 역, 『기억의 공간』, 그린비, 2012, 138쪽.

후설도 유사한 맥락에서 말한다. 기억은 과거의 것이라는 의미에서 자기 현정화이고, 현재의 기억은 지각과 매우 유사한 현상이며, 대상의 나타남을 공동으로 갖고 있다고 한다. Husserl, E., 이종훈 역, 『시간의식』, 한길사, 1998, 135쪽.

94 사후성의 논리는 프로이트의 늑대 인간의 서사에서 기억에 의한 회상의 재구성 문제와 연결된다. 앞서 발터 벤야민 역시 기억은 내러티브의 이야기를 서로 얽고 짜는 구성의 문제에 두고 소설가의 지속적인 기억을 예술적인 요소로 설명한다. 또한 기억을 도와주는 회상(Eingedenken)은 서사시의 몰락과 함께 새롭게 대두된 요소라는 것이라고 설명한 바 있다. 벤야민은 프루스트의 이미지에 대한 해석에서 "작가에게 가장 중요한 역할을 하는 것은 그가 체험한 내용이 아니라 그러한 체험의 기억을 짜는 일, 즉 회상하는 일" 이라고 했다. Benjamin, W., 반성완 역, 『발터 벤야민의 문예 이론』, 민음사, 2010, 103~182쪽.

95 Abbott, H. P., 앞의 책, 27쪽.

96 Brooks, P., 앞의 책, 173쪽.

97 제랄드 프랭스에 따르면, 범인류적이고 무한한 다양성을 가진 서사물은, 현실 또는

간을 현재의 시점에서 언어로 재구성해 낼 수 있게 하는 기억은 시간의 또 다른 표현이라고 할 수 있다. 모든 이야기에는 시간성이 개입되며 그 시간성은 등장인물들이나 사물(대상)들을 성장 변화시키기도 하고 소멸의 장으로 이끌기도 한다.

플롯은 서사의 사건들을 시간의 개입에 따라 구조화하고 재조직화하는 원리를 제공해 준다. 피터 브룩스는 "플롯은 내러티브의 설계와 의도를 포용하는 개념이며, 시간적 연속을 통해 발전된 혹은 그 이상이 된 의미들을 위한 구조"[98]화로 설명한다. 시간을 전복시키거나 비트는 것이 내러티브의 역할이며 정신분석의 내러티브와 서사문학에서의 내러티브의 관계는 분석 대상이 되는 두 텍스트 모두가 '허구'와 '기억'이라는 사실에 기초한다.[99]

정신분석에서의 기억과 회상, 시간성의 관계와 인과론에 관한 프로이트의 사후성의 논리는 파편화된 과거의 기억이 '회상'을 통해 현재의 언어로 사후적으로 재구성된다는 것에 있다. 사후성의 논리는 프로이트의

허구의 사건(*events*)과 상황들(*situations*)을 하나의 시간 연속(*a time sequence*)을 통해 표현한 것이라고 정의할 수 있다. 전부라고 할 수 없지만 세상의 많은 표현물들(*representations*)은 시간의 차원과 연결되어 있다고 할 수 있다. 하지만 그렇다고 해서 그것들 모두가 서사물이 될 수 없다는 사실은 주의를 요한다. Prince, G., 최상규 역, 『서사학이란 무엇인가』, 예림기획, 1999, 6쪽.

루카치는 시간은 구체적이고 유기적인 지속성을 지닌 것으로 소설에 나타나는 모든 형식해체적인 요소들을 극복하고 또 그것을 통일적, 종합적으로 묶는 기능을 하고 있는 것으로 파악하고 있다. 특히 하나의 통일된 시간체험으로서의 기억은 현실과 이상의 간극이나 삶에 있어서의 의미의 내재성을 구체적으로 가시화함으로써 낭만적 내면성에 객관적이고 서사적인 성격을 부여한다. 반성완, 「소설형식에 관한 철학적 고찰 - 루카치의 소설 미학 연구」, 『인문논총』 Vol. 29, 한양대학교 인문과학대학, 1999, 181쪽.

98 Brooks, P., 앞의 책, 35쪽.

99 또한 분석가와 피분석가의 관계는 문학 작품에서의 작가/독자에 상응하며 정신분석에서의 분석가와 피분석가의 관계에서 전이(역전이)가 일어나듯이 문학 텍스트에서 작가/독자에서 능동적인 측면에서 전이의 관계가 형성된다는 유사성을 가지고 있다.

「늑대 인간」[100]의 서사에서 기억과 회상을 통한 재구성(재배치)의 문제와 관련된다.

모든 이야기는 시간 속에서 일어나고 소멸되며, 이야기는 시간에 의해서만 살아있는, 유기체의 특성을 부여한다 해도 지나친 말이 아니다. 기억과 회상 역시 이 시간의 소급을 통해서 전개되며 기억은 과거 화석화된 시간이며 회상은 그 화석을 발굴 재생하는 과정으로 보아도 무방하다. 그만큼 시간과 기억(망각), 회상은 정신분석의 서사처럼 고고학적 관계에 놓이게 된다.

정신분석학에서의 서사는 인간 심리 깊숙이 내재된 이야기하기 욕망에 대한 표출 욕구와 은폐된 기억과 망각, 꿈의 자리바꿈, 회상에 의한 재생작업 등으로 이루어지는 일종의 기억을 통한 서사행위라고 할 수 있다. 시간과 기억(회상), 억압된 것들의 귀환 욕망, 허구적 판타지(상

100 Freud, S., 김명희 역, 『늑대인간』, 열린책들, 1996. 「늑대 인간」 꿈 텍스트에서 몇 가지 꿈의 중요한 서사의 핵이라고 추정되는 것들을 추려보면 다음과 같다. '큰 호두나무', '창문', '하얀 늑대들', '큰 꼬리', '바싹 세운 귀', '나를 쳐다보고 있는 늑대들'이다. 이러한 요소들은 잠재적인 내용을 숨기는 꿈 작업을 통해 수수께끼로 변환된 내용들이다. 이 부분은 중층적인 의미로 해석해낼 수 있는 이야기의 화소(話素)들인데, 러시아 형식주의자들이 말하는 파불라에 해당된다. 그리고 이야기를 꿰는 역할은 수제트, 즉, 파편화된 이미지들을 하나의 개연성 있는 내러티브로 연결시켜 주는 것은 플롯의 역할이다. 우리는 이 환자의 서사에서 분석가가 언어적 기호로 일관성 있게 재구성하여 보여주는 내러티브를 접할 수 있게 된다. 환자의 서사는 일단의 이야기로 이루어진다. 환자가 제공하는 서사적 텍스트는 일관성이 결여된 탈 문자현상이나 논리적인 공백 등을 드러내는데 이것을 분석하는 분석가는 전체를 일관성 있는 텍스트로 엮어내는 것에 있다. 환자의 서사나 꿈 텍스트가 분석가에 의해 재구성된 허구적 산물이라는 점은 이 때문이다. 문학텍스트 역시 허구적인 산물로 은유나, 환유, 상징, 알레고리 등 수사학을 동원하여 꿈이 담보한 수수께끼와 같은 문학텍스트 속의 욕망을 여러 경로를 통해 다양한 해석의 장을 열어놓는다. 문학 텍스트나 꿈 텍스트가 감추고 있는 즉, 잠재된 내용에서 독자 또는 비평가들은 표면적으로 드러나지 않는 문자화된 텍스트와 그 텍스트의 무의식에 내재된 욕망들을 읽어낸다는 점에서 이 두 텍스트는 상보적이다. 프로이트는 환자의 서사에서 파편화된, 불확실하고 모호한, 논리적인 공백이나, 틈새 등을 탈문자 현상으로 보고 이것을 억압의 소산이라고 추론한다.

상) 등의 요소들은 정신분석의 서사 텍스트뿐만 아니라 소설 텍스트의 구성의 문제와 관련해서 어떤 연결점을 찾을 수 있게 한다.

정신분석의 꿈 작업에서 자리바꿈은 꿈 텍스트에 내재된 억압된 심리를 분석할 수 있게 하고 그렇게 명시적으로 드러난 꿈 텍스트의 기억은 대부분 다른 내용물들로 대체 또는 전치된 것들이다. "기억이 재생하는 것은 정확히 재생되어야 할 것이 아니라 대체물로서의 다른 어떤 것이다."그러한 과정을 프로이트는 "〈은폐 기억(Deckerinnerung)〉"[101]이라 한다. 이 은폐 기억들은 영원히 잠재울 수 없고 반복 강박이라는 또 다른 기억 형태로 돌아오게 된다. 프로이트는 이 반복 강박이 무의식에 억압되고 은폐되었던 것들의 회귀현상으로 보았다. 억압된 것은 회귀하려는 습성을 가지고 있고 언제나 귀환의 과정을 거친다고 말한바 있다. 무의식의 작업 방식인 꿈의 압축, 전치, 상징화 등을 통해 환자의 서사를 원본에 가깝게 조립해 나가는 것처럼 문학적 서사에서도 압축, 전치, 상징화 등은 중요한 수사학적 장치로 이용된다.

이러한 정신분석학의 서사 과정을 서론에서 살펴본 회상의 담론 구조로 파악해 보면, 지식기표(S2)가 진실의 영역에서 저장하고 있는 것은 억압된 기억과 꿈 텍스트이고 이것들이 반복강박, 회귀, 대체/전치, 상징화의 거쳐 분열된 주체의 층위로 서사화된다는 것을 알 수 있다.

일부 오정희 소설의 기억과 회상 형식의 서사는 직선적이고 단일한

---

101 프로이트는 무의식 조직에서 이루어지는 과정들은 〈무시간적(無時間的)〉이라고 한다. Freud, S., 윤희기·박찬부 역, 앞의 책, 190쪽.
어린 시절의 기억과 은폐된 기억들'에서 기억이란 제공된 인상들 중에서 선택된 것이고, 재생과정에서 저항(Widerstand)으로 인해 정말로 중요한 다른 인상들을 대체한 것들이다. 기억상(記憶像) 중 일부는 시간이나 장소가 잘못되거나 불완전하거나 전위된 것들이다. 기억을 채우는 본질적인 내용은 시간상으로 은폐 기억에 선행한다. 우리는 은폐 기억이, 그것의 내용뿐만 아니라 시간상의 근접성에 의해 은폐시키는 인상과 연관을 맺는 제3의 가능성도 발견하게 되는데, 그는 그것을 동시성 은폐 기억 혹은 근접한 은폐 기억이라고 부른다. 같은 책, 65~69쪽.

서사를 지양하고 중층적인 서사의 층위를 형성한다. 또한 인물들은 분열된 주체의 모습을 보여주는데 이러한 인물들을 통해 드러내는 사건(행동)들은 내러티브의 플롯을 은유 또는 환유적인 배열로 유도한다.

오정희 소설에서 기억과 회상 형식의 작품은 「별사」, 「중국인 거리」, 「유년의 뜰」, 「번제」, 「저녁의 게임」, 「옛 우물」, 「바람의 넋」, 「목련초」 등이 있다. 「중국인 거리」, 「유년의 뜰」, 「옛 우물」 등은 김윤식이 말한 전형적인 회상 형식의 소설[102]에 해당한다면, 「저녁의 게임」, 「바람의 넋」, 「목련초」 등에서는 여성 주인공들의 트라우마가 상징질서인 사회에 정착하지 못하는 요인으로 작용하며 결국 그들을 '실패한' 삶으로 유도한다.

특히 「저녁의 게임」, 「바람의 넋」, 「번제」, 「목련초」에서 유년의 트라우마에 의해 인물들이 보여주는 현실 부적응은 주체의 근원적인 실패를 담보한 삶의 전형을 제시한다.

이 소설들에서 여성 주인공들은 한결같이 현실적 감각을 초월한 문제적인 주체들로 구성되어 있다. 이들은 과거의 트라우마로 인해 '억압된 기억들의 귀환'으로 자신의 정체성 찾기를 시작하며 이와 동시에 안온했던 현실의 삶을 담보로 한 위험한 주사위 놀이가 시작된다. 그 결과 정체성에 대한 의문은 해소되나 이미 현실의 삶은 돌이킬 수 없는 파국으로 치닫는다.

「바람의 넋」은 어린 아들(승일 5세)을 둔 은수(아내)의 원인모를 가출에서부터 시작된다.[103] 아내의 가출은 '억압된 기억의 귀환'에 기인하

102 김윤식에 따르면 과거 속에서 외부세계와 일종의 통일성(구성)을 겨우 회복할 수 있는 것으로 보았다. 「중국인 거리」, 「유년의 뜰」과 같은 작품들은 이미 김윤식의 상세한 논의가 있었으므로 별도로 분석하지 않겠다.

103 1장은 남편(세중)의 시점에서 서술되고, 2장은 은수의 시점으로 사건이 서술되고 회상이 삽입된다. 3장은 세중의 시점으로 상황이 서술되고 회상도 개입한다. 4장은 은수의 시점으로 서술된다. 자신의 트라우마의 장소를 찾아간 뒤 어린 시절이 기억

며 그 기억은 반복충동으로 나타나 아내의 비자발적인 가출을 유도한다. 기억(사건)은 주체인 은수와 상관없이 찾아오는데, 이때 "주체는 바로 '기억'이다. 갑작스런 기억의 도래"는 주체와 상관없이 은수의 신체에 습격해온다. 그러므로 기억의 회귀란 근원적인 폭력성을 숨기고 있는 게 된다."[104]

「바람의 넋」에서는 과거의 기억을 재현해내는 화자의 트라우마를 '두짝 고무신과 기이한 쨍쨍한 햇빛'의 이미지로 그려낸다. 이 같은 이야기의 화소(話素) 즉, 파편화된 이미지들을 하나의 개연성 있는 내러티브로 연결시켜 주는 것은 은수의 반복 충동적인 가출에서 찾을 수 있다.

"아내가 또 다시 시작한 가출(家出)에서 돌아온 것은 불과 닷새 전이었다."(「바람의 넋」, 181쪽) 라는 남편 세중의 진술에서 은수의 가출/귀가는 일회성이 아니라 반복적으로 이루어진다는 것을 알 수 있다. 신혼 6개월 이후 은수의 가출은 신혼 여행지를 향한다. 은수는 아이를 낳기 전에 세 번 가출했고 아이가 첫돌이 지나고 다시 가출벽이 도져 이제 결혼 생활은 순탄하지 않은 국면에 처하게 된다.

은수는 상징 질서의 세계로 편입하는 결혼이라는 제도를 선택했지만 그 세계에 안착하여 순응적인 결혼생활을 하지 못하는 인물로 설정되어 있다. 은수의 이러한 이중적인 태도를 살펴보면 상징 질서를 받아들이면서 다른 한편으로는 상징 질서를 부인하고 그 너머로 가보려 하는, 분열을 내포한 무의식적인 주체의 출현을 유추할 수 있다. 언어로 구성된 상징계가 주체의 구성 조건인 동시에 주체를 소외시키는 이중의 구조라는 점을 상기한다면 주체(은수)의 이중적인 행동이나 태도는 주체가 겪는 분열에 기인한다고 볼 수 있다. 결국 상징계가 안정적인 구조로

으로 떠오른다. 독백과 회상과 어머니의 고백이 뒤섞여 진술된다.

104 おか まり(오카 마리), 김병구 역, 『기억・서사』, 소명출판, 2003, 49쪽.

형성되는 것이 아니라 결여와 빈자리로 유지되는 것이며, 그 빈자리는 주체로 하여금 타자에게 물음을 던지는 방식으로 그 균열을 메우려고 시도한다. 그러나 주지하듯이 그것은 원천적으로 불가능하다. 언어는 주체의 존재를 모두 포획해낼 수 없으며 항상 잔여, 의미화되지 않는 잉여를 남기기 때문에 주체의 존재는 연기되고 지연된다.

세중이 아내를 언어로 표현하려는 장면에서는 주체의 존재를 증명할 수 없는, 완벽한 재현의 불가능성을 말해주고 있다.

> 결혼 이후 지난 6개월 동안 나는 너무 깊이 아내와 밀착해 있어서 내 속에 융화된 아내의 모습이란 한 가지 혹은 그 이상의 단순한 느낌 이외의 다른 것이 아니었다.
>
> 그러나 몇 차례의 진술이 되풀이되는 사이 나는 마치 겹겹의 옷을 차례로 벗겨 나가듯 그 느낌들을 조금씩 구체화시켜 나갔고 사나흘이 지날 무렵에는 〈최은수, 여, 당 28세, 신장 158cm 가량, 쇼트 커트한 머리형에 마른 체격. 안색은 창백한 편이며 왼쪽 귀 뒤쪽에 녹두알 크기의 사마귀가 있음〉 따위로 실종자의 인상을 말할 수 있었다. (「바람의 넋」, 190쪽)

위 본문 텍스트 내용을 살펴보면 세중이 그토록 오랜 시간에 걸쳐 생각해서 잡아낸 아내인 은수의 실체라고 짐작되는 모습은 다만 아내의 이미지나 인상이라는 점이다. 몇 문장으로 정리된 은수의 인상착의가 은수의 존재를 다 드러내주기에는 역부족이라는 것을 알 수 있다. 위의 나열된 인상들은 은수라고 일컬어지는 한 부분들로서 존재의 부재 자리에 몇 가지 인상들이 은수를 대신하고 있을 뿐이다. 세중이 아내 은수의 실체에 대해 말을 하면 할수록, 이미지를 덧씌우면 씌울수록 더욱 모호해지고 진정한 은수의 실체와의 거리는 멀어져갈 뿐이라는 것을 역으로 잘 보여준다. 실재(reality, 은수)와 이미지(모사) 사이의 간극은 계속되는 이미지의 나열 속에서 발생했다 소멸해 간다. 즉, 기표의 연쇄에 의해서 주체가 도래하지만 그 즉시 사라짐을 반복하는 것과 같다. 이러한 점에서 기표가 주체의 존재 자체를 대신할 수 없다는, 기표(언어)의 한계가 있다. 주체의 소외는 주체로 하여금 끊임없는 기표의 장 속으로 순환할 수밖에 없는 주체의 운명을 예고해준다. 이는 존재나 실체에 대한 재현의 불가능성을 단적으로 드러내주는 것이기도 하다. 이미지나 인상들은 실제 대상에 대해 가상적 위상을 부여하는 허구에 지나지 않는다는 것이다.[105]

> 아이와 남편, 자잘한 일상생활로 이어지는 현실이 뿌리 없이 부랑하는 삶으로 불투명하게 흐려지며, 현재의 삶을 환상으로 밀어낸 자리에 대신 가슴 밑바닥에 단단히 매몰된 기억의 촉수가 살며시 고개를 들곤 했다. 때문에 걸음마를 배우는 아이들이 자신이 가고 있는 곳도 모르면서 제 걸음에 취해 한 발짝씩 옮겨놓는 것처럼 뭔가 잊어버린 것과 만날 것 같은 기대와 안타까움으로 낯선 거리 낯선 사람들 사이를 돌아다녔던 것이다. (「바람의 넋」, 251쪽)

위의 본문 「바람의 넋」에서 은수의 태도는 주체가 자신의 결여 속에 존재한다는 것을 잘 보여주고 있다. 주체는 그 틈새 속에서 자신의 결여를 위치시킨다. 그러나 그가 "틈새에 채워 넣는 것은 자기 자신들 부분들 중 구조적으로 상실된 한 부분이다."[106] 또한 언어의 세계, 즉 상징질

105 지젝은 주체의 특성을 자기 자신을 나타낼 기표를 찾을 수 없는, 재현의 불가능성에서 찾고 있다. 그것은 기표의 연쇄가 주체의 자리를 대신했다 사라짐을 반복한다는 것이다. 이러한 기표들의 연쇄를 라캉은 "주체의 도래(l'avénement sujet)"라 부른다. 이것은 주체(존재)가 어떤 기표의 그물망으로도 낚이지 않고 기표의 연쇄를 몰고 오지만 그 의미는 그 그물 구멍을 빠져나간다는 것을 시사한다. 결국 이미지와 실제 사이의 간극은 주체 자체가 균열과 결여의 현시체로서만 드러난다는 것을 암시한다.

서로 이루어진 세계의 결여와 균열은 우리가 직접 눈으로 볼 수 있는 것은 아니지만 그러나 때로는 문득 그 균열의 조짐들이 일상생활을 밀치고 어떤 구체적인 현상으로 주체에게 도래하기도 한다는 것이다. "현재의 삶을 환상으로 밀어낸 자리에 대신 가슴 밑바닥에 단단히 매몰된 기억의 촉수가 살며시 고개를 들곤"(251쪽) 한다고 진술하는 주체는 상징질서로 봉합된 일상을 뚫고 불쑥 솟아나는 자신 속의 또 다른 주체(타자)를 목도한다. 우리가 의심의 여지없이 믿고 영위하는 일상 가운데 오롯이 솟아나는 이 낯선 느낌들을 상징질서 내의 보이지 않는 균열이나 틈으로 부를 수 있다.

> 어느 날 문득 방의 벽지가 누추하게 바랜 것을 보았고 늘 기대앉는 부분의 벽지에 꺼멓게 때가 올라 있는 것을 발견했다.
>
> 어느 날 문득 이켠에 등을 보이고 엎드려 걸레질을 하는 아내의 겨드랑이 부근 옷솔기가 터져있는 것을 보았고, 아내의 식사량이 형편없이 적다는 것을 비로소 알았다. 봄을 타는 것일까.
>
> 손질을 게을리한 아내의 까칠한 피부와 잔주름이 눈 밑에 실낱처럼 가늘게 얽힌 것을 발견하기도 했다. (「바람의 넋」, 199~200쪽)

"어느 날 문득~발견했다." 이 문장은 주체가 아무런 의심 없이 살아왔던 일상생활에서 발견한 목록들이다. 비로소 알아챌 수 있을 정도로 큰 의미도 없는 미미한 사실들, 이것은 단조로운 일상을 찢고 낯설게 튀어나온, 주체와 타자(세계) 사이의 미세한 균열이 시작됐음을 알리는 지표이다. 균열을 메울 능력이나 의지가 세중에게는 없기도 하지만, 그것은

---

106 Lemaire, A., 앞의 책, 128쪽. 예를 들면, 주체 자신의 탄생에 기여한 어머니의 원초적인 몸(최초 잃어버렸다고 생각되는 Ding)과 관련지어 생각해 볼 수 있다.

근본적으로 불가능하다.

남편 세중에게는 은수와 함께 살았던 시간에 대한 반추는 "무언가 형체를 잡을 수 없는 것이 우리 생활 속에 스며들어 아메바처럼 뭉글뭉글 번식하고 있다는 것을 막연히 느끼"(199쪽)게 한다. 이 같은 낯선 일상의 발견은 세중에게는 다만 파국에 대한 조짐으로 다가올 뿐이다.

이것은 삶뿐만 아니라 주체(남편)와 타자(아내) 사이의 메꿀 수 없는 근본적인 균열의 발견이라는 점에서 주체와 타자와의 소통은 불발되고 실패할 수밖에 없음을 알린다. 부박하게 표현한다면 이러한 일상생활에서의 낯선 발견이 바로 아무런 의심 없이 상징질서에 충실히 살아가는 주체들에게 그토록 견고하고 단단하다고 믿었던 싱징계의 균열을 보여주는 지점이 된다는 것이다. 주체는 타자와의 변증법을 통해 구성된다는 사실을 상기한다면 소통될 수 없는 주체의 회상과 독백은 소통의 실패, 더 나아가 주체 구성의 실패를 예고하고, 이러한 순간을 남편 세중의 눈을 통해 드러내준다는 점이 더 비극적이다.

이와 같이 「바람의 넋」은 과거 무의식에 매몰된 기억을 재현해내는 과정에서 자연스럽게 결여된 주체의 문제와 상징질서 내에 은폐된 균열의 발견을 통해 '트라우마'에 내재된 주체의 욕망을 드러낸다고 할 수 있다.

> 방을 많이 만들어요. 개미 굴 같겠지만. 화가 나거나 뭔가 마음에 차지 않을 때 들어가 숨어 있을 수 있는, 아무도 찾아내지 못할 장소가 꼭 한 군데는 있어야 해요. (…중략…) 내가 살 집은 손수 짓고 그 집에서 오래 살고 싶어요. 난 애를 많이 낳을 거예요. 몸은 작지만 틀림없이 다산형이에요. 마당에서는 아이들이 뛰어놀고 난 아이들을 보면서 좀 슬픈 듯한 기분에 잠겨 늙은이처럼 오래 등의자에 앉아 있을 거예요. (「바람의 넋」, 232쪽)

위의 본문은 세중이 회상해 낸 은수의 신혼 초기 미래 삶의 설계도에 대한 내용이다. 은수는 세중과 결혼 후 아이를 많이 낳고 평범한 여성으로서의 삶을 살아가고 싶다는 심정을 토로한다. 그러나 유년의 트라우마는 은수의 소박한 바람마저 무화시키고 만다. 위의 본문 텍스트에서 볼 수 있듯이 결혼 초기의 은수는 남편 세중과의 소통에는 별 문제가 없어 보인다. 하지만 은수를 일상적인 삶에 편입되는 것을 막는 요인은 해결되지 않은 자신의 근원적인 정체성에 대한 풀리지 않는 의문이다. 그래서 은수는 자신의 정체성에 대한 물음을 가출을 통해 제기한다. 은수의 가출은 특성상 상징질서를 벗어나 실재에 닿아보려는 무의식적 노력의 일환으로 볼 수 있다. 이 반복되는 가출이 보여주는 것은 표면적으로는 주체의 분열상으로 볼 수도 있지만, 주체가 세계와 자아와의 간극을 보여주는 지표이기도 하다.

이 균열이 지시하는 지점에서 오정희의 서사는 진행된다. 상징질서를 벗어나 자신의 정체성을 추구하는 이 소설의 주체는 그 균열의 지점을 끝까지 추적하는 끈질김을 보여준다. 그 결과 주체는 상징질서로부터 이혼이나 결별 등의 형태로 추방당하고 어떤 의미에서는 상징질서에서의 주체의 죽음을 목도하지만, 이 죽음은 넓은 의미에서 새로운 주체의 탄생을 예고한다는 점에서 시사적이다. 여기에서 주체의 죽음은 상징적인 죽음을 의미한다. 즉 상징질서로 이루어진 사회로부터 이탈하고 낙오되는 것은 정신적인 죽음에 해당하기 때문이다. 이러한 환경에 내몰린 주체는 역으로 새로운 주체로서의 도래를 예고한다고 볼 수 있게 된다. 자신의 욕망을 포기할 줄 모르는 집요함으로부터 라캉의 용어로 '주이상스'적인 주체의 가능성이 제시된다.[107]

이러한 내러티브를 추동시키고 결속시켜 주는 것은 기억에 따른 회상

107 주이상스에 관한 것은 Ⅳ장에서 자세히 다룰 것이다.

과 독백이라는 소설적 구성 요소들이다. 기억은 인간이 과거의 사건을 보존시키는 한 방법이고, 회상은 기억이라는 그릇에 담긴 내용을 회고의 형식을 통해 재구성하는 일이다. 회상이 소설적 구성 요소로 하나의 형식을 이룰 때 존재의 근원에 대한 물음의 방식을 잘 드러내 준다.

「바람의 넋」에서 회상은 후반으로 갈수록 빈번하게 등장한다. 주로 초반부에는 은수와 세중, 각자의 시선으로 은수의 가출 사건에 따른 심경과 고뇌가 번갈아 가면서 내러티브를 이끌어가고 있다. 은수의 시점에서 서술되는 2장에서는 처음으로 유년의 최초 기억이 떠오른다.

> 아마 너댓 살 때였을 것이다. 그 이전의 일은 검은 휘장으로 가려진 듯 전혀 아무것도 기억나지 않았다. (…중략…) 볕바른 마당에 던져졌던 검정 고무신의 기억은 곧바로 그녀가 서울로 이사올 무렵까지 살았던 항구 도시의 목조 왜식집으로 이어졌다. (「바람의 넋」, 211쪽)

> 깜깜한 길모퉁이를 돌아서면 아, 불현 듯 햇볕 쨍쨍하게 밝은 대낮이고, 낯익은 거리의 끝에서부터 조그만 계집애 하나가 걸어오고 있다. 신은 어디에 벗어둔 걸까. 한 발짝씩 타박타박 내딛는 것은 바알간 맨발이다. (「바람의 넋」, 274쪽)

위의 텍스트가 보여주는 이 검정 고무신의 기억은 후반으로 갈수록 유년 시절 살았던 집과 함께 구체적인 형상으로 나타난다.

라캉이 주체의 기원을 억압에서 찾듯이 은수의 뜻 모를 가출의 원인 역시 주체의 충족되지 못한 억압된 무의식의 산물인, 알 수 없는 공백의 사유에서 찾아져야 한다. 무의식은 의미가 미끄러지고 와해되는 기표와 기의의 미끄러짐의 끊임없는 실패의 흔적으로 나타난다. 어느 날 문득 떠오른 낯선 이미지, "이층으로 오르는 어둑신하고 가파른 나무 계단과

하얗게 햇빛이 쏟아지는 마당에 나뒹굴고 있던 두 짝의 검정 고무신”(211쪽)이 그녀의 최초 기억이다. 이 기억은 단편적이며 반복적으로 나타난다는 것이 문제적이다. 「바람의 넋」 후반에 이르면 검정고무신을 벗은 맨발의 조그만 계집아이가 목조 이층집을 찾아가는 것으로 종결된다.

반복은 프로이트가 주장했듯이 그 자체가 기억의 한 형태이다. 특히 유년의 트라우마에 의한 회상은 그 기억을 억누르려는 반작용에 의해 기억이 봉쇄되거나 파편적인 이미지의 형상으로 주체에게 도래한다. 주체의 무의식에 각인된 기억들은 끊임없이 자신을 드러내려고 하는데, 이때 나타나는 것들이 증상이다. 이 해독되지 않는 파편적인 이미지는 주체가 가출/귀가를 반복하도록 한다. 그것은 의미화가 고정되지 않는 떠도는 기표들처럼 작중 인물인 은수를 부유하도록 이끈다. 증상은 또한 욕망의 은유적인 표현이며, 이 욕망은 「바람의 넋」의 주체인 은수의 ‘두 짝의 검정 고무신’이라는 시각적인 메시지를 통해 전달됨으로써 ‘가출’이라는 형태로 은수의 증상을 드러낸다.

후반부로 갈수록 빈번해지는 은수의 ‘회상의 플롯’은 사건의 전모를 밝히는 결말로 연결된다. 또한 은수의 과거 속 기억이 현재의 환영적 이미지로 나타나 현실 속에서 어렵게 삶을 지켜나가려는 은수의 일상을 간섭하고 교란시키는 작용을 한다. 이와 같이 「바람의 넋」이 보여주는 회상의 플롯은 갈등을 무마시키고 서사를 발전적인 전망으로 이끄는 역할을 하는 것이 아니라 반대로 갈등과 반목을 고조시키고 결국 파국으로 몰고 가는 내러티브를 지향한다.

은수의 반복되는 가출은 “그 자체가 기억의 형태이며, 이는 회상이 저항에 의해 봉쇄될 때 작용”[108]하는 무의식적이고 악마적인 비자발적 반

108 Brooks, P., 앞의 책, 162쪽.

복에서 비롯되는, 프로이트의 두려운 낯섦에 기초한다. 반복은 내러티브의 후진과 전진 속에서 그 의미가 발생한다. 「바람의 넋」에서는 이 반복을 통해 이미 발생한 과거의 사건들을 플롯으로 연결시켜 주며, 반복은 은수가 이전 과거의 어느 순간들에 대한 회상인 동시에 변화된 상황을 독자들에게 제시한다. "반복은 텍스트 안에서 회귀(return), 이중과거(a doubling back)를 생산한다."[109] 이 반복되는 은수의 가출은 억압된 것의 회귀에 가깝다.

은수의 가출은 자신의 정체성에 대한 의심으로부터 출발하여 자신의 과거에 대한 앎에 이른다. 그것은 가정을 버리면서 얻은 앎, 즉 아이러니한 앎이다. 또한 자신의 행동에 대한 자각도 너무 늦게 인지된 결과 주체는 상징질서의 세계로부터 소외된다. "대부분의 비극에서 앎을 획득함으로써 죽게 되는 주인공의 삶에 앎은 너무 늦게 찾아온다. 하지만 관객이 비극에서 주인공의 희생으로 얻은 앎을 공유한다. 내러티브의 회고적 욕망(concupiscence rétrospective)은 결코 과거를 묶어두지도 변형하지도 않는다."[110]

"시간을 따라 작용하는 회상(rememoration)의 힘은 내러티브의 창조력"[111]으로 작용한다. 그 힘은 위기에 처한 은수의 복잡한 내면 심리와 회상이라는 행위 속에서 서사화 이전의 무의식과 이후의 존재하는 시간적 균열로 극화하는 경향이 있다. 「바람의 넋」에서 회고의 최종 순간은 전혀 어떤 충만함도 제공하지 않고 오히려 황폐한 시간의 무능함을 드러낸다는 점에서 비극적이다. 은수의 가출은 만족스러운 결과나 해결점을 찾지 못하고 허망한 파국이라는 결말로 찾아온다.

「바람의 넋」에서 '회상을 소설의 형식'으로[112] 보았을 때 이 파편화된

109 위의 책, 163쪽.
110 위의 책, 314쪽.
111 위의 책, 316쪽.

기억이 서사에 어떤 역할과 작용을 하는지 살펴볼 필요가 있다.

프로이트의 '사후성의 논리'에서 살펴보았듯이 기억이란 역사적 사실과 맞닿아 있으며, 좁게는 개인의 역사적 진실과도 연결된다. 그것은 프로이트가 고고학적 진리를 찾는 것에 견주어 설명한 바 있다.[113] 개인의 기억은 특히, 유년의 트라우마로 각인된 기억은 한 개인의 존재, 나아가 정체성과 관련된 존재의 근원적 물음과 직결된다는 점에서 기억과 회상은 자기 성찰적인 특성을 지녔다는 것을 알 수 있다.

그러나 모든 기억이 이에 해당되는 것인가의 문제는 별개의 것이다. 은수의 회상이 유년기에 형성된 기억에 기인한 것이라면 세중은 이와 반대로 가까운 과거, 단시간에 형성된 기억에 치중해 있다.[114] 현시점의 경험과 기억된 경험 사이에는 분명한 차이가 있다. 회상기억의 사후성(Nachträglichkeit der Erinnerung)과 그것을 회상에서 반복하는 것[115] 사이에는 차이가 있다. 회상이라는 "반추 행위를 통해 회상 기억이 가지는 능동적 · 조형적 생산성의 측면이 부각"[116]된다.

아래의 본문 텍스트는 세중이 집나간 아내가 자신의 근무지인 은행으로 찾아왔을 때 적금을 해약한 돈 봉투를 건네고 아내를 매몰차게 쫓아버린 뒤 심정을 고백한 부분이다. 그는 "어렵고 괴로운 일을 무사히 치러냈다는, 아내에 대해 시종 일관 냉정할 수 있었던 자신에 대해 인간관

112 김윤식은 오정희 소설에서 '회상'을 '회고적 형식'에 속한다고 말한 바 있다. 김윤식, 앞의 책, 81쪽.

113 프로이트는 발굴 메타포로 정신분석의 기억 작업에서 창의적인 (재)구성의 역할을 강조하고 있다. Assmann, A., 앞의 책, 216쪽.

114 물론 단시간적인 기억 역시도 트라우마적 사건으로 작용한다면 문제는 달라질 것이다.

115 Assmann, A., 앞의 책, 222~223쪽. 아스만에 따르면 기억은 과거를 탐색하는 도구가 아니라 그 매체라고 한다. 옛 도시가 파묻혀 있는 땅이 매체이듯 기억도 체험한 것의 매체이다. 같은 책, 219~220쪽.

116 Assmann, A., 위의 책, 223쪽.

계, 더욱이 가장 가깝다는 부부 관계"에 대한 무상감과 함께 은근히 다행스럽다고도 느꼈다. 그렇지만 곧 "몸의 한 부분이 떨어져 나가는 듯한 아픔과 절박한 안타까움으로 가슴이 에어져 숨도 쉴 수가 없었다."(247쪽)라는 독백을 통해 자신의 심경을 토로하면서 인파 속으로 사라진 아내를 찾아내고 싶었지만 세중은 정작 그러한 심정을 행동으로 옮기지 못한다.

아내를 다시 볼 날이 있을까. 나 자신의 몸 보다 더 잘 알고 익숙하게 길들여진, 욕망에 정직하고 포학에 순종하던 그녀의 몸을 다시 안을 날들이 있을까. 내 팔을 베고 누운 밤 아내는 문득 말하곤 했었다. 전에는 종종 사람이 몸을 가졌다는 게 슬프다는 생각을 했었거든요. 그런데 이젠 위안으로 느껴져요. 정직하고 순결한 것은 육체뿐이 아닌가 싶기도 해요. 확실히 만져지고 기억할 수 있잖아요. 실체가 사라진 뒤에도 기억이란, 소멸한 그것을 본디 모습대로 살려내지요. 단, 눈을 감아야 한다는 전제가 따르기는 하지만요. 그리고 아내는 좀 유치한 말을 했다는 부끄러움이 들었던지 소리내어 웃으며 덧붙였다. 유행가 가사 같지요. 하지만 사는 일이 좀 뜬구름 같다거나 쓸쓸하다거나 하는 생각이 들어서 그런가 봐요. (「바람의 넋」, 247쪽)

위의 텍스트에서 아내인 은수의 회상은 자신의 정체성을 의심하는 것에 집중되어 있고 이 기억이 「바람의 넋」의 서사를 이끌어 가는 중핵에 가깝다면, 남편 세중의 고백적 회상은 회한과 자신에 대한 면죄부(자기 합리화)를 통한 자기 결단으로 이끌어 가고 있다. 이러한 세중의 회상도 서사를 봉합할 수 없는 균열로 확장시키며 서사를 파멸로 이끄는 역할을 일부 담당한다.

오정희는 이 두 인물의 회상과 기억에 전혀 다른 별개의 성격을 부여한다. 그것은 남편인 세중과는 다른 은수의 회상적 고백(독백)이 전체

서사의 통일성에 이르지 못하게 한다는 점이다. 그 어긋남으로 인해 서사가 결말로 갈수록 긴장과 불안의 강도가 높아지면서 결국 파국으로 치닫는데 이는 상이한 회상이라는 전략적 귀결이다. 「바람의 넋」은 기억의 한 요소인 회상이 소설적 구성 요소로 들어왔을 때 "실체가 사라진 뒤에도 기억이란, 소멸한 그것을 본디 모습대로 살려"(「바람의 넋」, 247쪽)내는 단순한 과거의 재생이나, 자기 정체성의 확인뿐만 아니라 서사의 진행에 강한 영향을 미친다는 것을 확인해 준다.

Ⅲ. 서사의 반복과 회고적 욕망의 담론

오정희 소설 속 주체의 욕망은 라캉이 말하는 욕망하는 주체와 맥을 같이한다. 그것은 말하는 존재자로서 갖는 언어, 즉 시니피앙의 사슬 속에서 통합되지 않는, 사라짐과 나타남의 반복을 통해 자신의 존재를 결여로서 드러내기 때문이다. 또한 오정희 소설 속 주체는 끊임없는 충동 속에 놓여 있다. 이 충동들은 본질적으로 "결여를 환상의 방법으로 메우려는 기능에 결부된 환상대상a(objet a)으로써" 소설 속에서는 언어를 통한 판타지의 효과로 보여준다. 결국 라캉이 말한 "욕망의 힘은 결여로부터 나오며, 그 결여는 존재를 지칭하는 근본적인 언어의 불가능성과 관련"[1]되기 때문이다. 언어의 불가능성으로부터 결여가 발생한다면 말하는 존재자로서의 지위는 궁극적으로 결핍된, 그러므로 통합된 주체가 아니라 언어에 의해 분열된 주체일 수밖에 없다.

반복강박(Wiederholungszwang)[2]은 꿈의 본래 기능인 소망충족과 다

1 김석, 앞의 책, 189~192쪽.

2 반복강박은 프로이트 말년의 저서에 해당하는 『쾌락 원리의 저편』에 수록된 전쟁신경증 환자의 꿈에서 반복되는 불쾌한 내용의 반복을 연구하면서 발견한다.

른, 쾌락원리의 반대적인 항으로서 '악마적인', '비자발적인' 특징을 반복적으로 보여준다. 그것은 쾌락으로 향하는 긴 우회로에 있어서의 만족의 지연, 만족을 얻을 수 있는 수많은 가능성의 포기, 때에 따라서 불쾌에 대한 인내 등을 요구[3]하기도 한다. 프로이트가 반복강박을 전쟁신경증 환자의 심리적 메카니즘으로 설명했다면, 라캉은 억압된 기표의 재현 의지를 '반복강박'으로 설명한다. 브룩스 또한 반복을 서사가 자신을 드러내는 방식으로 이해한다.

이러한 반복에 대한 주체의 강박적인 심리는 무의식적 억압에 기원을 두고 있기도 하지만, 주체가 처한 심리적 상황이 평온한 상태가 아니라 '익숙한 낯설음'의 표지인 일상에서 예민하게 감지되는 '불안'을 드러내는 지표이기도 하다. "불안은 비록 알려지지 않은 것일지언정 위험을 기대하거나 어떤 특수한 상태를 지시한다."[4] 반복의 경험에 내재되어 있는 일부는 "두렵고 낯선(uncanny)"[5] 것을 만들어 내고 우리로 하여금 우리 삶과 우리의 허구 속에서 시간적 형태의 상호 작용 가능한 문제에 대해 생각하게 한다.[6] 오정희 소설 속에서 주체의 반복 충동들이 보여주는 욕망의 텍스트는 욕망의 지연과 유보를 거쳐 불안과 여담적 내러티브를 생산한다.

오정희 소설 속 주체의 반복강박적인 욕망과 이에 따른 서사의 전개

---

3 Freud, S., 강영계 역, 앞의 책, 22쪽.

4 위의 책, 27쪽. 공포는 우리들이 그 앞에서 두려움을 느끼는 일정한 대상을 요구한다. 그러나 경악은 우리들이 준비되어 있지 않은 채 위험에 처할 때 빠지는 상태를 일컫는다.

5 Freud, S., 정장진 역, 『예술, 문학, 정신분석』, 열린책들, 2007, 399쪽 참조.

6 Brooks, P., 앞의 책, 198쪽. 과거 경험은 기억에 의해 현재 경험 사이의 내적 차이로서 경험의 본질이 드러난다.
들뢰즈에 따르면, "기억은 과거를 직접적으로 파악하지 않는다. 그것은 과거를 상이한 현재들을 가지고 재구성한다. Bogue, R., 이정우 역, 『들뢰즈와 가타리』, ㈜새길, 1995, 71쪽.

는 라캉의 담론에서 파생된 하위 담론, 즉 '회고적 욕망의 담론'으로 해석할 수 있다. 회고적 욕망의 담론은 오정희 소설 속 주체가 언어의 세계인 상징계에서 주체가 지닌 과거의 지식의 내용에 따라 주체가 상징계의 대상들과 맺는 관계를 파악할 수 있게 한다.

회고적 욕망의 내러티브에서는 주체의 과거에 억압되고 은폐되었던 사건(트라우마)이 기억의 비자발적 회귀에 의해서 서사를 진행시킨다. 기괴하고 낯선, 또는 망상이나 판타지 등과 같은 심리적 기제들은 주체의 욕망을 드러내는 요인으로 작용한다. 회고적 욕망의 서사는 사후성의 논리에 따르며, 주체의 욕망을 은유나, 환유, 이미지, 상징과 같은 수사학적 장치를 통해 서사를 진행시키는 특성을 지닌다.

한편 오정희 소설 주체의 회고적 욕망의 반복은 서사를 지연 또는 퇴각시키며 주체 역시 과거에 속박당한 퇴행적인 모습을 보여준다. 회고적 욕망의 내러티브는 회상의 과잉과 함께 내러티브의 과잉, 내러티브의 잉여로 불릴 수 있는 '여담(餘談)'의 내러티브 생산을 유도한다. 여담은 중심적인 스토리로부터의 이탈로 "질서 · 목적성 · 필연성 · 일관성 등 문학 담론에 내재한 이성 중심적 가치들을 의문시"[7]하면서 기존 문학 담론에 대한 탈주를 모색한다는 점에서 독자들에게 일종의 향유를 제공한다. 오정희 소설에서 회상의 과잉, 낯선 풍경의 삽입, 회상을 통한 또 다른 스토리(사건)의 삽입은 텍스트 내에서 사건화되지 못한 '잉여'이자 '잔여물'이다.

---

7 Sabry, R., 이충민 역, 『담화의 놀이들』, 3쪽.

1. 반복강박과 불안의 서사

이 절에서 중점적으로 살펴볼 오정희 단편 소설들에서 '불안'의 모티프에 따른 주체의 심리상황을 요약하면 다음과 같다. 「전갈」은 중년 여성의 일상에 파고드는 불안의 내면 심리를 '전갈'을 통해 표상화한다. 「꿈꾸는 새」와 「새벽별」은 실존에 대한 '불안'을, 「어둠의 집」의 주체는 등화관제로 인한 일시적 어둠을 통해 익숙한 일상을 '낯선 두려움'의 정서로 치환하고, 「바람의 넋」은 반복강박에 사로잡힌 주체의 불안을, 「비어 있는 들」은 부재로서 존재하는 '그'에 대한 욕망하는 주체의 반복적인 충동들을 형상화한다.

불안은 억압에서 새로 생겨나는 것이 아니라 이미 존재하는 기억 이미지와 일치하도록 정서적인 상태로 복제된 것이다.[8] 오정희 소설에서 불안은 불확실성에 근거한다. "독자를 애매모호한 상태에 방치해 둠으로써 독자가 불확실한 상태에 빠지게 하는 것이다."[9] 그 불안의 정서는 오정희 소설의 문체의 애매모호함과 인과성이 배제된 장면의 전개, 그리고 '문득'과 같은 부사어에 의해 떠올려지는 어떤 이미지의 급선회 등 작가의 여러 형태의 서술 방법에 기인한다.

오정희의 소설에 나타나는 '불안'의 징후들은 사회적 타자와의 관계에서 오는 "사회적 함의"[10]를 지니지 않는다. 그러나 오정희는 사회화에 직접 동참하지 않는 주체들의 내면에 도사린 세계와의 '간극'을 탁월하게 형상화한다. 이 주체들은 상징질서인 사회와 통합하려는 의지를 보여주지 않는다. 다만 일상생활을 영위하면서 주체가 평온한 심리상태로 돌

8 Freud, S., 황보석 역, 『정신병리학의 문제들』, 열린책들, 2012, 215쪽.

9 Freud, S., 정장진 역, 앞의 책, 413쪽.

10 박진영, 「오정희 소설의 비극성과 불안의 수사학 - 『불의 강』(1977)을 중심으로」, 『현대문학이론연구』 제31집, 현대문학이론학회, 2007.

입하려는 순간 어떤 미세한 감각이 발동하는데, 그 감각은 가시화 될 수 없는 것들, 즉 '불안'이라는 심적 동요를 어떤 '징후'로서 반복적으로 보여준다. 오정희 소설의 주체들이 겪는 이 '두렵고 낯선(uncanny)' 감정들은 '익숙한 낯설음'에 기인하는 주체의 기이한 정서적 체험(일상)과 관련된다. 이 주체들은 '쾌락원리'에 순응하지 않고 이면에 숨어있는 '반복충동'과 같은 '충동(죽음)'에 근접한 거리를 유지하고 있다.

오정희 소설의 주체에게 반복적으로 나타나는 어떤 현상이나 행동들은 반복을 통해 '익숙한 낯섦'을 체험하게 하고 평온한 상태의 내러티브를 불안의 내러티브로 유도한다. 이 절에서는 오정희 소설 속 욕망하는 주체가 보여주는 반복충동들에서 주체의 불안과 욕망의 구조, 그리고 내러티브의 구조 원리를 규명해 내고자 한다. 또한 이를 바탕으로 기존의 선형적인 내러티브에서 일탈하는 오정희 소설 텍스트는 '불안의 내러티브'로 상정될 것이다. 이에 따라 오정희 소설에서 감지되는 반복강박(충동)적인 요소들은 내러티브의 진행을 지연시키기도 하는 한편, 불안의 내러티브로 형상화된다는 점이 자연스럽게 밝혀질 것이다.

대체로 오정희 소설 속 주체들이 느끼는 '불안'은 낯익은 일상의 틈을 비집고 돌올하게 드러나는 다양한 징후들로 주체를 엄습한다. 예를 들면, '막연한 부패의 냄새'(「밤비」, 44쪽), "가스가 새는 소리와 물이 새는 소리"와 "벽이 갈라지고 그 사이로 모래 흘러내리는 소리, "빈 집에서 울리는 웃음 소리"(「어둠의 집」, 244~260쪽) 등이 주체를 불안으로 내몬다. 또한 불안은 "유리창에 스멀거리는 '노래기떼'의 환영"(「안개의 둑」, 68쪽)으로, "목이 졸리는 듯한 불안감"(「하지」, 78쪽), "오후 다섯 시와 여섯 시 사이에 날아가는 흰 새"와 "개집의 입구가 단단히 막혀 있다는 것을 알면서도 느닷없이 허벅지 안쪽의 맨살에 깊이 박히는 이빨의 환상", "비늘을 털며 다가오는 거대한 동물"(「夜會」, 13~34쪽), 전갈(「전갈」), 기차소리(「비어 있는 들」) 등으로 나타난다.

이 장에서 중점적으로 분석할 작품들은 「전갈」, 「비어 있는 들」과 「어둠의 집」이다.

오정희 단편 소설 「전갈」은 아이 둘을 둔 중년 여성의 일상에 파고드는 불안의 내면 심리를 집중적으로 보여주는 작품이다.[11] 주체의 행동보다는 의식적인 측면이 뚜렷하게 부각되고 표면적으로 드러나지 않는 내면의 소요가 '불안'의 정서로 치환되어 표현된다.

「전갈」에서는 남편 방에 느닷없이 출몰하는 전갈이 그 여자를 놀람과 긴장, 불안에 떨게 한다. 그 여자가 느끼는 불안은 '실존에 대한 불안'과, '여성 정체성'에 대한 의심과 예기치 않았던 일상의 틈을 비집고 생살을 드러내는, 무탈한 일상에 대한 회의를 포함한다. 그것은 여성정체성에 대한 탐색을 통해 내적 자아를 통합해 나가는 과정이 아니라 상징적 질서 안에 포획되지 않은 주체로서 여분의 '주이상스'[12]를 향한 주체의 욕망과 결부되어 있다.

여자의 남편은 1년 전 외국지사로 근무 발령을 받는다. 소설의 시작은 남편의 귀국을 하루 앞 둔 날 '바람이 불고 있었지만 아이들과 함께 산책'을 나가는 것으로 시작되어 그 이튿날 아침밥을 안친 뒤 남편이 출장을 간 뒤 한 번도 치우지 않은 남편의 방을 급하게 청소하는 것으로 종결된다. "남편과 떨어져 있게 될 1년 간의 시간은" 그 여자에게는 "전 생애와 맞먹는 것이 될 것이라는" 기대로 부풀어 있었다. 일반적으로 중

11 소설 속 등장인물인 주체는 '그 여자'로 명명된다. 3인칭으로 호명되는 '그 여자'의 일상은 서술 중개자를 통해 독자에게 전달된다. 이와 같은 시점은 서사를 담담하게 객관적인 제 3자의 눈으로 서술 중개할 수 있고 주체의 감정 과잉을 차단하는 효과가 있다. 또한 그것은 서술 주체가 등장인물인 주체의 삶을 즉물적인 감정의 낭비 없이 객관적으로 조망해 볼 수 있는 이점이 있다. 이 소설에서 시점의 효과는 서술 중개자가 감정을 명징하게 조절하여 다룰 수 있는 서술적 우위를 차지할 수 있다는 점이다.

12 여성의 주이상스는 Ⅳ장에서 자세히 살펴볼 것이다.

년 여성이 겪게 되는 "고독이 만성적인 권태와 무위한 환상에서 벗어날 수 있게 해주리라는 기대와 열망"(「전갈」, 99쪽)은 여지없이 깨져버리고 그 여자의 생활은 여느 때나 마찬가지로 하루하루가 흘러갔다. 이제는 남편의 귀국을 하루 앞두고 그동안의 자신을 되돌아보고 차분히 정리할 여유도 없이 남편을 맞이해야 한다는 절박감에 허둥댄다.

이 소설 텍스트에 등장하는 '전갈'은 치명적인 독을 가진 독충으로 이 텍스트의 '중핵'[13]과 같은 역할을 한다. '내러티브의 주요한 이음새'가 되는 이 독충의 출현으로 평온한 일상은 소리 없이 '조바심과 놀람, 긴장'으로 여자에게 감지되고, 내러티브를 '긴장'으로 유도한다. 전갈은 이 텍스트 내에서 '불안'의 표지로 작용한다.

전갈의 출몰은 서사의 시작과 끝을 알리는 사건의 발생과 맞물려 이 소설의 서사를 구조화하는 중핵 사건으로 작용한다. 브룩스에 따르면 서사의 시작은 서사의 끝을 향한 전진과 후진 운동이다. 서사는 전갈의 반복 출현을 거치면서 결말에 도달한다. 서사의 시작은 끝을 향한 죽음 충동과 같다.[14]

긴장은 불확실성과 불안에 의해 특징지어진다. 긴장은 대개 고통과 기쁨의 이상야릇한 혼합이다 …… 긴장은 대개 슬쩍 예시함(foreshadowing), 즉 어떤 일이 생길 것인가 하는 힌트(유추)에 의해 부분적으로 얻어 진다.[15] 독자들은 갑작스런 전갈의 출현으로 인해 그 여

---

13 플롯은 사건들로 엮여있고, 그 중에서도 더 중요한 사건을 '중핵'이라 부른다. 위성은 중핵보다 부차적인 사건으로 플롯의 논리를 파괴하지 않고도 생략될 수 있다. Chatman, S., 김경수 역, 『영화와 소설의 서사구조』, 민음사, 1999, 62쪽.

14 욕망은 결말에 대한, 충족에 대한 소망이지만, 충족은 지연되어야 하며 그래서 근원과 욕망 자체와 관련하여 이해할 수 있어야 한다. Brooks, P., 앞의 책, 178쪽. 서사의 끝은 의미 있는 종결이어야 한다. 그러나 전갈은 결말을 향해 죽음으로써 서사를 종결짓지만 그 죽음이 '의미 있는 죽음'인지는 확답하기 어렵다.

15 Chatman, S., 앞의 책, 69쪽.

자의 일상에서 자칫 나태하고 권태로 함몰될 수 있는 시간이 배제되고, 일상에 팽팽한 긴장감을 불어 넣어 줄 것이라는 것을 예견할 수 있게 된다.

긴장과 놀람은 서로 모순되는 용어가 아니라 보족적인 용어이다. 이 둘은 서사물에서 복합적인 방법으로 함께 작용한다. 즉 일련의 사건들은 놀람으로 시작해서 긴장의 패턴을 이루며, 기대된 결과의 좌절인 〈꼬임〉 즉, 또 다른 놀람으로 끝나는 것이다.[16] 오정희의 「전갈」에서는 그 여자가 처음 전갈을 목격했을 때의 놀람과 긴장이 여러 차례 전갈을 목격함으로써 긴장의 패턴이 다소 약화되거나 야릇한 향유의 방식으로 변경된다. 전갈은 소설의 결말에 이르러 독자의 기대를 배반하고 "이미 오래 전에 말라 죽은" 채 발견됨으로써 독자들이 의외의 현장(사건)을 목도하게 한다. 독자들은 그동안 그 여자의 긴장과 불안들이 '허망한' 환상이 아니었나 의심하는 가운데 서사가 종결된다.

남편이 떠나던 날 밤에 남편이 쓰던 방에서 최초로 '전갈'이 발견되고 (그 이후 수차례 전갈을 본다), 남편이 귀국하기 전날 산책길에서 아이들과 함께 또 다시 '전갈'을 발견하게 된다. 서사의 시작과 끝에 전갈의 출현을 배치함으로써 이러한 불안은 그 여자의 개인적이고 내부적인 문제뿐만 아니라 외부의 불가항력적인 힘에 의해 여전히 소멸하지 않고 그 여자의 삶을 위협한다고 이해할 수 있다. 또한 그것은 아무런 자각도 하지 않고 순응하는 삶은 주체를 오히려 삶의 위험에 빠뜨릴 수 있다는 것을 역으로 말해준다. 그러므로 전갈은 그 여자의 익숙한 일상의 삶에 길들여짐을 막고 긴장시키는 역할을 한다고 볼 수 있다.

그 여자의 '절박감과 긴장'은 '문득'이라는 부사어로 촉발되어 불안의 이미지를 형성한다. 수사학적으로 이 부사어는 지금까지의 선형적인 서

16 위의 책, 71쪽.

사의 연속에서 이탈을 추동하며 서사가 매끄럽게 진행되는 것을 막고 독자를 불확실한 상태로 이끄는 역할을 한다. "그 여자의 얼굴에 문득 떠오른 긴장의 빛"이나 "문득 자신의 어조에 깃든 이유를 알 수 없는, 막바지에 몰린 듯한 절박감을 감지"하거나 "문득 그 여자를 올려다보며 묻"(90~91쪽)는 아이에게서도 이유 모를 긴장감이 텍스트의 불안을 형성한다.

또한 그 여자의 일상에 표면적으로 나타나지 않고 있었던 구체적인 불안은 전갈의 출현으로부터 가시화된다. 남편의 방에서 '낯설고 기이한' 곤충의 갑작스런 출몰로 인해 텍스트는 전갈을 '불안의 기호'로 형상화하고 일련의 문체적 효과로 불안의 정서를 증폭시킨다.

> 남편이 떠나던 날 밤, 그가 쓰던 방에 들어가 전등 스위치를 올렸을 때 그 여자는 불이 켜짐과 동시에 벽과 천장이 잇닿은 틈서리에서 길게 붙어 있는 물체를 보았다. 거의 흰색에 가까운 엷은 색 벽지 위에 연한 갈색의 몸뚱이는 돋을새김의 장식처럼 튀어나와 견고하게 붙어 있었다. 처음 그 여자는 그것이 그리마의 한 종류이리라 생각했다. 두려워 할 것이 없다고 스스로 타이르면서도 그 여자는 선 자리에서 움직일 수도, 그것에서 눈을 뗄 수도 없었다. 꼼짝하지 않고 벽에 부착해 있던 그것은 그 여자의 팽팽한 시선에 마지못해 끌려오듯 마침내 벽을 대각선으로 가르며 느릿느릿 내려오기 시작했다. 불빛이 만드는 그림자 때문에 몸뚱이는 엷게 부풀어 퍼져 보였으며 실제보다 훨씬 많은 수의 다리로 헤엄치는 듯한 움직임은 부드럽고 마냥 권태로와 보였다. 전갈이구나. 그 여자는 중얼거렸다. (「전갈」, 92쪽)

위의 본문 텍스트에서 전갈은 불안의 이미지를 구성하고 의미화하는 데 기여한다. 그 여자가 무심코 남편 방의 전등을 켰을 때, "불이 켜짐과 동시에 벽과 천장이 잇닿은 틈서리에서 길게 붙어 있는" 불확실한 물체가 주는 놀람은 그 여자를 긴장으로 몰고 가 불안을 증폭시키는 역할을 한다. "그림자 때문에 몸뚱이는 엷게 부풀어 퍼져 보였으며 실제보다 훨씬 많은 수의 다리"로 감지되는 것은 이미 그 여자가 극도로 긴장된 상태에서 체험된, 불확실성이 주는 물체의 공포가 상상적 결합의 산물로 나타났기 때문이다. 사물을 실제보다 더 왜곡되게 부풀리면서 주체를 압도하는 것은 '상상'이라는 주체의 능동적인 서사 참여에 의해서이다. 불안이라는 심리적 기제가 소설을 한층 긴장하게 하는 심층 패턴으로 작동하게 하는 것은 이러한 연유에서이다. 「전갈」에 나타나는 '불안'의 심리적 기제는 이러한 소설적 장치가 복합적으로 상호작용하면서 나타나는 효과이다. 이 낯선 두려움과 전율과 같은 감정들은 전갈을 '불안'이라는 이미지로 전환하고 의미화하는데 기여한다. 그러한 의미에서 전갈은 주체의 배후에 깔린 불안을 드러내는 징후이다.

전갈은 남편이 떠난 밤에 돌연히 출몰하는데, 그 전갈은 남편과 함께 살 때는 일상에 묻혀 보이지 않았던 생명체이다. 그 여자가 남편의 방의 전등을 밝혔을 때, 비로소 전갈은 현재의 시간으로 그 여자 앞에 가시화된다.

그 여자는 아이를 기르며 남편을 뒷바라지하는 순응하는 삶에 체념으로 길들여진 탓에 자신 내면의 자아를 조망해 볼 기회를 갖지 못한다. "반성되지 않은 영역에는 자아란 존재하지 않는다."[17]는 점에서 남편이 장기간 출타하면서 비로소 지나간 일상과 현재의 그 여자의 삶에 어떤 자각(반성)의 불빛을 비춰볼 수 있게 된다. 그 여자의 균열된 자아는 일상에 자리잡은 미세한 '틈'들로 표상된다. 그 여자는 '전갈'이라는 생물체를 통해 잠시 반성과 성찰의 계기를 갖게 되지만 그것이 끝까지 주체의 삶에 성공적으로 반영될 것인지는 의문시된다.

---

17 서동욱, 『차이와 타자』, 문학과지성사, 2011, 182쪽.

또한 주체에게 그 동안 잠재되었던 여성적 삶의 정체성에 대한 의문이 '불안'이라는 기표를 지시하는 '전갈'을 통해 총체적으로 표면위에 떠오르게 된 것이다. 위의 본문 텍스트에서 남편의 어두운 빈 방은 일상생활에 가려진 그 여자의 삶에서 '암전된 시간'으로 해석할 수 있다. 그 여자의 조명받지 못하고 사장된 시간은 그 여자가 전갈을 '팽팽한' 눈길로 정면으로 대결함으로써 솟아오르고, 아울러 두려움과 맞설 수 있는, 어떤 내적 변화를 가져오는 계기가 된다.

그러한 결과 전갈은 이제 진부한 그 여자의 일상을 '대각선'으로 가르고 전면에 부상한다. 그 여자의 일상적 삶에 은폐되었던 내용들은 구체적으로 명시되지는 않지만, 그 여자가 생각했던 것보다 훨씬 심각한 '환멸'로 '느릿느릿'이란 부사어에 딸려 나온다. 그것은 그 여자에게는 너무나 부드럽고 낯익어서 평상시에는 미처 느끼지 못한 일상의 '권태'와 '환멸'의 모습이다. 돌연 예기치 않은 전갈의 출현으로 인해 그 여자는 그것이 "오히려 하나의 환상"이 아닌가 생각하기도 한다.

이 '환멸과 권태'를 가르고 나타난 전갈은 그녀의 안전하고 평온했던 일상을 흔드는 '불안의 기표', '환상(환각)의 기표'로 작동한다. 전갈이라는 환상의 기표는 앞으로 전개될 주체의 욕망을 지탱하게 해주는 어떤 지지물로 작용하게 된다.

그러나 표층적인 텍스트가 보여주는 내용들로는 전갈의 의미는 구체적으로 드러나지 않는다. 좀더 심층적인 텍스트 독서를 통해 '전갈'을 해석한다면 이 텍스트 내에서 전갈이 불안과 환상을 고지하는 기표로 읽힐 수 있을 것이다.

그 여자의 일상에 돌연히 출현한 전갈은 "그때까지 그 여자가 젖어 있던, 이별 뒤의 허탈감과 해방감, 불분명한 가슴에임, 애상 따위를 비웃듯"(93쪽) 그 여자의 방만한 감정을 찢고 경고처럼 그 여자의 일상을 점령한다.

그 후 몇 차례 더 그 여자는 남편의 방에서 전갈을 보았다. 전갈은 그 여자의 기척에도 피하려는 빛 없이 책상 다리나 천장, 방의 틈서리에 단단히 붙어 있었다.

전갈이 보이지 않게 된 후에도 여전히 그 여자는 남편의 방문을 열 때면 핏줄이 팽팽히 당겨지는 듯한 긴장을 느꼈다. 아니, 보이지 않게 됨으로써 전갈에 대한 그 여자의 환상과 두려움은 더욱 커진 듯했다. (「전갈」, 94쪽)

위의 본문 텍스트에서 그 여자는 전갈이 숨어버렸는데도 여전히 긴장과 두려움을 해소하지 못한다. 불안이나 공포는 대상이 눈에 보이지 않을 때 더욱 촉발된다. "핏줄이 팽팽히 당겨지는 듯한 긴장"감을 느끼는, 그 여자의 안전한 삶이란 애초 불안에 기반을 둔 일시적인 안정이라는 것을 알 수 있게 된다. 더 극단적으로 말하면, 그 여자가 느끼는 자신에 대한 존재의 불안과 일상의 권태는 위층 여자의 히스테리컬한 외침으로 대변된다. "아아 나는 불안해요. 나는 종종 내가 껍질만 남은 벌레 같은 생각이 들어요."(97쪽) 그 여자의 대리적 자아라고 볼 수 있는 위층 여자의 절규는 주체가 결혼이라는 제도에 갇혀 종속적으로 살아간다는, 가부장제하의 여성 주체의 문제를 드러낸다.

반복적으로 나타나는 전갈은 서사가 전진하는 것을 지연시키며 주체의 불안을 환기할 뿐만 아니라 내러티브의 숨은 의도를 드러내준다. "내러티브 이야기는 의미를 지연시키고, 부분적으로 충족시키면서, 계속 뻗어나가는 의미들에 의존한다."[18] 이 텍스트에서 전갈은 서사를 의미있게 구성해 주는 장치로 활용된다. 전갈은 여자의 불안을 증폭시키고 그 여자는 전갈의 기표가 의도하는 의미에 복속된다.

라캉은 프로이트의 불안을 '타자의 욕망' 혹은 향유에 대한 '불안'으로

18 Brooks, P., 앞의 책, 47쪽.

재해석한다.[19] 그 여자가 '긴장'이나 '불안'과 같은 감정들을 향유하는 방식은 어쩌면 그것이 '환상'일지도 모른다는 그 여자의 진술이 구체적으로 뒷받침해 준다. 이러한 심리적 복선을 통해 서사는 그 여자가 불안을 향유하도록 유도하면서 한편으로는 불안을 구조화한다.

또한 그 여자의 불안이 이중적인 시간 인식으로 분화되어 나타난다는 점이 흥미롭다. 그 여자가 '불안'에 직면하는 시간대는 남편이 떠난 뒤 비로소 현재적으로 가시화된 시간이라는 점이 그것이다. 그 여자의 복잡한 심리에는 그 여자만이 온전히 누릴 수 있는 잉여 시간에 대한 향유를 포함하고 있다. 그러한 심리는 "전갈에 대한 그 여자의 환상과 두려움은 더욱 커진 듯"(94쪽)하다는, 중개자의 서술을 통해 독자에게 전달된다. 여기에서 독자는 그 여자가 전갈을 보고 느끼는 감정이 복합적이라는 것을 알 수 있게 된다. 정신분석학에서 말하는 '불안'이나 '긴장'과 같은 죽음충동에 가까운 심리적 에너지는 쾌락원리, 즉 희열에 버금가는 에너지를 방출한다. '불안'이나 '긴장'과 같은 불쾌한 감정들은 "쾌락으로 느껴질 수 없는 쾌락이다."[20] 그 여자가 향유하는 것은 전갈을 통한 긴장과 불안이 된다.

"빗자루 끝에 딸려 나온, 그것은 엷은 갈색의 이미 오래 전에 말라 죽은 전갈이었다."(102쪽) 소설은 오래전에 죽은 전갈의 껍질을 발견하는 것에서 끝난다. 이 껍질만 남은 전갈은 이층 여자의 히스테리컬한 비명, 즉 "나는 껍질만 남은 벌레"와 서로 조응하는 양상을 보여준다. 결국 그 여자의 대리적 자아로 볼 수 있는 '이층 여자'와 그 여자는 자신의 정체성을 상실하고 살아가는 껍데기뿐인 주체들이라는 점이 비로소 드러난다. 또한 남편의 귀가로 그 여자는 다시 지루하고 한편으로는 편

---

19 불안의 대상은 타자의 욕망(désir)혹은 향유(享有, jouissance)이다. 김상환・홍준기 편, 『라캉의 재탄생』, 창비, 2009, 198~199쪽.

20 Freud, S., 강영계 역, 앞의 책, 24쪽.

안한, 익숙한 생활로 돌아감을 의미한다.[21] 그것은 곧 기존 사회질서에 대한 어쩔 수 없는 순응, 즉 가부장제도에 대한 내면화가 이루어졌음을 의미한다. 또한 일상의 '틈'이나 '균열'은 일시적인 봉합은 가능하나 영원히 메울 수 없다는 사실을 입증하는 셈이다.

그 여자는 남편의 귀가를 앞두고 "시간이 없다, 라고 말했지만 그것이 남편이 올 때까지의 시간을 뜻하는 것인지 자신에게 허락된 한정된 시간을 뜻하는 것인지 그 여자 자신도 기실 잘 알지 못했다."(101쪽)라고 진술한다. 앞의 분석을 바탕으로 본다면, 그 여자가 허둥대는 것은 자신에게 향유할 몫으로 주어진 잉여의 시간이 소진됨을 자각하기 때문이라고 볼 수 있다.

「전갈」에서와 마찬가지로 「어둠의 집」의 중년 여인은 일상에서 문득 도드라지게 솟아오르는 낯선 느낌들로 불안하다. 그 '불안'은 주체를 충동적인 심리 상태로 몰고 간다. 이 소설은 몇 분간의 '등화관제훈련' 동안에 주체(그 여자)의 회상과 함께 불안한 심리가 복합적으로 구성되어 전개되다 훈련이 끝나면서 종결된다.[22]

그 여자는 텅 빈 집에서 혼자 있으면서 외부에서 들려오는 호각 소리, 발소리, 공습경보 등으로 인해 심리적 동요를 느낀다. 이미 꺼진, 가스렌지 '연결 밸브의 이음매'를 의심한다거나 누군가 방안에 들어온 듯한 느낌으로 가슴이 조이는 듯 답답해지기도 한다. 그 여자는 이러한 위협

21 내일 이맘 때면 자신은 적도의 햇빛과 뜨거운 바람으로 한결 탄탄하고 거칠어진 남편의 팔에 안겨 잠들어 있으리라. 그리고 짧은 대화와 긴 침묵, 다시금 평온한 나날들이 계속되리라. 그 여자는 아이에게 말했듯 모든 것이 잘 될 것이다. 그 여자의 서성이는 걸음이 한층 빨라졌다. 어둠 속에서 소리없이 돌아다니는 전갈의 자취를 찾으려는 듯. 「전갈」, 100쪽.

22 대부분 오정희 소설들에서는 사건다운 사건이 일어나지 않는 대신, 일상에서 겪는 자잘한 심리적 사건에 의해 서사가 촉발되는 탓에 사건의 추이를 예측하는 일반적인 독서가 허락되지 않는다.

적인 상황에서 벗어나보려고 "큰 소리로 말하면서 커튼을 젖히고 밖을 내다보"(249쪽)기도 한다.

또한 누전으로 온 집안을 휘돌며 흐르는 전류에 무방비로 포위된 집에 대한 환상은 그 여자를 긴장과 불안이라는 심리적 에너지로 압도한다. 안전하다고 생각했던 집이라는 공간은 그 여자에게는 오히려 "동굴처럼 시커멓게 입을 벌리고 있는"(251쪽) '불안'을 증식하는 장소가 된다. 그것은 일상의 미세한 균열들이 만들어낸, '누수'나 '누전'과 같이 봉합할 수 없는 지점, 상징화될 수 없는, 구멍, 파열 등으로서, 현실 너머의 세계인 "실재계"[23]가 보여주는 환영의 틈입이라고 부를 수 있다.

그것은 블랙홀과 같은 미지의 한 X로, 결코 현실에 실현할 것 같지 않는 실재의 도래와 같이 주체의 환영으로 설명할 수 있다. 이 현실과의 간극은 화자에게는 환청(물소리, 모래 흘러내리는 소리)이나 환각(끓어오르는 개수대의 물)으로 재현된다.

> 최초의 기억은 개수대에 철철 넘치던 물이었다. 설거지를 하기 위해 물을 틀어놓고 아무런 생각 없이 개수대에 물이 차기를 기다리던 사이 그 여자는 손마디가 뻣뻣해오는 긴장을 느꼈다. 물은 넘치고 부엌 바닥으로 흘렀다. 물이 끓어오름에 따라 <u>그 여자의 몸 속 혈관도 부풀어 오르고 끝내는</u>

---

23 실재계는 라캉의 위상학적 공간인 상상계, 상징계, 실재계 중 하나로서 실재는 현실 바깥이 아니라 현실의 가장 깊숙한 곳에 있으며, 뫼비우스의 띠에서처럼 양쪽 사이의 이행을 허용한다. 그는 '불가능한 것'으로서의 '실재'개념으로 인도한다. Miller, J. A., 앞의 책, 428쪽.
지젝은 실재는 상징화에 저항하는 사물의 외상적 공허일 뿐 아니라 무의미한 상징적("수학소의") 일관성 및 자신의 원인으로 환원되지 않는 순수한 외관("환영의 실재")을 가리키기도 한다. Zizek, S., 박정수 역, 『그들은 자기가 하는 일을 알지 못하나이다』, 인간사랑, 2007, 114쪽.
이 실재계적인 만남은 상징화될 수 없는, 구멍, 파열, 현존 이 모든 것들 중에서 절대적인 것이 죽음이다. 인간은 언제나 죽음과 부딪힌다.

파열하게 될 것만 같았다. 아마 간질 발작이 오려나보다. 한 번도 발작을 일으킨 적이 없을뿐더러 그런 병이 자신 속에 잠재해 있으리라는 의심마저 해 본적이 없이 살아온 그녀의 머리에 순간적으로 떠오른 생각은 바로 그것이었다. 잠깐이라도 정신을 놓치면 발작을 일으키게 될 것이다. 그 여자는 정신을 집중시키기 위해 눈을 부릅뜨고 한없이 쏟아지는 물줄기만을 노려보았다. 자신의 내부에 도사린 무엇인가가 이윽고는 자신을 폭발시킬 비등점을 향해 끓어오르고 있었다. (「어둠의 집」, 252~253쪽)

위의 본문 텍스트에서 그 여자는 "상상적 여정의 끝에서 실재계의 심연과 같은 공포스러움"[24]과 대면한다. 괴기감을 주는 것은 우리에게 친숙한 모든 대상의 허구적인 측면이다.[25]

환상적인 서사는 필요불가결하게 지각에 집중되어 있고, 지각의 대상은 그 (여자)에게 항상 환영적인 실재를 지닌다.[26] 집안 곳곳에서 들려오던 물소리의 환영에 시달리던 화자는 "쉴새없이 주먹을 폈다 오므렸다 하는 동작을 반복"(252쪽)하면서 공포감을 덜어내려 하지만 그럴수록 증폭되는 공포감은 여자를 한 순간 해체해 버릴 것 같은 순간까지 밀어붙인다. 비가시적인 실재의 그 공포감은 외부의 물리적인 것이 아니라 자신의 내부로부터 파생된, 불확실하고 억압된 충동들에 의해 표출된다. 물에 의해 촉발된 상상은 몸 속 혈관이 부풀어 오르는 것으로 치환되어 주체를 극도의 공포 속으로 밀어 넣는다. 그 여자는 그 환각을 통해 환상이 투사되는 현실의 간극을 경험하고, 거기에서 심연의 공포에 직면

---

24 Zizek, S., 주은우 역, 앞의 책, 67쪽.

25 Wright, E., 권택영 역, 『정신분석비평』, 문예출판사, 1997, 200쪽.

26 Todorov, T., 신동욱 역, 『산문의 시학』, 문예출판사, 1998, 222쪽. 환시(幻視)는 눈과 같은 기능으로 보고 있는 듯한 착각을 준다. 눈의 기관이 가장 강렬한 욕망의 기관이라면, 주체가 맞닥뜨린 '끓어 넘치는 물'에 대한 두려움은 주체의 은폐된 욕망이라고 볼 수 있다.

하게 된다. 이 텅 빈 간극은 주체가 '탈실체화'[27] 되고 있는 지점을 지시한다. 주체가 산산이 해체되는 공포는 주체가 자신을 타자화시켜 바라보는 불안의 이중고를 적시(摘示)한다.

프로이트는 응시에 대한 충동이 응시하고자 하는 충동과 응시되고자 하는 충동의 두 형태로 존재한다고 말한 바 있다. "괜찮아. 곧 끝날 텐데. 그 여자는 달래듯 크게 말했다. 어둠 속에서 그것은 이상하게도 외설스럽게 들렸다. 아마 그 여자 자신 누군가 이미 이 집 안에 들어와 있어 자신의 행동을 낱낱이 엿보고 있다는 느낌에 사로잡혀 있는 탓인지도 몰랐다."(251쪽) 라는 진술은 주체가 타자의 시선(응시)을 받는 것에 대한 불안이라고 볼 수 있지만, 그것은 어떻게 보면 타자의 시선을 욕망하는 주체의 전도된 나르시시즘적인 환상에 기인한다.

이 시선을 중재하는 어떤 장치, 즉 환상 스크린과 같은 거름 장치가 없다면 주체는 타자의 시선의 폭압으로부터 자신을 지켜나갈 수 없게 된다. 주체가 무방비 상태로 노출된다면 주체의 탈실체화는 가속화된다. 그 여자는 스스로 "정신을 놓치면 발작을 일으키게 될" 것이라는 중얼거림에서 그 환각적인 환상에 대해, 주체가 탈실체화되는 것에 대한 두려움이 드러난다. "그 여자는 정신을 집중시키기 위해 눈을 부릅뜨고 한없이 쏟아지는 물줄기만을 노려보았"지만 오히려 시선의 몰입이 더 왜곡된 상을 낳게 되는 결과를 가져온다.

사물과 너무 가까운 대상이 환상-틀 속에 나타난다면 욕망은 질식해 버린다.[28] 환상은 주체와 대상(타자)과의 거리를 유지하는 스크린과 같은 장치가 필요하다. 주체와 대상 간의 거리의 소멸은 주체로 하여금 자기 자신의 죽음을 목도하게 하는, 주체를 섬뜩한 공포의 장 속으로

27 탈실체화에 대해서는 Zizek, S., 주은우 역, 앞의 책, 233쪽 참고.

28 Zizek, S., 이수련 역, 앞의 책, 209쪽.

밀어 넣고, 자신에게 되돌려진 시선(죽은 자의 시선)과 조우하게 한다는 것을 시사한다.

그 여자는 어둠 속에서 두려움을 없애려고 과장된 목소리로 말하지만 그러한 목소리는 어둠 속에서 오히려 이상한 반향으로 찌그러진 채 되돌아와 그 여자 자신에게 되돌려지는 환청으로 작용한다. 그 결과 그 여자는 자신의 목소리를 '낯선 목소리'로 듣게 됨으로써 공포감을 배가시키는 역효과를 가져오게 된다.

「어둠의 집」은 주체가 느끼는 일상의 낯익음이 어떤 계기를 통해 일순간 낯설음으로 주체를 압도한다는 것을 보여준다. 이 '낯익음/낯설음'은 일상이라는 환한 빛이 다 밝혀낼 수 없는 환한 그림자와 같은 모순된 방식으로 존재한다. 주체의 불안은 외부의 어떠한 것으로도 메워질 수 없다는, 불안이 존재하는 방식을 보여준다. 그러므로 그 여자의 반복되는 불안과 공포는 서사를 구성하는 요소가 된다.

오정희 「어둠의 집」에서는 드라마틱한 플롯(plot-sjužet)으로 연결되는 사건이나 행위 등이 부재하다. 그 때문에 내러티브의 설계와 의도를 인과적인 관계로 구성시켜 줄, 프로이트의 꿈 작업처럼 파편화된 이미지를 재구성하는 분석가의 작업이 요구된다. 심리적인 글쓰기에 해당하는 오정희의 소설들은 고전적인 의미에서 전체성을 고려한 종지부가 없기 때문에 늘 끝과 시작이 맞물려있는 구조로 귀결된다. 아무런 사건이 일어나지 않는 「어둠의 집」은 대상이 불분명한 불안이 주체에게 전가됨으로써 서사는 불안이 일으키는 실체가 불분명한 상태에서 종결을 맞이한다.

「비어 있는 들」에서는 구체적인 실체나 대상이 처음부터 부재하는 주체의 욕망이 '그'라는 기표로 반복 출몰하여 현실의 안정적인 질서를 훼손하고 주체로 하여금 현실에 안주하지 못하게 하는 불안의 서사가 형상화된다. 「비어 있는 들」은 그 제목부터 '텅 빔', '부재'의 의미를 내포하고 있다. 또한 추수를 끝낸 텅 빈 들판은 계절의 변화에 따라 '차오름'과 '텅 빔'을 반복하는 의미를 지닌다. 그러므로 '비어 있는 들'은 욕망하는 주체의 심리적인 등가물이라고 볼 수 있다. 욕망이란 대상의 부재(결핍)에서만 그 효과가 주체에게 지속되기 때문이다.

「비어 있는 들」에 등장하는 '그'는 아무런 인과관계 없이 '문득'이라는 부사어와 함께 출몰했다 사라진다. 불특정적이고 모호한 방식으로 지칭되는 '그'라는 대상은 화자의 불안한 심리 근저에 숨어있는 욕망을 징후적으로 드러내주는 무의미의 기표, 즉 라캉식으로 말하면 '공백의 기표'로 이해할 수 있다. 지젝은 "주체를 탈실체화(*desubstantialize*)하고 그 위에 판타지들이 투사되는, 거기에서 괴물들이 출현하는 텅 빈 공간('공백의 표면 *blank surface*')을 여는 것은 바로 이 탈실체화"[29]라고 한 바 있다. 주체를 탈실체화 하는 괴물들은 현실을 위협하는 틈의 상상력, 즉 일상생활에서 감지되는 미세한 틈, 균열된 지점, 공백을 지시한다. 그 공백은 주체가 일상을 매끄럽게 통과하지 못하게 하는 징후들로 예를 들면 「비어 있는 들」에서는 '기차소리', 「꿈꾸는 새」에서는 "패킹이 고장난 수도 꼭지에서 끊임없이 물방울이 떨어져 내리"는 물소리로, 그리고 "포도 덩굴 아래 벌들이 잉잉거리"(「꿈꾸는 새」, 156쪽)는 환청으로 나타난다. 일상의 평온함을 뚫고 출몰하는 이러한 환청들은 주체를 끊임없이 공백의 장으로 끌어들이고, '그'라는 텅 빈 대상을 욕망하도록 이끈다.

이러한 징후란 주체가 자신에 관한 어떤 근본적인 진실을 무시해야만 존재하는 특정한 형성물(formation)인 한에서 존재한다. 그 의미가 주체의 상징적 영역으로 통합되는 순간, 징후는 스스로 와해된다. '세계', 즉 '현실'이란 항상 징후라는 것, 현실이 존재하기 위해서는 무엇인가가 말

29 Zizek, S., 주은우 역, 앞의 책, 233쪽.

해지지 않은 채 남아있어야 하기 때문이다.[30] 우리가 대상들을 말할 때 어떤 실체를 가려주는 스크린을 통과하지 않고, 여과 없이 대상(물, Ding) 자체를 다 드러내(말해) 버린다면, 그것은 '실재'의 현현이라기보다 정신병의 현상이라고 부를 수 있을 것이다.

「비어 있는 들」의 화자인 주체가 인식하는 현실에서는 징후적으로 드러나는 일련의 감각들이 일상의 틈을 메운다. 그 감각들은 구체적으로 말해질 수 없지만 일상생활에서 늘 주체를 잡고 놓아주지 않는, 또는 주체 스스로가 사로잡혀있는 모호한 예감으로 도래한다. 예를 들면, "골진 유리에 남편의 얼굴이 터무니없이 커보이"(170쪽)거나 "한쪽 뺨이 이상하게 부풀린 모습으로 엎드려 자고 있는 아이의 얼굴", "칼날이 스쳐간 자국에서 내배는 피", "첫 나비의 서투른 날갯짓", "공복의 위벽을 적시며 뚜렷한 무늬로 차오르던 바륨 용액처럼 이물감으로 차오르는 감정"(171쪽), "비현실적인 색조로 파란 하늘"(173쪽), "기차가 사라진 시커먼 굴 속"(178쪽), "병 속에서 파드닥 거리는 풀벌레의 안타까운 날갯짓"(184쪽), "남편과 내 발자국이 꾸들꾸들 말라가는 흙 속에 작은 균열"(188쪽) 등으로 나타난다. 위와 같은 묘사들은 주체의 불안을 지시하는 징후로 작동한다. 특히 형체가 일그러진 얼굴(살)은 불안에 기초한 것으로 주체에게 매혹과 동시에 두려움과 불안을 형성한다. "형태 없는 만큼의, 그것의 형태 그 자체가 불안을 자극하는 매혹적인 이미지는 궁극적으로 공포의 가면, 그것의 기만적인 정면에 다름 아니다.[31]

화자인 주체에게 기차소리로 촉발되어 의식 위로 부상하는 '그'라는 존재는 주체에게 "특정한 형성물"로 작용하는 추상적인 상태로만 그 의

---

30 Zizek, S., 김소연 · 유재희 역, 앞의 책, 92~93쪽.

31 (*The Seminar of Jacques Lacques, Book II: The Ego in Freud's Theory and in the Technique of Psychoanalysis*, Cambridge University Press, 1988, pp.154-155.) Zizek, S., 주은우 역, 앞의 책, 67~68쪽. 재인용.

미가 발현되고, 현실이라는 실제적인 공간을 차지하는 인물로서 존재하지 않는다. 그것은 상징질서로 통용되는 현실이라는 영역에 "그 이름들의 상징화가 이루어지면 징후로서의 세계는 스스로 와해"[32]되기 때문이다. 즉, '그'라고 지칭되는 공백의 기표가 상징의 옷을 입고 상징질서의 세계인 현실로 들어오는 순간 그 징후적으로 감지된 예감들은 소멸되어 버리고 오로지 명명된 대상(인물, 존재)으로 고정되어 버릴 것이다. 역설적으로 '그'는 다만 징후로만 존재하는, 무의식에서 상징화되지 않은 상태로 남아 있어야 존재할 수 있는 존재이다.

주체가 '그'로 대변되는 '욕망을 욕망하기 위해'[33]서는 욕망은 끊임없이 미끄러지고 유예되어야 하고, 주체와 욕망(그)과의 거리는 일정하게 유지되어야 한다. 주체와 대상 사이의 거리가 가까워질수록 욕망은 그 거리만큼 뒤로 후퇴하고 소거된다. 이것은 주체가 결코 욕망의 대상-원인에 도달할 수 없고, 주체가 할 수 있는 일은 욕망의 대상 주위를 맴도는 것이 전부라는, 라캉의 욕망의 개념과 부합된다. 그러므로 현실에 부재하는 '그'는 '불안의 기표'인 동시에 '욕망하는 기표', 채워지지 않는 '공백의 기표'로 주체를 압도한다.

또 한편으로 소설 텍스트에서 어떤 내용이나 대상이 반복적으로 등장한다는 것은 주체가 자신의 욕망을 반복해서 드러냄으로써 욕망하는 대상을 욕망하는, 욕망의 환유의 여정 속에 놓여 있음을 역으로 보여주고 있기 때문이다.

「비어 있는 들」의 서두는 꿈에서 깨는 장면으로부터 시작한다. 꿈은

32 징후란 주체가 자신에 관한 어떤 근본적인 진실을 무시해야만 존재하는 어떤 특정한 형성물 formation인 것이다. 그 의미가 주체의 상징적 영역으로 통합되는 순간, 징후는 스스로 와해된다. Zizek, S., 김소연·유재희 역, 앞의 책, 92~93쪽.

33 욕망은 언제나 욕망 자체를 향한 욕망, 즉 무언가를 욕망하기 위함이 아니라 욕망하기 위한 욕망이다. Zizek, S., 박정수 역, 앞의 책, 341쪽.

주체의 욕망의 발설 통로라고 보았을 때, "대부분의 소설들의 첫 문단을 분석해 보면, 욕망의 이미지는 모양을 취하면서 대상을 찾기 시작하고, 텍스트 에너지학을 발전시키며 시작한다."[34]

> 나는 팔이 벽에 부딪혀 맥없이 떨어져 내리는 서슬에 잠이 깨었다. 아마 잠결에 무엇인가 잡으려는 손짓으로 거칠 것 없는 허공을 헤매었음이 분명했다. 옆자리는 비어 있었다.
>
> "몇 시예요?"
>
> 나는 차갑게 식은 빈자리를 손바닥으로 쓸어보다가 문득 성마른 소리로 물었다.
>
> 첫 기차가 뜨는 소리로 보아 4시 조금 지난 시각일 것이다. 지난밤의 사나운 빗소리는 들리지 않았다. (「비어 있는 들」, 170쪽)

위 본문 텍스트에서 화자는 눈을 뜨자마자 첫 기차 소리를 듣는다. 화자는 옆에 없는 남편에게 무의식적으로 "몇 시예요?" 라고 묻는다. 화자에게 시간의 의미는 기차가 지나가는 시간과 함께 '그'가 올 것이라는 기다림과 연관되어 있다. 무언가 잡으려는 공허한 몸짓과 옆자리가 비어있다고 시작되는 소설의 첫 문장은 이미 독자들에게 화자인 주체의 결핍을 암유적(暗喩的) 방법으로 제시한다.

화자의 일상은 일반적인 여성이 겪는, 아이를 키우며 남편 뒷바라지를 하는 단조롭기 그지없는 생활이다. 일상은 반복적이고 예견할 수 있으며, 진부하고 이미 알려진 '상궤의 영역'에 독특하고 예견할 수 없고 특별히 주목되는 미지의 '사건의 영역'이 변증법적으로 경험되는 장소이다.[35] 익숙하게 길들여진 일상의 영역은 오히려 그 익숙함 때문에 오히

---

34 Brooks, P., 앞의 책, 71~72쪽.

려 낯선, 사건들의 마주침을 경험하게 하는 미지의 장, 가까운 미래 시간의 도래라고 말할 수 있다.

오정희 소설 속 주체가 민감하게 감응하는 시공간대는 무탈하고 평온하기 그지없는 일상의 시간과 공간이다. 그러므로 이 일상은 오정희 소설 주체들이 느끼는 특별한 시간대이기도 하다. "일상생활은 개인의 의식적 그리고 무의식적 동기들이 만나는 장소로서 나타난다. 일상생활의 비연속 또는 반복적 유형은 동기화되지 않았던 요소들이 무의식이라는 숨겨진 힘에서 합리화의 근거를 이끌어낸다는 사실로부터 기인한다."[36] 「비어 있는 들」의 서두는 기차 소리를 통해 '그'의 기다림이 촉발되고, 기차가 지나갈 때 마다 "몇 시예요?"를 반복하는 주체의 강박적 심리를 잘 드러내 주고 있다.

종잡을 수 없는 꿈에서 마치 등을 밀리듯 깨어난 것은 무엇 때문일까. 그는 오늘 올 것이다. 그것은 약속보다 확실한 예감이었다. 그는 한 번도 이곳 내가 살고 있는 작은 도시에 온 적이 없었다. 그러나 나는 종종 예감과 기대로 설레며 새벽을 맞고 밤을 보내었다. 칼날이 스쳐간 자국에서 내배는 피에서도, 성급히 나타난 그해 첫 나비의 서투른 날갯짓에서도, 각질 속의 연한 초록빛으로 숨어 있는 나무의 눈을 보았을 때도, 늦봄이 다가도록 전선줄에 매달려 누추히 찢겨져가는, 정월 대보름 어느 가난한 집 소년이 띄워올렸을 종이연을 보았을 때도 그가 오리라는 예감은 한 조각 파편처럼 반짝이며 가슴속 깊은 곳에서 눈을 떴다. (「비어 있는 들」, 171쪽)

35 일상은 '수면', '밤', '어둠', '무의식', '무질서', '죽음', '위협' 등의 일련의 기초와 '깨어 있는 상태', '낮', '밝음', '의식', '질서', '삶', '안전' 등 일련의 기초가 상호 삼투・교섭되는 곳에 위치한다. Maffesoli, M., Lefebvre, H., 박재환 역, 『일상생활의 사회학』, 한울아카데미, 2008, 28쪽.

36 위의 책, 165쪽.

위 본문 텍스트에서 화자가 기다리는 '그'에 대한 예감의 목록들은 너무나 세세하고 애상적이다. 이 화자의 불안은 어떤 경로를 경유하는지 먼저 살펴볼 필요가 있다.

화자가 바라보고 인식하는 모든 존재하는 사물의 대한 태도에서, 인식과 욕망 사이의 관계를 유추할 수 있게 한다. 눈은 1차적으로 가장 강렬한 욕망의 창구이다. 본다는 것은 욕망한다는 것과 같은 맥락으로 이해되고, 실체 없는 '그'는 어떤 예감들로 화자에게 지각된다. 표상 불가능한 '그'에 대한 예감은 화자의 섬세한 시각에 포착된 사물의 신비에서, 그 물상들의 벌어진 틈, 그곳에서 침묵이 드러내 주는 예감으로 감지된다. 표상 불가능한 욕망의 대상인 '그'는 한 번도 화자 앞에 나타난 적이 없는 인물이다. 그럼에도 불구하고 오늘 올 것이라는 믿음으로 기다리는 '그'는 사실 재현 불가능한 인물, 허구적인 욕망의 '타대상(a)'이다. 타대상은 타자가 내 안에서 보는 "내 자신보다도 더 나의 내부에 있는"[37] 그 무엇이다. 그것은 상징계라는 그물망에 포획되지 않는 얼룩(잔여) 또는 잉여이다.

화자가 인식 영역 너머를 응시하며 불러내는 모호한 '그'는 예감을 구체화시켜 주는 시각적 이미지들의 연쇄에 의해 텍스트 밖으로 넘쳐 흐른다. 간곡히 불러내는, 부풀려진 예감의 이미지들, '그'는 텍스트 내에서 사건화되지 못한 '잉여'이자 '잔여물'이다. 과잉된 "내러티브의 잉여는 소설의 플롯 창조 욕망이 이미 거세된 '그'를 제시한다."[38]

한 번도 온 적이 없는 그는 늘 예감으로 찾아와 화자는 밤을 지새우기도 한다. 화자는 '약속보다 확실한 예감'을 믿지만, 그러나 그 예감은 한

37 타대상은 순수한 결여인 동시에 욕망이 순회하는 공동이다. 타대상은 욕망을 야기하며, 그리고 이러한 공동을 숨기는 상상적 요소는 그 공동을 채움으로써 그것을 보이지 않게 한다. Zizek, S., 이만우 역, 앞의 책, 343~344쪽.

38 Brooks, P., 앞의 책, 143쪽.

번도 이루어진 적이 없다는 것을 화자 스스로도 잘 알고 있다. 지젝은 실패한 호명의 효과와 증언으로서 히스테리를 설명한 바 있다. 존재하지 않는 '그'를 기다리고 호명하는 화자의 증상은 정신분석학적으로 히스테리에 가깝다고 할 수 있다.

화자는 불가능에 대한 욕망을 존속시키기 위해서, 그 그림자라도 붙들어 보려는 마음으로 저토록 세세한, 그러나 공허한 수사학적 목록들을 공들여 호명해낸다. 표층적으로는 화자에게 '그'는 일상의 공허한 틈을 메우고, 주체를 견디게 하는 어떤 구심점 역할을 한다.

그러나 화자는 '그'가 올 것이라는 예감, 즉 기다림으로 불안하다. 그것은 역설적으로 '그'는 영영 화자 앞에 나타나지 않을 것이라는 예감으로 읽어야 한다.[39] '그'의 방문은 상징질서로 이루어진 사회에서는 아무도 반기지 않는다. '그'는 애초에 화자인 주체의 욕망의 기표이고 나아가 불안의 기표이기 때문이다.

화자의 불안은 결코 도래하지 않는 '그'의 시간을 기다리는 것에서 시작된다. 화자에게 '그'는 잉여분의 향유 대상이다. 화자에게 기다림이란 현재 '그'의 부재를 지시하고, 결핍을 드러내는 주체의 '판타지의 형성물(fantasy formation)'[40]이다. 그렇기 때문에 화자는 "그토록 절박한 기다림에도 불구하고 공복의 위벽을 적시며 뚜렷한 무늬로 차오르던 바릅

39 한편 정연희는 오정희의 「비어 있는 들」에 나타나는 인물들의 근본적인 불안은 욕망의 상실 그 자체에서 생겨난다는 지젝의 설명으로 욕망의 소멸이 불안을 초대한다는 '욕망의 역설' 안에서 이해되어야 한다고 설명한다. 정연희, 「오정희 소설의 표상연구」, 395쪽.
지젝의 논의에 따르면, 불안은 욕망의 대상-원인이 결여되어 있을 때는 발생하지 않는다. 불안을 일으키는 것은 대상의 결핍이 아니라 반대로 우리가 대상에 너무 가까이 다가감으로써 결핍 자체를 상실할 위험이다. 욕망의 소멸이 불안을 초래하는 것이라고 보았을 때, 화자가 욕망하는 '그'는 오히려 '그'가 현실에 출몰함으로써 욕망의 대상인 '그'의 소멸에 대한 불안을 드러내는 것으로 이해하는 정연희의 논의는 타당하다. Zizek, S., 김소연・유재희 역, 앞의 책, 25~26쪽.

40 Zizek, S., 주은우 역, 앞의 책, 36쪽.

용액처럼 이물감으로 차오르는 이 감정은 무엇인가."(171쪽)라고 스스로에게 묻는다. 그것은 만남에 대한 설렘으로 신경이 위벽을 자극하는 것이 아니라 너무나 절박한 기다림에 대한 부정성[41], 안타까움에서 비롯된 것이다. 주체가 기다리는 '그'는 상징계에서 포획될 수 없는 잉여, 상징화에 저항하는, 욕망을 욕망하는, 향유의 대상이기 때문에 '이물감'으로 느껴진다고 볼 수 있다. 그러므로 화자가 새벽을 맞으면서까지 절박하게 기다리는 '그'는 화자의 판타지이다.

바르트에 따르면, 내가 기다리고 있는 이곳에, 내가 이미 그/그녀를 창조해 놓은 곳에 타자가 나타난다. 만약 타자가 오지 않으면 나는 그를 환상 속에서라도 본다. 기다림이란 환각이다.[42] 그러므로 「비어 있는 들」의 오지 않는 추상적인 '그'는 오로지 주체의 기다림 속에서만 비가시적인 방식으로 존재한다. '그'는 "지시 대상이 없는 물질성, 대상 없는 대상이다."[43] '그'는 오로지 그녀의 언어에 의해서만 보장된다.

> 달칵달칵, 낚시 받침대의 조립 나사를 죄는 금속성의 소리, 또한 마루에서 들려오는 서두르는 듯한 발소리를 듣는 사이 예감은 확신으로 바뀌었다. 얼마나 자주 나는 이러한 짙은 예감으로 놀라 잠에서 깨어났던가. (「비어 있는 들」, 171쪽)

위의 본문 텍스트에서 화자의 예감은 소리에 민감하게 반응한다. 이 소리들은 또한 화자의 잠재적인 불안을 촉발시킨다.[44] 화자의 불안은 반

---

41 부정적인 것을 긍정적인 것에 대립시킴으로써가 아니라 긍정적인 존재 자체를 부정성으로 구현하는 - 라캉식으로 표현하면, "부정성의 환유"로 - 인지함으로써 "부정성과 함께 체류한다." Zizek, S., 박정수 역, 앞의 책, 342쪽.

42 이것은 병리적이 아닌 형태로 결핍(목소리)과 놀이를 벌이는 것이다. Wright, E., 앞의 책, 171쪽.

43 Badiou, A., 이종영 역, 『조건들』, 새물결, 2007, 155쪽.

복강박적인 양상을 보이고 화자의 행동은 늘 불안으로 허둥댄다. "불안은 욕망을 추구하는 과정에서 반드시 '수수께끼'와 같은 타자의 욕망에 직면한다. 주체는 욕망하는 과정에서 타자의 욕망과 향유를 '알 수 없는 상태'(무지)에 직면하기 때문이다."[45] 이러한 불안이 다시 구체적인 대상을 통해 화자에게 나타나는 것은 '기차'를 통해서이다. 아이와 함께 낚시터에 도착한 화자는 기차가 지나가는 것을 본다. 기차는 화자에게 어떤 소식, 기별 등 만남에 대한 기대감을 증폭시켜주는 촉매제 역할을 하는 한편 불안을 증폭시키는 대상으로 기능한다.

화자는 첫 기차소리를 듣고 '그'가 올 것이라는 예감으로 들떠 있다가 남편의 낚시터 행에 느닷없이 따라 나선다. 당혹해 하는 남편의 의도를 무시하고 아이를 억지로 깨워 들쳐 업고 새벽길에 동행한다. 그들이 도착한 강의 맞은편으로 기차가 지나간다. 두 번째 기차가 지나가자 화자는 남편에게 "몇 시예요?" 묻기 시작한다. 화자인 그녀는 "그는 지금쯤 기차를 타고 있을 것이(179쪽)"라고 생각한다.

① 두 번째 기차가 지나갔다.
"몇 시예요?" (179쪽)

② 기차가 지나가고 있다.
"몇 시예요?"

---

44 오정희 소설의 여성 인물들은 "삿자리 밑으로 빠르게 달려가는 그리마의 발소리도 들을 수 있"(「유년의 뜰」, 『유년의 뜰』, 문학과지성사, 2008, 33쪽)을 정도로 감각이 예민하다. 일찍 삶의 이면을 보아버린 자의 그것처럼, 한꺼번에 오감이 열린 예민한 감각의 소유자들이다. 박춘희, 앞의 논문, 43쪽.

45 김상환 · 홍준기 편, 앞의 책, 199쪽.
나는 타자에게 어떤 대상인가? 그리고 그가 원하는 것은 무엇인가? 그렇지만 궁극적으로 '그가 나에게 원하는 것은 무엇인가'라는 질문에는 대답이 있을 수 없다. 바로 여기에서 주체는 불안에 빠져들게 된다. 같은 책, 199~200쪽.

나는 남편의 팔뚝에 손을 얹으며 물었다.

"열시 사십오분이군." (181~182쪽)

③ 기차가 지나가고 있다.

"몇 시예요?" (184~185쪽)

④ 기차가 지나간다. 해는 더욱 높아졌다. (186쪽)

⑤ 기차가 허덕이며 지나갔다. "몇 시예요?"

"벌써 두 시가 넘었군."

아, 나는 뜻 모를 탄성을 낮게 뱉으며 맞쥔 손을 비틀었다.

"너무 더워요. 이젠 돌아가요. 애가 몹시 힘들어하는 것 같아요."

(「비어 있는 들」, 187쪽)

위의 본문 텍스트는 기차가 반복해서 지나가는 순서에 따라 화자의 불안의 지속과 빈도, 감정의 기복이 점차 가파르게 변한다는 것을 보여준다. "반복은 다양한 플롯들을 묶어 우회로를 연장하는 동시에 보다 효과적인 최종 발산을 준비하면서 과거를 현재 안에 포함시키고 시작과 관련하여 결말을 이해하는데 필요한 지연을 창조해낸다."[46] 반복은 네러티브의 동력인 전진과 후진을 통해 결말로 나아간다. 화자의 '그'의 대한 욕망은 "욕망이 환유, 의미화의 사슬의 전진 동인, 욕망의 제의적 대상들을 향한 의미의 고집이기 때문에 욕망은 반드시 내러티브 충동을 통해 텍스트의 성격을 띤다."[47] 고 볼 수 있다.

기차는 모두 여섯 번 지나간다.(첫 기차 포함) 기차가 지나가는 순서를 보면 다음과 같다.

---

46 Brooks, P., 앞의 책, 216쪽.

47 위의 책, 170쪽.

① 기차가 지나갔다. (과거) ② 기차가 지나가고 있다. (현재 진행형) ③ 기차가 지나가고 있다. (현재 진행형) ④ 기차가 지나간다. (현재) ⑤ 기차가 허덕이며 지나갔다. (과거)

화자는 같은 장소, 같은 시점에서 기차가 지나가는 행위의 지속, 종료 등을 중계해 준다. 기차가 순간적으로 지나가듯 반복의 단위는 짧게 끝난다. 기차가 지나가는 지속적인 시간은 분절되고 다시 반복된다.

오정희는 기차가 지나가는 순간을 변형하여 제시하면서 "욕망을 일으키는 의미화의 동력으로 이용한다."[48] 기차가 지나갈 때 마다 화자의 심리적인 동요도 점점 가중되는 것을 살펴보면 다음과 같다.

① 기차가 지나갔다. (과거) 첫 번째의 기차가 지나가고 다시 지나가는 동안의 화자의 심정에는 어떤 변화가 보이기 시작한다. 화자는 대뜸 "그는 지금쯤 기차를 타고 있을 것이다." 라고 확신에 찬 추측을 한다. "그리고 어느 날부터인가 나는 은밀하고 절박한 그리움으로 남편을 떠나고 있었다."(181쪽)라고 과거의 심정을 고백한다. '은밀하고 절박한 그리움'이란 화자 내면에 자리잡고 불안을 형성하고 있던 '그'가 표면화되기 전의 카오스적인 심리상태를 말한다. 기차가 지나간 것을 과거로 처리한 것은 과거의 심리상태와 연관되어 있기 때문이다.

② 기차가 지나가고 있다. (현재 진행형) 기차가 지나갈 때는 10시

48 위의 책, 72쪽.
기차가 지나가는 시간을 추측하면 다음과 같다. ①항 '그'가 차를 탄 시간은 "산이 보랏빛의 어둠을 벗고 밝은 녹빛으로 모습을 드러내"(179쪽)는 공기의 변화로 보아 아마 아침을 조금 넘긴 시간일 것이다. 첫 기차가 지나갈 당시는 "해가 돋고 있"어 "안개 속의 불그레한 기운이 감돌고 새벽의 한기가 가셨다"(178쪽)는 것으로 미루어 보아 그 고장의 기차는 자주 지나다니는 것으로 보인다. ②항은 10시 이십오 분(20분 연착) ③항은 정보가 없다. 12시 가까운 시간일 것이다. ④항은" 해는 더욱 높아졌다."로 보아 1시를 넘긴 시간대일 것이다. ⑤항은 오후 2시가 넘은 시간이다.

사십오 분(20분 연착)이었다. 화자는 정말로 기차가 이십 분을 연착한 것처럼 기정사실화해 버린다.

> 기차는 이십 분 연착인 것이다. 그 이십 분이 내게 구원으로 생각되었다. 그는 이십 분간의 유예를 갖는 것이다. 최소한 이십 분 가량은 헛되이 낯선 거리를 기웃거리며 방황하지 않을 유예. 열린 창마다 사람들이 고개를 내밀고 있었다. 선풍기는 빽빽히 목을 꺾으며 힘들게 돌아가고 있을 것이다. 그 끈끈한 바람에 허덕이며 그는 아마 이쪽을 보고 있을까. 한유하게 낚싯대를 드리운 우리를 보고 있을까. 아, 이십 분, 두 시간, 이틀이면 어떠랴, 나는 해(年)를 두고 그를 기다려 왔던 것을. (「비어 있는 들」, 182쪽)

위 본문 텍스트에서 기차가 현재 화자의 눈앞에 지나가고 있는 광경을 보면서 화자는 그 기차 안에 '그'가 타고 있을 것이라고 생각하며, 오히려 20분의 연착을 구원으로까지 생각하고 있다.

욕망은 늘 현재적으로 지속되는 것이 아니라 지연과, 유예를 통해 지속되므로 주체는 역으로 이 욕망의 지연을 향유하는 시간으로 대체시킨다. "선풍기는 빽빽히 목을 꺾으며 힘들게 돌아가고 있을 것이다. 그 끈끈한 바람에 허덕이며 그는 아마 이쪽을 보고 있을까."라는 문장에서 주체의 의도는 드러난다. 이 문장의 종결은 '있을 것이다'로 추측성 종결어미로 끝난다. 또 다른 문장은 "보고 있을까. 우리를 볼까." 자조적인 의문형으로 끝난다. 하지만 강한 의문이 내포된 추측성 의문문으로 종결한다는 점에서 기차 안에는 '그'가 타지 않았다는 것을 말해준다. 다만 이러한 주체의 상상은 주체의 향유 의지로 읽을 수 있게 한다.

이어 화자는 "아, 이십 분, 두 시간, 이틀이면 어떠랴, 나는 해(年)를 두고 그를 기다려 왔던 것을."이라고 토로한다. 이 문장은 쉼표를 자주 사용할 뿐만 아니라 종결어미를 다 활용하지 않고 서둘러 목적격 조사

'것을'로 끝난다. 그것은 '그'를 절박하게 기다리는 화자의 심정을 미쳐 다 토로하지 못하고 말을 삼킨 상태, 즉 호흡을 잠시 끊고 종결함으로써 몇 해를 두고 앓아오던 '그'에 대한 절박한 감정을 독자에게 잘 전달해줄 수 있는 수사학적 효과에 기여한다. 화자는 스스로 자신의 오랜 기다림이 오히려 만성적이어서 그것 자체가 생리적인 반응처럼 느낀다고 토로한다. 그러한 점에서 독자는 화자가 기다림을 반복적으로 향유하고 있다는 것을 알게 된다. 결국 그것은 주체의 향유 의지로 읽을 수 있다.

그러나 시간이 갈수록 화자는 더욱 초조해진다. "병 속에 파드닥거리는 풀벌레의 안타까운 날갯짓, 개구리의 불안한 몸짓"(184쪽)은 주체의 불안을 드러내는 심리적 상관물로 볼 수 있다.

②항에서 기차가 지나가고, 다음 기차가 지나가기 전 ③항까지 화자는 "짧은 여행이었지만 그는 구겨진 옷과 당혹한 표정으로 어느 정도 나그네의 냄새를 풍기며 역사에 들어설 것이다."(182쪽)라는 '그'에 대한 상상적 시나리오를 삽입한다.

다시 ③항의 "기차가 지나가고 있다."는 ②항과 같이 현재 진행형이다. "몇 시예요?"라고 묻는 아내(화자)의 말에 남편은 불쑥 "역엘 나갔었어?"(185쪽) 라며 맞받아친다. 아내인 화자의 질문을 비껴 남편이 화자에게 질문을 되돌려준다. 허를 찔린 화자는 당황한다. 똑같은 현재형으로 기차가 지나가고 있지만 하나는 과거를 회상하고 다른 한 장면은 현재 남편과의 갈등을 다룬다. 이러한 플롯 짜기는 사건이나 에피소드, 행위 등과 같은 내러티브의 요소를 통해 서사를 과거로 후퇴하게 했다가 다시 전진하게 하는 내러티브의 동력으로 활용된다. 화자인 그녀가 자신의 욕망 대상인 '그'와의 만남을 지연시킴으로써, 즉 욕망의 내러티브를 만듦으로써 욕망을 지속시켜 나간다는 점이 드러난다.

④ 기차가 지나간다. (현재) "해는 더욱 높아졌다. 포플러 숲은 물속에 드리웠던 자기의 그림자를 거두었다."(186쪽) ④항부터 서사는 결말

을 향해 가파르게 달려가게 된다. 오정희는 화자의 눈을 통해 인공적인 시간이 아닌 자연적인 시간을 표상하는 포플러 숲의 그림자를 통해 내러티브의 긴장을 예고한다. 시간에 따른 유기체의 목표는 "오직 자신만의 방식으로 죽기를 소망"[49]하듯이 내러티브 역시 자신만의 욕망의 회로를 통해 전진과 후진, 지연과 반복이라는 우회로를 거쳐 최종 죽음을 맞게 된다.

> ⑤ 기차가 허덕이며 지나갔다. (과거)
> "몇 시예요?"
> "벌써 두 시가 넘었군."
> 아, 나는 뜻 모를 탄성을 낮게 뱉으며 맞쥔 손을 비틀었다.
> "너무 더워요. 이젠 돌아가요. 애가 몹시 힘들어하는 것 같아요."
> 남편의 눈은 이미 찌의 움직임에 머물러 있지 않았다. 나는 남편이 내 말을 거의 듣지 않고 있음을 알 수 있었다. 남편의 눈은 두꺼운 선글라스 속에 숨어 안타까움으로 끊임없이 비틀리는 내 손의 안간힘을 보고 있었다. 그는 땀과 먼지에 젖어, 단조롭고 특징 없는 거리를 헛되이 헤매고 있을 것이다. (「비어 있는 들」, 187~178쪽)

위의 본문 텍스트에서 보면 기차는 ⑤항까지 나타났다 사라지기를 반복했다. 그리고 ⑤항에서는 도착하는 것에 에너지를 다 소비한 듯 '허덕이며 지나갔다'는 과거형으로 표현된다.

기차의 피로감은 화자가 기다려 온 '그'와의 만남이 결국 무산될 것이라는 부정적 시선에서 오는 피로감이다. 그토록 많은 시간대를 거쳐 기차가 화자 앞을 지나갔지만 '그'는 실체가 없는 허깨비 같은 존재이기

---

49 Freud, S., 강영계 역, 앞의 책, 76쪽.

때문에 결코 나타날 수 없다. 욕망의 대상인 '그'의 도래의 지연은 화자인 그 여자가 '그'를 향유하는 방식이라는 것이 자명해진다.

여기서 욕망은 그 만족의 환영을 만들어 내는데, 그렇게 하면서도 욕망은 한 번에 그 대상들에 도달하고 대상들을 넘고 통과하여 가상의 영역에서 이들을 소진하여 이들을 실제로 소유하기 전에 허구적으로 잃어버렸다는 후회(자각)에 도달한다. 야망의 역동성을 잃어버린 것이다.[50] '그'는 욕망이 실현되는 곳에 결코 존재할 수 없는 인물이다. 화자가 '그'라는 대상에 너무 가까이 다가간다면 욕망(부재 · 결핍)의 대상인 '그'와의 거리는 소멸되고, 이때 화자인 주체에게 엄습하는 것은 지금까지와는 또 다른 '불안'일 것이다. 라캉은 근본적인 욕망의 소멸이 불안을 초래한다고 말한 바 있다.

'그'는 주체에게 잉여이며 주체를 욕망하도록 "충동질했던 그 알 수 없는 가상(make-believe)이다. '현실(reality)'속에서 그것은 결국 아무것도 아닌 공허한 표면에 불과하다."[51]

더 이상 '그'를 기다린다는 것은 화자에게 무모한 시간들만 깨우쳐 주고 불안만 가중시켜주기 때문에 화자인 그녀는 서둘러 낚시터를 떠날 수밖에 없는 것으로 보인다. 화자에게 '그'는 '불가능성의 가능성'이라는 모순된 존재로 남아 있다. 현실적으로는 불가능하지만 주체가 언제라도 맘만 먹으면 호출할 수 있는 가능성이다.

주체인 화자는 '그'를 단념하는 대신 또 다시 '헛되이 거리를 헤매'게 하는 상상 속에 그를 방류한다. 이와 같은 화자의 태도에서 욕망의 대상과의 거리 유지는 주체에게 '그'를 향유의 대상으로 남게 하고 주체 자신을 보호하는 심리적 장치로 읽게 한다.

---

50 Brooks, P., 앞의 책, 269쪽.

51 Zizek, S., 김소연 · 유재희 역, 앞의 책, 26쪽.

우리는 올 때처럼 빈 밭을 가로질렀다. 새벽에 남긴 남편과 내 발자국이 꾸들꾸들 말라가는 흙 속에 작은 균열을 보이며 찍혀 있었다. (…중략…)

그는 이제 더 이상 낯선 거리에서 머뭇대지 않고 돌아갈 차비를 할 것이다. 저물녘이면 그가 떠나온 곳으로 돌아가 불 밝힌 식탁에 앉으리라. (「비어 있는 들」, 188쪽)

위 본문 텍스트에서 꾸들꾸들 말라가는 남편과 화자의 발자국에 작은 균열을 감지하며 화자는 남편과의 메울 수 없는 틈을 자각하지만, 그 거리감을 회복할 어떤 마음도 보이지 않는 대신, 그 '틈'에 다시 '그'의 안위(安慰)를 채워 넣는다. 낚시터에서 화자의 가족이 떠나는 상황에서 '그' 역시 남아있어야 할 이유가 없다. 욕망의 기표인 '그'는 화자의 상상 속에서 존재하고 판타지로만 작동하기 때문에 주체가 없는 그곳에 '그' 역시 부재할 수밖에 없다.

선착장에는 사람들이 둥글게 몰려 있었다. 거적에 덮힌 시체는 방죽의 화강암 포석 위에 반듯이 누워있었다. (…중략…)

익사체는 햇빛 아래 불가사의한 모습으로 조용히 누워있었다.

나는 늘 기다렸다. 깊은 밤 어두운 하늘을 보며 살별이 떨어져 내리기를, 이승에 결코 이룰 수 없는 그리움처럼 그를 기다려왔다. (「비어 있는 들」, 187~189쪽)

위 본문 텍스트에서 '그'를 욕망하는 가운데 불안을 증폭시키면서 달려온 화자 앞에 갑자기 등장한 익사체는 무얼 말하는가?[52] 「비어 있는

52 오정희의 일부 작품들의 결말 부분에는 죽음이 배치된다. 그 죽음은 소설 내용과 항상 대립적인 탄생/죽음, 이별/죽음 등으로 쌍으로 구성된다. 이러한 플롯 구성은 오정희가 세계를 이해하는 방식에 기인한다. 많은 논자들이 오정희 작품 속의 '죽음'

들」의 서사의 결말에 이 익사체의 출몰은 그동안 화자가 좇던 '그'와 대비되면서, 구체적인 몸을 가진 존재로서 '익사체'가 "햇빛 아래 불가사의한 모습으로" 누워있는 장면의 현실성이 화자에게는 오히려 환영처럼 지각된다. "포석에 젖은 물기로 익사체의 형체만 남아있"다가 "그의 형태는 변형되고 무너져 사라져" "그는 외계인처럼 사라졌다."(190쪽) 소설은 "에로스(그리움)의 순간을 죽음의 유념(memento mori)"으로 대체하여 제시한다. 시신은 햇빛에 의해 "성유로 매만져진" 듯한 착각을 일으키고 두려움이나 공포보다는 오히려 "에로스적이고 강렬한 존재로 기억된다." 익사체는 모래사장과 햇빛의 강렬한 시각적 효과, 즉 "환유적 해체, 부재하는 존재에 대한 환유를 초래한다."[53]

이와 같은 화자의 인식은 몸을 지닌 '익사체'와 몸이 부재하는 '그'를 동일한 선상에 병치시킨다. 그것은 화자의 상상 속에 존재하는 추상적이고 모호한 판타지의 형성물인 '그'나 '익사체'는 화자에게는 일순간 나타났다 사라지는 포획되지 않는 동질적인 존재로 인식되기 때문이다.

'익사체'의 발견은 욕망의 대상이었던 '그'의 상실과 병치되며 서사는 종말을 맞는다. '익사체'와 '그'는 한편 뚜렷한 대비적인 효과를 통해 삶과 죽음, 존재의 허무를 대비적으로 보여주는 것 같지만, 그러나 그 모든 실체라고 믿어졌던 존재 현상과 허구는 사실은 동질의 판타지라는 것으로 해석할 수 있게 한다. 그러한 해석의 가능성은 소설의 마지막 부분에서 제시된다.

"몇 시예요?"

을 두고 평가를 해왔다. 김병익, 「세계에의 비극적 비전」, 『지성과 문학』, 문학과지성사, 1982; 성민엽, 「존재의 심연에의 응시」, 앞의 책; 오생근, 「허구적 삶과 비관적 인식」, 우찬제 편, 앞의 책, 권오룡, 『존재의 변명』, 문학과지성사, 1989.

53 Brooks, P., 앞의 책, 279, 303, 304쪽.

나는 아이의 섬세한 목에 팔을 두르고 절망적으로 물었다. 아이가 가벼운 손짓으로 나를 밀어내며 손목을 눈 가까이 들어올렸다.

"다섯시 십분." (「비어 있는 들」, 191쪽)

위의 본문 텍스트 내용은 두 번 반복된다.

첫 번째 기차가 지나가고 두 번째 기차가 지나갔을 때 화자는 남편에게 "몇 시예요?"라고 묻지만 남편의 대답을 듣지 못한다. 이어 화자는 '그'가 기차를 타고 있을 거라는 추측을 하면서 자신의 아이에게 묻는다. "몇 시예요?" 나는 슬픔을 누르고 아이에게 물었다. "다섯시 십분입니다."(179~180쪽) 저녁 다섯 시는 아이에게는 아무 걱정 없이 텔레비전에서 만화를 볼 수 있는 즐거운 시간대이지만 화자에게는 가장 의미 있는 시간이다.

김화영은 저녁 다섯 시를 '개와 늑대의 시간'이라고 명명한 바가 있다. 그것은 어스름이 몰려와 개와 늑대의 분간이 모호한 시간대가 주는, 존재의 불안감, 익숙한 사물들이 어스름 속에 사라지는 존재의 심연과 맞닥뜨리는 시간대이기도 하기 때문이다. 익숙한 것의 낯섦은 두려움으로 주체를 불안에 빠뜨린다. 어둠이라는 미궁 속으로 모든 존재가 빨려 들어가는 섬뜩함은 오정희 소설이 줄곧 천착해온 존재에 대한 세계관이다.

그러므로 모든 존재는 이 '개와 늑대의 시간' 앞에서 사라지고 말 것이고, 「비어 있는 들」에서 주체가 그리움과 설렘, 불안 등으로 몰입하게 했던 '그'에 대한 존재도 역시 무망한 욕망에 지나지 않는 허깨비, 판타지로 귀결되고 만다.

내러티브의 욕망이 독자들로 하여금 독서를 계속 진행시키게 한다면, 이는 내러티브에 내재된 환유가 그 욕망의 이름을 결코 발설할 수 없기 때문이다. "욕망이 무한의 심연을 열광적으로 흉내 내고, 욕망이 (다른 어떤 것의 욕망을 향해 영원히 연장된) 환유의 궤도에 매어 있다는 본능의 교란에서 비롯된다. 그래서 내러티브는 의미하고자 하는 것이 아닌 말을 해야 하는 운명에 따라 자신의 이동을 연장해가며 결말이 될 하나의 의미로 향한다."[54]

「비어 있는 들」은 하루 낮 동안 평범한 가정을 가진 주체의 심리를 추적해 가면서 일상의 균열들이 지시하는 지점에서 출현하는 '그'라는 판타지(허구)를 통해 욕망하는 주체의 이중적인 심리를 밀도 있게 그려내고 있다. '그', '기차', '익사체' 등의 화소를 통해 주체의 '불안', '욕망', '반복강박'과 '내러티브의 욕망'을 동시에 보여준다.

텍스트 내에서 '그'는 결국 인간으로서 기능하는 것이 아니라 미학적인 장치로 보아야 한다. '그'는 '욕망의 전달체이며' 단순한 내러티브를 의미 있는 내러티브로, 평범한 주체를 문제적인 주체로 변화시키는 에너지를 잃지 않도록 해주기 때문이다. 그러므로 오정희 소설에서 '불안의 기표'는 주체를 이해하고, 오정희 소설의 서사의 구성방식을 이해하는 한 방법이 된다.

2. 욕망의 유예와 여담적 내러티브

오정희 소설 텍스트에서는 정신분석학에서 말하는 말장난, 농담 등과 같은 증상처럼 주체의 무의식에 억압되어 있던 것들이 검열과정을 뚫고 나타나는 것을 볼 수 있다. 이러한 증상들은 무의식의 형성물로서, 무의식적 주체의 소망을 은연중에 드러내줄 뿐만 아니라 상징계의 또 다른 이면, 상징계의 균열된 지점을 지시하기도 한다.

이 절에서는 묘사의 과잉, 수다스런 혼잣말, 낯선 풍경의 도입, 이질적

54 Brooks, P., 앞의 책, 98쪽.

인 서사의 삽입, 회상의 과잉으로 인한 파편적 서사 등과 같이 중심 스토리에서 이탈하는 서사를 란다 사브린이 말한 여담(餘談, digression)'[55]의 개념으로 파악하고자 한다.

여담은 본질적으로 텍스트 내의 타자로서, 동질성과 일관성으로 다스려야 할 서술 속에 이질성과 무질서를 집어넣고 그 수다스럽고 엉뚱한 성격으로 서술의 엄격한 구성과 경제성을 조롱하며 파편성의 화신이 되어 책의 가독성을 파괴하는 일종의 반(反)수사학을 구축한다. 여담의 대한 모든 정의는 일탈(écart)의 확인으로 귀착된다.[56]

서술이 스토리(사건, 주제)와의 **연대성을 상실할** 때, 스토리에서 벗어나 다른 것을 말하거나 자기 자신에 대해 말하려 할 때, 그리고 이로 인해 정해진 결말(이야기를 이끌고 갈 목표지점인 결말(fin)뿐만 아니라 이야기를 잘 이끌어나간다는 목표(fin))을 향한 서술의 방향 설정이 붕괴될 때 여담이 생겨난다.[57]

오정희 소설 속에서 회상의 과잉은 일종의 여담, 즉 여담적 서사로 주체에게 억압되었던 어떤 내용들이 회귀하는 것으로 나타난다. 예를 들면 과거의 아주 사소한 삽화적 이야기나 낯선 풍경의 삽입, 지나칠 정도로 치밀한 묘사, 심리적 외상에 관계된 사건들, 모성적 초자아(maternal superego)[58]와 같은 외부의 목소리를 도입함으로써 여담적 서사가 한층 심화되는 경향을 보여주기도 한다. 그것은 라캉의 '생각하지 않는 곳에서 존재하는' 주체의 위상과 겹쳐 읽을 수 있게 한다. 이와 같은 해석은 오정희 소설 속 주체들이 타자를 호출하여 혼잣말과 같은 방

---

55 Sabry, R., 앞의 책.

56 위의 책, 2~249쪽.

57 위의 책, 275쪽.

58 모성적 초자아는 담지자없는 음성(voix acousmatique), 즉 어떤 담지자에게도 지정되어 있지 않은 자유롭게 떠도는 목소리로 구현된다. Zizek, S., 김소연 · 유재희 역, 앞의 책, 188쪽.

식을 통해 소통하는 방식에서 찾을 수 있다. 서사의 여담적 구성은 '텍스트 내의 타자', 즉 또 다른 주체의 모습을 목도할 수 있는 기회로 이용되고 언어에 의해 분열된 주체의 욕망을 서사의 잉여로 접근해 볼 수 있게 한다. 그것은 란다 사브리가 "정신분석학의 관점에서 언어가 근본적으로 실재계에 대한 수다·잡담(blabla)에 불과하다면 문학 텍스트 역시 그러한 운명을 피할 수 없을 것이다."[59] 라고 말한 맥락과 상통한다.

주체의 충동은 늘 실재계적인 주이상스로 나아가보려는 욕망을 판타지를 통해 투영해 내기 때문에 잉여 서사의 징후로 도입되는 판타지나, 회상, 이질적인 내러티브야말로 분열된 주체의 욕망을 텍스트를 통해 잘 보여준다고 볼 수 있다. 반복되는 여담적 서사는 주체의 욕망이 근본적으로 충족될 수 없고 환유의 형식으로 미끄러져 결국 주체에게 욕망은 늘 '욕망의 유예'로 남아 '욕망을 욕망하는' 원환 운동 속에 있음을 보여준다.

오정희 소설 텍스트에 나타나는 '묘사의 과잉'은 「비어 있는 들」[60]에서 잘 드러나는데, 촘촘한 묘사의 힘을 동원하여 그것은 오지 않는 실체가 없는 '그' 대신 대상, 또는 심리적 풍경으로 독자를 유도하여 '그'가 부재한다는 사실을 독자가 눈치채지 못하도록 한다. 또한 '그'라고 호명되는 인물이 실제 인물인지 추상적인 인물인지의 경계를 무화시키는 효과로 작용한다.

오정희 소설 텍스트에서 종종 발견되는 여담적 서사의 예는 낯선 느낌과 풍경이 소설에 삽입되는 장면에서 나타난다. 이러한 생소한 느낌

---

59 Sabry, R., 앞의 책, 3쪽.

60 "칼날이 스쳐간 자국에서 내배는 피에서도, 성급히 나타난 그해 첫 나비의 서투른 날갯짓에서도, 각질 속의 연한 초록빛으로 숨어 있는 나무의 눈을 보았을 때도, 늦봄이 다가도록 전선줄에 매달려 누추히 찢겨져가는, 정월 대보름 어느 가난한 집 소년이 띄워올렸을 종이연을 보았을 때도 그가 오리라는 예감은 한 조각 파편처럼 반짝이며 가슴 속 깊은 곳에서 눈을 떴다." 「비어 있는 들」, 171쪽.

과 풍경들은 중심 이야기와 상관이 없는 경우가 대부분이다. "묘지에서 돌아오는 행렬", "푸른 무늬의 제복"(「주자」, 225, 228쪽) "빔빛살처럼 눈을 찌르고 사라진 그것은 형체도, 질감도 느껴지지 않는"(「別辭」, 192쪽), "사역을 마치고 빈터를 가로질러 돌아가는 소년원생들의 행렬"(「저녁의 게임」, 128쪽), "마루 끝에서 옆집 지붕의 물매와, 그것과 예각을 만드는 기와 수를 헤아리는"(「봄날」, 121쪽), 설화를 삽입한 것 같은, 피리의 명인으로 불리는 한수의 아버지 (「木蓮抄」) 등이 그러한 예이다.[61]

이 절에서 분석해 볼 작품들은 과도한 회상의 개입으로 중심 이야기(핵심서사)와 곁 이야기(주변서사)로 나누어지는 「저녁의 게임」과 「別辭」이다.

「저녁의 게임」은 표면상으로는 노처녀인 딸과 아버지가 무료한 일상을 달래는 화투놀이가 주된 이야기로 보이지만 실상 화투라는 게임을 통해 두 부녀의 어긋난 심리를 재현해 낸다. 서술의 주체인 화자가 과거(회상)/현재를 병치시키는 지점에서 시점상의 특이한 부분이 드러난다.

「저녁의 게임」에서 표면상의 줄거리는 개수대에서 저녁 설거지를 끝내고 아버지와 화투 게임을 하는 이야기이다. 화투를 끝내고 화자는 아버지 몰래 집을 빠져나와 공사장 인부와 정사를 한 뒤 집으로 돌아간다. 그리고 어머니가 남긴 편지를 보면서 자위행위를 하는 것으로 소설은 끝난다.

결국 이 소설의 중심적인 스토리는 아무런 사건도 일어나지 않는 일상의 한 단면일 뿐이다. 그리고 화투를 치는 내내 과거에 일어난 어머니와 오빠의 사건들이 개입한다.

특히 주목할 부분은 위층에 세든 여자가 아기를 재우는 과정에서 들

61 그와 함께 「주자」, 「번제」에서는 성경의 예레미아서, 구약의 구절 등을 삽입하기도 한다.

리는 발소리이다. 이 장면은 「저녁의 게임」의 서사가 두 갈래, 즉 현재/과거로 갈라지면서 회상이 본격적으로 개입되는 지점이다. '아이'라는 단어에서 영아원에 불이 나서 아이들이 죽은 사건의 회상이 촉발되기 때문이다. 그 사건은 기형아를 낳고 정신병원에 갇혀 있던 엄마의 죽음에 대한 책임 소재를 묻는 화자의 발화로 이어진다.

"영아원에서 불이 났대요, 어린애들이 죽었다는 군요."
"죽일 놈들, 오래 사는 게 욕이야."
아버지의 목소리에 생기가 돌았다.
"그게 어디 우리 탓인가요?"
나는 아버지의 목소리를 억누르듯 이 사이로 낮게 말했다. 정말 그게 우리 탓인가. 아가 아가 우리 아가 금자둥아, 은자둥아. 어머니는 꽃핀을 꽂고 노래를 불렀다. 네 엄마에게 다산은 무리였어. 아주 조그만 여자였거든.
"보세요 화투가 끼였잖아요?"
비닐막이 반 넘게 갈라진 틈에 낀 또 하나의 화투장을 가리키며 나는 조금 날카롭게 말했다.
"너무 오래 썼거든. 새 걸로 바꿔야겠어."
아버지가 화투를 빼내며 히죽 웃었다. 동자혼(童子魂)이 씐 거라더군. 말도 안 되는 소리예요. 그 엉터리 기도원에 두는 게 아니었어요. 전도사도 박수도 아닌 사내는 어머니를 복숭아 가지로 후려쳤다. 살려줘, 아가 날 살려줘, 집에 돌아와서도 어머니는 복숭아 가지의 공포에서 헤어나지 못했다.
네 아버지의 생활이 문란해서 그런 거야. 머리통이 물주머니처럼 무르고 크게 부풀어오른 갓난아기를 가리키며 어머니는 조숙한 중학생이었던 오빠에게 노래하듯 말했다. 책가방의 끈이 끊어져 퉁퉁 골이 나서 집으로 돌아왔을 때 어머니는 햇빛이 드는 창가에 거울을 놓고 앉아 머리를 빗고 있었다. 아기는? 내가 묻자 어머니는 고드름처럼 차가운 손가락을 목덜미에 얹으며

말했다. 인형을 사줄게. (「저녁의 게임」, 140~141쪽)

복잡한 회상의 삽입으로 독자는 분석가의 입장이 되어 조각난 서사를 마치 환자의 원본 텍스트에 가깝게 재조립하여야 하는 문제에 봉착하게 된다. 위의 본문에서 두 부녀의 대화를 살펴보면, 상대방을 향한 직접적인 발화에는 인용 부호(“ ”)가 사용되어 있고, 각자의 혼잣말에는 부호가 생략되면서 현재의 시간과 과거 시간이 착종된 채 혼잣말과 그 혼잣말을 받는 각각의 독백이 대화처럼 나란히 병치되어 있다.

「저녁의 게임」에서는 핵심 이야기와 주변 이야기가 교차하면서 서로 중첩되고 얽혀 무의식에 억압된 내용(사건)을 실체화한다. 그 결과 서사가 두 갈래로 나누어지는 과정에서 여담적 서사의 면모가 드러난다.

위의 본문에서 ‘정말 그게 우리 탓인가.’라고 영아원 화재의 책임을 화자 자신에게 되묻는 과정을 거친 뒤에 바로 그 다음 회상 장면으로 이어지는 독특한 화법의 배치가 나타난다. 그리고 회상이 끝나는 지점에서 화자는 “보세요 화투가 끼였잖아요?”라고 날카롭게 말한다. 이 부분에서 화자의 목소리는 ‘날카로워’진다. 엄마의 죽음에 대한 책임이 누구에게 있는지를 명확히 따지려는 의도를 엿볼 수 있다.

화자인 주체의 욕망은 억압된 과거 사건을 현재화하여 아버지를 단죄하려는 충동에 사로잡혀 있고 회상의 형식은 화자의 욕망을 충실히 반영해내지만 회상의 과잉은 「저녁의 게임」에서 결국 중심(현재) 이야기와 속 이야기가 뒤바뀌게 하는 서사의 역전현상을 초래한다.

여담의 유형은 두 가지가 있다. ㉮중심 주제에 대한 연관성이 지배하는 여담과 ㉯“너무 길고 빈번한” 여담들, 여기서는 범람과 이탈이 승리하여 중심 주제를 위협한다. “가득한 여담들”을 빼고 나면 남는 게 없는 이야기가 되고 만다.[62] 「저녁의 게임」과 「別辭」의 경우 ㉯“너무 길고 빈번한”여담에 해당된다. 여기에서 ‘가득한 여담들’은 결국 주변 서사가 핵심 서사를 압도한다는 의미로 이해할 수 있게 된다.

빈번한 회고적 욕망의 반복충동은 결국 서사의 욕망인 동시에 주체의 욕망과 겹쳐지면서 여담적 내러티브를 형성한다.

'아가 아가 우리 아가 금자둥아, 은자둥아. 어머니는 꽃핀을 꽂고 노래를 불렀다. 네 엄마에게 다산은 무리였어. 아주 조그만 여자였거든.' 에서는 딸인 화자가 속엣 말을 통해 어머니를 추억하는 장면에 이어 그(딸) 회상 속으로 아버지의 회상이 화답처럼 병치되어 있다. 현실적으로 다른 사람의 회상 속에 타자가 들어가서 말을 주고받는 것은 불가능하다. 대화는 화자인 주체가 회상의 장면을 대화체로 바꾸어야만 가능하다. 과거에 일어난 사건을 대화부호 없이 대화체로 재구성한 것은 "이야기/담화의 경계선들, 경계(limite)의 무대화"[63]하여 주변 서사를 중심에 극화시키는 서술 기법이라 볼 수 있다.[64]

빈번한 과거 회상의 도입은 여담적 서사를 양산하며, 서사의 선형적인 진행을 방해하지만 두 부녀간의 어긋난 심리를 '대화/회상'과 같은 구조로 나란히 재배치하면서 어긋남을 더 극대화하여 재현하는 독특한 서사 효과를 만들어 낸다. 반면 서사의 의미는 파편화되고 난해하여 역

---

62 Sabry, R., 앞의 책, 118쪽. 퓌르티에르가 여담을 정의하기 위해 사용한 'sortir(나가다)'동사는 (본래 물길에서 '벗어나는(sortir)' 강물의 범람) 여담 개념에 담긴 애매성을 보여준다.

63 위의 책, 14쪽.

64 위의 본문 텍스트에서는 영화의 카메라 기법처럼 회상 장면을 줌 인하여 보여줄 때 겹치는 잔상들과 퇴각하는 현재의 장면들 사이의 여백 효과를 기대해 볼 수 있다. 현재의 시점에서 부호가 삭제된 과거 대화체의 삽입으로 과거 사건을 회상하는 시간 속에서도 두 부녀는 여전히 서로를 속이는 화투 게임을 벌이고 있다. 이러한 급박한 회상의 병치는 우연히 독자들에게 당시 상황을 목격할 수 있는, 관음증적인 일종의 엿봄(들음)의 효과를 발생시키며 은폐된 내용을 직접 듣는 것 같은 착각으로 일종의 향유로 독자를 이끈다. 「저녁의 게임」은 두 사람의 심리를 독자들에게 중계하고 있는 장면을 삽입함으로써 위의 서사가 표층적인 텍스트가 아니라 심층적인 서사라는 것을 암시한다. 이러한 서술 기법은 전지적인 외부 서술자의 시점의 개입이 아니고는 불가능해 보인다.

행적 독서를 요구받는 독자의 입장에서 볼 때 이야기에서 의미의 통일성을 찾기가 힘들다는 난점이 대두된다. 오정희 소설에서 회상의 과잉, 낯선 풍경의 삽입, 회상을 통한 또 다른 스토리(사건)의 삽입은 텍스트 내에서 사건화 되지 못한 '잉여'이자 '잔여물'이다. 여담은 타자성을 내포한 분열된 주체의 모습을 텍스트에 재현하며, 한편으로는 파편화된 텍스트를 양산함으로써 고전적 의미의 담론을 무화내지 해체시키며 독자를 혼란에 빠뜨리는 경향을 보인다.

「저녁의 게임」에서는 사실상 중심 이야기인 어머니와 오빠의 이야기가 주변화되면서 서사가 겉과 속, 두 층위로 진행되는 것을 볼 수 있다. 그것은 정신분석학에서 분석가가 환자의 파편화된 서사를 논리적으로 재구성하는 것처럼 중심을 이탈한 서사의 통일된 해석은 독자의 몫으로 남겨진다.

「저녁의 게임」은 내용적인 면에서는 오히려 과거의 이야기가 서사의 중심 스토리를 이룬다. 녹음기에서 반복되는 오빠의 목소리와 죽은 어머니의 목소리의 귀환은 과거의 트라우마에서 벗어나지 못하는 주체의 삶에 달라붙어 과거와 현재, 중심 서사와 주변 서사가 혼종된 형태로 진행된다. 표면적으로는 중심 서사라고 볼 수 있는 현재의 서사가 약화되고 오히려 주변적인 회상의 서사가 중심적인 서사를 압도하는 서사의 역행이 일어난다. 이로써 현재적 시간대에서 부녀의 화투 게임은 과거의 사건을 회상하기 위한 부수적인 장치로 해석할 수 있게 된다. 이것은 오정희 소설에 빈번하게 나타나는 회상의 과잉, 즉 여담적 서사를 의미하며 정신분석학적으로는 과거에 대한 퇴행적 집착의 징후로 분석할 수 있게 된다.

오정희의 소설 「別辭」는 정옥이 미리 사놓은 부모님의 묘원에 가보려고 삶은 달걀과 참외를 구럭에 넣고 집을 나서는 것으로 시작하여, 묘원에 도착하여 가져간 것들을 먹고 귀가하던 중 잠시 절에 들어가 비를 피하는 장면으로 끝나는 것이 이야기의 큰 줄거리이다. 또 다른 이야기는 남편의 실종에 관한 사건으로, 화자인 정옥의 회상 형식으로 삽입되거나 외부 서술자의 개입을 통해 이야기는 한층 복잡한 양상을 띤다. 이렇게 두 갈래로 설정된 「別辭」는 단순한 회상의 형식을 삽입한 「저녁의 게임」과도 또 다르다. 회상의 형식으로 삽입된 사건들이라는 점은 공통적이지만 「別辭」에서는 그 사건의 내용이 현실에서 일어난 사건인지 상상 속에서 일어나는 사건인지 모호하다.

「別辭」는 복잡한 시간 구조와 상징성으로 독해에 상당한 어려움을 초래한다. 특히 남편의 생사 여부는 다양한 연구자들에 의해 각기 다른 해석을 낳았다.[65] 그러나 유심히 읽어 보면 화자가 남편의 생사 여부를 의도적으로 모호하게 감추기 위해 과거의 회상과 현재의 사건들을 교묘하게 뒤섞어 놓고 있다는 것을 알 수 있다. 그 이유는 남편의 신변을 위협하는 수사기관의 '검열'에 대해 사실을 부정하거나 무화시킴으로써 방어 기제를 작동시키려는 무의식 때문이다.

「別辭」의 스토리를 시퀀스로 배열하면 다음과 같다.

---

65 이상섭과 김경수는 「別辭」의 정옥 남편을 '실종' 사건이 아닌 모두 '죽음' 사건으로 처리한다.
이상섭은 「別辭」는 정옥의 의식 속에서 발생시기가 서로 다른 사건을 지금의 시점에서 회상하는 것이고, 그날 남편이 죽어가고 있을 때, 아내는 친정 묘지를 다녀와서 그 밤으로 p시의 자기 집으로 '달을 보면서 '돌아오는 것으로 되어 있다고 한다. 이상섭, 앞의 논문.
김경수에 따르면 「別辭」는 이야기 차원에서 근본적인 시간 착종으로 설명된다. 작품 시작 부분에서 이야기-현재로 상정된 시점(時點)이, 사실은 이미 과거의 시점(時點)으로서, 정옥이 남편의 죽음을 스스로에게 기정사실로 납득시키기 위해 마련한 담화의 차원에서 위장된 채 제시되었다는 것으로 보아야 한다는 것이다. 김경수, 「소설의 인물지각과 서술태도」, 『현대소설 시점의 시학』, 한국소설학회 편, 새문사, 1996.
한편 김병익은 정옥 남편의 죽음이 환상 속에서 이루어진다고 해석한다. 김병익, 앞의 글.

(1) 정옥이 삶은 달걀과 참외를 구럭에 넣고 마당을 내려서려다 유리문에 기대 잠깐 눈을 감았다. (핵심/주변)

(2) 박박 깎은 알머리 아버지를 보는 순간 투명하게 움직이는 어떤 모습을 본다. (주변)

(3) 눈을 뜨자 그것은 현기증처럼 사라졌다. 그때 문득 자신을 이곳으로 이끈 갑작스런 충동의 실체를 본다. 이 느낌의 정체가 무엇일까 자문한다. (주변)

(4) 어제도 아버지의 웅크린 모습을 보고 섬뜩해지면서도 친근하고 돌연한 느낌에 당황했다.(주변)

(5) 묘원으로 떠나려는데 문둥이를 만난다. 어머니 말대로 대문에 호렴을 한 줌 뿌리고 물을 끼얹는다. (핵심)

(6) 묘원으로 떠난다. 버스에 내려 걸어가다 군대 차량의 행렬을 만난다. 죽은 녹빛의 행군을 보는 순간 뭔가 가슴을 옥죄어오기 시작했다. (핵심/주변)

(7) 아이가 칭얼거리자 길가 나무 밑에서 잠깐 쉰다. 완전 무장한 군대 행렬을 본다. (핵심)

(8) 정옥은 "그는 전시(戰時)처럼 떠났다."라고 말하면서 남편이 낚시를 떠나던 일을 회상한다. (주변)

(9) 묘원 입구에 다다라 안내를 받는다. (핵심)

(10) 정옥은 봉분들을 보자 갑자기 아, 탄성을 지르며 눈을 감았다. (주변)

(11) 어머니가 정옥에게 왜 통 안 왔는지 묻는다. (핵심)

(12) 어머니가 묻는 말에 설명을 못하고 P시에 있는 자신의 빈집에서 울릴 전화벨 소리를 생각한다. (주변)

(13) 전화로 남편의 행적을 묻는 형사와 낚시를 떠난 남편의 행적에 대해 대화체를 삽입하여 회상한다. (주변)

(14) 묘지에 가져간 참외와 사이다를 계약서 도면에 꺼내놓는다. (핵심)

(15) 갑자기 바람이 불어오자 도시의 흐린 잔영을 본다. 이것이었나, 정옥은 속으로 중얼거린다. (주변)

(16) 정옥은 소녀시절을 회상한다. 이어 외부 서술자의 회상 개입을 통해 낚시를 떠난 남편의 행적(영화를 봄)을 소상히 서술한다. (주변)

(17) 어머니가 참외를 두 개째 깎는다. 영구차가 묘원으로 올라온다. (핵심)

(18) 정옥은 아이를 이처럼 남의 아이 보듯 멀거니 보는 것은 처음이었다. 무구하게 뛰노는 아이는 누구인가. (핵심/주변)

(19) 외부 서술자가 개입한다. 남편이 여인숙을 나와 낚시터로 향한다. 잡화가게에 들려 국수를 주문한다. 근처 보타사가 있고 오늘이 백중날인 것을 남편은 안다. (주변)

(20) 탈관을 하는 것을 본다. (핵심)

(21) 정옥은 친정에 오기 15일 전 남편의 사고 소식을 접하고 현장을 답사한다. 경찰이 남편의 행적을 캐려 하자 정옥은 발작 충동을 느낀다. (정옥의 직접 회상) (주변)

(22) 새 봉분이 쌓이고 정옥은 재를 올리는 징 소리를 듣는다. (핵심)

(23) 묘원에서 아이를 잠재우면서 정옥은 퍼뜩 지난 겨울에 맡긴 세탁물을 떠올린다. 여름이 가기 전 가을 옷을 준비하겠다고 마음먹는다. (핵심/주변)

(24) 회상 속에서 정옥이 세탁물을 찾아온다. 재떨이에 침 묻은 담배꽁초를 발견하고 남편이 다녀간 것을 느낀다. (주변)

(25) 남편 주머니에서 극장표, 유원지 입장권이 나온다. 정옥은 남편이 옷만 갈아입고 아주 가버렸다고 생각한다. 아이의 뺨에 입을

맞춘다. (핵심/주변)

(26) 흙더미 위로 뗏장이 얹혀지는 것을 본다. 어머니가 '오늘 가겠니?'라고 묻자 그러겠다고 답한다. (핵심)

(27) 산을 내려오는데 비를 만나 절에 가서 비를 피한다. 오늘이 백중날이라는 것을 알게 된다. (핵심)

(28) 어머니가 '달을 보겠네'라고 두 번 말한다. (핵심)

(29) 정옥은 '사랑이었나? 무엇이 자신을 이곳으로 이끌었나?'라고 자문한다. (주변)

(30) 정옥은 시계를 보고 추억으로 떠오르는 P시를 떠올리며 아기를 업고 P시의 가파르고 어두운 길을 가게 되리라 생각한다. (주변)

「別辭」의 서사분절을 서술순서로 수평선상에 나타내면 다음과 같다.

표 14 「別辭」의 서사분절과 서술순서

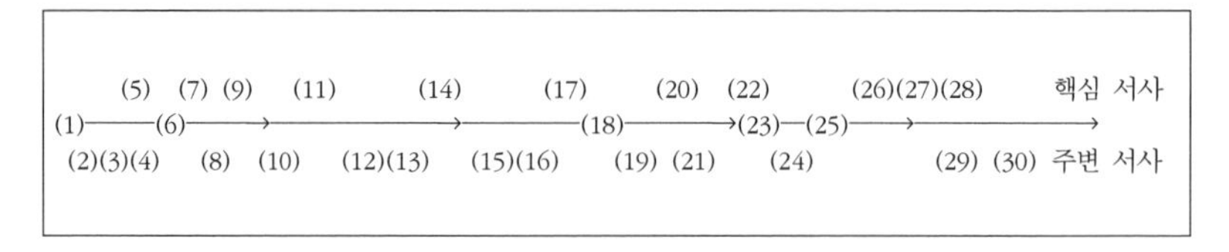

위의 도표에 따르면 (5), (7), (9), (11), (14), (17), (20), (22), (26), (27), (28)은 「別辭」의 큰 줄거리를 이루는 핵심서사 요소이다. (2), (3), (4), (8), (10), (12), (13), (15), (16), (19), (21), (24), (29), (30)은 주변 서사를 이룬다. 반면 (1), (6), (18), (23), (25)는 핵심 서사와 주변 서사의 경계 지점을 가리킨다.

「別辭」의 표면상 핵심서사는 하루 낮 동안 어머니와 묘원을 가는 이야기이다. 그러나 심층적인 층위, 즉 정옥의 직접적인 회상과 외부 서술자의 개입에 의한 회상이라는 스토리 라인을 따라가면 남편의 실종 사건을 다룬 이야기임이 드러난다. 남편의 실종 사건은 여름이라는 계절만 명시되어 있을 뿐, 지나간 해의 여름인지 올 여름인지가 불분명하다. 또한 남편의 실종 사건을 자세히 진술하는 가운데 밝혀지는 사실은 남편이 보타사라는 절 근처 낚시터를 찾으러 가는 도중에 백중날을 알게 된다는 것이다. 즉, 같은 백중날 정옥이 남편의 실종 사건을 회상하면서 묘원을 내려오다 비를 잠시 피하려 들어간 절에서 그날이 칠월 보름이고 백중재를 올리는 날이라는 것을 안다는 사실과 겹친다.[66] 텍스트는 시간(과거/현재)을 알 수 없는 외부 서술자와 정옥의 과잉적인 회상을 통해 여담적 서사의 전모를 드러낸다. 이와 같이 서술된 사건의 시간적 병치 때문에 시간을 분별할 수 없는 복잡한 스토리를 만들고, 독자들에게 착종된 형태로 전달되어 서술적 교란을 일으킨다. 또한 "구체적인 묘사 대신 모호한 이미지를 구축하고 사실적인 설명 대신에 분위기적인 비유를 사용하며 객관적인 해석 대신 내면적 표상을 선택함으로써"[67] 여담적 기능을 강화시킨다.

「別辭」는 이러한 이유로 여담적 서사의 징후를 두드러지게 드러낸다. 정옥이 '회상'을 하는 동안에 또한 정옥의 회상과 함께 외부 서술자의 회상이 개입되어 남편의 행적이 그 당시의 상황과 함께 자세하게 대화체로 삽입되면서 경계가 불분명한 회상의 과잉을 보여준다.

예를 들면, 시퀀스 (19)에서는 남편이 여인숙을 나와 낚시터로 향한다. 잡화가게에 들려 국수를 주문한다. 근처 보타사가 있고 오늘이 백중

66 남편의 죽음은 환상 속에서 이루어지는데, 어머니와의 대화나 그녀와 그녀의 남편에게 소설 속의 시간이 주어진 날이 같은 백중날이었다는 데서 그것은 입증된다. 주인공 여자의 환상 속 정경과 자신의 지금의 일들 간에 거의 구획선을 그어 주지 않을 뿐더러 오히려 남편의 죽음을 사실적으로 묘사함으로써 환상 속의 죽음이 아닌 것처럼 위장시킨다. 그것을 작가의 의도로 바로 이 시제의 혼란을 통해 시간의 분절성을 부인하고 있는 것으로 본다. 위의 글, 278~280쪽.

67 위의 글, 80쪽.

날인 것을 남편은 안다. 이 부분에서 문제가 되는 것은 서술자가 누구냐는 것이다. 위의 내용은 표면상으로는 외부 서술자의 개입으로 볼 수 있다. 그러나 경계 없이 모호한 회상의 도입과 서술자의 구분이 불확실하다는 점에서 정옥이 외부 서술자에 의탁하여 상상적 스토리를 삽입한 것으로도 볼 수 있게 한다. 또 다른 시점으로 본다면, 정옥의 자아 속의 또 다른 심리적인 자아를 내세워 그 심리적인 서술자가 허구적인 이야기를 회상형식을 통해 서술하는 것으로 상정할 수 있다. 그러나 어떤 경우이든 남편의 행적은 명쾌하게 드러나지 않고 은폐된다.

이와 같은 여러 층위의 회상 개입은 묘원을 동행하는 어머니와의 이야기의 지속 시간에 따라 서사의 분절과 지속이 교차하면서 나타난다. 어머니와의 대화가 축소되는 시간만큼 「別辭」는 핵심 서사의 줄거리에서 이탈하여 여담적 서사로 나아가는 경향을 보인다.

> "왜 그렇게 통 안 왔니?"라는 물음에 얼른 대답을 못하고 어제 어머니가 물었을 때 상황을 떠올리며 좀 바빠서요, 라고 했던가. 이서방도 방학일텐데, 어딜 갔니, 라는 물음이 뒤따르지 않았던 것으로 보아 뒤엣말로 대답한 것 같기도 했다.
>
> "좀 바빠서요"
>
> "정옥은 이마를 찡그리며 대답했다. 그러자 비어 있는 P시의 집, 역시 텅 비어 있을 우편함과 두 개의 작은 열쇠가 떠올랐다." (「別辭」, 210쪽)

위의 본문 텍스트에서는 어머니와의 대화가 정옥의 회상에 의해 산발적으로 이어졌다 끊기고 사이사이 정옥의 잡생각이나 회상의 장면이 빈번하게 삽입되면서 오히려 회상의 진술이 핵심 서사를 압도하는 여담적 서사를 보여준다.

위의 (1) (2) (3) (4) (6) (7) (8) (10) (15) (23) 시퀀스들을 자세히

살펴보면 정옥이 현실의 경계에서 벗어나려는 조짐을 보일 때마다 특이한 체험을 한다는 것이다. 잠깐' 눈을 감거나, 알머리의 아버지를 보는 '순간'이거나, 그때 '문득' 자신을 이곳으로 이끈 '갑작스런' 충동의 실체를 본다. 아버지의 웅크린 모습을 보고 '섬뜩'해지면서도 친근하고 돌연한 느낌에 당황한다. 죽은 녹빛의 행군을 보는 '순간' 뭔가 가슴을 옥죄어오기 시작하고, 봉분들을 보자 '갑자기' 아, 탄성을 지르며 눈을 감았다. 그리고 '갑자기' 바람이 불어오자 도시의 흐린 잔영을 본다. 묘원에서 아이를 잠재우면서 정옥은 '퍼뜩' 지난 겨울에 맡긴 세탁물을 떠올린다.

이와 같이 '잠깐', '순간', '문득', '갑작스런', '섬뜩', '갑자기', '퍼뜩' 등과 같은 부사어에 의해 이상한 감각이 발동되고 그것이 회상으로 이어진다. 이것은 현실의 세계에서 탈피하여 환상이나 상상, 회상의 세계로 진입하기 위한 예비적 장치이다. 「別辭」는 다른 작품들보다 부사어를 이용한 현실과 상상의 경계를 지우는 서술적 장치가 빈번하게 나타나는데, 그것은 「別辭」가 그만큼 환상(상상)에 가까운 내러티브이며 그 모호한 판타지의 경계에서 이루어지는 일련의 사건들이 실제의 사건과 구별할 수 없도록 만드는 회상적 판타지를 구성한다는 것을 보여준다.

부사어의 뒤에 '섬뜩'하고 '친근하고 돌연한 느낌'이 온다거나 충동의 실체를 보고, 가슴을 옥죄어온다. 이처럼 어떤 모호한 느낌들에서 섬뜩함이 오고 뒤이어 심리적 압박감이 신체의 고통으로 전이된다. 그 중간중간 설명하지 못할 느낌들이 '이것이었나', '사랑이었나? 무엇이 자신을 이곳으로 이끌었나?'와 같은 자조적인 질문으로 되돌려진다.

이러한 모호한 화법을 소설적 구성요소로 적용했을 때 나타나는 효과는 남편의 실종을 끝까지 보증하는 역할을 한다는 것이다. 남편의 실종사건과 깊이 관계된 정옥도 남편의 생사나 그의 행방에 대해 정보를 가지고 있지 않다는 점에서 결국 남편의 생사여부는 미궁으로 빠지고, 남편의 소재에 대해 서술하는 서사의 시간은 무화되고 만다.

'설명할 수 없는 느낌들', 그것은 서사의 경계를 알리는 표지인 동시에 「別辭」에서는 서사의 이음매 역할을 한다고 볼 수 있다. 서사의 중간 중간 이러한 현상은 자주 나타난다. 아이가 칭얼거리자 어머니가 길가 나무 밑에서 "잠깐 쉬자"고 말할 때, 정옥은 완전 무장한 군대 행렬을 본다. 그 군인들을 보는 순간 정옥은 다시 남편을 회상 속에서 추억한다. 여기에서도 어머니의 '잠깐'이라는 부사어는 '행군하는 군인'들로 이어지고 군인에 의해 남편의 회상이 촉발된다.

"잠깐 쉬자."

길가 나무 밑에 앉아 어머니는 샌들의 흙을 털고 손수건으로 얼굴의 땀을 찍어냈다. 양산을 썼어도 워낙 뙤약볕이라 어머니의 얼굴은 붉게 익어 있었다. 정옥 역시 확확 달아오르는 피부가 한없이 팽창되는 느낌에 손바닥으로 얼굴을 쓸었다.

나무 둥치가 굵고 그늘이 제법 짙었다. 그때 까지도 이어지고 있는 군대 행렬이 눈에 잡혔다. 아주 아득하고 희미했지만 눈을 조금만 크게 뜨면 비상 식량과 침구와 무기로 채워진 배낭을 걸머진 모습까지도 확실히 볼 수 있을 것만 같았다.

그는 전시(戰時)처럼 떠났다.

"어디로?"

낚시 가방을 메고, 어망과 바구니를 든 차림으로 신새벽에 집을 나서는 그에게 정옥은 바짝 마른 입술로 물었다.

"글쎄 고기가 많은 곳으로 가야지."

"열쇠는 여기 있어요."

정옥은 대문과 현관 열쇠를 대문에 달린 우편함에 달랑 떨어뜨려 보였다. 구멍으로 손을 집어 넣으면 밖에서라도 쉽게 꺼낼 수 있을 것이다.

"……찾으면 어딜 갔다고 할까요?"

"하눌재 신들내"

그가 암호처럼 짤막하게 내뱉고는 곧 그 대답을 얼버무리려는 듯 희미하게 웃었다. (「別辭」, 205~206쪽)

뙤약볕에 달아오른 어머니의 모습을 묘사하던 정옥은'아주 아득하고 희미'해서 불분명한 군인들의 모습을 추측을 통해 옆에서 관찰하듯 세세히 묘사하다가 느닷없이 "그는 전시(戰時)처럼 떠났다."라는 진술로 나아간다. 그리고 남편이 떠난 날을 환영처럼 한 문장으로 제시한다. "관절도 이음매도 없이 앞도 아니고 뒤도 아닌 곳에서" 삽입되는 정옥의 회상으로 인해 어머니의 물음에 대한 정옥의 대답은 유보되고 "다른 종류의 담화에 자리를 내어준다."[68] 이와 같은 서사의 이탈을 이끄는 요인은 잦은 회상의 삽입에 의해서이다.

위의 본문 내용을 통해 알 수 있는 것은 남편이라는 존재를 '환영'처럼 처리한다는 것이다. 또한 "하눌재 신들내"라는 모호한 지명은 그 모호함으로 인해 장소성을 획득하지 못하고 추상적인 공간으로 존재한다. 남편의 소재를 추상적으로 처리함으로써 남편의 생사는 은폐된다. 그것은 수사기관의 검열에 대한 방어기제의 일환으로 보아야 한다.

그에게서는 그 지명을 들었을 때의, 새벽의 푸르름 때문이었을까, 정옥은 손댈 곳 없이 깎아지른 벼랑, 그 위에 한 번도 열어보인 적이 없는 벽공(碧空), 열목어가 붉게 달아오른 눈을 식히기 위해 차갑고 시린 물을 찾아 모여든다는 벽곡(僻谷)을 생각했었다.(「別辭」, 234쪽)

'하눌재 신들내'라는 그 지명은 실상 현실적인 공간에서는 존재하지

68 Sabry, R., 앞의 책, 254쪽.

않는 초자연적인 신성의 자리로 의미가 이동한다. '하눌'은 하늘이라는 지방 방언이다. '신들내'는 그 하늘 재에 사는 '신들'이라는 의미와 환유적으로 연결된다. 사람으로서는 도저히 접근할 수 없는 곳, 사람에게 "한 번도 열어보인 적이 없는 벽공(碧空)"이라는 곳이 바로 '하눌재 신들내'이다. 그 결과 신화적 공간으로 이동하는 효과를 통해 남편의 행적은 자연스럽게 은폐된다. 은폐에 대한 욕망은 수사 기관에서 남편의 행적을 전화로 소상히 물었던 날, 이발소에서 돌아 온 남편이 '전화선을 잘라' 버리고 떠났다는 행동에서도 찾아질 수 있다. 이러한 남편과 정옥의 행동들과 진술들에서 은폐를 위한 내러티브의 숨은 욕망이 드러난다. 진실을 은폐하기 위한 텍스트의 무의식은 남편의 행적을 환유적인 방법으로 처리한다. 이와 같이 남편의 소재를 모호하게 무화시키고 은폐하는 서술적 욕망은 수사 기관의 검열에 대한 은폐의 욕망이며 이것은 정옥의 방어기제를 통해 잠깐씩 모습을 드러낸다. 그러나 정옥은 남편에 대해 말하고 싶은 충동들을 억압해 버린다.

순경은 분명 어느 뜨거운 여름날 이곳을 찾아든 낯선 사내에게, 사내의 사라짐에 어떤 의미를 캐내려하고 있었다. 정옥은 순간 아무 말이나 되는 대로 마구 떠들어대고 싶은 발작적인 충동에 사로잡혔다. 말의 홍수가 쏟아져나오려고 목구멍이 근질거렸다. 그는 지방 대학의 강사이고 우리는 결혼한 지가 다섯 해가 되었지요. 어느 날부터인가 그에게는 모든 것이 금지되었어요. 아무도 권리도 의무도 없는 금치산자가 된 거예요. 게다가 매독 환자처럼 정기적인 검진을 받아야 한답니다. 낮잠 속에서의, 긴 꿈 속의 여행이 허락될 뿐이지요. 그래서 그는 언제나 잔답니다. 입을 벌리고 자는 모습을 보면 꼭 죽어 있는 것 같아 놀라 흔들어 깨우기도 여러 번이었지요.

그러나 정옥은 이 모든 말들을 여느 때 그러하듯 가슴 깊이 밀어 넣으며 물었다.

"혹시 하눌재 신들내가 어딘지 아세요?"

순경은 잠깐 생각하는 표정이더니 곧 고개를 흔들었다.

"전혀 들어본 적이 없어요. 이 부근엔 그런 지명이 없는 줄 압니다.(「別辭」, 233쪽)

정옥의 남편은 수사 기관에 의해 행적을 감시당하고 쫓기는 인물이다. 정옥은 남편의 신변에 대한 안전을 고려한 나머지 자신의 충동을 억압한다. 여기에서 프로이트의 '검열'(censorship)과 '타협하기'(compromise-formation)라는 방어기제가 작동하는 것을 볼 수 있다. 그러나 그가 혼자 상상하는 내용은 오히려 그 억압된 주체의 심리를 그대로 드러내 보인다. 그리고 현장 답사를 함께 나간 경찰에게 '하눌재 신들내가 어딘지 아세요?'라고 질문함으로써 남편의 행적을 노출/은폐한다.

「別辭」의 제목이 말하는 것은 무엇일까?[69] '別辭'가 이별의 인사라면, 그 이별의 인사가 영원히 돌아 올수 없는 이별을 뜻하는 것인지는 본문 내용에서도 밝혀지지 않는다. 그러나 '別辭'가 남편의 행적을 은폐하기 위함이라면, '이별의 인사'로 해석하는 것은 적절치 않다. 두 부부가 일시적으로 떨어져 살아야 하는 점을 고려하면 '別辭'의 의미는 '別'- '따로 떨어지다', '떠나다'. '辭'- '핑계', '알리다', 등의 맥락으로 접근해야 한다. 그러므로 '別辭'는 '핑계를 대고 떠나있음'으로 읽혀야 한다. 그것은 앞서 살펴본 별사의 내용이 그것을 뒷받침하기 때문이다. 이처럼 「別辭」의 제목 역시 노출/은폐를 동시에 드러내는 복선으로 작용한다.[70]

---

69 '別辭'의 사전적인 뜻은 ①이별(離別)의 인사(人事) ② 그 밖의 말로 표기되어 있다. 別은 1.나누다 2. 몇 부분(部分)으로 가르다. 3. 헤어지다 4. 따로 떨어지다 5. 떠나다 등이다. '辭'는 1. 말씀 2. 문체(文體) 이름 3. 핑계 4. 사퇴하다 5. 알리다. 등이다.

70 '別辭'를 뒤집어 보면 '사별(辭別)'이다. (말씀 '사(辭)' 와 - 나눌 '별(別)'/다를 '별(別)') 그 사전적 뜻은 '체로 쳐서 골라 가르는 일'이다. 즉 말씀을 잘 골라 듣는 행위가 포함되어 있다고 볼 수 있기 때문이다. 그것은 주체가 어떤 의도를 숨기려는 목적으

이 두 부부가 떨어져 있는 상황이 중개되는 지점을 살펴볼 필요가 있다. 정옥의 남편이 보타사라는 절 부근 낚시를 찾아가다가 근처 가게에서 국수를 청했는데 우연히 그날이 백중날인 것을 알게 된다.

"오늘 재 드는 날인 줄 알면 양초를 받아올 것이지, 이 처사는 밤낮……"

주인 여자가 투덜거렸다. 절에 가는 손님 상대가 무시 못 할 몫인 모양이었다.

"불사가 있는가부죠?"

고춧가루 한 숟갈을 청하고 그는 공연히 군일을 시킨 듯 미안해져 한마디 거들었다. 멀어져 가는 젊은 아낙네의 흰 치마 한 자락이 희끗희끗 눈에 밟혔다.

"오늘이 백중날이에요. 산 너머 보타사 가는 사람들이지요."

그의 눈길이 흰 옷자락 끝을 감실감실 따라가고 있음을 보고 여자는 덧붙였다.

"49재가 마침 오늘인가봐요. 윗마을 사람인데 애 아버지가 저수지에 빠져 죽었거든요."

고춧가루를 국수 위에 붓고 젓자 쌀겨 같은 고추벌레가 하얗게 떴다. (「別辭」, 227쪽)

산을 두 굽이 돌아 내려오자 산자락 끝에 갑자기 절이 나타났다. 삼색의 단청빛이 묻어날 듯 갓 단장한 절이었다. 명부전 현판이 붙은 어두운 불당에서는 끊임없이 징소리와 북소리가 들렸다. 산에서부터 줄곧 듣던 소리였다.

"재가 들었나부다."

로 여러 가지 뜻으로 해석할 수 있는 한자를 제목으로 붙이고, 진실을 은폐 위장함으로써 남편의 신변을 보호하려는 방어기제가 작동하는 텍스트의 무의식으로 볼 수도 있다.

어머니가 정옥의 귓가에 대고 낮게 소곤거렸다.

절 마당에 들어서는 것과 동시에 후드득, 굵은 빗방울이 듣기 시작했다.

(…중략…)

"재가 들었나부죠?"

처마 밑으로 바짝 들어선 어머니가 툇마루에 걸터 앉으며 친근하게 물었다.

열린 방문으로, 지난 초파일에 썼던 것인 듯 천장 가득 매달린 색색의 연등이 보였다.

"백중재라오"

불공을 드릴 손님인가, 단골 시줏댁인가, 탐색하던 여자가 시큰둥하게 대답했다.

"아 오늘이 칠월 보름이구나"

그리고 어머니는 나란히 마루 끝에 앉은 정옥을 돌아보며 깜짝 놀란 듯 크게 말했다.

"갈땐 달을 보겠네."(「別辭」, 242쪽)

위의 본문 텍스트는 '백중일'을 서로 다른 공간에서 맞는 모습이다. 남편은 서사의 중반 부분에서 낚시터로 향하는 보타사라는 절 근처에서 백중일을 알게 되고, 아내인 정옥은 서사의 종결부분에서 묘원을 답사한 후 귀가 중에 백중일을 알게 된다. 같은 백중날이지만 그 날이 같은 해의 백중인지 다른 해의 백중날인지는 본문에서 밝혀지지 않는다. 이와 같이 "여담은 우리가 일련의 기이한 사태들과 대면하도록 만든다."[71] 「別辭」를 여담의 형식으로 읽는다면, 백중날 다른 절 근처에서 국수를 먹는 남편의 행적과 정옥이 묘원을 다녀오던 날 비를 피하던 절에서 백중날을 알게 되는 기이한 사태와 같은 모호한 시간의 병치는 얼마든지

71 Sabry, R., 이충민 역, 앞의 책, 256쪽.

가능하게 된다.

백중일(百中日)은 망혼일(亡魂日)이다. 이 백중날의 대응 구조를 설정함으로써 '別辭'의 형식인 제사(祭祀)를 올리는 '재(齋)'를 통해 서로의 안위(安慰)가 중개된다. 서로 소식을 전할 수 없는 도망중인 남편과 남편의 안전을 염려하는 아내의 심정은 중개된 내러티브의 극화를 통해 서로의 안위를 불교의 추모 형식인 '재'로 승화시킨다. 정옥이 묘원을 향해 가는 내내 돌아오는 내내 어떤 느낌에 사로잡혀 있었다. "사랑이었나? 빗속을 뚫고 더욱 낭랑히 들려오는 독경 소리와 징소리를 들으며 정옥은 멍하니 생각했다. 무엇이 자신으로 하여금 이곳으로 이끌었을까?"(242쪽) 라고 혼잣말 통해 남편의 안위를 내비친다. 두 부부가 확인할 수 없는 시간대에서 추모하는 장면을 통해 꿈꾸고 있는 것은 부부간의 안위, 즉 '사랑'이라는 것을 짐작할 수 있다.

> 정옥은 시계를 보았다. P시에 닿을 무렵이면 밤이 꽤 이슥할 것이다. 그때쯤 비가 걷혀 달이 뜰까.
>
> "달을 보겠네."
>
> 어머니가 또 말했다. 정옥은 헛들은 게 아닌가 하고 어머니를 돌아보았다. 어머니는 무심히 비 오는 마당을 보고 있었다.
>
> 빗속에도 향내가 희미하게 풍겼다. 칠월 보름, 백중인 것이다. 우란분재, 망자(亡者)의 날. 밤은 밝아 만월. 정옥은 잠든 아이 등에 업고 이미 추억으로 떠오르는 P시의 가파르고 어두운 길을 가게되리라. (「別辭」, 242쪽)

위의 장면은 서사의 종결을 대신한다. 정옥은 도래할 미래의 자신의 모습을 현재화시켜 정옥 자신이 P시로 돌아가는 모습을 "회고의 기대(anticipation of retrospection"[72]에 부응하는, 다가올 "미래의 욕망이자 미래를 향한 욕망인 전망적 욕망(désir prospectif)"[73]으로 보여주고 있다. 비가 걷히고 달이 밝게 떠오르는 상상은 정옥에겐 도래할 미래인 것이고 이미 그 미래는 "달은 밝아 만월"이라는 단정적인 진술에서 정옥에게 실현된 미래이기 때문에 「別辭」의 결말은 미래 지향적이다. 이 소설의 마지막 문단을 장식하는 '전망적 욕망'은 주체의 무의식적 욕망을 우회적으로 보여준다고 볼 수 있다.

"여담이 여담이 되는 것은 그것이 결코 제 자리에 있지 않고, 여담의 과잉, 과도함으로 나타나기 때문이다. 전통적으로 플롯 상의 갈등이 평화롭게 마무리되고 숭고한 화해(혹은 최후의 반전)가 이루어지게 마련이다. 하지만 여담은 여기에도 침입하여 조화로운 결합 대신 결말이 지나친 과잉(모든 걸 다 말해놓고 나서 결말은 또다시 수다를 떨기 시작한다)과 지나친 결핍(스토리가 끝나기도 전에 서술이 정지한다)의 양극단 사이에서 흔들리게 만들어 결국에는 이 결합을 파괴하고야 만다. 어느 쪽이 되었건 언제나 결말을 존중하지 않는다."[74]

「別辭」는 정옥의 회상과 중개된 회상이 서로 교차하면서 여담적 서사를 생산해 낸다. 중개된 회상은 상상화된 내러티브를 중심 서사에 끼워 넣는 변형된 형태의 여담적 판타지를 보여준다. 남편이 맞이하는 백중날을 아무런 매개 장치 없이 삽입한 것은 일종의 서사의 착종효과에 기

---

72 쥬네트의 용어로는 prolepsis(사전 제시). 회고하고 있는 내레이션의 수준과 시점에서 앞으로 일어날 일이 개입하거나 예상되는 경우를 가리킨다. P, Brooks, 앞의 책, 51쪽.
쥬네트가 이야기와 담화 사이의 불일치를 말하기 위해 고안해 낸 시간교란의 두 가지 방법은 소급제시와 사전제시이다. 소급제시란 이야기 현재의 순간에 과거에 일어났던 일을 제시하는 것이고, 사전제시는 장차 일어날 사건을 현재 시점에서 미리 알려주는 것이다. 이것은 영화에서의 회상과 예시라는 말로 가장 잘 설명되는데, 채트먼 같은 서사학자는 특별하게 회상(flashback)과 예시(flashforward)라는 용어를 소급제시와 사전제시의 한 예로 말하고 있기도 하다.

73 Brooks, P., 앞의 책, 131쪽.

74 Sabry, R., 앞의 책, 258~277쪽.

대어 회상이라는 형식 안에 포획될 수 있도록 의도한 것으로 보인다. 이러한 의도는 오히려 여담적 서사를 강화하는 측면으로 나타나며, 이에 따라 남편의 행적 역시 스토리화된 가상적 시나리오라고 볼 수 있게 한다. 여담적 서사는 중심의 일탈을 지향하지만 일관성이 있는 가상적 스토리는 중심 서사와 나란히 병치되면서 여담적 서사를 한층 강화시키는 것을 볼 수 있었다.

"'고전주의' 비평적 시선에는 두 가지 주된 기준이 있었다. 하나는 주제 · 사실 · 중심에 대한 요구이고, 다른 하나는 정확한 균형에 대한 요구이다. 이 요구들은 원리상 애초에 어떤 위반적 경계 바깥의 가능성을 전제하며 이를 오류와 동일시하는 규범적 경계들이다."[75] 오정희 소설에서 여담적 기능은 고전적인 플롯과 인과성을 파괴한다는 의미에서 새로운 내러티브를 독자에게 선사한다. 고전 소설의 작법이 의문시되는 현대 소설에서 여담적 기능은 기존 문학의 동일성(통일성)의 틀로 볼 수 없었던 주변부의 담론을 형성하고, "미메시스의 폐쇄성이라는 근대적 환상에 도전한다."[76] 여담은 일탈성, 타자성, 이질성, 무질서, 주변부 등을 망라할 수 있는 혼종적인 글쓰기를 실천할 수 있는 메타적 글쓰기라는 점에서 기존의 글쓰기와 차별화된다. 이와 같은 분석을 바탕으로 오정희 소설에서 여담이 꼭 삽화나 요설이라고 보기 어려운 하나의 서술상의 기법으로 활용된다는 것을 확인할 수 있었다.

---

75 Sabry, R.,위의 책, 14~15쪽. 그에 상응하는 단절 · 가두리 · 안도 바깥도 아닌 관계 · 경계와 경계 말소 등의 다양한 현상에 관심을 보인 결과 중성(中性)과 파편성(바르트), 열린 작품과 가능성의 범주(움베르토 에코), 이야기/담화의 경계선들, 곁텍스트성과 메타텍스트성(쥬네트) 같은 몇몇 개념이 만들어진 것이다.

76 Sabry, R., 앞의 책, 249쪽.

3. 퇴행적 집착과 회고적 욕망의 담론

대부분의 소설들에는 스토리의 시간과 서사의 시간 두 개의 시간대가 존재한다.[77] 서사의 시간은 현재의 서술자가 위치한 시간, 즉 스토리를 펼쳐 나가는 시간을 말한다. 스토리의 시간은 서술의 대상이 되는 사건이 위치한 시간으로 소설의 내용을 담는 기능을 가진다.

오정희의 소설은 많은 부분 스토리의 시간에 치중된 경향을 보인다. 서사의 진행은 현재/과거의 빈번한 전환 배치와 "개인의 의식(지각)에 의존하는 심리적인 시점"[78]으로 구성되어 있는 경우가 많다.

회상(回想, Erinnerung)은 과거의 경험이나 인상을 돌이켜 생각한다는 사전적 의미를 가지고 있다. 회상은 '내면화(Verinnerlichung)', 즉 외부적 사건이 사고(思考)의 내부공간 속으로 전이(轉移)해 들어간 상태를 의미한다. 루카치에 따르면 서사적 회상이야말로 내부와 외부의 균열을 메울 수 있다고 말한다. 내면적 시간 차원을 만들어 내는 데 있어 가장 큰 몫을 차지하는 것이 회상이다.[79]

회상이라는 말은 특수한 내용들을 각인하고 인출하는 활동적 과정을 뜻한다.[80] 그 회상이 주체에게 자발적인 것인가 비자발적인 행위인가에 따라 그 의미가 달라진다. 자발적인 회상이라면 루카치가 말한 '창조적 기억'에 해당되고, 비자발적인 기억의 재생이라면 그것은 프로이트의 반복충동에 가까운 기억이다.

아스만에 따르면 회상기억이란 재생의 수동적인 성찰이 아니라 새로

---

77 Genette, G., 권택영 역, 『서사 담론』, 교보문고, 1992, 23쪽.

78 Uspensky, B., 김경수 역, 『소설구성의 시학』, 현대소설사, 1992, 138쪽.

79 그것이 지나간 삶을 개관하고 간직하는 한, 회상은 특별한 형태의 '체험된' 시간이다. Schramke, J., 원당희 · 박병화 역, 『현대소설의 이론』, 문예출판사, 1998, 202~203쪽.

80 Assmann, A., 앞의 책, 200쪽.

운 지각의 생산적 행위이다. 프로이트는 그런 이유 때문에 기억 흔적의 활성화를 수정본이라 표현했다.[81] 회상은 지나간 과거의 사건 중 특수한 내용을 저장했다가 현재의 시점에서 새롭게 재생산해내는 주체의 심리가 반영된 내면적인 시간의 체험과 관계된다.

앞서 살펴 본 바 김윤식에 따르면 오정희 소설의 참주제는 '회상'이고, 루카치의 '창조적 기억'(Gedächtnis)과 벤야민의 '회상'(Eingedenken)이 곧 그녀의 창조적 기억에 해당한다고 설명한다. 즉, 오정희의 소설을 '회상의 형식'으로 간주한다.[82] 그러나 오정희 소설은 '회상의 형식'에서 더 나아가 그 창조 방식은 정신분석학의 사후성의 논리에 가깝고 '회고적 욕망'에 근접한다.

이 연구에서는 회고적 욕망(concupiscence rétrospective)[83]을 회상의 형식을 통한 억압된 욕망의 재현으로 정의한다. 그것은 주체에게 부정되거나 은폐되었던 기억에 의해 서사가 진행되고, 그 회상이 억압된 주체의 심리를 표상하는 일련의 서사를 설명하기에 유용한 개념이기 때문이다.

회고적 욕망은 주체를 현재 시점에서 비자발적인 형식으로 과거의 한 기억의 장(주체에게 성취될 수 없었던 욕망, 억압되거나 부정된 기억 등)에 묶어두려 한다. 과거의 외상(trauma, 外傷的)적 기억의 잔존물이 때로는 환상과 망상, "모성적 초자아"의 목소리로 주체에게 도래하기도 한다. 회고적 욕망의 반복은 '억압된 것은 반드시 귀환한다'는 프로이트의 정언명제에 따른다.

---

81 위의 책, 137~141쪽.'기억 현상의 이중성'은 독일어에 있는 '저장기억'(Gedächtnis)과 '회상기억'(Erinnerung)이라는 두 낱말에 근거하고 있으며, 일상어에서 기억이라는 말은 잠재적 능력과 유기적 실체로서의 기억을 뜻한다. 같은 책, 200쪽.

82 김윤식, 앞의 책.

83 Brooks, P., 앞의 책, 309쪽.

오정희 소설 속 다수의 작중인물들은 과거의 기억으로부터 벗어나지 못하고 늘 과거의 기억에 붙들림 당한 영혼들의 소유자인 경우가 많다. 이 주체들은 자신의 텅 빈 삶의 형식을 자각하지 못한다는 의미에서 타자의 삶, 즉 죽은 자(부재)와 연결된 현재적 시간을 소비하는, 에고(자아)가 없는 주체들처럼 보인다. 이 '외상적 기억'의 잔존물들에 의해 현실은 "주체의 현전을 지표화한다. '주체'는 전체적인 실체적 내용이 빼앗긴 뒤에 남는 진공(*void*")[84]으로 설명할 수 있다. 이 진공의 공간에 출몰하는 외상적 기억이나, 모성적 초아의 목소리는 역설적이게도 주체의 현전을 보증하는 보증물이기도 하다. 이 보증물들은 주체에게 "자신의 불가능한 등가물인 '사물(*Thing*)'을 만난다. 괴물(보증물들)은 '사물'로 이해되는 주체 자신"[85]으로 볼 수 있게 한다.

외상적 징후로 읽히는 주체들의 과거로의 빈번한 회귀와 현실의 부적응은 주체의 삶이 조각난 기억으로 대체된다는 점을 말해준다. 이러한 관점에서 서사는 죽음충동에 더 밀착되어 진행되는 양상을 보인다. 과거의 기억은 현재의 삶에 개입하여 삶을 교란시키고, 서사의 반복을 통해 분열된 주체의 모습으로 형상화된다. 이러한 관점에서 본다면, 오정희 소설에 나타나는 회고적 욕망은 주체의 은폐되거나 억압된 과거의 어떤 사건에 깊이 연루되어 있음을 알 수 있다. 회고적 욕망에서 드러나는 오정희 소설의 등장인물들은 표면적으로는 주체의 욕망을 드러내는

---

84 Zizek, S., 주은우 역, 앞의 책, 229쪽.

85 위의 책, 233쪽.
쇼펜하우어는 우리가 영원히 괴물을 품고 사는 존재이며, 우리 존재의 핵심에는 잔인할 정도로 낯선 무언가가 있다고 보았다. 우리를 인간 주체로 만드는 것이 바로 우리 안에 자리 잡고 있는 이 '이질적인 부분' 혹은 '괴물성'이라는 데 있다. 쇼펜하우어에 깊은 관심을 가진 프로이트는 욕망이라는 개념을 이 괴물성의 비형이상학적 양상으로 제시한다. 욕망은 의미에 무심하고 매우 비인간적인 과정이며, 그것이 오로지 자신에게만 관심이 있다는 사실을 감추고 우리를 조종한다. Eagleton, T., 김지선 역, 『반대자의 초상』, 이매진, 2010, 305쪽.

것같이 보이지만 심층적으로는 타자의 욕망을 반복, 복사한다는 의미에서 주체는 타자의 욕망에서 벗어날 수 없는 존재라는 것이 분명해진다.

오정희 소설의 주체들이 대면하고 있는 억압된 욕망의 문제는 트라우마의 반복된 기억과 회고에 의해 표층적인 서사의 층위를 담당하는 방식으로 전개된다. 회고적 욕망은 오정희 단편 소설의 특정한 작품에 국한되는 것이 아니라 여러 편의 작품 속에 지속적으로 변주되어 반복된다. 이러한 관점에서 오정희 소설 속 주체들이 겪고 있는 과거로의 잦은 회귀가 어떠한 욕망의 발로인지, 그 억압되고 은폐된 욕망의 회로에 갇힌 주체들이 어떠한 방식으로 과거의 욕망을 재현하는지, 이러한 것을 해명하는 과정에서 자연스럽게 회고적 욕망과 서사의 욕망이 작동하는 서사원리가 규명될 것이다.

이러한 서사원리를 규명하는 방법론으로 서론에서 논의한 '회고적 욕망의 담론'[86]을 채택하고자 한다. '회고적 욕망의 담론'은 아래와 같이 도식화된다.

분열된 주체($)	→	오브제 아(a)
지식기표(S2)	←	주인기표(S1)

오정희 소설에서 파악되는 회고적 욕망의 담론 구조 내에서 4개의 위치에 4개의 용어들이 어떤 방식으로 기능하는지를 설명하면 아래와 같다.

---

86 '회고적 욕망의 담론'은 라캉의 '분석가 담론'에서 오브제 아(a)와 분열된 주체($)의 위치를 맞바꿈으로써 구성된다. '회고적 욕망의 담론'은 분석가 담론에서 생산의 자리에 있는 주인기표(S1)와 진실의 자리에 있는 지식기표(S2)의 위치는 유지된다. 회고적 욕망의 담론은 분열된 주체의 회상 행위를 통해서 상실된 대상(오브제 아)에의 퇴행적 집착의 구조를 보여준다. 상세한 내용은 서론의 논의 참고.

1. 행위자: 행위자의 자리에 '분열된 주체($)'가 배치된다. 행위자는 소외와 분리를 거쳐 존재와 사유의 영역으로 분열되어 있는 주체이다. 행위자는 내포저자, 서술자, 작중인물 모두가 될 수 있다. 그들의 행동은 지식기표(S2)의 연쇄에 의해 과거의 기억을 회상함(사후적으로 형성함)으로써 촉발된다. 분열된 주체($)는 상실된 대상인 오브제 아(a)에게 욕망을 충족시켜 줄 것을 요구하지만, 주체의 욕망은 충족되지 않고 그의 집착은 퇴행적으로 반복된다.
2. 타자: 타자의 자리에 오브제 아(a)가 배치된다. 오브제 아(a)는 분열된 주체($)가 욕망하는 대상원인이다. 오브제 아는 주체의 욕망과 밀접한 관련된다. 오브제 아는 주체가 원래의 어떤 것을 잃어버렸다고 생각되는 상실된 대상(Ding)을 지칭한다. 주체는 이 상실을 메우기 위해 오브제 아의 자리에 판타지를 통한 대체물을 형성한다. 오브제 아는 주체에게 결핍을 상기시켜주고 욕망을 불러일으키는 대상-원인으로 기능한다. 오브제 아는 환상의 스크린을 통해 주체의 욕망을 상연하고, 또한 부분 충동의 한 부분을 담당한다. 오브제 a는 주체의 결핍과 대타자의 결핍을 상기시켜주는 기표이다. 타자 (또는 주체 내부의 타자)의 질문을 통해 얻을 수 있는 것은 완전한 답이 아닌 대체물로서 나타난다. 오브제 아(a)는 구체적인 소설 텍스트에서 상징과 은유, 환상으로 나타난다.
3. 생산: 생산의 자리에 주인기표(S1)가 위치한다. 주인기표(S1)는 어떤 기표도 그 자리에 있을 수 있기 때문에 아무런 의미도 없는 텅 빈 기표이다. 이 담론 구조에서 주인기표는 분열된 주체가 오브제 a를 향한 욕망의 실패로부터 생산된다. 주체는 그러한 주인기표가 다른 기표들과 관계를 맺도록 하는 것을 목표로 하지만 그 역시 실패한다. 텅 빈 기표인 주인기표는 지식기표(S2)가 진리를 생산하는 데 어떠한 기여도 하지 못한다.

4. 진실(진리): 진리 · 진실의 자리에 지식기표(S2)가 배치된다. 지식은 근본적으로 주체의 정체성과 주이상스에 관련되어 있다. 지식은 주체의 의미와 가치를 부여함으로써 정체성을 형성하고 주이상스의 특성까지 결정한다. 지식 기표가 알고자하는 것은 무의식의 기표이다. 주인 기표와 지식 기표가 주체의 형성에 필요한 조건이 되는 반면, 분열된 주체($)와 오브제 아는 이들 기표의 효과에 해당된다. 분열된 주체($)의 욕망이 주인기표(S1)나 오브제 아를 통해 채워지지 않기 때문에 주인기표의 생산과정 역시 진실과 아무런 관련이 없다. 따라서 과거에 대한 회상은 욕망의 좌절을 반복한다. 또한, 행위자는 진실을 통해 행위의 동력을 얻고자 회상을 통해 과거를 사후적으로 재구성하지만, 그 과정은 좌절과 집착을 반복할 뿐이다.

이 절의 주요 분석 대상 작품은 「동경」, 「번제」, 「저녁의 게임」, 「목련초」, 「직녀」 등이며 특히 「동경」, 「번제」, 「직녀」, 「저녁의 게임」을 중점적으로 살펴볼 것이다.

이 작품들이 보여주는 주요한 회고적 욕망의 특성은 다음과 같이 요약될 수 있다.

「동경」은 스무 살에 죽은 아들을 잊지 못하는 노부부의 회고를 통해 과거의 삶과 아들에 대한 거세된(상실된) 욕망을 보여준다.

「목련초」는 별거하는 남편을 둔 화자인 주체가 죽은 어머니의, 즉 모성적 초자아의 목소리에 놓여나지 못하고, 타자(어머니)의 욕망을 내면화하는 비주체적인 주체의 모습으로 형상화된다.

「직녀」에서는 불임으로 인한 주체의 회임에 대한 과도한 욕망과 떠난 남편에 대한 기다림으로 그 욕망의 도착적인 양상을 보여준다.

「번제」에서는 낙태 후 후유증으로 정신병원에 입원한 주체의 회고적 욕망으로 투영되는 죽은 아이에 대한 환상이 나타난다. 또한 억압되고 은폐되었던 성적 욕망이 살의와 에로스, 망상적(妄想的)[87] 판타지로 나타남을 볼 수 있다.

「동경」을 회고적 욕망의 담론 구조로 파악해 보면 다음과 같다.

표 15 회고적 욕망의 담론의 구조로 파악한 「동경」

분열된 주체($) : 노부부	→	오브제 아(a) : 죽은 아들에 대한 등가물 (검침원, 솥, 계집애, 빛(동경, 꽃))
지식기표(S2) : 죽은 아들 영로에 대한 기억	←	주인기표(S1) : 좌절, 집착, 퇴행

회고적 욕망의 담론에서 분열된 주체의 자리는 노부부가 차지한다. 타자의 자리인 오브제 아(a)는 주체가 자신의 욕망을 질문을 통해 투영해 낸다. 「동경」에서 주체의 질문은 직접적인 발화를 통하지 않고 대상들을 호명하는 발화 속에 내포되어 있다. 그것은 죽은 아들에 대한 등가물로써 검침원, 솥, 계집애, 빛(동경, 꽃) 등에 의해 드러난다. 그러나 그 결과 주인기표는 좌절과, 집착, 퇴행적인 행동들을 생산한다. 이러한 생산물들은 주체에게 회고적 욕망의 반복 회로 속에서 한 발짝도 벗어나지 못하게 하고, 지식기표는 이미 오래전에 죽은 아들을 회상하는 퇴행적인 기억에 머물러 있게 한다. 지식기표(S2)가 차지하고 있는 진실·진리의 자리는 행위자를 움직이게 하는 과거의 기억이 저장되어 있는 자리이며 이 진실은 담론 전체에 영향을 미치는 것을 알 수 있다.

「동경」에 등장하는 늙은 부부는 스무 살에 죽은 아들 '영로'를 잊지

87 망상의 특징은 첫째, 비합리·비현실적이고 둘째, 감정으로 뒷받침된 움직일 수 없는 주관적 확신을 가지고 고집한다는 점이다.

못해 젊은 수도 검침원에게 미숫가루를 타준다거나 빨랫줄을 매달아 달라고 부탁을 하는 등 젊은 검침원을 조금이라도 붙잡아두려 안달을 한다. 그러한 행동은 죽은 아들을 어떻게든지 현실에서 대신 느껴보려는 주체의 불가능한 욕망에 의해 촉발된다. 노부부는 아들이 중학교 때 쓰던 책상도 버리지 않고 방 윗목에 두고 지낸다. 이들 부부는 아들이 죽은 지 몇 십 년이 지나도 잊지 못한다. 이들에게는 아직도 아들의 돌연한 죽음이 현재적인 사건으로 인식되고 있기 때문이다. 통상적인 애도의 기간을 훨씬 넘긴 현재 시점에서도 망자와의 고리를 끊지 못하고 있는 아내의 모습은 아직도 탯줄과 연결된 태아와의 관계를 연상케 한다.

> "스무 살 때는 아름답고 자랑스러웠어요. 대학에 들어가던 해였지요. 어제처럼 또렷이 떠오르는 걸요. 늘 발이 가렵다고 했지요."
>
> ①그는 더 이상 아내의 말을 듣고 싶지 않았다. 영로는 늘 발이 가렵다고 했었다. 그의 뤽색 위에 얹혀 떠났던 피란길에서 걸린 동상이 종내 낫지 않아 겨울밤에라도 차가운 콩자루 속에 발을 넣고 자야 시원하다고 했었다.
>
> "기억나세요? 시공관에 발레 구경을 갔던 게 다섯 살 때일 거예요. 그때 그 애는 내 숄을 잃어버렸어요. 그 시절 일본인들도 흔하게 갖지 못했던 진짜 비단으로 만든 거였지요. 구경을 하고 나와 화장실에 들르려고 잠깐 그 애 어깨에 걸쳐 주었는데 흘러내리는 것도 몰랐나 봐요. 그 앤 그렇게 멍청한 구석도 있었죠. 모두들 내게 가지색이 신통하게 어울린다고 했지요. 정말 내 평생에 두 번 갖기 어려운 물건이었죠."
>
> ②아내는 언제까지나 잃어버린 숄 얘기만 할 것인가. 아내의 말소리도 맥을 만드는 손놀림도 점차 빨라졌다. (「동경」, 178쪽)

「동경」에서의 서술 구조는 전지적 작가 시점으로 남편인 '그'와 '아내'의 행동 및 심리가 교차 서술되고 사이사이에 '그'와 '아내'의 대화체가 삽입된다. 서술자가 작중인물을 지칭할 때 쓰는 호칭은 '그'와 '아내'이다. 이때 ②처럼 '아내'라는 호칭으로 서술할 때는 남편이 직접 서술하는 것과 같은 착각을 일으키게 하고, 서술자의 목소리가 하나가 아니라 둘로 갈라진다는 느낌을 갖게 한다.[88]

위의 본문 텍스트는 아들을 잃은 아내의 비자발적인 회상이 일회성이 아니라 반복적으로 되풀이되었다는 것을 알 수 있게 한다. 그것은 아내가 회고적 욕망의 회로에 갇혀있기 때문이다.

본문에서는 아내의 청자로 설정된 남편과 청자를 중개하는 외부서술자(전지적 작가)를 통해 ①과 ②의 "그는 더 이상 아내의 말을 듣고 싶지 않았다.", "아내는 언제까지나 잃어버린 숄 얘기만 할 것인가."라고 함으로써 지금까지 전지적 작가의 시점으로 아내와 남편(그)을 서술 중개하던 외부서술자의 서술이 본문에서는 나란히 병치되어 서술된다. 그것은 남편의 내면 심리를 좀 더 객관적인 입장에서 드러내기 위해 남편 자신이 아닌 외부서술자의 주관을 개입시키는 것으로 보인다. 이것은 전지적 작가의 눈에 비친 아내의 회고적 욕망을 고스란히 드러내 주고자 하는 외부서술자의 텍스트의 욕망과 남편의 볼멘 목소리를 병치시키면서 나타나는 서술 효과이다. 그 효과는 남편의 욕망이 텍스트 내에서 은폐되고 아내의 욕망은 오히려 텍스트 밖으로 드러낸다.

위의 본문에서 아들의 어깨에 걸쳐 준 고급스런 '숄'은 아들에 대한 은유이다. 언술된 내용으로 미루어 보아 아내는 잃어버린 숄을 아까워하는 것으로 묘사된다. '잃어버린 숄'은 현실에서는 '부재'하는 기표로 작용한다. "그 시절 일본인들도 흔하게 갖지 못했던 진짜 비단으로 만든

88 이러한 외부서술자의 설정은 서사의 스토리를 진행하는 데 있어서 각각의 인물들에 대해 '명료성'을 부여하려는 의도로 읽힌다. 전지적 작가 시점은 각 인물의 성격과 심리를 각 인물들의 입장에서 서술할 수 있는 서술상의 우위를 차지할 수 있기 때문이다.

것", "정말 내 평생에 두 번 갖기 어려운 물건"이라는 아내의 말은 귀한 아들에 대한 심정을 다시 얻기 어려운 솥(아들 영로), 즉 사물로 대체하여 상실에 적응하려는 아내의 심리를 은연중에 표현하고 있다.

아들을 잃은 경험은 과거의 지난 일이 아니라 현재의 삶 속에서도 잊혀 지지 않은 채 일상적 삶에 지속적으로 개입한다. 과거의 사건은 회고적 욕망의 담론 구조에서 사후적으로 재구성된다. 「동경」은 단순한 과거의 사건이 아니라 현재 시점에서 회고하는 노부부의 욕망에 의해서 서사가 지속 반복된다. 이러한 점에서 「동경」의 회고적 욕망은 어떤 미래에 대한 가능성도 배제된, 비극을 함축하고 있음을 상기시킨다.

오정희 소설 「동경」에서 비극성의 중요한 기제는 '부재'나 '상실'이다. 상실에 대한 애도의 과정은 그 상실을 심리적으로 장사(애도)지내지 못하는 남은 자의 고통을 수반한 서사가 큰 줄기를 이룬다. 이 과도한 '병적인 애도'와 슬픔 속에 독자가 감지하는 비극성은 인간 존재에 대한 근본적인 물음을 던지게 한다. 즉 과거의 트라우마(죽음)에 관련된 기억이 현재의 시간성을 회복하여 독자에게 다시 질문의 형태로 전달된다는 것에 있다.

그러한 해석은 이 노부부가 이웃집 계집아이를 바라보는 시선에서, 형언할 수 없는 감정의 변화에서 찾을 수 있다.

그것은 담장을 사이에 둔 이웃집에 유치원을 다니는 계집아이를 훔쳐보는 장면에서 엿볼 수 있다. "임부처럼 불룩 나온 배와 분홍빛의 작은 성기를 담장 곁에 숨어서 거의 고통에 가까운 감정으로 바라보곤 했다"(174쪽) 아직 작고 어린, 생생한 생명에 대한 경이로움이 죽은 아들과 대비되면서 고통과 동시에 질투를 느끼는 노인의 안타까운 심리로 드러난다. 즉, 노인이 어린 생명에게서 경이로움과 고통을 느낀다는 것은 그 고통을 수반한 경이로움이 삶의 환희로만 치환되기 어려운, 인생의 긴 시간 선상에서 보면 어린 생명도 죽음의 과정 중에 있는 생명체란 자각이 더 깊이 인식되기 때문이다.

「동경」에서는 유독 '빛'에 대한 수사가 자주 등장한다. 예를 들면, "새하얀 햇빛", "땅 속에 갇혀 아우성치는 빛들", "느닷없는 빛과 외기(外氣)에 놀라 튀어오르는 귀뚜라미", "만화경", "센 빛살", "쨍쨍한 목소리", "날카롭게 모가 선 거울 조각", "미쳐가는 봄빛, 한 조각 거울", "붉은 꽃과 파랗게 타오르는 나무" 등이다. 이 빛의 은유들은 따뜻함이나 생명이 깃든 빛이 아니라 괴이하고 섬뜩한 공포를 동반한다.

소설 속에서 햇빛은 '붉은 꽃'에게 생명을 주는 빛인 동시에 살의가 감지되는 독기를 품은 빛이다. 죽은 빛의 은유는 '동경'이나 '조각난 거울'로 대체된다. 이 섬뜩한 빛의 공포는 「동경」의 서두 공간을 차지하는 골목의 풍경에 집중적으로 배치된다.

> 절기보다 이른 더위 탓인가, 골목에는 사람의 자취가 없어 그는 늘상 다니는 길이면서도 낯설음에 빠져 달려가는 아이의 뒷모습을 눈으로 좇았다. 회색빛 담과 낮은 지붕들이 잇대어 있을 뿐인 길은 아이는 달리고, 바람이 길을 낸 자리에 풀포기 다시금 어우러들 듯 풍경은 두 개의 바퀴가 만드는 흰 공간 속으로 빨려들어갔다.
>
> 이상하게 조용한 한낮이었다. 간혹 열린 대문으로 빈 뜨락이 보이고 안이 들여다보이지 않도록 무덥게 드리워진 불투명한 발이 보일 뿐이었다.
>
> 아이는 문득 죽은 듯한 정적을 의식했던가, 아니면 아무도 없는 빈 길에서 쉼없이 페달을 돌리는 권태로움 때문인가, 장애물도 없는 골목에서 두어 번 길고 날카로운 경적을 울렸다. (「동경」, 159쪽)

이 고요한, '흰 빛'의 '정적'에 갇힌 기이한 골목 풍경은 그림자가 없는, '흰 공간 속으로 빨려들어가' 진공상태의 풍경으로 전이된다. 위의 텍스트를 정신분석학적으로 보았을 때 심리적 잠재의식의 공간을 현실의 공간으로 불러내서 골목의 풍경을 묘사하는 노인은 '흰 빛'의 공포, 즉 죽음을 가시화한다. 바람이 불고 있지만 풀포기 하나 움직이지 않는 공간은 낯설고 공포스러운 '정적', '죽음'의 이미지가 지배적이기 때문이다.[89] 이러한 생경한 빛이 주는 이미지는 초현실적인 공간으로 독자를 유도한다.[90] 장애물도 없는 숨막히는 진공의 공간을 날카롭게 찢는 경적소리는 비명에 가까운 공포를 동반한다. 흰빛의 정적이 주는 공간의 권태와 알 수 없는 공포로 억압된 노인의 무의식은 골목을 통해 형상화된다.

「동경」에서 오정희의 공간 설정 의도는 삶의 충동(아이)과 죽음의 충동(흰 빛)을 동시에 보여주고자 하는데 있다. 이 공간의 지배적인 정서는 후자에 더 무게가 실리어 이 소설 전체가 의미하는 바를 표상하고 있다.

특이하게도 아이는 꽃을 똑똑 따는 버릇이 있어 아내의 화를 돋우는데, 아내는 유독, '거울에 반사된 빛과 피어나는 꽃을 따버리는 행위를 두려워한다.' 여기에서 꽃은 햇빛을 빨아들인 '빛'의 은유이고, 이 '빛'은 젊은 청춘의 절정인 '꽃-빛'으로 다시 거울(동경)의 이미지로, 환유적인 전치를 거쳐 아내에게 도착할 때는 죽은 영로를 일깨우는 생경한 빛, 거울 효과로 나타난다.

거울 '빛'은 꽃 한 송이도 피울 수 없는 죽은 '빛'이기 때문에 아내는 심리적으로 두렵고 공포스러운 감정에 매번 휩싸이게 된다. 아이가 손거울의 빛을 아내에게 비출 때 마다 아내는 소스라치게 놀라는 것에서 알 수 있다. 거울에 비친 빛, 즉 생명이 거세된 죽은 빛은 결국 영노의

89 이 흰 빛은 이 소설의 결말에 가서 죽음의 이미지(노인의 틀니와 반사된 거울의 빛과 함께)로 연결된다.

90 이상 시인의 「오감도 시제 1호」 13인의 아해가 막다른 골목을 질주하는 풍경이 연상된다. 초현실주의 화가 조르조 데 키리코의 〈거리의 신비와 우울〉에서 기이한 빛이 비추는 골목길을 소녀가 굴렁쇠를 굴리고 가는, 공포와 불안을 담은 풍경과 유사하다.

죽음을 환기시키기 때문에 아내는 그토록 아이를 미워하는 것이다.

이 꽃과 거울의 반사되는 빛이 과거 죽은 영로를 상기하는 두려운 빛으로 작용하는 것은 남편에게도 마찬가지이다.

> 영로를 묻었을 때 그는 그가 묻고 돌아선 것이, 미쳐 가는 봄빛을 이기지 못해 성급히 부패하기 시작한 시체가 아니라 한 조각 거울이었다고 생각했었다. (「동경」, 173쪽)

남편의 이러한 생각은 토우(土偶)와 동경(銅鏡)과 같은 죽은 사람들의 부장품들을 전시한 전시실을 다녀온 직후에 떠올랐다. 청춘의 나이에 죽은 영로는 봄날의 피어나는, 절정에 달한 꽃과 같은 환한 빛에 비유되는 한편, 이 빛의 은유는 생경한 거울의 반사적인 이미지(죽음)로 표현된다. 너무 젊은 나이에 죽은 아들은 이들 노부부에게는 젊음의 주체 못하는 열기, "어느 봄날 바람개비처럼 달려나갔다. 채 자라지 않은 머리칼을 성난 듯 불불이 세우고."(178쪽)로 표현된다. 이 생생하고 생경한 죽음은 이웃집 계집아이가 비추는 손바닥 거울의 빛과 옛 사람들의 부장품인 동경(銅鏡)에서 다시 되살아난다. 즉, 아들의 너무 이른 죽음은 거울의 생경한 죽은 빛으로 노부부에게 달라붙어 특히 아내를 괴롭힌다.

> 아내는 겁에 질려 마루로 올라왔다. 거울 빛은 마루턱에 늘어서 하얗고 단단하게 말라 가는 짐승들을 지나 재빠르게 아내의 얼굴에 달라붙었다. 구겼다 편 은박지처럼 빈틈없이 주름살 진 얼굴이 환히 드러났다.
>
> "얘, 얘야, 제발 저리가. 그러지 마라."
>
> 아내가 우는 소리를 내며 아이에게 애원했으나 아이는 아내의 돌연한 공포가 재미있는지 작은 악마처럼 깔깔거리며 거울을 거두지 않았다. 아내는

빛을 피해 그가 누워있는 방에 주춤주춤 들어왔다.

"빛은 이제 눈물에 젖은 아내의 조그만 얼굴과 그의 눈시울, 무너진 입가로 쉴 새 없이 번득였다. 그것은 어쩌면 아득한 땅 속에 묻힌 거울 빛의 반사일 듯도 싶었다." (「동경」, 180쪽)

거울의 생경한 빛의 이물감은 다름 아닌 '외상적(trauma, 外傷的) 기억'의 잔존물이다. 이 이물감은 작중인물들의 삶의 한 단면을 불쑥 찢고 출몰하는 괴물과 같은 공포 그 자체이다. 이 텅 빈 채 실체 없이 이물감으로 작용하는 '거울 빛'은 지젝이 말하는 '왜상적(歪像的) 얼룩(stain)'[91]에 해당된다. 이는 '현실'에서 주체의 나타남(얼룩)을 지시하는 지점이 된다. 한편 이 외상적 기억을 대리하는 '거울 빛'은 실체 없는 죽은 자의 귀환이라는 점에서 주체를 텅 빈 "실체적 내용이 빼앗긴 뒤에 남는 진공(void)"[92] 을 지시하게 하고 주체의 '죽음'을 대역한다.

거울에 반사된 빛은 분열된 주체에게 죽은 영로를 상기시켜 주는 욕망의 대상 원인이자 상실된 대상의 대체물이다. 이것은 회고적 욕망의 담론 구조에서 오브제 a에 해당한다.

그는 칠흑처럼 검은 머리를 하고 이제는 더 이상 말할 수 없는 무너진 입을 반쯤 벌린 채 누워 있었다.

거울 빛의 반사가 잠시, 천장으로 벽으로 재빠르게 움직이다가 마침내 유리컵에 머물고 밖의 빛으로 어둑신하게 가라앉은 정적 속에서, 물 속에 담긴 틀니만이 홀로 무언가 말하려는 듯 밝고 명석하게 반짝거렸다. (「동

91 지젝은 '실재'를 현실 가운데 돌연히 나타난 왜상적 얼룩이며, 현실 자체의 존재론적 해체과정을 나타낸다고 말한다. 또한 왜상은 무화된 주체를 가시화해서 보여주는 홀바인의 '대사들'을 통해 설명한다. Zizek, S., 김소연・유재희 역, 앞의 책, 184쪽.

92 얼룩은 상징계로 설명될 수 없는 존재이다. Zizek, S., 주은우 역, 앞의 책, 229쪽.

경」, 180쪽)

죽음의 그림자처럼 끈적거리며 따라다니던 이 거울 빛의 이물감은 또 다른 이물감으로 대체된다. "밝고 명석하게 반짝거"리는 것은 다름 아닌 생명 없는 의치가 반사해내는 죽은 빛으로써 '거울 빛'과 쌍을 이루는 '이물감'의 은유이다. 그(남편)가 칠흑처럼 검은 세계로 침잠하는 대신 그의 부장품인 의치만이 남아 '반짝'거리며 산자에게 무언가를 말하려는 듯이 공허한 포즈를 취한다.

거울을 든 어린아이(생명의 빛)는 복사한 거울의 빛을 노인(거울 빛-죽은 빛)에게 되돌려 놓는다. 이 지점에서 빛은 탄생과 소멸이라는 순환 구조로 드러난다.

「동경」은 이 죽은 자의 '빛'으로 끝나지 않는 결말을 예고하면서 서사가 종결된다. 이러한 종결은 독자들에게 궁금증과 함께 소설에 있어서 어떤 미결정적인 의미들을 제시한다.

오정희는 작중인물들인 노부부(남편과 아내)의 회고하는 욕망을 통해 기억(트라우마)에 내재된 비극성을 극대화 하는 소설적 장치로 활용하는 한편 은폐된, 불가능한 욕망의 회로에 갇힌 노인의 심리를 담담하게 그려내고 있다. 이 노부부의 욕망은 현실적으로는 이미 거세(상실)된 욕망이나 마찬가지지만 회고하는 동안에는 아직도 아들과 삶에 관한 욕망이 살아있음을 확인하게 된다. 이와 같이 소설은 욕망하는 인간의 심리를 통해 "욕망에 존재하는 문제를 드러내 준다"[93] 회고적 욕망은 「동경」의 서사를 끌고 나가는 동력을 제공한다. 그러나 다른 한편으로 빈번한 회상의 형식 자체가 서사를 과거로 퇴행하게 하는 경향을 보이게 한다.

한편 「번제」의 주체는 '회고적 욕망'을 통해 투영되는 죽은 아이에 대

93 Brooks, P., 앞의 책, 276쪽.

한 환상과 어머니에 대한 트라우마에 시달리고 있다. 그것은 유년 시절 어머니와의 분리에서 오는 '분리불안'으로, 모태 회귀라는 퇴행적인 심리로 드러난다. 유년의 외상적 기억에는 모성적 초자아의 목소리가 실재의 도래처럼 주체를 찾아오는데 "어서 돌아오너라."(159쪽)와 같은 명령조로 주체를 압도한다. 이 모성적 초자아의 목소리는 주체의 회고하는 욕망, 즉 모성회귀 욕망을 우회적으로 드러낸다. 모성적 초자아의 목소리는 서사의 중반을 넘어가면 '구약의 성경 구절'로 대체된다. 「번제」를 회고적 욕망의 담론 구조로 파악하면 다음과 같다.

표 16 회고적 욕망의 담론의 구조로 파악한 「번제」

분열된 주체($) : 화자	→	오브제 아(a) : 모성적 초자아의 목소리 죽은 아이의 환영
지식기표(S2) : 죽은 아이에 대한 환영과 죽은 어머니에 대한 기억	←	주인기표(S1) : 집착, 퇴행

주체는 타자의 자리(오브제 a)를 통해 자신의 욕망을 투영해 내지만 모성적 초자아의 목소리가 죽은 아이의 환영으로 되돌아옴으로써 주인기표가 생산해내는 것은 퇴행과 집착이다. 그리고 삶/죽음과 충동의 사이에서 분열된 주체가 누리는 것은 여분의 향유이다.

「번제」는 화자의 유년시절 어머니에 대한 회상과 가까운 과거의 태아 낙태에 대한 회상이 교차적으로 반복하면서 서사를 사후적으로 재구성하여 진행시키는 특징을 보여준다. 한편 두 종류의 회상 사이사이에 주체의 현재 심리가 삽입되면서 서사는 중층적인 구조를 이룬다.

어머니와의 분리 불안은 역설적이게도 자신의 태아(모태)를 낙태(분리)한 후에도 지속적으로 나타난다. 태아를 낙태한 죄의식과 어머니와의 분리 불안이라는 양가적인 감정은 주체를 분열과 혼돈 속으로 내몬다. 이 죄의식으로 인한 주체의 모습은 과거 기억으로 회귀하는 것을 통제하지 못하는데서 오는 혼란으로 분열되어 있다. 이 주체가 분열된 주체라는 것은 "눈이 열두 조각", "햇빛도 열두 조각, 지나가는 사람들 다리도 열두 조각."(「번제」, 161쪽)과 같이 사물이 분열되어 나타나는 주체의 시각으로 표상된다.

비자발적인 회상은 주체를 반복충동 속으로 유도하고 아이를 낙태한 비참함 속에서 죽음충동과 같은 망상을 재현하기도 한다. 이러한 망상은 부분적으로 모호한 이미지들로 서사 전체를 직조해 나가면서, 은폐된 죽음충동의 공격성이 전환된 에로스(성적)적인 욕망의 암시를 통해 발현된다. 프로이트의 쾌락충동과 죽음충동은 모두 작중인물인 주체의 심리를 대변한다.

아래의 본문 텍스트는 "일종의 내러티브적 쾌락의 텍스트를 만든다. 여기에서 내러티브 행위는 분명하게 사건 자체는 누리지 않는 일종의 쾌락을 생산"[94]하는 것에 있다.

> 원형의 탁자 위에 있는 서너 알의 사과와 과반을 가로질러 놓인 과도에 머물던 햇빛이 불현듯 야기시킨 권태가 과도의 무딘 날에서 일곱 가지 빛깔로 번득이던 것을, 그것에서 느껴지던 살의를 설명해다오. (…중략…)
>
> 침대 머리에 매달린 천 시시 링거병이 삼분의 일쯤 비어 있고 나는 내 팔에 꽂힌 금속의 바늘과 과도의 무딘 날에서 번득이는 살의를 감지하여 칼날이 물체에 파고들어 묵직한 니켈제의 자루를 통해 손에 느껴지는 살아 있는 것의 꿈틀거림, 지방질의 두꺼운 켜에서 전해지던 눅눅함이 주는 거의 관능적 쾌락을 감득하고 몸서리쳤다. (「번제」, 166쪽)

---

94 위의 책, 313쪽.

위의 본문 텍스트의 첫 문장에서 주체가 품고 있었던 '권태'는 '파괴본능'과 '적의'의 다른 이름이다. 병실 탁자위에 머물던 '햇빛'의 권태로움은 '과도'(果刀)로 전이되는 순간 평범한 과도는 살의를 품은 흉기로 탈바꿈한다. 과도→쾌락(입), 과도→살의(죽음)라는 도구의 양가성은 에로스와 타나토스의 양가감정처럼 작용한다.

그 다음 문장에서는 오히려 죽음충동은 쾌락적인 본능리비도로 전환되면서 주체에게 쾌감을 안겨준다. 화자인 주체는 팔에 꽂힌 금속성 바늘이 몸속에 파고들던 느낌에서 살의(죽음충동-쾌락)를 감지하고, 마치 칼날이 살을 파고들던 순간의 생생한 느낌들을 묘사하는데, 이러한 묘사는 망상을 통해 주체에게 체현된 것이다.

신체에 대한 자해(自害) 망상은 주체에게 마조히즘(masochism)[95]적인 도착(倒錯, perversion)'[96], 즉 남근(phallus)적 상상력을 '과도'라는 물신으로 전환하여 보여주는 데 있다. 마조히즘적 소망의 발현을 통해 화자에게 확인할 수 있는 것은 자신이 과거 연인에게 성적 학대를 당하면서 발견한 '쾌락원칙'과 상반된 '죽음충동'에 가까운 공격성을 쾌락의 근본으로 삼는 것에 있다.[97] 이러한 폭력에 기인한 흥분-쾌락은 향유라고 명

---

95 매저키즘(Masochism)이라고도 한다. 이성으로부터 육체적 또는 정신적 학대를 받고 고통을 받음으로써 성적 만족을 느끼는 병적인 심리상태를 말한다.(사디즘(sadism)-가학성과 대응) 프로이트는 모든 생리적 기능에는 사디즘이 숨어 있으며 마조히즘은 자기 자신에게 향하는 사디즘이라고 말한바 있다. 때로 성 목표에만 한정시키지 않고 공격적이며 고통을 주는 것에 쾌감을 느끼는 경향을 가리킬 때도 있다. 더 자세한 내용은, Deleuze, G., 이강훈 역, 『매저키즘』, 인간사랑, 2007 참고할 것.
진정한 마조히즘 환자는 얻어맞을 기회가 있을 때는 언제나 그쪽에 볼을 내민다. Freud, S., 윤희기・박찬부 역, 앞의 책, 425쪽.

96 사전적인 의미는 성적(性的)인 대상이나 행위에 있어서 비정상적인 것을 좋아하는 이상 성욕. 사디즘, 마조히즘, 노출증, 소아 성애(小兒性愛), 수간(獸姦) 따위가 이에 속한다. 그러나 인간의 성은 잠재적으로 모두 도착적이다. 도착은 주체가 '금지된 것' 그 너머의 있을 것 같은, 주이상스를 느껴보려고 하는 욕망하는 주체의 욕망의 이면을 보여준다.

97 그의 흰 노타이 셔츠 위로 수은등에 비친 플라타너스 이파리들이 묻어 흔들리고

명될 수 있는데, 그것은 "주체가 자신을 위해서 환상 속에서 편성하는"[98] 구성 효과에 기인한다. 「번제」에서 주체는 회고적 욕망 속에 내재된 죽음 충동, 즉 성적 관능을 향유한다.

위의 텍스트를 다시 의미의 단위로 잘게 나눠보면 다음과 같다. "나는 내 '팔에 꽂힌' '금속의 바늘'과 '과도의 무딘 날'에서 '번득이는 살의'를 감지하여 '칼날'이 '물체에 파고들어' '묵직한 니켈제의 자루'를 통해 '손에 느껴지는' 살아 있는 것의 '꿈틀거림', '지방질의 두꺼운 켜'에서 전해지던 '눅눅함'이 주는 거의 '관능적 쾌락' 을 감득하고 '몸서리'쳤다."로 표시(따옴표)해 볼 수 있다. 위와 같은 묘사는 텍스트 내에서는 표면적으로 외설성이 배제되고 암시적인 효과만 남는 것이 특징이다.

한 문장 안에 사용된 각각의 단어에서 성적 관능은 암시적으로 집중하여 표현된다. 위의 텍스트의 죽음충동의 요소들에서 가시적인 부분들을 걷어 내고 보면 에로스적인 욕망이 저변에 깔려있는 것을 볼 수 있다. 이 의미로 나눈 단어들은 외설적인 내용을 은폐하면서 한편으로는 드러낸다. 이러한 은폐된 욕망이 주체에게 도달할 때는 망상이라는 스크린을 통해서 상연되어 주체의 양가적인 욕망을 재현해 낸다.

"욕망한다는 것은 곧 동일한 자아의 죽음을 선택하는 것이며 또한 그

있었다. 나는 그 이파리들을 세며 기다렸다. 그의 동작은 준비된 것인 듯했다. 그의 억센 주먹이 내 뺨으로 날아드는 순간 나는 가지가 휘도록 달린 숱한 이파리들이 우수수 떨어져 내리는 듯한 느낌에 어지러웠다. 이어 어깨로, 등으로 그의 주먹이 날아들었다. 내가 비틀거리면 그는 머리채를 휘감아 바로세우고 천천히 음미하듯 때렸다. (…중략…) 우리가 결합하는 데 그렇게 많은 단서와 왜곡이 필요했던 것이냐. 우리는 한 쌍의 새처럼, 들짐승처럼 그렇게 교접할 수 없는 것이냐. 「번제」, 173~174쪽. 매저키스트의 진정한 목표는 대타한테서 향락을 만들어 내는 것이 아니라 불안을 제공하는 것이다. 그가 자신을 대타의 향락의 도구로 내놓는 것처럼 보여도, 그는 결국 대타에게 그 자신의 욕망을 드러내고 있으며, 따라서 대타에게 불안을 야기시킨다. 라깡에게 불안의 진정한 대상은 정확히 대타의 욕망의 (과도한) 접근이다. Zizek, S., 김종주 역, 『실재계 사막으로의 환대』, 인간사랑, 2003, 57쪽.

98 Fink, B., 이성민 역, 앞의 책, 122쪽.

럴 수밖에 없기 때문에 자아에게 완전한 욕망의 실현이 가능하면 욕망하기 불가능해진다는 것을 발견하는 지점에서 프로이트의 『쾌락 원칙을 넘어서』의 역설적인 논리가 있다."[99]

"내 속에서 한 마리 벌레처럼 꿈틀거리는 성(性)도, 색정도, 간단없이 찾아와 축축이 가슴을 적시는 사랑도 언젠가는 끝나리라."(165쪽) 「번제」에서 주체의 회고적 욕망 속에는 성적 판타지에 대한 억압이 은폐되어 있다는 것을 알 수 있다. 그러나 오정희의 서사가 이러한 성적 망상의 외설적인 판타지의 희생물이 되지 않고 미학적인 서사로 진행될 수 있었던 요인은 오정희 특유의 촘촘한 묘사와 은유, 회고를 통한 서사의 전개, 조각난 사건의 배치 사이사이에 인물의 심리가 복선으로 깔려 진행되고 있기 때문이다.

> 너는 태엽이 잔뜩 감긴 자동 인형처럼 곧바로 걸어 들어와 방의 한 구석에 가서 섰다. 그러한 기계적 몸놀림에도 불구하고 너는 흡사 비상하려는 노란 새처럼 보였다. 아마 네가 들고 있는 수선화의 샛노란 빛깔, 부자연스럽도록 생생한 빛깔 때문이었을 것이다.
>
> 나는 네 팔에 걸린 노란 수선화 다발이, 눈부신 꽃의 무리가 시사하는 바를 알지 못했다. 그러나 너는 머지않아 누군가의 명령에 의해 그곳에 못 박혀질 것을 마침내 한 개의 번쩍이는 거울처럼 나를 응시하리라는 것을 알고 있었다. 나는 늘 링거 바늘을 꽂고 누워, 너는 잘 재단된 윗저고리에 나란히 달린 여덟 개의 쇠단추처럼 고정되어 쇠단추 이상의 능력을 갖지 못할 것이다. 그러나 우리가 한 걸음도 다가 설 수 없다는 데 대해 부끄러워할 수치심 정도는 있어야했다.

---

[99] Brooks, P., 앞의 책, 91쪽. 에로스 저변에는 죽음의 본능이 깔려 있으며 이는 삶보다 선행하는 상태인 무기체의 정지 상태로 회귀하려는 생명체의 욕구라는 것이다.

망자(亡者)를 위해서 기도하라. 죽은 자를 위해서 기도하라. 공설운동장의 확성기에서 울려오듯 둥글게 퍼져 윤곽을 잡을 수 없는 소리가 밤의 뭉글뭉글한 질감 속에서 들려오고 있다. 나는 밤이 주는 기이하고 생소한 느낌 속에서 퍼뜩 눈을 떴다. (「번제」, 168쪽)

위의 본문 텍스트는 병원에 입원한 주체의 이중적인 심리상태가 드러나는 장면이다. 서사의 대부분을 차지하는 환각과 환청, 꿈 등은 과거의 기억과 현재의 분열된 주체의 심리가 겹쳐지면서 해독할 수 없는 조각난 판타지의 형상으로 구성된다. 알 수 없이 비틀린 이미지들이 자아내는 기괴함은 주체의 애증 대상인 죽은 아이의 대한 두려움과 죄책감이 투사되어 주체에게 환각의 형태로 나타난다. "태엽이 잔뜩 감긴 자동 인형"의 경직된 행동이 주는 기괴함은 기계적인 반복적 운동에 의한 낯선 기괴함이다. "그 대상은 억압된 충동이 튀어나올 때 기괴함이 된다. 기괴함은 피억압물의, 두려워진 환상-욕망의 회귀이고"[100] 이 기괴함의 출몰은 주체에게 징후적인 증상들, 즉 위의 본문 텍스트의 예처럼 꿈이나 환각과 같은 왜곡된 심리적 현실로 나타난다. 억압된 것들은 어떤 조건이 충족되면 언제든지 회귀하려는 속성을 가졌기 때문에 회고하는 욕망에 의해 주체에게 도달한다.

"노란 수선화 다발이, 눈부신 꽃의 무리"가 의미하는 바는 주체의 심리적 현실의 한 지점이 환각적인 색채를 통해서 발현된 환멸에 대한 은유이다. 노란색의 이미지를 내포한 언어는 주체가 처한 현실이 환각일 수도 있고 꿈일 수도 있다는 것을 말한다. 이 노란색은 주체에게 "절망감을 주던 색채, 유년의 색채를, 그 계단 그늘에 도사린 검푸른 빛의 음

100 Wright, E., 김종주 · 김아영 역, 앞의 책, 51쪽. 프로이트에 의하면 기괴한 경험은 억압되어 온 유아기 콤플렉스가 어떤 인상에 의해 한 번 되살아나거나 극복되어 온 원시적인 믿음들이 다시 한 번 확인되어 보일 때 일어난다.

모가 비수처럼 준비된 것을 보여"(67쪽)주기도 하는 환멸의 색채이다. 본문 텍스트 내에서는 그 색채가 주는 의미가 무엇인지 밝혀지지 않는다. 다만 그 색채 속에 무의식처럼 잠복한 알 수 없는 '살의'만이 감지된다. 그 살의는 태아 살해(낙태)에 대한 은유로 읽힌다.

밑줄 친 부분은 살해된 태아가 ("누군가의 명령에 의해 그곳에 못박혀질") 주체의 죄의식으로 각인되어 밤마다 거울에 되비치는 환영을 통해 촉발되는 ("마침내 한 개의 번쩍이는 거울처럼 나를 응시하리라[101]") 억압된 죄의식의 고해이며 죄의식의 회귀, 무의식에 내재된 죄의 대면이다. "수치심"은 죄의식의 또 다른 심리적인 표현이다. 그것은 다음 문장 "망자(亡者)를 위해서 기도하라." 라는 문장이 주체의 꿈속에서 환청처럼 들린다는 점이 말해준다.[102]

아이야, 내게 안기렴.

나는 너를 향해 두 손을 내밀었다. 비로소 낮의 내방자가 내게 무엇이었는가를 알 수 있었다.

너는 다가오지 않았다. 조금도 내게 가까이 올 의사는 없는 듯했다. 실제로 내 손이 닿을 만치 가까이 오면 나는 너를 교살했을는지 모른다. (「번제」, 169쪽)

나는 너를 팔에 안고 젖을 먹이고 싶지만 의사는 언제나 그건 부활절날

101 이 문장의 의미는 십자가에 못 박히는 예수의 대속 이미지와 유사하다. 그것은 '거울'의 응시를 통해 주체에게 되돌려준다는 데 있다. 문학에서 통상적으로 거울(우물)은 자기 반영적 이미지로 반성과 성찰, 자각과 같은 의미로 쓰여지기 때문이다.

102 이 목소리는 앞서 살펴 본대로 소설 초반부에는 모성적 초자아의 목소리로 주체에게 회귀하여 주체를 회고하는 욕망, 즉 모성회귀로 이끈다. 그러나 그 이후에 등장하는 목소리는 대타자의 목소리를 대신하는 성서의 명령조로 대체되어 한층 억압의 강도를 높인다.

유년부 아이들이 가져온 인형이에요, 라고 퉁명스럽게 말하며 내게 수유(授乳)의 기쁨을 허락하지 않았다. (「번제」, 176~167쪽)

위의 텍스트 내용에서 '내방자'는 비자발적인 회상에 의해 주체에게 끊임없이 죄의식을 불러일으키는 태아의 환영이 '아이'로 나타난 것이다. 그러나 주체의 감정은 '두 팔을 내밀'면서, '젖을 먹이고 싶어'하는 모성을 보이는 동시에 '교살', 즉 살해충동을 느끼는 양가감정을 드러낸다는 점이 아이러니하다. 이러한 양가감정은 분열된 주체가 회고적 욕망의 담론 구조 속에서 비자발적 회상에 의해 죄의식을 상기하면서 상실한 대상(오브제 아)으로서 태아에 집착하고 있음을 드러낸다.

이와 같이 「번제」에서 회고적 욕망은 죄의식을 동반한 과거로의 회귀가 심리적 환각과 꿈을 통해 주체의 현실에서 재현된다. 또한 양가감정을 통해 죽음충동과 쾌락(삶의)충동을 동시에 지닌 복잡한 주체의 심리를 보여준다.

「직녀」에서 화자는 혼인을 한 뒤 불임으로 인해 남편으로부터 외면을 당하고 돌아오지 않는 남편을 기다린다. 그 기다림을 회임에 대한 희망의 판타지[103]로 대체하는, '도착적인 심리가 서사의 큰 줄기를 이루고 있다. 「직녀」는 유독 '당신'[104]이라는 호칭의 과잉을 보인다. 마치 노래가사

---

103 환상은 소망 충족의 한 방법으로 이해되지만 "욕망되고 두려워지는 것에 다가가기 위해 무의식이 구성하는 어떤 것으로 이해되어야 한다." Wright, E., 김종주 · 김아영 역, 앞의 책, 55쪽.
프로이트의 '꼬마 한스'의 말에 대한 공포증처럼 아버지에 대한 두려움이 '말'이라는 대체물을 통해 전도된 욕망의 모습으로 나타난다.

104 「직녀」에서 주체가 끊임없이 현실에서 호명하던 '당신'은 전체 텍스트 내에 서사의 중반을 넘어가면서 단 두 번 구체적으로 회상된다. 현실에서 불러낸 '당신'은 회고적 욕망이 만들어 낸 가상의 '당신'이다. 가상의 '당신'은 날마다 개천을 건너는 알 수 없는 남자에게 투사되어 나타나거나, '당신' 방에 비치는 그림자에 의해 주체에게 환상의 형식으로 나타난다. 이와 같이 「직녀」에서 주체가 환상의 형식으로 보여주는 회고적 욕망은 회임에 대한 콤플렉스에 기반한다는 것으로 이해함이 적절하다.

의 후렴처럼 읽혀져 주체가 부재하는 '당신'을 향유하는 느낌을 받게 되는데, 그것은 일련의 리듬 효과에 의한 "내러티브적 쾌락의 텍스트"[105]를 구성한다. 화자가 호명하는 '당신'은 독자들에게 전달될 때는 단순한 호명에서 벗어나 과잉으로 들려주고 과잉으로 전달되어 그 결과 역으로 전도된 욕망의 형태인 욕망의 결핍 그 자체를 드러낸다.

「직녀」를 회고적 욕망의 담론 구조로 파악하면 다음과 같다.

표 17 회고적 욕망의 담론의 구조로 파악한 「직녀」

분열된 주체($) : 화자	→	오브제 아(a) : 당신
지식기표(S2) : 남편과 혼인, 트라우마 - 석질의 자궁	←	주인기표(S1) : 집착, 퇴행 (남근에 대한 도착적 환영-향유)

화자인 주체는 과거 남편에게서 받은 상처(석질의 자궁)를 지닌 채, 배태에 대한 욕망으로 가득 차 있다. 주체는 가상의 타자(당신)를 통해 얻어낼 수 있는 대답을 환상으로 대체한다. 당신이 부재하는 자리에 공허한 가야금 선율, 당신의 그림자, 닭의 깃치는 소리 등과 같은 허상들을 질문의 전도된 방식으로 호명해 낸다. 그 결과 생산된 것은 남근에 대한 도착적 환영들로 주체는 그 판타지를 향유하는 것으로 나아간다. 오브제 아(a)인 당신은 주체에게 결핍을 채워줄 것 같은 또는 상쇄시켜 줄 것으로 간주되는 어떤 것에 해당된다. 타자는 행위자인 주체의 말이나 메시지를 실천하는 자이지만 행위자를 움직이는 욕망은 말로 표현될 수 없기 때문에 그의 욕망은 타자에게 전달할 수 없다. 오브제 a는 담론으로부터 상실 또는 배재된, 대타자의 결핍을 나타내는 텅 빈 주인기표를 생산해냄으로써 그 효과는 주체에게 집착, 퇴행, 도착적 환영 등으로

105 Brooks, P., 앞의 책, 313쪽.

나아가게 한다.

주체인 화자는 집 안에서 창밖을 응시하면서 '당신'을 기다린다. 불이 켜진 환한 '당신'의 방을 보면서 부재하는 '당신'을 밀착하여 서술함으로써 독자들에게 '당신'이 곁에 있는 듯한 착각을 하게 한다.

> 마루를 사이에 둔 당신 방에는 불빛이 환하다. 불을 끄고 앉아도 당신 방에서 비치는 불빛으로 방문이 훠언하고 나는 기러기의 작은 몸놀림 하나도 놓치지 않는다. 윗목 구석에 세워놓은 가야금이 벽에 정묘한 열두 개의 선을 긋는다. 가야금을 내려 머리를 무릎에 얹고 한 줄을 튕긴다. 티잉, 탄력 없는 소리보다 먼저 몇 켜로 앉은 먼지가 묵화처럼 서서히 퍼진다. 첫 줄부터 차례로 튕겨본다. 튕겨지는 소리가 부스러져 탁탁하게 손가락에 묻는다. 구부린 당신의 어깨와 등의 그림자가 장지문에 부각된 듯 움직이지 않는다. 제일 높은 음을 뜯어 왼손으로는 세게 농현(弄弦)을 하여 소리를 길게 끌어올리며 귀를 기울인다. 공명판에서 빠져나오는 소리가 바람 소리처럼 스산하다. 당신의 방에서는 아무런 기척도 없다. (「직녀」, 183쪽)

"당신 방에는 불빛이 환하고, 그 불빛으로 방문이 훠언하고, 당신의 어깨와 등의 그림자가 움직이지 않고, 당신의 방에서는 아무런 기척도 없다." 밑줄친 부분을 연결해서 읽어도 '당신'의 부재를 금방 눈치챌 수 없다. 화자는 남편인 '당신'의 모습을 서술하면서 화자의 현재 행동들을 교차해서 서술함으로써 부재하는 '당신'에 대한 현실감을 부여하는 효과를 낳게 한다. 당신의 부재의 기미는 '당신'이 행동을 하지 않는 그림자에 불과하다는 암시에서 조금씩 드러난다. 보이지 않는 당신의 '모습(그림자)'만 제시하고 이어 화자의 현재 행동(가야금 연주)을 교묘히 병치 서술함으로써 독자들에게 마치 '당신'이 살아있는 사람(조용히 방에 있는)처럼 인식하게 한다.

그러나 '당신'의 이미지와 가야금 소리의 뒤섞임은 오히려 독자를 혼란으로 유도한다. '당신'의 이미지인 '그림자'와 가야금 선율의 만남은 당신의 부재에 대한 공간적 이미지로 대체된다. 그 결과 텅 빈 공간은 더욱 도드라지고 가야금 소리만 빈 방을 공명하게 하는, 두 부부의 '텅 빈 관계' 만을 강조하는 효과를 낳는다.

'당신'의 이미지와 가야금 선율의 부조화는 움직임이 없는 '부동자세의 당신'에게서→ 화자에게로→ 다시 빈 방으로 되돌아오면서 텅 빈 방을 공명한다. 오히려 가야금 선율이 '당신'의 부재가 더 깊고 희망도 부재하는 미래의 어떤 시간을 예고한다.

「직녀」의 서사를 이끌어 가는 동력은 회고하는 욕망에 있지만 다른 한편으로는 '당신'에 대한 간절하고 간곡한 호명에 있다. 초혼가를 부르듯 '당신'에 온 힘을 다 쏟아 불러내는 곡진함은 '당신의 부재함'의 효과이다. 그의 부재가 확실하면 할수록 남편을 기다리는 여성 화자는 '당신'을 마법의 주문처럼 반복적으로 되부르게 된다. 텍스트 속에 반복되는 '당신'은 주체의 욕망에 내재된 다급함의 심리가 드러나지만 '당신'이라고 발음할 때의 둥글고 경쾌하게 퍼지는 음성에 의해 다급함이 감추어지는 음성 효과의 이중적인 작용으로 독자는 '당신'의 부재를 눈치채지 못하게 된다.

그러나 '당신'의 부재의 징후는 "움직이지 않는다.", "아무런 기척도 없다."와 같은 부정형 종결어미에서도 확인된다. 또한 화자가 '당신'의 어깨와 등의 그림자를 보고 있다는 것은 이미 '돌아앉은', '떠남'의 은유적 의미를 더 강하게 암시한다. 마지막으로 "공명판에서 빠져나오는 소리가 바람 소리처럼 스산하다."라는 진술에 딸려 나오는 화자의 심정에서 그 부재의 징후를 다시 확인할 수 있다.

주체가 그토록 간곡하게 호명해마지 않는 '당신'은 서사 전체에 걸쳐 단 한 번 혼인할 때밖에는 지근거리에서 함께해 본 적이 없는 인물이다.

그녀의 삶 전체를 차지하고 있는 '당신'은 사실 실체가 없는 텅 빈 지시물에 불과하다. 다만 회고하는 욕망의 형태로 호명되는 순간에 '당신'은 환영처럼 주체에게 부재하면서 존재하는 모순된 형식으로 현존한다.

「직녀」에서 주체가 '당신'을 회고하는 욕망 속에는 '당신'에 대한 분노나 적의가 드러나지 않는다. 대신 '당신'의 부재에 대한 분노나 적의를 회임에 대한 도착에 가까운 판타지로 대체한다는 점에서 주체의 외상적 기억, 즉 회고적 욕망의 비극성이 두드러진다.

여기에서 독자는 이 회임에 대한 어긋난 "사랑이 변화의 시나리오(서사)를 발명해낼 수 없는 욕망의 유아적 투자의 영역 속에 남아 있음을 인식"[106]하게 된다.

> 당신 방의 불은 새벽빛으로 창백하게 바래지고 장지문에 비치던 구부린 당신의 모습도 사라지고 없다. 나는 누운 채 눈을 감고 당신의 방에 귀를 모은다.
>
> 언제나 새벽녘이면 당신 방에서 들려오던 닭의 깃 치는 소리를 엿듣는 것이다. 나는 반듯이 누우며 이불을 턱에까지 끌어당긴다. 푸드덕, 푸드덕, 닭의 깃 치는 소리, 그리고 잇새로 깨무는 안쓰러운 신음 소리가 당신 방의 넓은 침대에서 새벽녘마다 들리곤 했다.
>
> 나는 두 다리를 바짝 오그려 배에 붙이며 밋밋한 아랫배를 쓸어본다. 나는 당신의 아들을 낳을 것이다. (「직녀」, 189쪽)

위의 본문 텍스트에서 독자의 쉬운 해석을 허락하지 않는 부분은 "언제나 새벽녘이면 당신 방에서 들려오던 닭의 깃 치는 소리"이다. 이 부분은 '당신'을 기다리다 날을 샌 화자의 심리로 접근하는 것이 타당하다.

---

106 위의 책, 283쪽.

'장지문에 비치던 구부린 당신의 등'은 부재하는 당신에 대해 화자가 투영해낸 심리적 환영물이다. 날이 밝아 오면서 '당신'의 그림자가 사라지듯이, 새벽이 오면 들려오는 닭의 깃 치는 소리 역시 사라진다. 그것은 당신을 욕망하는 화자의 심리가 환청을 통해 나타난 것이다. 여기에서 새벽은 새로운 하루, 신생의 태동이 시작됨을 알리는 은유이지만 이 새로운 날은 주체인 화자에게 기다림이 반복강박으로 이어진다는 점을 배제하기 어렵다. 오히려 모든 심리적 상관물이 사라지는 새벽의 공허함은 아이를 회임하지 못하는 화자에게 '당신'의 신음 소리가 더욱 크게 공명되어 회한처럼 환청으로 들릴 뿐이다.

그러나 '당신'의 아들을 낳을 것이라는 헛된 욕망을 되풀이하는 망상은 회고적 욕망으로 귀결되는 서사의 퇴행과 주체의 불가능한 욕망을 동시에 드러낸다.

> 나는 플라타너스 같기도 하고 은백양 같기도 한, 잎을 휘도록 달고 있는 나무를 바라본다. 그것은 햇빛에 부딪혀 쟁강거리는 잎새로 가지마다 다닥다닥 열매를 은폐하고 있었다. 손가락 사이를 좀 더 넓히고 반짝이는 잎들을 바라보다가 나는 아, 소리를 지르며 두 눈을 감아버렸다. 무성한 잎 사이로 얼핏얼핏 내뵈는 것은 풍작의 과일처럼 주렁주렁 달린 남근(男根)이었다. (「직녀」, 192쪽)

회임에 대한 희망은 남근에 대한 도착적 환영으로 실현 될 수 없는 망상의 논리 안에서 욕망의 환상 스크린을 펼쳐 보인다. 화자가 남편인 '당신'의 아들을 낳겠다는 회임의 욕망은 과일 나무에 투사[107]되어 남근

---

107 이 경우의 투사란 주체가 그 자신 속에서 인정하길 거부하거나 거절하는, 따라서 자아로부터 추방되어 다른 사람이나 사물들 속에 위치하게 된 특성들, 느낌들, 소망들, 대상들이다. 프로이트에 따르면 이 영역은 은폐된 욕망의 영역이다. 그것은 마음

이 주렁주렁 달리는 물신으로 대체된다. 망상이나 환상은 주체가 현실에서 억압하고 은폐되었던 무의식적 욕망의 내용을 대리 구성물들로 대체하면서 충족 혹은 대리적 해소를 위한 출구 역할을 한다.[108]

주체의 소망 충족의 가능성은 욕망과 두려움을, 터부 의식과 역겨움을 동시에 유발한다. 이는 회고적 욕망의 또 다른 사례이다. 회고적 내러티브가 어떤 면에서 그 대상이 되는 삶들의 실패와 무의미를 보상해주리라 믿는 주체의 환상은 바람직하지 않다.[109] 주체가 물신적 환상에 매달리면서까지 회임의 욕망을 보여주는 것은 회고적 욕망의 담론 구조에서 상실한 대상, 즉 아이를 원하는 '당신'에 대한 기억에 과도하게 집착하는 퇴행적 내러티브로 요약할 수 있다.

「저녁의 게임」은 두 부녀간 서로 소통되지 않는 어긋나는 심리를 다루고 있다. 혼기를 놓친 딸과 아버지가 저녁마다 패가 뻔한 화투놀이를 하면서 건성으로 주고받는 대화로 이루어진 표층적인 서사가 있는 반면, 두 부녀의 대화 사이를 불쑥 끼어드는 과거의 이야기, 즉 외부 이야기가 그 한 축을 담당하고, 중간 중간 화자의 심리가 서술되는 심층적인 서사로 구성되어 있다.

과거 기억의 삽입과 현재 서사의 진술(서술) 및 대화체는 주체인 화자가 서술자로 직접 나서서 상황의 전모를 들려주면서 동시적으로 서사

속에 형성되어 있는 오래되고 낯익은 것이 단지 억압과정을 통해 마음으로부터 소외되어 있는 어떤 것이다. 이 기괴한 영역에서 마주치게 되는 것은 무의식의 투사에 다름아니다. (Laplanche, J. and Pontalis, J-B., *The Language of Psychoanalysis*, tr. by Donald Nicholson-Smith, London, 1973, p.349) Jackson, R., 앞의 책, 89쪽. 재인용.

108 부재와 상실, 결핍은 욕망의 원인인 동시에 욕망의 에너지를 움직이게 하는 동력이다. 결국 아들을 낳겠다는 욕망은 화자의 욕망이 아니라 남편인 '당신'의 욕망을 욕망한다는 의미에서 욕망은 타자의 욕망이라는 것을 입증하는 셈이다. 남편은 회임을 못하는 아내를 석질의 자궁을 가진 여자라고 매도하고 떠나버린다.

109 Brooks, P., 앞의 책, 309~310, 314쪽.

를 진행시킨다.

「저녁의 게임」의 회고적 욕망의 담론 구조는 앞서 논한 담론 구조와 비슷하다.

표 18 회고적 욕망의 담론의 구조로 파악한 「저녁의 게임」

분열된 주체($) : 화자	→	오브제 아(a) : 부분대상 (어머니의 목소리와 오빠의 목소리)
지식기표(S2) : 죽은 어머니와 오빠에 대한 기억	←	주인기표(S1) : 퇴행적 집착, 아버지 응징 (성적 일탈)

회고적 욕망의 담론구조에서 죽은 어머니와 오빠에 대한 기억은 주체를 추동하는 힘으로 작용한다는 것을 알 수 있다. 주체의 질문은 부분대상인 이 둘의 목소리를 현실로 호출함으로써 질문을 아버지에게로 되돌려준다. 그러나 주인기표가 생산해내는 결과물은 주체가 원하는 진실한 답일 수 없다. 주체가 요구하는 진실은 아버지가 과거 어머니에게 행했던 죄과(어머니를 정신병원에 입원시켜 죽음에 이르게 함)에 대한 아버지의 진실한 답변(과오에 대한 반성 및 사과)이다. 아버지로부터 진정한 답을 들을 수 없는 주체는 아버지를 응징하는 의미로 스스로 몸을 던져 그 답을 성적 일탈이라는 행동을 통해 도출해 내고자 한다.

오빠가 오늘도 돌아오지 않는다는 것을 알면서 거의 관성적으로 식탁의 수저를 세 벌을 놓는 화자는 늘 죽은 엄마와 집나간 오빠 생각으로 머릿속이 복잡하다. 그러한 과거의 기억들이 화자의 현재 시간에서 자주 회상되면서 화자는 그 기억의 틈바구니에서 놓여나지 못한다.

> "얘야, 까치가 어느 쪽으로 보고 우니?"
>
> 아버지의 물음에 나는 소년원생이 사라진 빈터의 키 높은 포플러를 올려

다보았다. 누릿누릿 물들기 시작한 이파리 사이, 나무의 우듬지 끝에서 까치까지 울고 있었다.

"렌즈를 빼버렸어요."

나는 그릇 소리를 내며 대답했다. 콘택트 렌즈가 없으면 장님이나 다를 바 없다는 것을 알면서도 아버지는 고집스럽게 되풀이 했다.

"까치가 우는 족으로 침을 뱉어라. 저녁 까치는 재수가 없단다."

"잘 안 보인다니까요."

렌즈를 빼버렸다는 것은 거짓말이다. (「저녁의 게임」, 131쪽)

"수건 있니?"

아버지가 물이 뚝뚝 떨어지는 손을 휙휙 뿌리며 부엌으로 들어왔다.

"목욕탕에 있는 걸 쓰시지 그래요."

"더럽고 축축하더라."

그건 거짓말이다. 낮에 개수대를 뚫은 수선공이 쓴 수건을 새 수건으로 바꿔 걸었던 것이다. (「저녁의 게임」, 132쪽)

'승검초의 뿌리와 비단개구리' 등을 넣고 달인 민간요법으로 통용되는 약이나 구전되는 속설을 사실처럼 믿고 있는 아버지의 오랜 관습에서 완고한 아버지의 상을 짐작할 수 있다.

두 부녀간의 어긋나는 대화는 아버지에 대한 화자의 심리가 꼬여있다는 것을 짐작하게 한다. 여성화자는 아버지에 대한 불신과 함께 알 수 없는 적의를 감추고 있다. 창밖의 풍경에 대한 화자의 자세한 묘사는 콘택트 렌즈를 빼고 볼 수 있는 거리가 아니다. 화자 스스로도 렌즈를 빼버렸다는 말은 거짓말임을 시인한다. 목욕탕의 수건이 축축하다는 아버지의 말도 거짓이다.

'과일을 깎을까요. 라고 물으면, 커피를 마시겠다고 한다.' 화자는 아버지가 거짓말을 하면 할수록 "코는 더욱 길게 늘어져 거의 인중을 덮고 입술과 맞닿아 있는"[110] 것처럼 보인다고 생각한다. 피노키오 모티프를 차용해서 아버지가 거짓말을 한다는 것을 부각시키고 있다.[111]

두 부녀간의 일상적 대화는 비대칭적으로 일그러져 있다. 거울의 한쪽 면을 당긴 것 같은 두 부녀간의 심리는 서로가 서로를 너무 잘 안다는 믿음에서 오는, '오인'에 의한 '거울' 구조를 연상케 한다. 다시 말해 '오인의 형식'은 진짜라고 알고 있는 것을 믿는 오해로부터 만들어지는 어떤 것, 즉 착각에 기반을 두고 있다. 두 부녀는 서로를 투영해 내는 거울의 반대쪽 면을 바라보는데, 결국 그 형상은 자신과 마주한 거울의 반영적 심리 효과를 가져 온다.

서사의 발단 단계에서부터 위와 같은 소통부재를 보여주는 대화로 구성한다는 것은 앞으로 전개될 이야기의 내용이 순탄하지 않고 두 부녀간에 근본적인 어떤 갈등이 내재되어 있음을 예고한다.

「저녁의 게임」에서 내러티브 자체의 욕망은 서사의 발단 부분에 집중되어 있고, 그 욕망의 전개는 회상을 통해 내러티브를 후진시키고 부녀간의 대화로 내러티브를 전진시키는 서사 형태를 지향한다. 「저녁의 게임」은 과거 외부 이야기를 삽입함으로써 서사가 과거를 지향하는 모양을 취하게 되고 현재 이야기가 서사전체를 차지하는 비중은 그만큼 약화되는 경향을 보인다. 회고의 대상이 되는 과거의 사건 내용은 현재까지 해소되지 않은 채 아버지와의 갈등문제가 반복해서 삽입되기 때문에 결코 서사가 화해의 결말을 지향하지 않는다.

---

110 오정희, 『옛 우물』, 청아출판사, 2004, 157쪽. 문학과지성사의 단편집 『유년의 뜰』 2008년 판에는 위의 문장이 삭제되었다. 이 부분의 해석은 『제3세대 문학』(삼성출판사, 1988년) 판본을 참조하였다.

111 또한 코는 남근과 관련되며 이는 화자가 낯모르는 외간 남자와 맺는 성을 외설적인 향락의 산물로 볼 수 있게 한다.

인기척도 없이 누군가 성큼 부엌 안으로 들어왔다. 탁하게 갈앉은, 밤새의 끽연으로 쉬고 갈라진 목소리……이렇다 할 취미와 재미와는 담을 쌓고 살아온 그의 유일한 도락은 권총에 있었다. 만물이 잠들기를 기다려 벌거벗고 5연발의 장전된 총을 귀 밑에 들이대는 것은 단순히 절대적 긴박감과 자유를 사랑했기 때문이다. 아니 자유가 아니라 유희일 것이다. 방아쇠에 손가락을 걸고 혹 누군가 불시에 문을 연다면, 혹 어디선가 엿보는 눈을 발견한다면, 혹 뜻하지 않게 등허리 부근을 모기에 물린다면 자신의 의사와는 관계없이 거의 반사적인 행동으로 방아쇠를 당겨버릴지도 모른다는 데 생각이 이르면 머리의 혈관은 수만 볼트의 전류로 충전되고……

방문객은 갑자기 사라졌다. 아버지와 나는 동시에 3인용 식탁의 비어 있는 자리를 바라보았다. 빈 테이프는 다시금 스륵스륵 돌아갔다. 나는 컵에 마저 물을 따랐다.

그것이 오빠의 목소리라는 것을 깨닫는 데는 조금 시간이 걸렸다. (「저녁의 게임」, 133~134쪽)

"인기척도 없이 누군가 성큼 부엌 안으로 들어"온 것은 오빠의 목소리였고 "오빠는 종종 자신이 쓴 글을 녹음해서 들어보는 버릇이 있었다."(134쪽) 오빠가 녹음한 테이프를 미처 지우지 못한 부분이 있으리라고는 생각 못한 상황에서 불쑥 오빠의 과거 목소리를 두 부녀가 저녁 식탁에서 듣는다. "오빠의 목소리는 마치 망자의 혼백처럼 먼 곳에서부터, 그러나 이상한 절박감으로 우리에게 찾아왔다."(134쪽) 화자는 과거로부터 온 신체 없는 오빠의 이야기를 듣는다. 오빠의 녹음테이프의 녹음된 내용의 목소리는 화자에게 마치 오빠 옆에서 이야기를 듣는 듯한 청각적 착각 효과를 불러일으킨다.

말줄임표(……) 안의 이야기는 오빠의 죽음충동을 간접적으로 드러낸다. '만약 ~한다면'이라는 가정법을 통해 서사는 죽음충동의 긴장을 고조시킨다. 고조되는 충동만큼 그 긴장에 따른 쾌감의 지수도 높아짐을 볼 수 있다. 수만 볼트의 폭약을 장전한 강렬한 삶의 쾌락은 인간으로서는 누구도 누리지 못하는 주이상스적 쾌락이다. 리비도의 맹목적이고 파괴 불가능한 에너지, 이것은 죽음충동에 다름 아니다. 죽음충동은 "생명의 기괴한 과잉, 삶과 죽음, 생식과 부패(생물학적) 순환 너머에서 지속되는 '죽지 않는' 존속에 붙여진 이름"이다.[112]

죽음의 유희를 통해 삶의 긴장을 찾으려는 오빠의 안타까운 절박감은 오빠의 목소리를 통해 화자에게도 전이되어 절박한 안타까움의 심리로 드러난다. 오빠의 부재가 갑자기 목소리로 재현될 때, 오빠의 부재는 재생된(녹음된) 목소리에 의해, 그 목소리를 듣는 화자에 의해 나타남과 사라짐을 반복한다.

목소리는 프로이트의 "부분대상"으로 그들은 대상들이다. 즉 그들은 보고 있거나 듣고 있는 주체가 아니라 주체가 보거나 듣는 대상이다.[113] 이 주체가 듣는 대상으로서의 목소리는 오빠의 부재를 재현하는 목소리와 「저녁의 게임」 텍스트 내 죽은 어머니의 목소리, 즉 '모성적 초자아'[114]의 목소리로 나누어진다.

"영아원에 불이 났대요. 어린애들이 죽었다는군요."

"죽일 놈들, 오래 사는 게 욕이야."

아버지의 목소리에 생기가 돌았다.

"그게 어디 우리 탓인가요?"

---

112 이현우, 『로쟈와 함께 읽는 지젝』, 자음과모음, 2012, 32쪽.

113 목소리와 시선은 프로이트의 "부분 대상"(젖가슴, 대변, 남근)의 목록에 자끄 라캉이 추가한 것이다. Zizek, S., Salecl, R., 라캉정신분석연구회 역, 『사랑의 대상으로서 시선과 목소리』, 인간사랑, 2010, 155쪽.

114 모성적 초자아의 목소리에 대한 내용은 Ⅳ장에서 따로 다룰 것이다.

나는 아버지의 목소리를 억누르듯 이 사이로 낮게 말했다. 정말 그게 우리 탓인가. 아가 아가 우리 아가 금자둥아, 은자둥아. 어머니는 꽃핀을 꽂고 노래를 불렀다. 네 엄마에게 다산은 무리였어. 아주 조그만 여자였거든.

"보세요 화투가 끼었잖아요."

비닐막이 반 넘게 갈라진 틈에 낀 또 하나의 화투장을 가리키며 나는 조금 날카롭게 말했다.

"너무 오래 썼거든. 새걸로 바꿔야겠어."

아버지가 화투를 빼내며 히죽 웃었다. 동자혼(童子魂)이 씐 거라더군. 말도 안 되는 소리예요. 그 엉터리 기도원에 두는 것이 아니었어요. 전도사도 박수도 아닌 사내는 어머니를 복숭아 가지로 후려쳤다. 살려줘, 아가 날 살려줘, 집에 돌아와서도 어머니는 복숭아 가지의 공포에서 헤어나지 못했다. (「저녁의 게임」, 140~141쪽)

위의 본문 텍스트에서 화자의 무의식적 과거 회상의 침투는 무의식 기능에서 존재적인 어떤 틈새처럼, 기억은 순간적으로 "사라지면서 출현하는 것(apparition évanouissante)과 같은 논리적 시간의 시작과 끝이라는 두 지점 사이"[115]를 반복하는 것처럼 보인다.

오정희는 「저녁의 게임」에서 내러티브의 호흡을 의도적으로 짧게, 그리고 현재와 과거의 병치를 급박하게 배치함으로써 나타나는 불협화음을 오히려 서사의 구성 원리로 채택한다. 두 부녀의 현재 시점인 화투를 치는 장면에서 대화체 사이사이 과거의 기억이 서사에 개입하면서 서사를 지그재그 패턴으로 진행시키는 것은 이와 같은 원리를 기반으로 전개된다.

(과거의) 다른 이야기가 현재의 이야기를 무효화하고 있다는 인상은[116]

---

115 Miller, J. A., 앞의 책, 55~56쪽.

「저녁의 게임」 곳곳에 나타난다. 그리고 그것이 회상되는 기억으로 반복하여 되돌아오거나 부재하는 목소리로 서사 중간에 끼어들기는 "소설에 작용하는 반 원칙 현상, 즉 바로 방해의 원칙이다."[117] 이와 같은 서술은 화자의 불안정하고 다변적(多變的)인 심리를 대리하도록 유도한다.

화자는 비도덕적인 아버지를 어긋나는 대화로써 응징하는데, 마치 과거와 현재를 대면시키듯 급박한 서사의 변화를 통해 자신에게 은폐된 적의(응징에 대한 욕망)를 드러낸다. 또한 화자는 아버지의 눈을 피해 건설현장의 인부와 성적 일탈을 감행하면서 아버지에 대한 (심리적) 응징에 가까운 도발을 한다.

「저녁의 게임」의 과거 기억에 의한 서사에서는 주체인 화자가 서술자로 직접 나서서 상황의 전모를 들려준다. 회고적인 장면의 설정은 돌이킬 수 없는 과거를 지향하게 하고, 과거 사건에 은폐된 화자의 욕망을 드러내는 구성 조건이 된다.

"과거의 이야기는 현재를 따라잡고 현재를 가로지르며 욕망의 공식을 구성한다. 욕망은 과거의 공식에 깔려 있다가"[118] 심리적으로 실현된다. 화자가 과거의 이야기를 독자에게 들려주는 것은 화자가 인정받고, 이해나 동의를 구하고자 하는 '인정' 욕망도 포함되어 있다. 그러나 현실적으로 아버지와의 소통이 불가능한 상태에서 독자를 상대로 한 화자의 '인정' 욕망은 억압된 기억의 회귀를 통해 회고적 욕망을 구성한다.

회고적 욕망은 도달할 수 없는 대상에 대한 회고와 설명으로 스스로를 만족[119]시키는 출구 없는 주체의 심리를 대변한다. 회고적 욕망은 전망의 부재에서 오는 주체의 심리를 회상이라는 기억을 통해 다양한 층

---

116 Brooks, P., 앞의 책, 285쪽.

117 위의 책, 89쪽.

118 위의 책, 89쪽.

119 위의 책, 317~318쪽.

위의 서사를 기반으로 하고 있음을 알 수 있다. 이러한 주체의 상황은 과거의 기억이 현재의 왜곡된 욕망과 소통을 지속시키는 회고적 욕망의 담론의 폐쇄적인 회로를 보여준다.

회고적 욕망의 담론으로 살펴본 주체는 본질적으로 (대)타자에게 질문을 던짐으로써 욕망의 회로 속에 자신의 위치를 기입한다. 그러나 주체의 욕망은 근본적인 결여, 결핍으로 인해 욕망의 폐쇄회로 안에서 벗어나지 못하는 것을 볼 수 있다. 이러한 구조는 말하는 주체의 운명인 동시에 주체를 추동시키는 동력이 된다. 주체는 주체의 보증물로서의 '환상'이나 '성적 판타지'를 질문의 효과로 얻음으로써 실패한 주체의 자리를 드러내지만 그것 자체가 주체의 현존을 지시한다.[120]

120 한편 주체는 욕망의 충족불가능을 오히려 향유함으로써 보증받을 수 없는 주체 자신을 기표의 연쇄로부터 잠시 정박지(누빔점)에 해당하는 위치에 자리매김하는 것을 볼 수 있었다.

Ⅳ. 판타지의 구성과 환멸의 담론

욕망은 욕구가 요구로 전환되면서 그 둘 사이에 발생하는 '틈' 또는 '단절'이다.[1] 라캉은 인간의 궁극적인 욕망은 현실에서 충족될 수 없다고 한다. **욕망은** "그 자체로는 **현실 속에서 대상**을 갖고 있지 않기 때문"이다. 그에 따르면 "욕망의 차원은 어떤 실재적 대상으로도 채워질 수 없는 결여와 결합하여 등장"[2]한다. 욕망은 충족되지 않은 것, 또는 부재나 결핍으로부터 본연적인 성질이 파악된다. 욕망을 어떤 것으로 충족시킨다면 그것은 이미 그 욕망은 욕망의 대상이 아니기 때문에 욕망은 또 다른 대상을 찾아 나설 것이다.

오정희 소설 속 주체의 욕망은 존재의 근본적인 결핍에서 발생하여 주체가 그 결핍을 메우려는 시도를 일관되게 반복한다는 점에서 비극적

---

1 페터 비트머에 따르면 아이가 어머니를 자신과 구별하면서 그녀를 자아가 아닌 타자로 경험하고, 어머니의 시선(제 3의 시선)에 의해 타자의 시선을 감지한다. 그는 어떤 것은 타자를 경유해야만 지각될 수 있고, 자신의 생각, 표상들은 다른 사람들로부터 연유해야만 한다고 설명한다. Widmer, P., 앞의 책, 46쪽.
그러므로 주체가 어떤 것을 욕망한다는 것은 타자의 욕망을 욕망한다는 것이 된다.

2 Dor, J., 앞의 책, 229쪽.

이다. 또한 그 결핍은 어떤 충동으로 대체되어 나타나는 것을 볼 수 있다. 욕망은 주체에게 생을 추동시키는 원인으로 작용할 수도 있지만 그 욕망의 가려진 부분, 즉 유기체의 승화된 욕망인 해탈의 유혹(죽음충동)으로 이끌어 가기도 하는 양가적인 측면을 포함한다.

오정희 소설 속 주체들의 욕망 역시 충족 불가능한 지점을 추구한다. 그렇기 때문에 대상들과 대상들 사이를 미끄러져 나아가는 환유운동처럼 서사는 또 다른 서사를 통해 욕망이 유예되고 미끄러져나가는 미완의 메카니즘을 구현해 낸다. 오정희는 소설 속에서 욕망하는 주체들을 충족 불가능한 욕망의 구조 속에 반복하여 등장시킨다. 이를 통해 늘 유보적인 형태로 남는 욕망이 어떠한 경로를 통해서 지속되는 것인지, 또는 욕망하는 주체들이 어떤 면에서 욕망을 향유하기도 하는지를 보여준다.

라캉은 욕망을 충동의 개념으로 연결시킨다. 충동 또한 대상이 없다. 충동은 언제나 부분적이며 대상 주변을 맴도는 특성을 지닌다. 충동의 목적은 대상이 아니라 대상을 향하는 운동자체로 설명된다. 충동의 운동 중심에는 채워지지 않는 빈 구멍이 있고, 충동은 그 주위를 순환한다. 충동들은 늘 부분 충동(젖가슴, 똥, 목소리, 시선/응시[3])들로서, 욕망은 그 자체의 환유적인 방식을 따라 전개되고 주체는 향유의 일부분을 취한다. 이 충동의 개념은 나중 주이상스(향유) 개념으로 연결된다.

오정희 소설 속에서 이러한 주체의 충동들이 부분 대상을 통해 나타나는 것은 Ⅲ장에서 이미 살펴본 바 있다. 주체가 자신의 주체성을 보장받고 확인시키는 과정에서 주체는 환상이라는 스크린을 통해 향유를 생산하기도 한다. 욕망의 원인인 이 대상a는 존재의 결여, 틈, 균열을 메우

3 주체가 어떤 본질적인 흔들림 속에서 환상에 매달려 있다면, 시관적 관계에서 그 환상이 의존하는 대상은 바로 응시이다. Miller, J. A., 앞의 책, 131쪽.

는 심리적인 장치들이라고 할 수 있다. 이 대상a는 상징화의 과정에서 다 포획되지 못한 찌꺼기, 완전하지 못한 상징계의 균열된 지점을 지시한다.[4]

부분 충동의 대상 중 하나인 목소리는 오정희 소설 일부에서 모성적 초자아(maternal superego)의 목소리를 통해 주체에게 엄습한다. 이 목소리들은 주체에게 달라붙어 있는 유령, 즉 신체 없는 목소리로 주체를 통제하거나 명령을 내리는 목소리로 기능하기도 한다. 이 목소리들이 출현하는 지점에서 서사는 교란되며, 잉여 서사의 전모를 드러내준다. 이 목소리들은 불가능한 욕망 가운데 하나의 전형으로 제시되는데 목소리에서 벗어나지 못하는 주체를 압박하면서 우회적인 서사를 유도한다.

특히 오정희 소설 속 주체들은 욕망의 불가능성을 판타지로 극복해 보려고 노력한다. 이 주체들은 주체가 안고 있는 결여의 문제를 다양한 종류의 판타지를 통해 시연해 보인다. 판타지는 주체가 욕망하는 법, 욕망이 현실에서 작동하는 원리를 설명해 준다. 그러나 궁극적으로 그 빈자리는 채워지지 않는 공백의 장소이기 때문에 주체의 욕망은 충족되지 못한다. 이 실패는 존재가 겪게 되는 운명이다. 환상은 주체의 실패에 대한 보상으로, 상실에 대응하는 충족감을 주체에게 잠시 부여한다.

주체에게 환상은 욕망을 지속시켜주는 잠깐의 빛 같은 것일 뿐 주체는 결국 환멸과 아이러니 구조 속으로 방기된다. 그 결과 주체는 환멸과 향유의 담화를 재생산해낼 수밖에 없게 된다. 주체를 끊임없이 욕망의 장으로 불러들이는 판타지는 서사에서 어떤 면에서는 과도한, 다양한

---

4 브루스 핑크에 따르면 대상(a)은 대상을 구성하는 과정의 잔여물이며, 상징화의 손아귀를 벗어나는 찌꺼기이다. 그것은 어떤 다른 것이 있다는, 어쩌면 상실된, 어쩌면 아직 발견되어야 할 어떤 것이 있다는 상기물이다. 그것은 잃어버린 가설상의 어머니- 아이 통일성의 상기물/잔여물rem(a)inder로 설명된다. Fink, B., 이성민 역, 앞의 책, 178~179쪽.

이미지들과 은유, 상징 등의 수사학적인 방법들을 동원한다. 그 결과 오정희 소설 텍스트는 시적(詩的) 다성(多聲)의 목소리가 내재된 은유적인 텍스트를 형성한다. 뚜렷하고 구체적인 사건이 많지 않은 오정희 소설 텍스트는 심리적인 등가물을 내세워 아주 촘촘히 직조해 내는, 그러나 그 형상이 잘 잡히지 않는 반추상 회화에 비유할 수 있다.

1. 모성적 초자아의 목소리와 내러티브의 공백

오정희 소설 속에서 간헐적으로 드러나는 모성적 초자아의 목소리는 서사의 통일된 의미에 균열을 내고 논리적인 공백을 드러내며 서사의 선형적인 진행을 방해하는 요소로 작용한다. 모성적 초자아의 목소리는 "담지자 없는 음성(voix acousmatique), 즉 그 어떤 담지자에게도 지정되어 있지 않은 자유롭게 떠도는 목소리로 구현된다."[5]

주체에게 달라붙는 목소리는 외설적인, 그러나 주체에게 명령을 내리는 "모성적 대타자(mOther)"[6]로 기능하기도 한다. 이 목소리의 도래는 파열적인 힘, 목소리가 이물(異物)로서 하나의 근본적인 분열을 끌어들이는 일종의 기생물로서 기능한다.[7] 이 목소리의 파열적인 힘은 서사의 균열된 지점을 지시한다. 갑작스런 목소리의 출현은 텍스트의 무의식으로 감지되기도 한다. 서사의 균열을 불러일으키는 목소리는 독자로 하

---

5 Zizek, S., 김소연 · 유재희 역, 앞의 책, 188쪽.
대상으로서의 음성의 [대상으로서의 응시] 상응하는 상태는 la voix acousmatique라는 개념, 즉 담지자 없는 음성-어떤 주체에게도 귀속시킬 수 없으며 따라서 어떤 부정확한 틈새(interspace) 속에서 배회하는 - 에 관하여 미셸 숑(Michel Chion)이 발전시킨 것이다. 같은 책, 255쪽.

6 Zizek, S., 김영찬 외 역, 『성관계는 없다』, 도서출판 b, 2010, 63쪽 참조.

7 Zizek, S., 주은우 역, 앞의 책, 30쪽.

여금 잠시 동안 공백의 지점을 응시하게 하고 일반적인 독서를 방해하는 장애물로 작용한다. 또한 이 목소리는 죽은 목소리의 귀환을 알리는데, 이 목소리를 듣는 주체는 자신의 의지와 상관없이 끌려 다니는 것처럼 보인다.

이 절에서 분석의 대상으로 선정한 작품들은 「불의 강」, 「저 언덕」, 「번제」, 「저녁의 게임」, 「목련초」 등이다. 그 중에서 「저녁의 게임」과 「불의 강」, 「목련초」를 중심으로 살펴볼 것이다. 「불의 강」에서는 서술 도중 외부 목소리를 도입하는 부분, 「번제」에서는 어머니의 목소리를 상기하는 부분, 「저 언덕」, 「저녁의 게임」, 「목련초」 역시 죽은 어머니의 목소리가 개입하는 부분에서 모성적 초자아의 강력한 목소리를 만날 수 있다.

먼저 「불의 강」에서 화자는 새끼를 잔뜩 싣고 있는 거미의 동태를 묘사하다가 갑자기 외부의 목소리를 도입한다. 화자는 시종 일관 남편을 따라다니면서 행동이나 심리 상태를 중계하는 중계자의 역할과 모성적인 초자아의 목소리를 전달하는 위치를 점하고 있다.

> 창틀의 바로 위는 옥상이다. 그곳에 설치된 비상용 물탱크에서는 뚜렷한 틈도 보이지 않으면서 늘 조금씩 물이 흘러내려 벽에 더러운 얼룩을 만들고 용케도 그 물기를 피한 곳에 거미줄이 쳐져 있다. 그리고 거기에는 엄지손톱 크기의 회흑색 거미가 등에 새끼를 잔뜩 진채 거미줄 사이를 힘겹게 마치 곡예를 하듯 기고 있었다. 거미 새끼는 어미 등을 파먹고 산다지, 그래서 껍질만 남으면 훅 불어 버린대. 그러니깐 거미는 눈에 띄는 대로 잡아 죽이렴. 거미는 집요하게 좇고 있는 이쪽의 시선을 느꼈음인지 심상찮은 입김을 느꼈음인지 때로 죽은 듯 다리를 사리고 멈추기도 한다. (「불의 강」, 9쪽)

위의 밑줄 친 부분의 목소리는 화자 내부에서 들려오는 모성적 초자아의 명령적인 목소리이다.

모성적 초자아의 목소리의 징후는 남편과의 대화 도중 돌연 외부 목소리를 도입하는 곳에서 드러난다. 그러나 그 목소리는 화자의 깊은 내면에서 솟구쳐 나오는, 그 목소리의 원천이 화자 안에 있는 것처럼 불가해한 독백의 형태로 들을 수 있다는 점에서 "담지자 없는 음성 ", 즉 자유롭게 떠도는 목소리로 구현된다고 이해할 수 있다. 그 목소리의 주인공은 과거 어느 시점에 주체에게 트라우마와 같이 각인된 초자아의 '금지'와 '명령'에 관한 음성이다. 이 음성은 상징계의 한 순간을 비집고 도래한 틈의 목소리이다. 이 틈은 "비상용 물탱크에서는 뚜렷한 틈도 보이지 않으면서 늘 조금씩 물이 흘러내려 벽에 더러운 얼룩을 만"(9쪽)든다. 벽을 더럽히는 이 얼룩은 일상에서 보이지 않는 미세한 틈, 봉합할 수 없는 균열된 부분을 지시한다.

> 어느 집에선가 유리잔 부서지는 소리가 들리고 그것은 한줌의 찬 공기를 묻혀 그와 나 사이에 놓인, 치밀하게 짜여진 피륙처럼 팽팽한 긴장을 가르며 신선하게 뛰어 들었다. 그리고 비로소 그 갈라진 긴장의 틈바구니로 지상에서부터 부상(浮上)하는 온갖 소음들이 들려왔다. (「불의 강」, 14쪽)

유리잔이 깨지는 파열음은 일상의 권태를 흔들고 주체가 지금껏 무심히 스치듯 듣지 못하고 지나쳤던 온갖 소음들이 흘러넘치는 것을 체험하게 한다. 이 일상을 찢고 출몰하는 틈의 소리는 상징질서 밖, 실재계의 소리처럼 생경하게 주체를 압도한다.

이 틈을 가르고 돌출하는 소리나 모성적 초자아의 목소리는 상징질서 속에서 '얼룩'의 기능을 담당한다. 즉 그것은 무탈해 보이지만 완전히 봉합될 수 없고 눈에 보이지 않는 갈등과 배반, 공포를 배태한 상징질서

내의 균열이나 틈의 현주소이다. 이 얼룩은 주체가 상징질서 속에 안착하는 것을 방해하거나 무엇으로도 메울 수 없는 일상의 권태나 환멸을 드러내주는 기표로 작용한다.

「불의 강」의 모성적 초자아의 목소리는 이후 서사에서 은폐된 채 화자에게 다시 들리지 않는다. 대신 화자 스스로 모성적 초자아의 위치를 점령하여 남편의 행동을 감시하고 심리적으로 지배한다. 화자가 살아있는 모성적 초자아의 목소리로 기능한다는 것이다. 그러나 이때 아내인 화자의 목소리는 남편을 억압하지 않는 모성적 음성으로 전환된다는 점에서 눈여겨볼 만하다.

화자인 아내의 시선은 시종 일관 남편에게 밀착되어 그의 행동이나 심리 상태를 중계하기도 하고 발전소에 얽힌 일화를 서술하는 카메라와 같은 중계자의 역할을 한다. 이것은 결국 화자가 모성적인 초자아의 위치를 점하고 있다는 사실을 말해준다. 그러한 예는 「불의 강」 결말 부분에서 확연하게 드러난다.

> "어디서 오는 길이예요?"
>
> 나는 짐짓 태연하게 물었다.
>
> "발전소에서 불 구경을 했어. 굉장히 큰 불이야. 빠져나오느라고 혼났어." 그가 허덕이며 더듬더듬 대답했다. (…중략…)
>
> "자 주무세요, 이젠 괜찮아요."
>
> 나는 그의 옷을 벗겨 자리에 눕히고 턱에까지 이불을 끌어올려 덮어주었다. 그는 이내 깊은 잠에 빠져들어갔다. 나는 사이렌 소리가 울릴 적마다 흠칠 몸을 떨며 흐득이는 그를, 아이를 달래듯 팔에 힘을 주어 안았다. (「불의 강」, 26쪽)

위의 본문 텍스트는 결말 부분이다. 발전소에 대한 적의와 방화에 대한 충동으로 남편은 결국 발전소를 불태우고 만다. 위의 내용으로 미루어 보아 아내인 '나'는 남편의 모든 것을 '알고 있다고 가정된 주체'로 설정되어 있다.

초자아[8]의 금지는 이중적인 분화로 한 쪽은 도덕적이고 양심적인 법의 목소리로 기능하는 한편 또 다른 쪽은 이 억압의 기제인 금지를 뛰어넘어 주체를 외설적인 향유로 나아가게 한다. 이와 같은 사실에 기초한다면 남편의 초자아는 상징질서로 이루어진 사회에서 금지된 방화를 함으로써 금지를 무화시키고, 한편으로는 그 금지를 향유하는 외설로 나아간다고 해석할 수 있다.

남편의 방화는 이미 아내에게 예고된 것이었다. 강 건너 발전소를 남편과 함께 바라볼 때 남편은 손으로 마른 풀을 비벼대며 느닷없이 아내에게 "당신, 불의 기원을 알아?"(18쪽) 라고 묻는다. 아내는 남편의 성냥갑 모으는 취미가 "실제로는 가능하지 않은 탈출의 욕망, 이탈의 시도에 대한 보상심리가 아닐까"(20쪽)라고 생각했던 것이다. 그러나 남편이 성냥불을 그어대는 모습에서 "마치 배화교도와 같은 진지한 표정에서 비로소 그의 속에서 발아하고 있는 방화의 욕망이 구체적인 대상에로 접근해가고 있다는 것이 막연하게나마 꽤 확실성을 가지고"(20쪽) 있다는 것을 알고 있었다.

그가 방화 현장에서 집으로 돌아와 아내를 대할 때 "허덕이며 더듬"거린다는 것은 무얼 암시하는가. 이와 같이 남편의 불안한 행동을 볼 때 그가 불구경을 했다는 말은 정당성을 얻지 못한다. 그러나 화자인 아내

---

8 라캉의 초자아는 상징계 내에서 "법과의 모순적, 변증법적 관계"로 유지된다. 김경순, 앞의 책, 86쪽.
프로이트에게 초자아는 도덕, 양심 등으로 주체를 감시하고 억압하는 법의 심급으로 작용한다. 초자아는 명령이나 금지와 같은 대타자의 목소리가 내재화된 형태로 주체에게 도래한다. 라캉의 초자아는 본질적으로 상징계 내에서 대타자인 아버지의 법과 밀접한 관계를 가지고 있다.

는 그를 아이처럼 옷을 벗겨주고 잠자리까지 봐준다. 아내는 남편의 행동을 묵인해 주고, 불안해하는 남편을 어머니처럼 감싸 안아준다. 그러나 아내 역시 또 다른 한편으로는 남편을 통해 자신의 무의식에 은폐된 모성적 초자아의 또 다른 얼굴인 외설적 기능을 향유하는 것으로 나아간다. 이 둘은 공모자적인 관계로 향유의 일부분, 즉 각각의 초자아의 기능을 각각 은밀히 공유한다고 볼 수 있다. 이들 부부는 "무의식 속에서, 우리의 욕망의 실재에 있어 (우리는) 모두 살인자들이다."[9] 아내의 묵인 아래 이루어지는 공모자적인 방화는 이들 부부의 무의식 속에서 은연중에 용인된 가운데 현실로 드러나게 된다.

「불의 강」에서는 이 모성적 초자아의 목소리가 변형·은폐되어 나타난다. 그 결과 금지를 향유로 전유하게 하는 음모의 서사로 형상화되고 인간 심리의 어두운 면을 조망해내는 심리적 서사를 구성한다. 한편 이러한 서사의 구성은 현실이 제공하지 못하는 외설적 욕망과 조우하게 한다는 점에서 소설 읽기의 매혹으로 작용하며 독자의 참여를 유도하고 독자의 욕망과 텍스트의 욕망, 등장인물들의 욕망과 만나는 지점을 제공해 준다.

「저 언덕」에서는 두 살짜리 아이를 기르는 화자이자 소설의 주체인 원단(元旦)이 등장한다. 화자는 어린 시절 아버지에게서 받은 심리적 외상을 지닌 채 결혼생활을 하는 인물이다. 화자는 아버지의 잦은 외도로 홀로 남겨진 어머니의 돌연한 죽음에 충격을 받는다. 이 심리적 외상 사건을 회상하게 하는 계기는 두 살이 된 딸 '수방'의 끈질긴 울음이다.

두 살짜리 아이의 검질기고 끈덕진 긴 울음은 어미인 원단 자신을 비롯한 모든 관계에 대한 거부, '여기가 어디야 여기가 어디야' 혹은 '아니야, 아

---

9 Zizek, S., 김소연·유재희 역, 앞의 책, 39쪽.

니야'라는 강한 부정과 안타까운 헤매임처럼 들리고 어쩌면 아이가 낯선 세상에 놀라 이 세상의 오기 전의 그 어떤 곳으로 돌아가고자 하는 헛된 원망(願望)처럼 들리기도 했다. 아이의 울음에는 아마도 영원히 표현되지 못할 안타까움, 갈망, 두려움이 들어 있어 원단은 아이와 함께 미망 속에 던져진 듯한 절망감을 느꼈다. (「저 언덕」, 54쪽)

위의 본문 텍스트에서 화자인 원단은 아이의 울음에 깃들인 알 수 없는 두려움에 절망감을 느낀다. 그리고 수방의 끈질긴 울음이 '내림울음'이라는 언니의 말을 상기한다. 그것은 원단을 과거의 어떤 기억과 맞닥뜨리게 한다. 그 결과 수방의 울음은 원단의 심리적 외상인 동생 윤식의 울음소리로 전이된다. "오랜 세월이 지난 후까지 끈질기게 귓전에 맴돌던, 절망적인 아기의 울음소리."(55쪽)는 죽은 어머니의 품에서 젖을 빨던 동생 윤식이의 외상적 목소리로 늘 원단을 사로잡고 있다. 이 아기의 울음소리는 죽은 어머니와 떼어놓고 생각할 수 없다. 이 외상적 초자아의 목소리(어머니 목소리)는 그런 의미에서 아이의 울음소리로 치환된 것으로 해석할 수 있게 된다. 화자인 주체가 어른이 되어 결혼을 하고 아이를 낳아 기르지만 화자는 화인으로 찍힌 그날의 일을 생생하게 떠올린다.

'어른'이 된 지금에도 원단은 종종 그때의 꿈을 꾼다. ① <u>눈을 뜨고 움직이며 현실에서 꾸는 꿈.</u> ② <u>수방이를 안고 젖을 먹일 때 원단은 자주,</u> ③ <u>식어가는 어머니 가슴에 매달려 젖을 빨던 동생,</u> 윤식이의 모습을 지우느라 눈을 감고 고개를 세차게 흔들곤 했다. (「저 언덕」, 56쪽)

원단은 과거를 회상하는 장면에서 자주 머뭇거린다. ①의 문장에서 쉼표(,)를 사용하지 않고 마침표(.)로 서둘러 종결한 것은 과거의 심리적 외상이 그만큼 현실을 압도하는 사건이라는 것을 의미한다. 반면, ②, ③에서 부호(쉼표)의 과잉은 오히려 생소한 문장 부호로 전이되어 독자의 반응, 즉 궁금증을 유발하는 장치로 전환된다. 이 문장들은 완결된 문장형태를 지연시키면서 쉼표를 찍을 때마다 그 의미를 증폭시키고 있다. 쉼표를 모두 제거하고 위의 문장들을 읽어나갈 경우 자연스럽게 그 내용도 선명하게 다가온다. “수방이를 안고 젖을 먹일 때 원단은 자주 식어가는 어머니 가슴에 매달려 젖을 빨던 동생 윤식이의 모습을 지우느라 눈을 감고 고개를 세차게 흔들곤 했다.”또한 ③의 문장을 쉼표의 위치를 통상적인 호흡에 맞추어 재구성해 본다면, ‘식어가는, 어머니 가슴에 매달려 젖을 빨던, 동생 윤식의 모습을’이라는 형태가 될 수 있다.[10] 그러나 오정희는 통상적인 호흡을 무시하고 ‘낯설게하기’ 기법처럼 ‘자주’와 ‘동생’ 뒤에 쉼표를 붙임으로써 오히려 화자의 심리적인 압박감을 문장 전체로 파급시키는 효과를 불러오게 한다. 너무 잦은 과거로의 회귀는 화자에게 고통스러운 일이다. 그 문장은 죽은 동생을 불러 놓고 선뜻 말을 잇지 못하는, 끊긴 호흡에서 미처 말이 되어 나오지 못하는 비명에 가까운 목소리(울음), 공포에 찬 목소리를 상기시킨다.

이러한 점에서 모성적 초자아의 목소리, 즉 죽은 어머니의 목소리가 수방의 끈질긴 울음소리로 대체되어 귀환한다고 해석할 수 있게 된다. 그 모성적 초자아의 목소리에 사로잡힌 주체(원단)는 당시 어린 나이에 불가항력적으로 겪은 사건이지만, 어머니를 끝까지 지켜내지 못했다는 원죄의식에 가까운 죄의식을 드러낸다. 모성적 초자아의 목소리는 원단을 뒤늦게 찾은 늙은 아버지를 모멸에 가까운 질책으로 응징함으로써 아버지 스스로 딸의 집을 떠나게 한다. 이로써 치유될 수 없을 만큼 상

---

10 위의 문장들은 필자의 시각으로 재구성해 본 문장들이다. 각각의 연구자에 따라 문장 부호를 어디에다 두느냐에 따라 문장의 성격이 달라진다는 점에 대해 이해를 돕기 위한 것이다.

처받은 가족의 심리 구조가 드러나게 된다.

모성적 초자아의 목소리는 원단을 무의식의 공백의 지점, 암전된 과거의 기억으로 회귀하게 함으로써 그동안 은폐되었던 서사의 공백의 지점을 지시한다. 이 공백의 지점에서 서사는 갈등과 불협화음이라는 서사의 작은 파장(사건)을 생산해 낸다. 이 파장은 불가능한 목소리들의 욕망을 우회적으로 드러내 주는 서사의 전략에 기여한다.

「목련초」는 과거(회상)/현재를 병치시킴으로써 '과거 속의 현재'를 재현해 내는 작중인물들의 회고적 욕망이 중심적인 구성요소로 작용한다. 이 주체들의 회고적 욕망은 비자발적인, (모성적) 초자아의 목소리로 주체에게 도래하는 특성을 보여준다. 특히 모성적 초자아의 목소리와, 화자와 별거중인 남편의 목소리가 동시 다발적으로 화자인 주체의 삶에 개입하여 혼란에 빠뜨린다.

여기에서 회고적 욕망은 주체가 현실에서 성취할 수 없는 욕망으로 그것은 과거에 속박당한 '어머니의 욕망'[11]이다. 이 욕망은 외상적 목소리로 현실에 틈입하여 주체의 삶에 개입한다. 주체는 이 목소리의 부정적인 효과에 침윤된 삶을 살아가는데, 이 효과는 주체를 늘 과거에 속박당한 채 한 발작도 앞으로 나아갈 수 없는 퇴행적인 구조 속을 왕복하는 아이러니한 삶에 머물게 한다. 죽은 어머니의 목소리에 속박당한 이 주체의 삶은 불가해한 모성적 초자아의 목소리의 파괴적인 힘을 단적으로 보여준다. 죽은 어머니의 목소리는 주체에게 일종의 최면을 거는 목소리로 작용한다.[12]

---

11 타자의 욕망은 주체의 욕망을 촉발하는 원인이다. 한때 가장 개인적이며 가장 은밀한 것이라 간주되던 게 사실은 주체 자신 속에 있는 것이 아니라 다른 곳으로부터 온 것, 즉 부모들에서 온 것이다. Fink, B., 맹정현 역, 『라캉과 정신의학』, 민음사, 2004, 102쪽.

12 목소리의 대상적인 위상의 가장 분명하고 구체적인 구현은 최면을 거는 목소리이다. Zizek, S., 이수련 역, 앞의 책, 182~183쪽.

「목련초」는 현재 시점의 여성 화자가 화실에서 정물을 그리는 장면으로 시작된다. 과거와 현재의 지그재그 서사 패턴을 구성하는 가운데 작중인물인 한수(남성)와 화자(여성)의 과거 사건을 번갈아가면서 서술한다. 줄거리를 요약해 보면 다음과 같다.

주체인 화자는 남편과 별거중이다. 화자는 유년시절의 트라우마에 시달린다. 어머니는 화자를 낳은 뒤 산욕 끝에 앉은뱅이가 되었고 그 후 어머니에게 신(神)이 실려 버렸다. 어머니는 무당으로 살다가 원인 모를 불로 인해 타죽었다. 화자의 아버지는 의붓어머니와 이복동생을 낳고 살았다.[13]

어머니의 불행한 결혼 생활을 딸인 화자가 답습하는 서사는 어머니와의 일체감, 동일시에 따른 상상적인 오인의 구조를 연상하게 한다. 거울의 오인 구조는 나르시시즘에 갇힌 딸의 모습을 통해 어머니의 모습을 반영해낸다. 자신의 모습에서 어머니의 모습을 본다는 것, 또는 어머니의 삶을 재현해 낸다는 것은 거울의 오인 구조, 즉 거울 효과로 설명할 수 있게 한다.

나비야 청산가자, 호랑나비 너도 가자, 구시월 새 단풍이 된서리에 낙엽져—

청산이 어디냐고 묻는 나에게 어머니는, 죽어서 가는 곳이라고 예사롭게

13 어머니의 결혼생활이 순탄하지 못한 것과 딸인 화자의 결혼생활의 파경은 대응된다. 또한 '기인'에 가까운 한수 아버지의 과거 가족사는 화자 어머니가 '무속인'이라는 사실과 대응구조를 갖는다. 이 두 작중인물들의 가족사에 대한 운명적인 사건들을 배경으로 과거(회상)/현재가 교차 직조되면서 서사가 진행된다. 이들의 가족사는 스스로 선택의 여지가 없는 불가항력적인 '운명'이라는 공통점을 지닌다. 그러나 한수의 가족사는 「목련초」의 핵심적인 서사가 아니고 설화처럼 삽입되어 액자소설과 유사한 구성을 보여준다. 그러나 삽입된 이야기는 한수의 과거의 회상을 통해 피리의 명인인 아버지의 확실하지 않는 행적을 잠시 더듬는 것에서 그친다.

대답하며 따악 성냥을 그어 궐련을 붙여 물곤 했다. (「목련초」, 100쪽)

어머니가 생전에 늘 한숨처럼 내뱉었던 "나비야 청산가자"라는 후렴조의 가락은 모성적 초자아의 목소리로 화자를 유혹(위협)한다.[14] 화자의 유년시절에 각인된 이 목소리는 성인이 되고 결혼을 한 후에도 사라지지 않고 강화된다. 그 결과 주체는 이 목소리의 자장으로부터 벗어날 수 없는 삶을 살게 된다. 나(주체)를 호명하는 초자아적 어머니의 음성은 하나의 얼룩으로 기능하는데, 스스로 움직이지 못하는 그 얼룩의 현존은 낯선 사람처럼 개입하여 내(주체)가 정체성을 이루지 못하게 한다.[15]

"나비야 청산가자"라는 어머니의 목소리는 외부로부터 들려오는 목소리가 아니라 화자 내부로부터 어떤 결정적인 심리적인 변화가 있을 때마다 문득 들려오는 목소리이다. 이 목소리는 결국 모성적 대타자인 어머니의 욕망과 분리되지 못한 주체의 어쩔 수 없는, 사로잡힌 자의 한시적 시계(視界)의 삶을 보여준다. 소설 속 주체는 어머니의 거부당한 욕망의 삶과 그 운명을 복사하는 거울의 한계를 벗어나지 못한다.

어머니의 목소리를 현재에 듣는다는 것은 무엇을 의미하는가? 목소리는 인간이 태어나자마자 들려주는 생명의 징표, 탄생의 표징이라면, 자기 자신을 듣는 것과 자신의 목소리를 인식하는 것은 거울 속에서의 인식을 선행하는 경험이다. "어머니의 목소리는 대타자와 맺는 첫 번째 문제의 연결이다. 그 연결은 탯줄을 대신하게 되고 인생의 최초 단계에서 대부분의 운명을 구체화하는 비물질적인 끈이다."[16] 이 비물질적인 탯줄

---

14 한편으로는 위험스럽고, 다른 한편으로는 매혹적인 죽은 어머니의 목소리에 대해 지젝은 "정박지로부터 떨어져 나오자마자 목소리는 무의미해지고 위협적으로 되어 가는데, 유혹적이고 중독시키는 힘 때문에 더욱 그러하다."라고 한다. Zizek, S., Salecl, R., 앞의 책, 41쪽.

15 Zizek, S., 김소연 · 유재희 역, 앞의 책, 254쪽.

16 Zizek, S., Salecl, R., 앞의 책, 35쪽.

의 역할을 하는 어머니의 목소리는 화자에게 자신의 삶을 살지 못하게 하는, 그물에 포획된 새의 운명을 예고한다. (비)주체의 삶에서 화자는 가끔 어떤 원인모를 살의와 같은 충동을 보이는데, 이 충동은 주체 자신의 독자성을 표명하고자 하는 일시적인 심리적 반응에 불과하다.

아래 본문 텍스트에 드러나는 주체의 충동은 단지 일시적인 충동에 그칠 뿐, 「파로호」의 주인공처럼 어떤 행동으로 이어지지는 못한다. 이러한 이유는 모성적 대타자가 주체를 장악하고 있기 때문이다. 즉, 그 충동은 일시적인 내적 감정에 그치고 만다.

> 남편과는 이렇다 할 해결도, 해결책도 갖지 못한 채 별거를 하고 있었고 그 이후 내게 생긴 것이라곤 끝도 한도 없는 절망적인 잠과, 술을 먹으면 나비야 청산가자를 부르고, 딸아이의 이름을 부르며 울곤 한다는 버릇뿐이었다. 나도 그것을 알고 있었다. 함께 술을 마신 패들 중의 하나가 여러 날 후에 그것을 내게 알려주었을 때 나는 그만 마주 앉은 그를 목졸라 죽이고 싶다는 충동을 누르기 위해 손바닥에 깊숙이 손톱 자국이 나도록 주먹을 부르쥐지 않으면 안 될 정도였다. (「목련초」, 101쪽)

위의 본문 텍스트에서 어머니의 노래 소리는 이미 현존하지 않는 목소리로 환청에 가깝다. "의미를 넘어선 목소리는 여성성과 등가를 이루고 말을 넘어선 목소리는 무의미한 관능의 유희가 되고, 그 자체로는 공허하고 경박할지라도 위험스런 매혹적인 힘이 된다."[17] 어머니가 생전

이 태(胎)의 그물에 걸린 주체에게 조금도 자립도 허용하지 않으면서도 먹이를 주는 줄, 즉 배꼽의 역할을 목소리가 상상으로 대신할 수 있는 것이 있다는 점이다. 목소리는 육체적인 위치 결정으로 한정되지 않는 주체의 장소라는 의미를 준다. Chion, M., 박선주 역, 『영화의 목소리』, 동문선, 2005, 92쪽.

17 Zizek, S., Salecl, R., 앞의 책, 41쪽.

입버릇처럼 부르던 노래는 어머니가 죽은 뒤 화자에게 전이되어 화자 역시 입버릇처럼 중얼거린다. 데칼코마니 같은 이 심리적인 거울의 반영 구조는 어머니의 해소되지 못한 욕망, 매혹될 수밖에 없는 (대)타자의 욕망의 전형이다. 이 둘은 서로를 반영하는 거울 구조 속에 마주하고 있다.

아래 라캉의 욕망의 그래프[18]에서 자아 moi(ego)는 m으로 표기되며 i(a) – 자기 자신(또는 '닮은 꼴(semblable)'과 같은 소타자로서 자아를 만들어 내는 주형이나 틀의 역할을 한다) – 의 반대쪽에 배치되고 이렇게 둘은 서로 반영(反映)한다. 이 거울의 반영구조는 상상적 관계에서 자아의 형성에 영향을 주는데, 자아가 완전해지기 위해 타자와 관련을 맺어야만 하는 것을 나타낸다. 이 경쟁 구도를 통해 자아가 첫 번째 형태가 갖추어 질 수 있는 조건이 되지만 그러나 자아가 완성될 정도로 충분한 조건은 아니다. 브루스 핑크는 그러한 완성을 위해서는 자아이상(I(A))이 구축되어야만 한다고 설명한다.[19]

표 19 라캉의 욕망의 그래프 Ⅱ

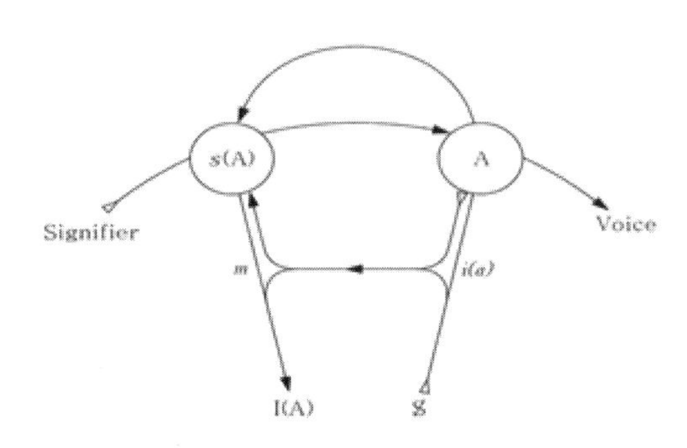

---

18 Fink, B., 김서영 역, 앞의 책, 214쪽.

19 위의 책, 214~215쪽.

「목련초」의 화자는 라캉의 그래프에서 거울 구조의 상상적 관계를 벗어나 타자와의 관계를 통해 주체 형성으로 나아가야 하지만, 이와 같은 자아의 형성 단계에서 자아이상으로 가지 못하고 거울의 구조 속에 갇힌 자아의 모습을 보여준다. 상징질서로 이루어진 현실에서 화자는 어머니의 목소리를 메아리처럼 반영해 내는데 지젝은 이러한 거울의 반영적 목소리를 '청각적인 거울' 효과로 설명한다. 죽은 어머니의 목소리는 "메아리를 만들고 있는데, 그것은 신체가 없는 목소리요, 나머지이며, 대상의 흔적이다." 목소리가 정신분석에서 "주체에게 그 자신을 강요하는 대타자의 다루기 힘든 목소리로 존재"[20]한다면 주체는 그 목소리의 다른 형태인 환청에 사로잡혀 주체가 그 목소리에 복종할수록 주체를 더 큰 죄의식에 빠지게 한다는 점을 보여준다. 지젝에 따르면 "초자아의 잉여는 정확히 목소리의 잉여로 그 근저에는 대타자의 맨 처음 인격화인 어머니의 목소리라는 문제가 깔려있고, 그것은 둥우리이자 감옥이 되는 목소리"[21]로 작용한다. 「목련초」에서 화자는 어머니의 목소리로 노래를 중얼거린다. 음악 효과는 어머니의 본래적 음성을 감추는 동시에 상징질서 속에 정착하지 못하고 부유하는 주체의 모습을 드러내준다. 결국 화자에게 어머니의 목소리는 심리적으로 메울 수 없는 외상적인 틈을 지시하고 나아가 모성적 대타자인 죽은 어머니의 욕망을 대리하는 기표로서 존재한다는 점이 드러난다.

앞서 살펴 본 라캉의 욕망의 그래프에서 시니피앙(기표-Signifier(영))의 화살표로부터 오른쪽으로 지나가는 선을 따라 도착하는 지점이 목소리이다. 그것은 의미화 연쇄의 결과로서 혹은 나머지로서 목소리를 만들어 낸다. 어째서 그 결과로서의 목소리가 존재하며, 시니피앙은 그 결

20 Zizek, S., Salecl, R., 앞의 책, 36쪽.
21 위의 책, 37쪽.

과인 목소리 쪽으로 달려가는가? 의미의 대상으로서 (나머지) 목소리를 만들어 내는 것은 오로지 목소리의 환원뿐이다. 그것은 시니피앙의 잉여, 즉 의미화 작용에 저항적인 어떤 것, 비의미화의 잔여물이다.[22] 목소리는 기표에서 의미를 창출하는 '누빔'의 소급작용을 빼고 남은 무엇이다. 이것이 바로 '대상'으로서의, 기표작용의 대상적인 잔여물로서의 목소리이다.[23]

따라서 목소리는 이처럼 비어있고 부정적인 실체에 빼쏜꼴, 즉 그의 "없어진 반쪽"을 부여하는 것처럼 보이는데,[24] 「목련초」에서 화자는 죽은 어머니의 닮은꼴로서의 삶을 사는 것처럼 보인다. 죽은 어머니의 목소리는 생전의 어머니를 능가하는 위력을 주체에게 행사한다. 그것은 주체의 자리를 빼앗고, (모성적) 초자아의 흔적인 죄의식을 유발하여 주체가 상징질서 속에서 안착하고 살 수 있는 환경을 원천적으로 봉쇄하는 것처럼 보이게 한다. 화자인 주체에게 어머니의 "목소리는 시각적 현실에 구멍을 만들어 낸다."[25]

목소리는 라캉이 말한 대상a로서 영원히 결여되어 있는 욕망, 타자의 욕망이다. 대상a는 욕망의 대상 혹은 욕망의 대상-원인, 혹은 상실한 대상으로 말할 수 있고, 대상a는 임의의 대상으로 채워질 수 있는 구멍을 도입한다. 욕망은 대타자의 상징적인 관계의 차원에서만, 그리고 대타

---

22 위의 책, 29~30쪽.

23 Zizek, S., 이수련 역, 앞의 책, 182~183쪽. 주체 역시 의미화의 연쇄에서 항상 다른 시니피앙에 의해서만 표상된다. 한 시니피앙이 주체를 다 드러내지 못하기 때문에 또 다른 시니피앙의 연쇄를 불러오는 순환 속에서 주체는 항상 결여로서 표현된다. 주체가 잠시 의미화 되는 지점, 즉 누빔점에서 주체의 의미효과가 드러나지만 그 의미는 지속되지 못한다. 그러나 목소리가 정박지(누빔점)를 갖지 못하는 지점에서 주체는 의미화의 실패, 잔여물 잉여이다.

24 Zizek, S., Salecl, R., 앞의 책, 28~30쪽.

25 스크린 이미지는 안 보이고/ 부재하는 주인의 신체 없는 목소리가 비밀스럽게 지배하는 유혹물인 가상의 차원이다. 위의 책, 158~159쪽.

자의 욕망을 경유해서만 자신을 주체의 세계에 등록시킬 수 있기 때문이다.[26] 모성적 대타자를 자신의 지지물로 삼고 공백의 사유를 도입한, 욕망하는 주체의 모습 속에 타자성의 흔적을 엿볼 수 있다.

또 한편 남편의 목소리 역시 초자아의 목소리로 작용하여 주체의 일상적인 삶을 교란시키는 역할을 한다. 화자는 모성적 초자아의 목소리에 사로잡혀 있는 한편, 또 다른 면에서 부재하지만 살아있는 남편의 목소리를 듣는 이중고에 시달린다. 남편의 목소리는 상징계의 대타자의 목소리처럼 회상을 통해 화자에게 도래한다. 아래 인용한 본문 텍스트에서는 현재 화자가 한수와 길을 걷는 도중 잠시 대화가 끊긴 틈에 타고 남편의 목소리가 끼어들고 있음을 알 수 있다.

> 한수씨의 태도로 보아, 아니 이제껏의 그의 행태로 보아 '차나 한 잔' 정도로 그칠 것 같지는 않았다. 그는 길가의, 아직 때 이른 술집들을 연방 기웃거리며 걷고 있었다. 그러나 오늘은 안 돼. 나는 속으로 다짐하며 더 확실하게 고개를 저어 벌써부터 다급해져 있는 감정을 위협했다. ……당신이 친정에서 계속 기거하고 있다는 건 진작부터 알고 있었소. 겨우 이제, 그러나 자신을 가지고 당신에게 편지를 씁니다. 어제부터 카운트 다운을 시작했소. 28일이 출발일이오 …… 나는 고개를 쳐들고 얼굴에 흘러내리는 물을 손으로 흩뿌렸다. 앞서가는 한수씨도 물방울이 목덜미로 기어드는지 자주 손수건을 꺼내 닦았다. (…중략…) ……교외에라도 나가서 당신과 선이와 함께 뜨락이 넓은 집을 마련합시다. (「목련초」, 101~102쪽)

위의 본문 텍스트에서 밑도 끝도 없이 말줄임표(……)로 시작하는 남편의 목소리는 아주 간곡하고 절박한 목소리로 화자에게 들려온다. 화

26 Dor, J., 앞의 책, 232~233쪽.

자는 화실에서 나와 한수와 술집을 향하고 있다. 남편의 목소리는 한수와 대화가 없는 순간 불쑥 침입한다. 아무런 동요도 없어 보이는 상징질서 속에 틈입자처럼 들려오는 목소리는 주체의 삶에서 드러나는 모든 동요의 조짐들이, 관계의 틈이 소리 없이 시작되고 있다는 것을 시사한다. 이 틈은 모든 결여를 대신하는 주체의 소외, 주체의 욕망의 원인인 대상a의 출몰지점으로서 상실과 결핍의 지점을 지시한다. 주체는 이 틈을 모성적 초자아의 목소리로 메워보려고 노력하지만 그 간극은 영원히 메울 수 없는 주체의 공백의 지점을 시사한다.

위의 본문 텍스트에서 삼년 전 별거에 들어간 남편의 목소리는 화자를 종용하고 회유하는데, 그것은 주체인 화자가 심리적으로 완전한 주체의 삶을 살 수 있는 상태가 아닌 것을 역으로 드러낸다. 대상의 흔적인 목소리의 위력은 항상 주체에게 불가항력적으로 도래하는 타자((m)Other)의 다루기 힘든 환청을 통해 경험된다. 초자아의 목소리는 이미 그 속에 강제하는 법의 속성이 내재해 있고, 주체에게 죄의식을 유발하는 기제가 된다.[27]

「목련초」에서 화자는 초자아의 목소리인 남편의 목소리를 따르지 않고 모성적 초자아의 목소리에 복속된 채 주체의 자리를 내주는 모양새를 취한다.

어느 방향으로 가느냐고 재차 묻는 내게 한수씨는 다문 입새로 나지막이 당신이 더 잘 알 텐데, 라고 내뱉었다. 나는 퍼뜩 그를 올려다보았다. 그는 웃음기 하나 없이 차가운 얼굴로 나를 보고 있었다. 나는 그에게 팔을 풀고 손으로 얼굴을 감싸쥐었다. ①내 속에는 어머니를 버리고 달아나던 날 밤

27 지젝은 초자아의 목소리에 대하여, 법에 대한 초자아의 잉여는 정확히 목소리의 잉여라고 설명한 바 있다.

의 자욱한 어둠이 급류가 되어 밀려들어오고 그 너머 어디선가에 흰 목련들이 소리를 내며 터지고 있었다, 나를 이윽고 더 깊은 어둠 속으로 함몰시키고야 말 꽃들이. ②남편이 돌아오지 않는 밤의 어지러운 꿈자리에서, 그리고 새벽, 세숫물에 손을 담그다가 선뜩한 느낌에 진저리 치며 아아, 나는 여태 느낌으로만 살아왔구나, 라는 것이 날카로운 정으로 골을 쪼개듯 쨍하니 선명한 의식으로 다가들 때마다, 무언가 저질러버리고 싶다는, 풀무처럼 단내를 풍기며 뜨겁게 달아오르는 온갖 타락에 대한 열망, 죄악에 대한 열망에 시달릴 때마다 어머니의 뼈에서 피어나던 목련은 어둡고 민감하게 스멀대며 살아나곤 하였다. (「목련초」, 114쪽)

위의 텍스트에서 ①과 ②에서 보여주는 주체의 양가적인 감정은 주체를 혼란 속에 빠뜨리는데, 혼란의 근원은 유년시절에 각인된 외상적 기억, 즉 어머니에게서 찾을 수 있다. 화자는 어머니가 불에 타 죽은 뒤 동네 사람들의 흉흉한 소문에 견디다 못해 가족들이 "짙은 안개 속을 거룻배를 타고 밤도망"(112쪽)치던 장면을 자주 떠올리곤 한다. 그 이후 화자가 성장기를 거친 후에도 자주 어머니의 꿈을 꾸고 수습하지 못하고 버려진 어머니의 뼈에서 피어나는 목련꽃의 환상을 본다. 그리고 "남편이 돌아오지 않는 밤마다 화자(나)는 목련을 꿈꾸고 그것을 그려야겠다는 열망으로 뿌리깊은 증오를"(112쪽) 누른다.

여기에서 화자는 '어머니=목련초'와 같은 등식을 성립시키면서, 어머니를 사물의 이미지로 기표화한다. 어머니의 불행하고 공포스러운 과거가 목련초라는 깨끗한 이미지로 신비화 과정을 거치면서 명예롭지 못한 어머니와 딸, 가족 관계를 승화시키는 작업이 무의식적으로 이루어진다.[28]

---

28 이것은 "라캉의 '지배기표 master signifier' 즉, 대상의 어떤 실증적 속성을 지시하는

화자가 가진 어머니와의 동일시에 대한 열망은 병적 나르시시즘에 가깝다. 그것은 어머니의 욕망을 복사해 내는, 스스로 목련초가 되고자 하는 자기 헌화(獻花)이다. 또한 어머니는 신의 운명을 받아들이고 몸까지 불사하는 존재이고, 딸인 화자는 자기 파멸과 죽음 즉, 「나비 부인」의 대사인 "영예로운 삶이 아니면 죽음을 택하리"(113쪽)와 같은 타자((m)Other)의 발화를 자신의 발화로 대체한다는 점에서 그러하다.

어머니의 몸은 목련초의 환상 속에 불타는 "찬란한 불꽃나무"와 같이 매혹적인 모습과 다른 한편으로는 "풀에 덮여 뒷산에 버려진" 공포스러운 상반된 이미지로 나타난다. 이러한 심리적인 이중성은 대립되는 두 이미지가 어머니를 상징화하는데 화자가 실패했음을 말해준다. 더 나아가 상징화의 실패는 자신과 어머니와의 상상적인 관계가 분리되지 않은 채 화자인 주체의 '병적 나르시시스트'의 전모를 드러낸다. "불타는 어머니의 몸"[29]을 통해, 히스테리적인 질문의 변형인 초자아의 모성적 목소리에 의해 주체는 분열되고 그 히스테리적인 발화에 압도당하고 만다.

히스테리 담론이 항상 욕망의 불가능성을 강조한다면, '환멸의 담론'[30]에서 분열된 주체는 결핍이 없는 완전한 대타자를 추구한다. 그것은 현실적으로는 불가능하다. 주체가 추구할 수 있는 선택은 자신을 버리고

것이 아니라 자신의 언표작용 행위를 통해서 화자(話者)와 청자(聽者)간에 새로운 주관적 관계를 확립하는 기표"로 해석할 수 있다. Zizek, S., 김소연 · 유재희 역, 앞의 책, 206쪽.

29 프로이트는 아들의 죽음을 받아들일 수 없는 아버지가 꿈속에서 살아있는 아들의 음성, 즉 불타는 아들의 외침 소리를 듣는 아버지의 꿈을 소망 충족으로 보았다. 이것은 히스테리적인 목소리인 "불타는 제가 보이지 않으세요? 아버지!"의 변형된 질문이다.

30 환멸의 담론은 서론에서 논의한 바와 같이 라캉의 히스테리 담론에서 지식기표(S2)와 오브제 아(objet a)의 위치를 맞바꿈으로써 구성되는 담론으로서, 필자가 라캉의 네 가지 담론에 새롭게 추가한 담론의 형식이다. '환멸의 담론'을 텍스트에 적용하는 것은 3절에서 상세히 다룰 것이다.

주체 스스로 (모성적) 대타자가 되는 길 뿐이다. 그것은 자기 부정, 자기 해체가 아니면 도달할 수 없는 불가능한 추구이다.

「목련초」는 "모성적 초자아를 '의미화' 한 것이 아니며 어머니를 '상징화' 한 것도 아니다. 그것은 실패한 상징화의 대상화-실증화다."[31] 「목련초」에서 주체가 보여준 거울의 오인 구조는 주체를 병적 나르시시즘에 갇힌 삶의 한 전형으로 형상화한다. 거울은"이미지를 매개한다는 점에서 타자의 담지체이다. 타자의 욕망-응시에 붙들려 있는 이 거울(시각장)에서, '나-이미지'가 완전체가 아니라"[32] 어머니의 모습을 반영해 내는 나르시시즘의 변증법적 환상이다. 결국 그 거울의 오인 구조에 갇혀 상징화에 실패한 주체의 삶은 타자의 욕망을 위해 자신의 삶이 무화되는 비극을 구성한다는 것을 보여준다.

2. 주이상스와 환상의 서사

환상은 사실에 반대되는 조건을 오히려 '사실' 그 자체로 변형시키는 서사적 결과물이다.[33] "환상이 서사(narrative)의 원초적 형태를 구성한다는 것인데, 이때 서사는 일종의 본래적인 교착 상태(deadlock)를 **숨기는 기능을 한다.**[34]

또한 환상은 현실에서는 부재하지만 심리적으로 실재하는 욕망이 가시화되는 지점에서 발생한다. 현실적으로 망각과 배제의 형식으로 은폐되고 억압되었던 '욕망'의 내용이 '환상'의 형식으로 표현되는 방식은 심

31 Zizek, S., 김소연・유재희 역, 앞의 책, 208쪽.
32 함돈균, 앞의 논문, 60쪽.
33 Jackson, R., 앞의 책, 24쪽.
34 Zizek, S., 「환상의 일곱 가지 베일」, Nobus, D. 편, 앞의 책, 243쪽.

리적으로 억압되었던 욕망들을 '충족', 혹은 '도피'의 형태로 허용함으로써, 욕망의 실체를 긍정하고 그에 대한 대리적 해소를 지향하는 것이다.[35] 또한 환상은"현실이 억압하고 감추어진 것을 폭로함으로써 낯익은 것을 낯선 것으로 교란시켜 변형하는 효과를 지닌다. 환상이 이 세계의 요소들을 전도시킴"[36]으로써 일상 현실에 감추었던 문제들을 전도된 형태로 드러내는 역할을 한다.

환상은 주체의 존재 근거를 마련하는 주체의 기원에 대한 이야기이다.[37] 환상은 '타자가 원하는 것이 무엇인가?' 라는 질문에 대해 확정적인 대답을 줌으로써 우리로 하여금 막다른 골목을 피할 수 있도록 해준다. 환상의 시나리오는 욕망을 성취하거나 '만족시키는' 게 아니라 욕망을 구성한다(욕망의 대상을 부여한다).[38] 지젝은 환상은 공백을 메우는 상상적 시나리오라고 말한 바 있다.

라캉의 환상 공식 $◇a [39]은 욕망의 반복 순환을 보여준다. 분열된 주

---

35 최기숙, 『환상』, 연세대학교 출판부, 2007, 115~116쪽. 토도로프에 따르면 환상이라는 것은 독자와 주인공에게 망설임을 일으키는 괴기한 사건의 존재뿐만이 아니라, 특정한 읽음의 방식도 전제로 하고 있는 것이다. Todorov, T., 이기우 역, 『덧없는 행복 - 루소론 환상문학 서설』, 한국문화사, 2005, 132쪽.

36 Jackson, R., 앞의 책, 18~88쪽.
프로이트에게는 "모든 환상들의 원동력은 충족되지 않은 소망들이고, 각각의 단일한 환상은 한 가지 소망의 충족으로 충족되지 않는 현실의 수정이다." 프로이트는 꿈과 증상, 농담, 그리고 프로이트식의 모든 실수를 무의식적인 환상의 파생물로 보고 있지만 모든 환상이 의식화될 수 없다는 것을 알아차린다. 환상들이 욕망들과 긴밀히 연결을 맺고 있는 까닭은 환상이 원초적인 충족인 충족 경험들에 부착되어 있어서 이런 충족의 환각적인 회귀를 조장하기 때문이다. Wright, E., 김종주 · 김아영 역, 앞의 책, 65~66쪽.

37 Salecl, R., 「여성 향락의 침묵」, 슬라보예 지젝 편, 라깡정신분석연구회 역, 『코기토와 무의식』, 인간사랑, 2013. 285쪽.

38 환상은 **타자의 욕망**의 구멍, 그 공백을 메우는 상상적 시나리오로서 기능한다. 또한 환상은 우리로 하여금 무엇인가를 욕망할 수 있도록 틀을 짜준다. 즉 **우리는 환상을 통해 욕망하는 법을 배운다.** 환상의 역설은 바로 이 매개적 위치에 있다. Zizek, S., 이수련 역, 앞의 책, 194~206쪽.

체($)와 오브제 a(object a-환상 대상, 타대상)의 관계는 안정적이지 않은, 일치하면서도 불일치를 나타내는 마른모꼴(◇: 둘은 합집합 또는 교집합이다.)로 표시된다. 주체가 소외되고 이때 잃어버린 어떤 것은 주이상스, 오브제 a로 남는다. 라캉에 따르면 이것은 항상 부분충동으로 남는다고 말한다.[40] 모든 충동이 본성상 부분 충동인 이상, 어떤 충동도, 즉 성충동(*sexualstrebung*)의 전체성(totalité)을 표상할 수 없다.[41] 구순충동의 경우 그 대상은 어머니의 젖가슴이지만, 그것은 다른 대체물(예, 손가락)로 채워질 수 있다는 것이다.

상징계에서 주체는 실재를 대상화해 보려 한다. 이 실재는 욕망의 대상으로서 욕망을 끌어당기기 때문에 욕망은 실재로 향하게 된다. 라캉은 이것을 순수 욕망(desir pur)으로 설명한다. 순수 욕망은 경험적으로 얻는 대상과 상관없이 대상을 향하는 작용이다. 즉, 경험 세계에서 얻을 수 없는 어떤 절대성 같은 것이 순수 욕망이라는 것이다. 결국 욕망의 윤리가 꿈꾸는 최상의 선, '주이상스'라는 것은 불가능으로 남는다.

순수 욕망은 욕망이 그 자신의 지탱물, 그 자신의 원인과 대면하게 되는 한계 지점, 즉 순수 욕망은 욕망이 그 자체의 원인에 대해 (그것의 절대적 조건을 위해) "그건 그것이 아니다"라고 말하도록 강제당하는 계

---

39 Fink, B., 이성민 역, 앞의 책, 121~122쪽.
이것은 일치하면서 동시에 불일치하는 관계의 표시이다. a(오브제 아 혹은 프티 아)는 주체로 하여금 욕망을 끊임없이 불러일으키는 허구적 대상이다. 마름모꼴◇은 대상이 결코 주체의 욕망을 충족시키지 못한다는 결핍이다. 실재계에 나타나는 틈새요, 구멍이다. 권택영 편, 『자크 라캉 욕망 이론』, 문예출판사, 2009, 20쪽.

40 들뢰즈는 『안티 오이디푸스』에서 충동을 부분충동이라 설명한다. 들뢰즈의 충동은 만족이 가능하다는 것을 전제한다. jouissance(향유)는 잃어버린 "어머니-아이 통일성"을 단지 아이의 희생이나 주체성 포기 덕택에 통일성이었으므로 아마도 그렇게까지 통일되지 않았을 어떤 통일성을 대체하게 되는 그 무엇이다. Fink, B., 이성민 역, 앞의 책, 123쪽.

41 Miller, J. A., 앞의 책, 308쪽.

기로서 정의될 수 있다.[42] 그런데 남성 주체와 다르게 여성적 주체는 처음부터 결여를 마주하면서 거기에 자신을 동일시해 버리기 때문에 상징계에서 다 수용하지 못하는 향락, 주이상스, 즉 잉여 향락의 가능성이 있다는 것이다.[43]

라캉은 욕망을 순수 형식으로 본다. 소포클레스의 『안티고네』의 예를 들어 주이상스는 윤리적인 주체의 행동으로 실재(죽음)와의 만남을 통해 죽음을 불사하고 행동하는 것으로 설명한다. "네 욕망을 포기하지 말라"는 정언명법으로 자신의 욕망을 실재[44]로 향하도록 방향을 정향시키라는 것이다. 실재를 향하는 욕망은 안티고네의 행동에서처럼 윤리적일 수밖에 없다.[45] 라캉은 초자아의 개념을 '주이상스' 즉, 자신 내부의 목소리에 따르는 '윤리'로 설명한다. 주이상스의 명령인 "향유하라!"는 칸트의 정언명령처럼 자신의 욕망에 충실히 따르다가 죽음을 맞는 '주이상스'적인 자기희생의 윤리개념이다.

주이상스는 결국 상징계에 의해 촉발되지만 실재에 의해 이끌리고 실

---

42 Zupančič, A., 이성민 역, 『실재의 윤리』, 도서출판b, 2008, 371~372쪽.

43 주이상스는 본성상 남성적일 수밖에 없는데 1970년대 이후 라캉은 또 다른 주이상스인 여성적 주이상스에 대해 언급한다. 이것은 상징계의 법칙인 거세에 종속되지 않는 보충적 주이상스며, 남근을 넘어서는 대타자의 주이상스이다. 여성은 남성과 달리 거세의 보편성의 논리에 종속되지 않기 때문에 언어적인 것을 넘어서는 절대적인 주이상스의 경험이 가능하다. 물론 여기에서 여성은 생물학적 입장과 무관하게 논리적으로 설정되는 상징계 내의 여성적 위치를 말한다. 김석, 앞의 책, 247쪽.

44 실재는 현실 바깥이 아니라 현실의 가장 깊숙한 곳에 있으며, 뫼비우스 띠에서처럼 양쪽 사이의 이행을 허용한다. 라캉은 le réel이란 용어를 우리가 흔히 접할 수 있는 원초적 '현실'을 지칭하기 위해 사용하다가도 그런 현실에 생긴 작은 틈새를 따라 우리를 자신의 '실재' 개념, 즉 '불가능한 것'으로서의 '실재' 개념으로 인도한다. Miller, J. A., 앞의 책, 428쪽.

45 김석은 라캉의 '욕망의 윤리'를 설명하면서 다음과 같이 정리했다. 아리스토텔레스의 행복-대상과 연관, 경험 세계, 쾌락 원리→선(목적). 칸트-선의지-실천 이성의 명령-자유-선=사드의 악덕과 통합(사드-대타자의 명령에 순응-주이상스를 누려라) 칸트식 사디즘. 라캉의 윤리-순수욕망-실재로서 물(物, Ding)→필연성의 윤리.

재를 향한다고 말할 수 있다. 실재는 상징계 속에서 봉합되지 않는 틈처럼 부정적 효과로 메시지를 보낸다. 주체에게 보내는 실재의 메시지가 바로 증상이다. 증상은 주체의 본성이며, 주체는 이를 향유하기에 치료를 통해 증상을 제거할 수 없다. 증상은 그 자체의 만족을 위해 승화를 요구하는데 여기서 승화에 대한 라캉의 개념은 욕망의 윤리로 정식화된다.[46]

오정희 소설 속 주체들은 대부분 자신의 욕망에 충실한 삶을 살아가는 것처럼 보인다. 상징질서 속에서는 허용되지 않는 금기와 위반의 목록들을 거침없이 다루기 때문이다. 이들 주체는 다분히 충동적이며 상징 질서인 현실의 규율을 위반한다는 점이 두드러진다.

정연희는 우리가 일상이라고 받아들이는 현실이 현실의 상징화에 누락된 결핍의 요소인 욕망의 실재를 함축하는 불완전한 전체임을 수긍하는 것이 오정희 소설의 현실관이자 세계관이라고 피력한 바 있다.[47]

오정희 소설은 현실의 불완전한 간극 속에서 서사의 중간 중간에 환상을 도입함으로써 주체의 결핍된 욕망이 환유의 방식으로 작동한다는 것을 보여준다. 소설 속 주체들의 욕망은 어떤 대상을 향해 집중될 뿐만 아니라 자기 자신 안에서 불현듯 돌출하는 타자의 목소리나 모성적 초자아의 목소리를 향해 열려 있다. 즉 "타자의 타자"[48]를 통한 자신의 실존, 또는 주체를 확인하는 방식으로 전개된다.

환상의 서사는 "서술(narration)을 통해 상징적 현실의 내적 모순을 은폐한다. 지젝은 환상의 이런 기능을 〈서술적 차단〉"[49]으로 설명한다.

---

46 김석, 앞의 책, 246쪽.

47 정연희, 「오정희 소설의, 욕망하는 주체와 경계의 글쓰기」, 368쪽.

48 지젝은 "타자의 타자 on Other of the Other"란 자신의 '자율성'을 이야기하기 시작하는 바로 그 지점에서, 이야기하는 주체의 의식적인 의도를 넘어서는 무의식적인 우연에 의해 의미를 산출하는 곳에서 타자를 조종하는 숨겨진 주체라고 설명한 바 있다. Zizek, S., 김소연 · 유재희 역, 앞의 책, 42~43쪽.

49 이병창, 『지젝 라캉 영화』, 먼빛으로, 2013, 68쪽.

오정희 소설에서 환상의 도입은 견고하지 못한 현실을 가려주는 창의 역할을 할 뿐만 아니라 역으로 은폐되고 억압된 현실의 외상적 틈을 드러내 준다.[50] 오정희 소설 텍스트에서 '환상'이나 '환각', 또는 이미지나 은유 등 '시적 형식'을 도입하는 서사 구성 의도는 그만큼 현실의 세계가 불모의 땅으로 인식되는 작가의 세계관이 투영된 결과이며 그것은 곧 현실이라는 세계를 '환멸'로 인식하는 것과 맞닿아 있다.

환상의 서사를 보여주는 오정희 소설에는 「직녀」, 「야회」, 「번제」, 「불의 강」, 「바람의 넋」 등이 있다. 이 절에서는 「불의 강」과 「바람의 넋」을 중심으로 오정희 소설 속 욕망하는 주체들이 어떻게 상징 질서인 현실세계를 수용하면서도 다른 한 편으로는 그 세계를 넘어보려고 시도하는지를 살펴볼 것이다. 또한 이 주체들을 라캉과 지젝의 실재[51]의 출현 개념과 주이상스적 주체와 연결해서 분석해 볼 것이다.

이와 같은 이론을 바탕으로 오정희의 서사가 왜 환상을 도입하여 주체의 욕망을 보여주는지, 환상은 어떤 경로를 통해 주체에게 나타나는지 자연스럽게 해명될 것이다. 아울러 오정희 소설의 욕망하는 주체가 가지는 독특한 특성이 또 다른 라캉적인 새로운 주체화의 가능성을 제시한다는 점을 살펴볼 것이다.[52] 이러한 시도는 오정희 소설의 난해성을 환상이라는 스펙트럼을 통해 다양하게 해석할 수 있는 가능성을 열어줄 것이라 믿는다.

「불의 강」은 재봉사인 남편(주체)과 집안에서 수를 놓는 아내(화자)

---

50 이병창에 따르면 환상의 서사는 주체의 욕망을 실현해주는 것이 아니라 오히려 환상을 통해 욕망의 거세를 보여주고, 실재의 출현을 가로막기 위해 출현함으로 환상은 근본적으로 거세의 환상이 된다. 위의 책, 68쪽.

51 라캉은 실재가 상징화에 저항하는 사물의 외상적 공허일 뿐 이라고 말한다. Zizek, S., 박정수 역, 앞의 책, 114~115쪽.

52 앞서 지적한 오정희 소설의 인물을 '윤리적 주체'로 보는 것이 진정한 라캉적인 의미의 '윤리적 주체'인가에 대해 자세히 살펴보겠다.

의 이야기이다. 이들 부부는 이태 전에 심한 탈수증으로 죽은 아이에 대한 상처를 가지고 있다. 두 작중인물 외에는 아무도 등장하지 않는, 두 명이 출연자의 전부인 단출한 연극, 그것도 인간의 심리에 내재된 어두운 부분을 집중 조명하는 드라마틱한 심리극을 상연한다. 두 인물이 처한 공간은 심리적인 공간의 상징성을 지닌다.

먼저 「불의 강」의 화자인 아내가 어떤 역할을 맡고 있는지 살펴보기로 한다.

아내인 화자는 자신이 "허공을 정확히 정육각형으로 조각조각 가르고 있"(7쪽)는 "잠자리나 초파리의 수많은 겹눈"의 역할을 하는 시선, 즉 분열된 주체의 시각을 보여주고 있다. 그것은 스스로 자신을 다중의 시각을 지닌 것으로 인식하는 태도에서 드러난다. 그러한 태도는 남편을 꿰뚫어보는 시각에서도 나타난다. 이때 아내인 화자가 남편을 응시하는 것은 조망자로서의 응시에 가깝다. 아내는 창틀에 앉아 발전소를 보고 있는 남편이나 발전소를 맴도는 남편의 행동(시선)을 모두 본다는 위치를 점하고 남편을 감시의 눈으로 지켜본다. 그의 시선은 그물망처럼 남편의 모든 감각기관과 심리적 기관까지 펼쳐져 있어 마치 촉수를 가진 시선처럼 어디에서든 감지된다는 점이 특이하다. 그러므로 남편은 아내의 전체 시선의 망에서 벗어날 수 없다. 이때 화자는 모든 것을 다 볼 수 있다고 가정된 전지전능한 신의 눈으로 남편의 행동과 심리를 중계하기도 한다. 이 신의 눈의 설정으로 인해 「불의 강」의 서사가 각각 주체들이 무의식적으로 드러내는 이중적 욕망의 "도착적인 희열(jouissance)"[53]을 독자들에게 되돌려 준다.

남편은 발전소에 대한 자신의 태도를 "극화"함으로써 "말해지지 말아

---

53 Zizek, S., 김소연·유재희 역, 앞의 책, 218쪽.
나르시시즘적 주체는 역설적이게도 그 자신을 무법자로서 체험하는 극단적인 순응주의자(conformist)인 것이다. 같은 책, 205쪽.

야 할 것을 드러낸다." 극화는 "의식의 형상화"의 태도로 은폐된 진실을 상연("형상화")한다는 의미에서 일종의 히스테리 극장을 함축하고 있다.[54]

「불의 강」의 주체들의 심리적인 위치를 공간적으로 나타내면 다음과 같다.

표 20 「불의 강」에 나타난 환상(실재)의 무대 상연

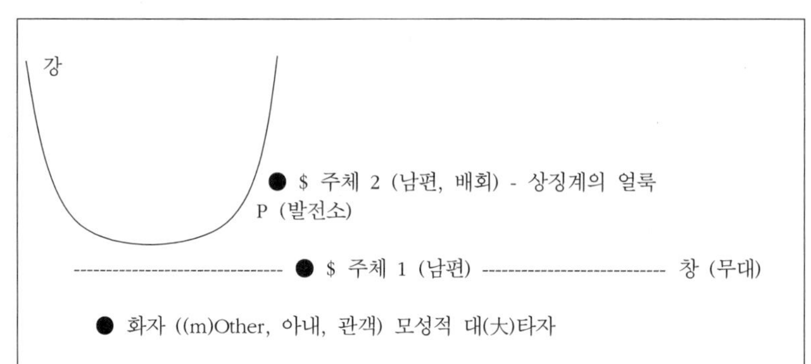

위의 도표는 무대로 재현해 본 「불의 강」의 심리적 공간이다.

주체의 기억 속에 화력발전소는 '적의의 상징'으로 각인되어 있다. 전쟁통에 겪었던 배고픔과 발전소에서 일어난 대학살에 대한 공포로 인해 그 공간은 '금지'된 트라우마가 유폐된 공간이 된다. 본문 텍스트에는"하얗게 뻗은 강둑이 강줄기를 따라 U자로 휘어도는 구비에 발전소의 건물이 솟아있다."(11쪽)고 한다. 위의 도표에서 남편은 분열된 주체($1)의 위치에서 창밖의 발전소를 바라보고 있는데, "창틀에 동그마니 올라앉은 그는, 등을 한껏 꼬부리고 무릎을 세운 자세 때문에 어린 아이처럼, 혹은 늙은 곱추"(7쪽)로 묘사된다. '어린 아이나 곱추'로 묘사된 남편은

54 Zizek, S., 박정수 역, 앞의 책, 339쪽.

창틀, 즉 자궁에 부착된 태아의 모습을 취하고 있는 것으로 볼 수 있다. 그러한 정황은 본문 텍스트 속에서 남편을 신생아의 모습으로 묘사하는 부분들에서 찾을 수 있다.[55] 이러한 형상은 발전소와 대응되는데, U자로 흐르는 강물의 형상은 자궁을 닮아 있고, 발전소도 U자로 휘어져서 도는 강굽이에 자리잡고 있어 역시 자궁에 착상된 태아의 위치를 지시한다. 이러한 공간 설정으로 미루어 볼 때 창틀 위의 '주체 1($1)'과 U자로 흐르는 강굽이의 발전소 P는 서로 대응함으로써 '주체1($1)'의 형상을 반영해 내는 거울 구조로 볼 수 있다.

남편은 시종일관 발전소에 대한 방화 생각으로 발전소 주위를 맴돈다.

이때 남편인 주체($1)의 응시는 프로이트의 늑대소년의 응시와 비교해 볼 수 있다. 최초의 목격 장면에 대응하는 발전소에서 일어난 사건은 폭력적이고 가학적인 장면으로 무의식에 각인되어 성인이 된 화자에게 전도된 응시로써 되돌려지는 까닭에 주체는 유아기 거세 공포에 상응하는 방화의 욕구에 시달리게 된다. "환상은 거세를 상연한다. 환상이 상연해 보려고 애쓰는 것은 궁극적으로 거세라는 '불가능한' 장면이다. 이러한 이유 때문에 그와 같은 환상은 개념 자체가 도착증에 가깝다. 도착적인 의식(儀式)은 주체를 상징적 질서에 진입시키는 원초적인 상실, 즉 거세 행위를 상연한다."[56]

"원초적 장면은 강박증처럼 구조지어져 있"[57]듯이 남편은 거세, 즉 방화의 욕망이 강박적 도착으로 고착화되어 불에 대한 환상을 갖게 된다. 도착증 환자는 "근본적으로 아버지의 법에 도전하며 팔루스 되기의 변

---

55 "그가 문득 이마에 잔뜩 주름살을 지으며" 「불의 강」, 8쪽.
"나는 아이처럼 조그맣고 주름살 투성이의 그의 얼굴을 본다." 「불의 강」, 10쪽.

56 Zizek, S., 「환상의 일곱 가지 메일」, Nobus, D. 편, 앞의 책, 252~253쪽.

57 Lachaud, D., 홍준기 역, 『강박증: 의무의 감옥』, 아난케, 2007, 241쪽.

증법의 차원에 개입한다."[58]

화력발전소는 주체에게 욕망의 대상-원인(a)에 대한 주체의 '불가능한' 관계를 가리키고, 환상은 주체의 욕망을 실현시키는 시나리오로 이해한다면[59], 여기에서 화력발전소를 대타자의 '팔루스(남근)'로 상정할 수 있게 된다. 주체의 욕망은 '남근 되기', '아버지의 법'에 대한 도착적 도발이다. 화력발전소의 굴뚝은 휴지 상태의 남근적 욕망의 은유라고 보았을 때, 방화는 연기(불)를 내뿜을 수 있는 남근적 상상력을 환상의 차원에 위치시킨다. 이때 주체는 방화 행위로 아버지의 법을 무화시킴으로써 스스로 팔루스 되기의 변증법적 차원에 자신의 위치를 구축한다고 볼 수 있다.

"강박증은 본질적으로 상징계의 문제를 제기"하는데, "강박적 주체의 환상은 도착적" 특징을 보여준다. "도착증은 대상에서 향유를 얻기 위해 대상을 선택"[60]한다. 주체의 방화에 대한 환상은 결국 화력발전소라는 대상을 실제로 선택함으로써 도착적인 향유(jouissance)에 적극적으로 참여한다. 앞서 언급한 남편인 주체의 응시는 자신의 '기원을 목격'하는 것과 같은 '불가능한 응시'에 해당된다. 서사적 환상은 "그 시간적 연쇄 때문에 언제나 불가능한 응시(gaze)를 수반하며, 이로 인해 주체는 그/그녀 자신이 수태되는 현장에 이미 존재한다."[61] 주체는 이 불가능한 응시에 매혹된 주체이며 그의 방화는 치명적인 주이상스[62]를 경험하는, 자

58 위의 책, 234쪽.

59 Zizek, S., 김소연·유재희 역, 앞의 책, 23쪽.

60 Lachaud, D., 앞의 책, 235쪽.

61 Zizek, S., 앞의 책, 248~249쪽. 불가능한 응시는 일종의 시간 패러독스, 즉 주체가 자신의 탄생 이전에 현존하는 것을 가능하게 하는 '과거로의 여행'을 포괄한다. Zizek, S., 김소연·유재희 역, 앞의 책, 49쪽.

62 주이상스는 라캉의 용어로 실재계를 넘어가 보려는 불가능한 욕망을 말한다. 프로이트의 『쾌락원칙을 넘어서』에서의 죽음 충동처럼, 실재계 너머는 '죽음'을 지시한다.

신의 욕망에 충실한, 즉 라캉적인 윤리적 주체에 근접한 새로운 '주체의 가능성'을 예고한다.

> 전쟁이 끝났을 때 우리는 강둑에 천막을 치고 살았지. 우리뿐이 아니었어. 집을 잃은 사람들은 거적 하나만 들고 이곳으로 몰려들었으니까. (…중략…) 지쳐 늘어져 모래펄에 널브러져 하염없이 강 건너의 발전소를 바라보는 것이었어. 정신이 까무러칠 정도로 배가 고파진 눈에 발전소는 굉장해 보였어. 이상하게도 사람들은 그렇게 훌륭한 집을 두고도 움막에서 살 뿐 아무도 그곳에 들어가 살 엄두를 못 내었어. 전쟁 때 그 안에서 대량 학살이 있었거든. (…중략…) 그것은 우리들의 상상력을 자극해서 온갖 신화를 만들어내었지. 게다가 발전소의 문은 늘 굳게 잠겨 있었어. 상상 속에서 그것은 입구는 있되 출구는 없는, 수많은 방과 미로를 가진 유령의 성이었어. (…중략…) 나는 망설이기만 할 뿐 들어가질 못했어. 망설이는 동안 그것은 더욱 거대해지고 견고한 적의의 상징으로 자라잡게 되었어. (「불의 강」, 12~13쪽)

위의 본문 텍스트 내용에서 문제의 화력발전소는 불(에너지, 생명)을 생산해내던 곳이었지만 지금은 휴지(休止) 상태이다. 이 발전소는 주체에게는 (팔루스적인) '선망'과 '금기와 적의'의 대상이기도 하다. 그것은 주체의 유년 시절 굶주림과 허기로 결핍된 생의 욕망과 죽음에 대한 공포와 관련이 되어 있다. 성(城) 같은 발전소를 두고 강가에서 움막 생활을 하던 시절과 강가에 살면서 아이러니하게 "탈수증으로 죽은 아이"(23쪽)는 정확히 대응된다.

현실과 내적 열망(욕망)에 분열된 주체(남편)의 외상적 경험의 장소인 강과 발전소는 삶의 연고지면서 무의식을 지칭하는 공간으로 설정된다. 또한 정신분석학의 위상학적 공간인 상징계에 발전소가 자리를 잡고 있다. 여기에서 발전소는 거세되고 억압된 "주체의 실재real가 달라붙는 상징적 동일시"[63]가 가능한 지지대를 형성한다. 실재계는 주체에게 상징계의 균열을 환상을 통해 보여주게 되는데, 결국 상징계가 완벽하지 못하다는 것이 「불의 강」에서는 주체들의 환상이나 광기로 드러난다.

연기를 뿜을 수 없는 휴지 상태의 발전소와 굴뚝은 욕망이 잠시 멈춘 상태의 은유라는 것을 앞서 살펴보았다. 이와 함께 주체의 욕망도 억압되고 거세된 욕망의 휴지 상태로 이 둘을 대칭적으로 놓을 수 있게 된다. 주체(남편)가 발전소(대타자)를 주체와 상징적으로 동일시함으로써 욕망의 '이중적 발현'이 가능하며 억압된 욕망은 결국 회귀한다는 것이 확인된다. 하나는'아버지 되기'와 연관되며 다른 하나는 '억압된 것의 회귀'로서의 욕망이다.

「불의 강」은 종반부에서는 주체의 억압된 욕망이 방화로 분출되면서 거대한 불의 강을 드라마틱하게 상연하는 무대가 된다. 이것은 실재가 환상을 초월하는 지점에서 실현된다는 것을 지시한다. 이 분열된 주체는 자신의 무의식적인 욕망을 끝까지 밀고나가 '불의 강'을 무대에 상연한다는 점에서 광기의 인물이다.[64] 지젝은 이러한 광기는 실재계가 현실 속에 넘쳐흐를 때, 혹은 실재계가 그 자체로 현실 속에서 드러나면서 나타난다고 설명한다.

주체가 겪었던 어른들(아버지)의 폭력은 어린 시절의 공포로 늘 주체의 의식에서 떠나지 않는다. 발전소는 아버지(대타자)의 법을 상징하는 '금지'의 대상이고, 발전소는 상징계의 '적의'의 대상이면서 대타자(법, 아버지)의 자리를 점유하고 있다. 그것은 주체에게 억압 그 자체로 작용한다. 이로써 방화는 일종의 대타자(아버지)에 대한 거세 행위로 무의식

63 Zizek, S., 주은우 역, 앞의 책, 29쪽.

64 Zizek, S., 김소연 · 유재희 역, 앞의 책, 46쪽.

적인 살부(殺父) 충동으로 연결된다.

한편, 주체는 발전소, 즉 대타자와 자신을 동일시한다. 그러한 동일시는 주체가 상징계의 자리에 위치한 발전소라는 대상(대타자)을 향해 자신의 환상(방화)을 실현함으로써 스스로 대타자의 위치를 점령하는 주체의 과도한 '거세' 행위로 귀결된다. 주체는 아버지와 동일시함으로써 자신의 강박적 욕망을 유지한다. '죽은 아버지와 동일화'한다는 것은 자신이 상상적으로 살해한 대타자의 위치를 차지한다는 것을 의미한다.[65]

남편은 늘 밤 외출이 잦고 화자는 그의 목적지가 발전소라는 것을 알고 있다. 〈표 20〉에서 보듯이 그는 발전소 주위를 배회하는 인물이다.

여기서 중요하게 살펴보아야 할 부분은 화자인 아내의 시각이다. 화자는 발전소를 똑바로 바라볼 수 없다. 그녀는 그 이유를 "햇빛 아래으레 일으키기 마련인 심한 난시 현상으로"(11쪽) 돌리지만 이는 단편적인 변명으로 보인다.

여기에서 화자는 남편과 똑같이 발전소를 응시(보는)하는 주체로 설정되어 있다. 〈표 20〉에 설정된 공간상의 특징으로 좀 더 면밀하게 분석해 본다면, 그녀가 발전소의 형태를 선명하게 인식하지 못하는 이유는 남편이 발전소 주위를 늘 맴돌고 있기 때문에 그녀의 시선은 남편이라는 대상에 의해 교란되고 왜곡될 수밖에 없다고 해석할 수 있다. 대상 - 응시로 환원하는 이 환상-응시는 현실을 "자신의 망막 뒤에서" 관찰하는 비존재적 응시로 환원된다.[66]

남편은 상징계를 비집고 나온 하나의 틈, 얼룩과 같은 기능을 하기 때문에 그녀의 시선은 대상인 발전소로 곧바로 도달하지 못한다. 지젝은 이것을 주체의 응시와 대상 사이에 "끼임(interposition), 직접적인 소

---

65 홍준기, 「헤겔의 주인 - 노예 변증법과 라캉: 강박증 임상」, 『라캉과 현대정신분석』 Vol. 9, No. 2, 한국라캉과현대정신분석학회, 2007, 138쪽.

66 Zizek, S., 이성민 역, 앞의 책, 126~127쪽.

통을 교란시키는 하나의 얼룩(stain)"[67]이라고 설명한 바 있다. 얼룩은 응시, 왜상적 응시[68]와 관련된다.

남편과 발전소가 상징계적 공간에 동일한 위치를 차지했을 때, 남편은 상징계에 속해 있으면서 상징계를 교란시키는, 하나의 '틈', '오점'으로 기능한다. 그러므로 남편인 주체의 방화에 대한 환상은 상징계가 다 포섭하지 못한 잔여물로서 상징계의 취약함, 세계의 불완전성을 지시한다고 해석할 수 있게 된다.

> "어디서 오는 길이예요?"
>
> 나는 짐짓 태연하게 물었다.
>
> "발전소에서 불 구경을 했어. 굉장히 큰 불이야. 빠져나오느라고 혼났어." 그가 허덕이며 더듬더듬 대답했다. (…중략…)
>
> "자 주무세요, 이젠 괜찮아요."
>
> 나는 그의 옷을 벗겨 자리에 눕히고 턱에까지 이불을 끌어올려 덮어주었다. 그는 이내 깊은 잠에 빠져 들어갔다. 나는 사이렌 소리가 울릴 적마다 흠칠 몸을 떨며 흐득이는 그를, 아이를 달래듯 팔에 힘을 주어 안았다.
>
> 창의 붉은 빛은 존체 사라지지 않고 방안을 가득 채워 우리는 마치 조금

---

67 Zizek, S., 주은우 역, 앞의 책, 33쪽.

68 왜상(anamorphosis)은 광학의 한 형태에 대한 명칭이다. 중심에서 벗어난 각도로 바라봐야 올바른 비율로 나타나는 대상의 이미지를 알아 볼 수 있다. Zizek, S., 김종주 역, 『실재계 사막으로의 환대』, 45쪽.
라캉은 응시와 왜상에 대해 자크 알랭 밀레의 『자크 라캉 세미나 11』「대상 a로서 응시에 관하여」 장에서 눈과 응시의 분열, 바로 이것이 시관적 장의 수준에서 충동이 모습을 드러내는 지점이라고 하며, 왜상을 무화된 주체를 가시화해서 보여주는 홀바인의 '대사들'을 통해 설명한다. Zizek, S., 김소연 · 유재희 역, 앞의 책, 184쪽.
또한 지젝은 응시를 주체의 자기현존과 그의 시각적 전망(vision)을 보장해 주기는 커녕 그 투명한 가시성을 방해하며 나와 그림의 관계에 있어 환원 불가능한 분열로 이끄는, 오점이자 얼룩의 기능을 한다고 설명한다. Zizek, S., 김소연 · 유재희 역, 같은 책, 254쪽.

도 뜨겁지 않은 화염 속에 나란히 누워있는 듯했다. 나는 어린 아이를 잠재우듯 그의 머리를 가슴 깊숙이 안고 있지만 꺼멓게 타버린 재를 안고 있는 듯한, 또한 불이 타고 있는 강 건너, 꽃보다 더 진한 어둠 속에서 메마른 목소리로 울고 있는 한 마리 삵을 보고 있는 듯한 쓸쓸함에 짐짓 소리내어 우는 시늉을 하였다. (「불의 강」, 26쪽)

위의 본문 텍스트에서 밑줄 친 부분인 "허덕이며 더듬더듬 대답"한다는 것은 그의 언술에 대한 진실성을 의심하게 한다. 뒤이어 "이젠 괜찮아요."라는 발화에서 아내는 남편의 불안을 진정시키는 한편 방화에 대한 어떤 암묵적인 교감이 두 사람 사이에 이루어진다는 것을 짐작하게 한다.

위의 본문 텍스트는 「불의 강」 결말 부분이다. "~듯한", "우는 시늉을 하였다."라는 문구로 마무리된다는 점은 "'실제' 사건들을 허구(꿈꾸기)로 전치시키는 역행적 치환(displacement)으로서 '타협'이나 현실에 대한 순응적 행위"와 같은 것이다. 이 부부가 견뎌내는 현실은 "실재의 침입으로 인해 언제든지 찢길 수 있는 취약한 상징적 그물망"[69]에 지나지 않는다. 이러한 연유로 그들은 방화에 대한 죄책감을 외면하거나 은폐하고 공모자적 위치에서 일상적인 삶을 수락할 수밖에 없게 되는 주체들의 한계를 보여준다. "주체와 그가 속한 사회의 관계 속에는 항상 그처럼 강요된 선택의 역설적인 지점이 존재한다."[70]

화자의 시선은 남편의 행방을 모두 감지하고, 심정까지 간파해 내고 있었음을 앞서 살펴보았다. 이러한 정황으로 보았을 때 아내는 남편을 방기하면서 한편으로는 동조하는 공모자의 위치를 점하고 실재(방화)를

69 위의 책, 39~40쪽.

70 Zizek, S., 이수련 역, 앞의 책, 280쪽.

무대에 상연하는 것을 묵인하는 위치에 있다고 할 수 있다.[71]

절대적 시선을 통해 남편을 주시하는 아내와 아내에 의해 주시를 당하는 남편의 시선이 맞물려 교차하면서 어떤 의미망을 형성한다. 푸코가 말하는 "주체의 시선과 타자의 시선이 만나 빚어내는 권력의 '유희'(jeu)"[72]처럼 이 두 인물들의 시선이 교차하면서 일종의 "상상적인 시선(imaginaire), 곧 이자적인(duel) 시선"[73]의 유희를 만들어 낸다. 이로써 둘의 관계는 불가분의 관계임을 알 수 있는데, 발전소의 방화사건 역시 이 두 인물의 시선이 교차하면서 독자들에게 전달된다. 여기에서 주의 깊게 살펴 볼 것은 아내의 모성적 초자아에 상응하는 시선(응시)은 외설적 경향을 띠는데, 아내는 이 응시를 통해 향유의 주체가 된다는 점이다.

그런데 여기에는 세 개의 시선이 "세 개의 주체의 자리들을 암시"[74]하고 있는 것을 볼 수 있다. 하나는 남편의 행위를 지켜보는(관음증적-"도착적인 희열(jouissance)") 시선과 다른 하나는 자신이 관찰되고 있다는 것을 알고 있는 남편의 시선과 마지막으로 아내에 의해 중개되고 있는 독자의 시선이 그것이다. 이들 각각의 시선들에 의해 '불의 강'이 상연되며, 각각의 주체들이 각각의 시점에서 환상의 실재를 다른 차원에서 상연하고 관람한다고 볼 수 있다.

아내인 화자의 욕망은 전치를 통해 구성된 타자(남편)의 욕망에 "매혹

---

71 지젝에 따르면 우리의 무의식 속에서, 우리의 욕망의 실재에 있어 우리는 모두 살인자들 즉, '공모자'들이라는 것이다. Zizek, S., 김소연 · 유재희 역, 앞의 책, 38쪽.

72 맹정현, 「라캉과 푸꼬 · 보드리야드: 현대적 시선의 모험」, 김상환 · 홍준기 편, 『라캉의 재탄생』, 창비, 2009, 474쪽.

73 여기에서 '이자적'이라 함은 그 시선이 시선에 의해 노출된 것과 분할될 수 없다는 것을 뜻하며, '상상적'이라 함은 그 둘이 서로를 반영하는 운동 속에 있다는 것을 뜻한다. 맹정현, 위의 논문, 476쪽.

74 Lachaud, D., 앞의 책, 237쪽.

되고 그것을 치환함으로써 얻는 것은 욕망의 환상-조직화이다. 향유는 언제나 타자의 향유이고, 자신의 향유를 조직화하는 방식이다. 무력한 매혹됨은 향유의 실재와 조우를 증언한다."[75] 같은 맥락에서 자신의 의지와 상관없이 매혹되는 독자 역시 화자인 아내의 시선을 통해 '불의 강'을 향유한다고 볼 수 있게 된다.

화자인 아내는 발전소의 방화를, 실재계의 도래로부터 오는 두려움과 매혹을 동시에 지닌 채 무대의 상연을 기다리는 관객의 입장에서도 지켜본다. "라캉이 『정신 분석학의 네 가지 근본 개념(*The Four Fundamental of Psycho-analysis*)』에서 '분리(*separation*)'라고 부르는 것, 즉 나(I)와 a간의 분리, 에고 이상(*the Ego Ideal*), 주체의 상징적 동일시와 대상간의 분리를 무대에 올린다"[76]고 볼 수 있게 된다. 그것은 상징계 속의 나(I, 남편)와 상징계 속에 포섭될 수 없는 잔여물로서 어떤 대상a를 「불의 강」이라는 무대에 상연하게 한다고 볼 수 있기 때문이다. 그러므로 언어에 의해 균열된 주체에게 남겨진, 누락된 욕망은 환상을 구성하고 환상은 현실의 간극을 메우는 역할을 한다고 볼 수 있게 된다.

"알고 있다고 가정된" 화자는 남편의 숨겨진 방화에 대한 진실을 부정하지 않고 실재의 도래와 같은, 즉 환상을 직시하면서 주이상스적 쾌락을 동시에 수락한다. 그것은 불가능한 욕망을 그 자체로 받아들임으로써 욕망의 연쇄에서 벗어나려는 주체의 전략으로도 읽을 수 있다. 화자가 그토록 힘주어 말한 "객관적인 냉정한 눈"은 환상과의 거리 두기이며, 환상을 직시할 수 있는 주체라는 의미가 포함된다.

환상이 단지 환각의 방식으로만 욕망을 실현하지 않는다는 점에서 환상은 우리의 욕망을 구성하고 그것의 좌표를 제공한다. 즉, 환상은 문자

---

75 Zizek, S., 이성민 역, 『부정적인 것과 함께 머물기』, 도서출판 b, 2007, 397~399쪽.
76 Zizek, S., 주은우 역, 앞의 책, 32쪽.

그대로 "욕망하는 방식을 우리에게 가르친다." 환상은 공포를 은폐하고 있지만, 그와 동시에 환상은 그것이 은폐하려는 것—말하자면 그것이 가리키는 '억압된' 지점—을 만들어 낸다."[77]

남편이 가지고 있는 불에 대한 도착적 환상은 환상에 머무르지 않고 구체적인 대상을 설정하고 환상을 실현함으로써 심연이 야기하는 불안을 은폐하면서 역으로 무의식에 억압된 지점을 드러낸다. 남편은 사람들에 의해 공포의 대상으로 이데올로기화한 발전소가 텅 빈 기표와 같이 존재한다는 것을 증명이라도 하려는 듯 발전소에 대해 어떤 열망들("불의 기원"→방화의 욕망)을 아내에게 내비친다.

「불의 강」을 연극 상연의 관점에서 볼 때, "환상-시나리오(fantasy-scenario)"[78]는 등장인물들의 공포심과 적개심을 완화 또는 해소하는 역할을 한다고 볼 수 있다. 그것은 환상의 대상인 발전소를 불태움으로써 '불'에 대한 환상인 거세콤플렉스를 실현(상영)하기 때문이다. 그것은 앞서 살펴 본 대로 방화(거세)를 통해 아버지의 자리를 탈취하는 것이다.[79]

「불의 강」에서 도착적 주체의 결핍은 실재의 재현, 즉 실재의 도래라는 방식으로 채울 수밖에 없다는 것을 보여준다. 남편의 도착은 욕망의 원인으로 작용하는 결여가 아니다. 그것은 "결여에 표식을 부여하는(결여를 매워 그것을 체현하는) 현존이다." 그것은 "행동으로 옮겨진(agis) 시나리오"이다. 남편인 주체의 불에 대한 도착적 환상은 "충만한 현존에 구멍을 내려는 시도"[80] 로 볼 수 있기 때문이다.

환상은 가장 기본적인 차원에서 존재를 대가로 한 사유의 선택을 함

77 Nobus D., 편, 앞의 책, 232~233쪽.

78 위의 책, 231쪽.

79 이 주체들은 실재가 현실에 도래하는 공포와 전율, 더 나아가 주이상스적 희열을 동시에 추구하는 인물들이라는 점이 드러난다. 또한 이러한 남편의 행위는 주체(남편) 자신의 결여된 부분에 뭔가 대상을 채워 넣으려고 하는 행위로 설명할 수 있다.

80 Lachaud, D., 앞의 책, 242~248쪽.

축한다고 말할 수 있다. 환상 속에서 나는 나의 부재, 나의 비존재의 시간 동안 사태의 추이를 관조하는 사유라는 소실점으로 나 자신이 환원되는 것을 발견한다.[81] 주체가 결여한 것은 자신의 소외 과정에서 상실한 것, 즉 대상 소타자 a(objet a)이다. 주체는 분리를 통해서 자기 안의 대상 소타자를 (재)발견한다.[82] 환상은 욕망하는 주체를 유지하게 해주는 스크린, 지지물이다. 욕망은 대타자의 응답이 주는 결여의 자리에 주체가 하나의 대상을 설정하면서 지속해 나가는 과정인 셈이다. 라캉은 환상을 방어기제로 정의한다. 그러나 환상은 주체를 삶의 장으로부터 잠시 유리하여 삶을 견디게 하지만 한편으로는 주체를 끊임없는 욕망의 장으로 불러들이는 결과를 낳는다.

그러나 「불의 강」의 서사에서는 단순한 환상만이 작동하는 것이 아니라 주체의 도착적 환상이 동시에 서사를 이끌어가는 욕망의 이중적인 발현을 목격하는 장소가 된다.

"환상은, 왜 그 사물들이 잘못되어 버렸는지", 즉 왜 그 발전소는 사람들의 적의로 만연한지에 대해 말해주는 "불안한 편집증적 환상에 의해 지지된다." 환상을 가로지르는 것은 주이상스가 어딘가 다른 곳에서 축적되고 있다는 신화를 포기함으로써, 우리가 대상의 공허 주위를 맴돈다는 악순환을 받아들이고 그 속에서 주이상스를 찾는다는 것을 의미한다.[83] 즉 환상 자체를 받아들이면서 환상을 횡단하는 것이다. "환상을 횡단한다"는 것은 역설적으로 자신을 환상에 완전히 동일시한다는 것을

---

81 Zizek, S., 이성민 역, 앞의 책, 126쪽. 한편, 증상은 존재의 선택을 함축한다. 증상 속에 출현하는 것은 바로 존재를 선택했을 때 상실되고 "억압된 사유"이기 때문이다.

82 양석원, 「욕망의 주체와 윤리적 행위」, 『안과 밖』 Vol. 10, 영미문학연구회, 2001, 279쪽. 부연 설명을 하자면, 주체가 상상계에서 상징계로 넘어오면서 원초적으로 가지고 있었다고 생각된 어떤 것을 잃어 버렸다고 생각하는 어떤 것 그것이 '오브제 아'이다.

83 Nobus, D. 편, 앞의 책, 264쪽.

의미한다.[84] 리처드 부스비에 따르면, 주체는 일상적인 현실의 한계를 드러내 보이는 상징적인 결여의 그러한 효과에 복종하고 있다. 환상은 야누스의 얼굴을 하고 있다. 환상은 우리의 현실을 가라앉히고 풀어주면서(우리로 하여금 대타의 욕망의 심연을 견뎌낼 수 있도록 해주는 상상적 시나리오를 제공해준다), 그리고 동시에 우리의 현실을 깨부수고 어지럽히고 동화할 수 없게 만든다.[85]

남편의 방화는 상징계에 주체를 포함시키는 일을 보증해 주는데, 자기 자신을 비존재로 인식하는 견딜 수 없는 불안에 대하여 자아의 근거를 현실적인 근거 위에 굳건히 세우려는 시도이다. 남편의 과거 기억 속 강은 생명의 불모지를 구성한다. 그러나 역설적이게도 과도한 현실에서 활활 타오르는 발전소의 불은 휴지 상태의 발전소에 생명감을 불어 넣는다. 과거의 상처(탈수증으로 죽은 아이)에서 남편은 타오르는 불을 통해 생명에 대한 희구를, 다른 한편으로는 억압된 분노와 적의, 왜곡된 도착적 광기를 드러낸다. 남편의 도착적 광기는 상징계 너머의 세계, 즉 주체에게 고통과 파멸(죽음)을 가져다주는 실재계에 대한 열망, 즉 왜곡된 욕망의 한 형태인 일종의 '열정(passion)'[86], 주이상스적 향유로 드러난다.

남편의 불에 대한 환상은 도착적 강박증이라는 형태로 지속적으로 나타난다. 아내에게 "당신, 불의 기원을 알아?"라고 물어보는 한편 성냥갑 모으는 취미와 원시인들의 마찰 발화법과 바람에 대한 해박한 지식까지 갖춘 그는 불에 대한 환상이 도착적 증상으로 나아가는 것을 더욱 구체적으로 보여준다. 아내는 "몸 전체가 풍향계가 되어 바람을 좇고 있"는

84 Zizek, S., 김종주 역, 『실재계 사막으로의 환대』, 50쪽.

85 (Boothby, R., *Freud as Philosopher: Metapsychology After Lacan*, Routledge, 2001, pp.275-276.) 위의 책, 2003, 50~51쪽. 재인용.

86 Lachaud, D., 앞의 책, 247쪽.

남편의 모습에서 "마치 배화교도와 같은 진지한 표정에서 비로소 그의 속에서 발아하고 있는 방화의 욕망이 구체적인 대상에로 접근해가고 있다는 막연하나마 꽤 확실성을 가지고 닿아와 가슴이 섬뜩해졌던 것이다."(20쪽) 라고 진술한다. 그리고 가끔 남편에게서 "불에 탄 재 냄새"를 맡곤 한다.

아래 본문은 아내의 예지적(豫知的)인 꿈의 장면이다. 그녀는 남편이 가까운 미래에 발전소에 방화할 것이라는 것을 꿈을 계기로 추측하게 된다.

> 사막의 한복판에 꽃을 든 그가 서 있다. 아랍식 터번 아래 드러난 얼굴은 죽은 사람처럼 창백한 납빛이다. 왜 그러고 있는 거예요. 나는 그에게 외친다. 그는 꼼짝 않고 직립해 있을 뿐이다. 그의 손에서 진한 자줏빛 꽃이 뚝뚝 떨어져내렸다. 내 목소리는 곳곳에 구릉지대를 이루고 겹쳐 있는 노래 언덕에 스며 되돌아오지 않는다. 해는 보이지 않는데 모래빛의 반사로 하늘과 땅은 붉은색의 셀로판지를 통해 보듯 온통 붉은 빛이다. (「불의 강」, 25쪽)

위의 본문 텍스트에서 아내의 목소리, 즉 모성적 초자아의 목소리도 가닿지 않는 사막은 무의식의 공간이다. 터번을 두른 것은 배화교도의 신도를 지칭한다고 보았을 때, 남편이 배화교도처럼 불에 대한 도착적 강박을 보여주던 장면과 연결된다. 여기서 그가 불을 뿜지 않는 화력 발전소에 불을 지필 것이라는 추측을 쉽게 할 수 있게 된다.

밑줄 친 부분은 불의 은유이다. 그는 방화를 하려고 불(꽃→빛→불)[87]을 들고 서 있다. 방화 후 그의 손에서 진한 불꽃이 뚝뚝 떨어져 내리는 가운데, 천지가 온통 붉은 빛으로 '불의 강(사막)'을 연출한다. 이 꿈의

87 빛과 꽃의 관계는 4장 2절 「동경」 분석을 참고할 것.

은유로 인해 아내는 남편의 방화를 예기된 것으로 받아들이게 된다.

한편 욕망은 상징계 너머(실재-죽음)로 가보라고 주체를 유혹한다. 주이상스는 상징계의 속성인 반복 강박에 연관되는데 그 근저에는 실재가 있다. 그러므로 주이상스는 쾌락원리 너머로 가보려는 전복적인 충동이다. 주이상스는 죽음 충동을 통해서 구체화된다. 쾌락원리, 즉 상징계가 부과한 법을 넘어서 영원히 잃어버린 대상인 물(Ding)을 되찾고자 하는 갈망이다.[88] 주이상스는 결국 상징계에 의해 촉발되지만 실재에 의해 이끌리고 실재를 향한다고 말할 수 있다. 실재는 상징계 속에서 봉합되지 않는 틈처럼 부정적 효과로 메시지를 보낸다. 주체에게 보내는 실재의 메시지가 바로 증상이다.[89] 남편인 주체의 방화는 상징계 너머 실재를 향한 열망의 소산인 동시에 방화(거세)를 통해 발전소를 불태움으로써 상징계의 대타자의 자리를 무화시키고 자신을 그 자리에 놓는 환상에 의해 지지된다. 즉, 상징계에 순순히 안착하지 않고 상징계에 구멍을 내는 이 전복적인 충동의 주체들로부터 '새로운 주체의 가능성'이 제시된다. 그것은 라캉의 윤리적 주체와 근접한, 자기 욕망에 비교적 충실한 주체이기 때문이다.

라캉의 관점(perspective)에서 볼 때 '주체화'는 자신을 하나의 대상으로, 즉 '무력한 희생물'로 체험하는 것과 밀접한 상관관계가 있다.[90]

---

88 김석, 앞의 책, 244쪽.
물(Ding)은 모든 표상과 상징질서를 뛰어넘는 곳에 있는 순수 존재의 대명사이자 상실의 원형 같은 것으로 주체를 사로잡는 욕망의 이상을 말한다. 주체가 물을 금지 속에서 만난다는 것은 언어가 욕망의 대상을 정확하게 지시할 수 없기 때문이다. 같은 책, 245쪽.
물은 실재의 얼굴이면서 동시에 실재를 향해 주체를 유혹하는 형상이다. 물은 특정한 대상이 아니라 주체가 갖는 본원적인 결여를 상징하는 형상물이다. 물에 가장 가까운 이미지는 어머니이다. 어머니는 주체에게 있어 최초의 주이상스를 포기하면서 잃어버려야 할 대상이기 때문이다. 라캉의 실재는 윤리적인 차원에서 설명된다.

89 위의 책, 246쪽.

「불의 강」에서 남편은 표면적으로 불에 대한 환상을 현실에서 실현함으로써 자기 욕망에 충실한, 즉 라캉의'윤리적 주체'에 근접한 어떤'새로운 주체의 가능성'을 던져준다. 그것은 주체가 환상의 실재 상연을 기획함으로써 존재의 결여나 세계의 균열을 봉합하는 것을 지양하고, 주체가 지닌 욕망을 여과 없이 방화로 실현해 보여주기 때문이다. 「불의 강」의 주체는 화력발전소와 '나'를 동일시함으로써 이른바 '환상 가로지르기'를 시도한다. 라캉은 '환상 가로지르기'를 세계의 실재와의 조우를 외면하지 않으려는 태도에서 찾기 때문에 주체의 윤리적 가능성을 환기한다. 그러므로 이들 주체는 상징계의 결여, 균열되는 지점을 직시함으로써 자신의 욕망을 횡단하는 주체로 볼 수 있다.

그렇다면 앞서 제기된 오정희 소설의 주체를 '윤리적 주체'로 볼 수 있을 것인지를 집중적으로 살펴보기로 한다.

정연희는 오정희 인물들에 대해 "욕망을 포기하지 말라"[91]는 라캉의 공리를 실현하는, 윤리적 주체로 탄생한 것으로 해석하였다.[92] 그들은 오정희 소설 중 특히 「바람의 넋」의 주인공인 '은수'의 행위를 '윤리적 주체'로 보고 있다. 그러나 필자는 오정희 소설 속 인물 주체들이 진정한 라캉적인 의미의 '윤리적 주체'로 태어난다는 것에 대한 해석에 전적으로 동의하기 어렵다. '단순히' 자신의 욕망에 충실한 주체를 윤리적인 주체로 단언한다는 것은 라캉의 의도에 벗어난다. 안티고네의 예에서

---

90 Zizek, S., 김소연·유재희 역, 앞의 책, 132쪽.

91 선의지는 인간의 내면에 있는 절대적 명령이다."칸트의 윤리는 자기 한계성의 윤리학이고 (자제할 수 있는 주체의 능력, 즉 심연 앞에 멈출 수 있는 능력에 있다.)"끝까지 곧장 가려는" 유혹을 회피하는 윤리학이다. 이러한 칸트의 입장으로부터 접근하여 라캉의 자신의 욕망에 굴복하지 말라(*ne pascéder sur son désir*, 자신의 욕망과 타협하지 말라는 윤리적 명령)는" 윤리학이 탄생한다. Zizek, S., 김종주 역, 『환상의 돌림병』, 인간사랑, 2002, 453쪽.

92 이혜린 역시 정연희의 논지를 따른다. 이혜린, 앞의 논문.

그녀의 출발점은 무조건적인 '반드시'이다. 그녀는 오빠인 폴리네이케스를 묻어주려는 의도를 이행하기 위해서 그 무엇에도 멈추지 않는 인물이다.

"우리의 욕망 능력이 전적으로 '정념적'인 것과는 대조적으로, 라캉은 욕망이 비-정념적이고 선험적인 대상-원인을 실로 가지고 있기 때문에 '욕망의 순수한 능력'이 있다고 주장한다."[93] 그러므로 오정희 소설 속에 등장하는 인물들, 즉 자신의 욕망에 비교적 충실한 주체들을 윤리적 주체의'가능성'을 지닌 또 다른 주체의 유형으로 보는 것이 타당하다.

라캉은 윤리의 모델을 칸트의'선 의지(정언명법)'에서 발견한다. 그는 실재로 향하는 안티고네의 예를 들어 욕망하는 주체를 실재의 윤리 차원에서 설명한다. 결국 라캉은 칸트에서 '무조건적', 즉 '절대성'을 도입하여 실재로 향한 윤리를 욕망이 배제된 무념무상의 상태까지 끌어 올린다.

안티고네는 극단적이며, "자신의 욕망에 관해서 한치의 양보도 없으며"(라캉), 모든 일상적인 감정과 생각, 열정과 공포를 넘어서서 죽음 충동을, 죽음을 -향한- 존재를 고집한다.[94]

"…… 윤리의 문제는 실재에 대한 인간의 위치라는 관점에서 말해져야 한다."[95] 라캉은 주체가 실재를 대하는 태도에 따라 윤리를 욕망의 윤리, 실재계의 윤리로 나눈다. 욕망의 윤리는 주체가 실재와 일정한 거리를 유지하는 반면, 실재계의 윤리 주체는 실재의 주위를 계속 맴돌게 된다. 지젝에 따르면, 욕망의 윤리는 주체의 유형에 따라 히스테리 주체

---

93 Zupančič, A., 이성민 역, 앞의 책, 12~98쪽.

94 Zizek, S., 이수련 역, 앞의 책, 205쪽.

95 (Jacques Lacan, *The Ethics of Psychoanalysis 1959-1960 The Seminar of Jacques Lacan Book VII*, ed. Jacques-Alain Miller, tr. Dennis Poter, London: Routledge, 1992, p.11.) 김태숙, 「콘라드(J, Conrad)의 정치 소설과 라캉의 담론 이론」, 161쪽.

의 윤리, 강박증 주체의 윤리, 도착증자의 윤리의 셋으로 나뉜다.[96] 히스테리의 윤리학의 명령은 주체로 하여금 어떤 대가를 치르고라도 욕망을 유지하라는 것이고, 강박증자는 매순간 스스로를 희생시키면서 타자를 위해, 타자의 욕망의 외관을 지키기 위해 활동한다. 이와 반대로 도착증자의 명령은 타자의 향락에 종사하라는 것, 그 향락의 대상-도구가 되라는 것이다.[97] 욕망의 윤리는 환상의 윤리(혹은 주인의 윤리라 부를 수 있는 것)이다. 욕망의 윤리는 상실한 주이상스에 대한 충실성의 윤리이며, '어떤 사물(some Thing)'이 있다는 것을 상기 시키는 근본적인 결여(결핍)를 보존하는 윤리이다. 실재계의 윤리는 결핍을 드러내는 윤리, 즉 실재계의 차원을 재인식하고 승인함으로써 윤리를 재고하기 위한 것이다.[98]

이러한 이론을 바탕으로 보았을 때 「불의 강」과 「바람의 넋」의 주체를 진정한 라캉적인 의미의 윤리적 주체의 '행위'로 볼 수 있느냐는 문제가 제기된다.

행위는 단순한 활동과는 대립된다. 활동(activity)은 판타지를 토대로 구성된 지지물에 의존하는 반면 진정한 행위에는 판타지를 방해하는 과정. 즉 판타지를 "가로지르는" 과정이 수반되기 때문이다. 라캉에게 있어서 행위는 실재계로서의 대상의 편에 서 있으며, 그 행위는 어떤 판타지의 뒷받침도 없이 무(無)의 상태로부터(ex nihilo) 발생하는 사건이다. 주체는 진정한 행위 속에서 스스로를 자신의 원인(cause)으로 상정할 수 있다.[99] 「불의 강」에서 주체(남편)의 방화는 외상적 만남에 기반을

96 김태숙, 위의 논문, 161쪽.

97 Zizek, S., 박정수 역, 앞의 책, 511~512쪽.

98 Zupančič, A., 이성민 역, 앞의 책, 22, 366, 382쪽.

99 행위와 연관된 것은 분열된 주체, 즉 외상적 만남(tuche)으로서의 행위가 주체를 분열시킨다. 권택영, 앞의 논문, 275~276쪽. ('팬터지'→'판타지'로 표기)
윤리적 행위는 예기치 않은 상황에서 "그냥 일어나는" 바로 그것, 행위자 자신을

둔다. 이러한 주체를 실재계를 향한 열망 안에 스스로를 자신의 원인으로 상정할 수 있는가? 즉, 주체가 자신의 욕망에 충실히 따르는 방화 행위에서 행위의 동인이 필연성을 동반하느냐의 문제에 부딪히게 된다. 또한 방화의 충동은 죽음 충동, 즉 "절대적 죽음"[100]으로 말할 수 있는가? 아울러 그 행위를 실천한 이후에 주체가 상징체계 안에 들어설 자리가 없는가를 따져봐야 한다. 안티고네의 경우 공동체로부터 영원히 추방되고 상징체계로 다시 복귀하지 못하는 상징적 죽음을 맞이한다. 이러한 점을 고려한다면, 「불의 강」의 주체를 진정한 라캉적인 '윤리적 주체'로 보기에는 다소 거리가 있다. 다만 '새로운 윤리적 주체의 가능성'은 여전히 유효하다.

라캉이 말하는 윤리적 주체는 보편적인 것의 대행자(*agent*)가 아니다. 또한 라캉이 말하는 실재의 윤리는 단순히 실재를 향한 윤리가 아니고, 오히려 그것은, 이미 윤리 속에서 작용하고 있는 바로서 실재의 차원을 재인식하고 승인함으로써 윤리를 재고하기 위한 시도이다. '현실원칙'에 의해 지배되는 삶과의 관계 속에서, 윤리는 언제나 과도한 무언가로서, 교란시키는 '중단'으로 나타난다.[101] 즉, 그러한 행위는 상징질서를 교란시키며 이성적인 판단의 중단으로 나타난다고 볼 수 있다.

「불의 강」에서 주체의 방화는 현실세계의 질서를 교란시키는 과도한 행위로서 자신의 욕망에 충실한 것은 틀림없지만, 반드시 라캉의 비-정념적이고 선험적인 대상-원인을 가지고 있는 '욕망의 순수한 능력'이 주체에게 내재되어 있다고 주장하기는 어렵다.

가장 놀라게 하는 사건이다. 그것은 진정한 행동을 수행한 후에 "나 자신도 내가 어떻게 그런 행동을 할 수 있었는지 잘 모르겠어. 그건 그냥 일어난거야! 같은 논문, 283쪽.

100 Zizek, S., 이수련 역, 앞의 책, 234쪽.

101 Zupančič, A., 이성민 역, 앞의 책, 23쪽.

이와 같은 맥락에서 「바람의 넋」의 등장인물인 은수의 욕망을 살펴보기로 하자. 그녀는 성장하여 결혼을 하고 아이를 둔 주부이다. 그러나 자신의 무의식에 은폐된 유년의 기억을 따라 가출을 반복하다가 결말에 가서는 자신의 정체성을 확인하는 것으로 끝난다. 그 결과 은수의 결혼 생활은 파탄이 나고 만다. 은수 역시 자신의 욕망에 충실한 주체인 것은 사실이지만, 그 욕망의 발현은 자발적인 것이 아니라 비자발적이다. 그녀는 오로지 자신의 정체성과 관련된 기억에 의해 촉발된 무의식적 욕망에 충실한 인물이다.

은수의 행위는 "상징적 · 이데올로기적 정체성을 부여하는 상징질서 자체의 와해를 동반"하는 안티고네의 예와는 다르다. 안티고네가 삼촌인 크레온의 명령을 위반한 것은 공동체의 법과 윤리를 저버린 행위이다. 그 결과 그녀는 상징질서로부터 추방을 당하고, 살아 있되 죽은 목숨이나 다름없는 상징적 죽음을 살아가게 된다. 라캉은 이와 같은 비극적 주인공을 "참된 죽음을 위한 존재"로서 "비극적 자유"를 얻는다고 지적한바 있다.[102] 이와 같은 의미에서 은수의 반복되는 가출 행위를 과연 안티고네와 같은 윤리적 주체로 볼 수 있느냐는 문제가 제기된다. 안티고네는 무의식이 이끄는 대로 행동한 것이 아니다. 당위성에 의해 요구되는, '반드시'하지 않으면 안 되는 상황에 처한 것이다. 은수는 안티고네와 다르게 '억압된 것의 귀환'에 따른 무의식의 이끌림에 사로잡힌 채 유년의 트라우마 현장을 떠올리게 되고 가출을 반복하면서 자신의 존재에 대한 궁금증을 해결하는 과정을 밟는다.

위의 안티고네와 은수의 예는 모두 자기 욕망에 충실한 주체임에는 이견이 없지만 두 경우는 출발부터 다르다. 안티고네가 자발적인 행동에 의해서 결과적으로 상징질서를 와해시키는 행동을 한다면, 은수는

102 양석원, 앞의 논문, 292쪽.

'무의식적 이끌림'에 자신을 맡기면서 이혼을 당하고 상징질서 체계로부터 아웃사이더가 된 것이다.

라캉은 "정신분석의 윤리의 기준이 주체가 자신의 욕망에 따라 행동했는가의 여부이며, 정신분석의 관점에서 유일한 죄는 바로 자신의 욕망에 대해 양보하는 것이라고 선언한다."[103] 여기서 "주체가 자신의 욕망에 따라 행동했는가의 여부"라는 문장의 의미는 안티고네의 욕망을 기준 삼아 주체의 욕망이 어떤 욕망인가를 문제 삼아야 한다는 뜻을 내포하고 있다고 봐야 한다. 라캉이 말하는 윤리적 주체는 실재[104]의 윤리에 해당하는 "욕망의 순수 형식", "순수 욕망"이라고 할 수 있다.

이와 같은 맥락에서 「바람의 넋」의 작중인물인 은수를 자신의 욕망에 따라 행동할 수 있는 주체, 자신의 욕망을 양보하지 않는 주체, 즉 자신의 욕망에 충실한 라캉적인 '윤리적 주체'라고 해석한다면 의도론적 오류를 범할 수 있게 된다.

라캉이 "정신분석의 윤리에서 '자신의 욕망에 관련해 양보하지 말라', '욕망에 관련해 양보해선 안 된다'고 할 때의 욕망은 환상에 의해 지탱되는 욕망이 아니라 환상을 넘어선 실재의 도래에 가깝다. '욕망에 관련해 양보하지 말라'는 것은 환상의 시나리오에 기초한 부풀려진 욕망들을 근본적으로 포기해야 함을 함축한다."[105] 따라서 「바람의 넋」의 주체인 은

---

103 위의 논문, 292쪽.

104 라캉에 따르면 **실재**는 불가능하다. '그것은 (우리에게) 일어난다'는 사실은 그것의 기본적인 '불가능성'을 논박하는 것은 아니다. **실재**는 우리에게 (우리는 **실재**를) 불가능한 것으로서 일어난다.(조우한다) 바로 이때, **실재**와의 조우에 의해 우리에게 강제된 물음— 나는 나를 '탈구된'상태로 던져놓은 그 무엇에 조응해서 행위할 것인가, 나는 이제까지 내 실존의 토대였던 것을 재정식화할 각오를 할 것인가?— 속에서 윤리가 작동하기 시작한다. 바디우는 이 물음 — 혹은 오히려, 이 태도 —을 '사건에의 충실성' 혹은 '진리의 윤리'라고 부른다. 라캉에게 있어서 윤리는 '실재'이며 바디우에게는 '사건'이다. Zupančič, A., 이성민 역, 앞의 책, 358~359쪽.

105 Zizek, S., 이수련 역, 앞의 책, 206~207쪽.

수를 라캉적인 '윤리의 주체'로 단정짓는 것은 라캉의 이론에 대한 과도한 해석의 오류라고 볼 수 있다.

요컨대 오정희 소설 「불의 강」이나 「바람의 넋」의 주체들은 무의식적(유년의 트라우마 · 사건) 욕망에 충실하다는 점에서 보았을 때 라캉의 주체와 비슷하지만 완전하고 필연적인 라캉적인 '윤리의 주체'로 해석하기는 어렵다. 그러나 여전히 라캉의'윤리적 주체'에 근접하는 새로운 윤리적 가능성을 지닌 주체들이라는 점에는 틀림이 없다. 이와 같은 오정희 주체들의 욕망의 성격에 비추어 그 주체들을 어떤 주체들로 명명할 것인지에 관해서는 차후 과제로 남겨둔다.

3. 비극적 세계관과 환멸의 담론

오정희 소설 연구에서 우리의 삶이나 일상에서 누락된 지점, 더 나아가 이미 기대를 품기도 전에 삶의 본질을 알아챈 자의 예민한 감각에 의해 딸려 나오는 주체들의 '환멸의 태도'에 대한 연구는 간과되어 왔다.[106] 이 글이 주목하고 있는'환멸의 태도'는 김병익, 박혜경, 우찬제에

106 한국 소설 비평에서 '환멸'이라는 용어가 본격적으로 등장한 시기는 1990년대이다. 1980년대까지 명확했던 이념적, 윤리적 목표가 무너지고 자본주의가 예술을 포함한 삶의 전 영역으로 확산되는 과정에서 한국 문학은 '환상의 소멸, 환상에서 깨어남'이라는 정신적 충격을 경험하고 사회적 관심으로부터 후퇴하여 내면으로 침잠하게 된다. 서영채는 환멸의 원형식(元型式)을 염상섭의 『만세전』에서 찾고 있다. 이는 봉건적 조선의 누추함과 근대적 일본의 화려한 근대 문물을 접한 청년이 느끼는 환멸로서 노년을 기다릴 필요 없는 청년의 형식이며, 90년대적 환멸의 형식도 『만세전』의 연장선이라는 것이다. 90년대 환멸 소설의 주인공들은 양자택일적인 두 개의 모랄, 전형적인 자본제의 타락한 삶의 방식과 그 안에서나마 가치의 진정성을 추구하는 삶의 방식을 부정하는 것에 중점을 두고 있다는 것이다. 그는 한국 장편소설의 90년대적 양상으로 환멸과 모험, 환상의 세 가지 형식을 적시한 바 있다. 그중 환멸은 허무주의의 가장 직접적인 서사 형식으로서 그 기원을 루카치의 『소설의 기원』에

의해 이미 어느 정도 시사된 바 있지만, 그 이후 더 이상 진전되거나 새롭게 조명되지 못했다. 따라서 오정희 소설에서 주체가 세계에 대해 '환멸의 태도'를 취하는 부분은 주목해 볼 만하다.

김병익에 따르면 오정희 소설 속 주체는 "단절된 세계를 깊은 눈으로 바라보는 존재 세계의 영원한 비밀과 그것의 무한한 은폐와 완강한 함구, 격렬한 적의와 철저한 절망을 그 자체로 내포"하고 있다. 그의 한결같은 모티브는 좌절당한 생명이다. 〈좌절당한 생명〉은 자기와 세계와의 화합에 실패한 흔적으로 볼 수 있다. 또한 오정희 소설 속에서 죽음은 삶 속에 함께 들어 있는, 틈만 나면 삶의 균열 사이로 불현듯 고개를 내밀 죽음이다. 삶은 그 어느 것을 통해서라도 세계와 화해할 수 없다는 것, 그것은 인간의 가장 근원적인 존재상(存在相)에 대한 통찰이며 그는 거기서 비롯된 절망을 드러낸다. 오정희 소설은 바로 이 절망과 무력한 시도 자체가 한 조각 빛을 암시하고 있는지도 모른다.[107]

오정희 소설에서 드러나는 '환멸'에 대해서 참조점을 제공해 주는 박혜경은"작중 인물들이 느끼는 막연한 공포감이나 알 수 없는 적의, 혹은 진저리쳐지는 환멸과 무력감이라는 불투명한 정서적 반응은, 현실에 대해 반응하는 하나의 특징적인 심리적 기제라 할 수 있다고 한다. 또한 이들의 이러한 심리적 반응은 그들이 일상적 삶에서 느끼는 강한 환멸감이나 위기의식, 혹은 짙은 권태감과 무력감 등의 정서와 깊이 연루되어 있다."[108]고 본다.

나타난 소설의 분류학(유형학)에서 찾고 있다. 서영채, 「소설의 운명, 1993」, 『소설의 운명』, 문학동네, 1996, 28~29쪽. 루카치의 소설 미학 전반이 헤겔로부터 영향을 받았으며 '주인공의 영혼' 역시 근대 초기의 코기토 개념과 불가분의 관계에 있음은 주지의 사실이다. 그러나 근대 철학의 주체 개념이 20세기 이후 정신분석학과 구조주의 언어학 등으로부터 강한 도전을 받았음을 상기한다면 이와 관련되어 있는 루카치의 '환멸' 개념을 포함한 소설 이론을 새로운 각도에서 검토할 필요가 있다고 본다.

107 김병익, 「세계에의 비극적 비전」, 『지성과 문학』, 문학과지성사, 1982, 280~289쪽.

우찬제는 오정희의 여성 주인공들은 이미 탄생에서 죽음을 감지한 저주받은 영혼들이고, 그들의 인지 프리즘에 비친 세상은 온통 환멸의 풍경일 뿐이라고 했다. 그 풍경은 바라보는 이의 눈을 시리게 하고 눈을 치뜰 수 없게 함으로써 환시의 상상력으로 유도한다. 환시의 상상력은 환멸(幻滅, disillusionment)의 풍경을 온 몸으로 받아들이면서도 역설적으로 '환(幻)'을 '멸(滅)'하기 위한 상상력으로 양가적이다. '환'과 '환멸'의 양가감정은 수용과 거부, 순종과 반역, 질서와 혼돈, 안주와 탈주 등 양항 대립으로 전이된다. 오정희 문학은 환멸의 풍경을 '환멸적'(幻을 滅하기 위한 상상적인 노력)으로 직조하는 환(幻)의 언어의 결정체라고 말한다.[109] 우찬제의 해석에 따르면 오정희 소설은 그 환을 견디기 위하여, 환을 멸하거나 건너가기 위하여, 환시, 즉 환상이라는 소설적 장치가 필요한 것으로 이해된다.

좌절당한 생명(낙태), 또는 빈번한 죽음의 모티프들은 이 세상이 그만큼 생명을 품고 키워내기에 부적절한 세계임을 드러내는 심리적 지표라고 볼 수 있다. 이러한 환멸에 대한 논의는 오정희 소설을 또 다른 시각에서 볼 수 있는 준거점이 되어 준다. 특히 오정희 소설 대부분의 작중인물들은 외부세계에 대한 투쟁적 태도를 취하기보다는 그것을 은폐·왜곡하며, 자신의 내면세계로 후퇴하여 심리적인 충동들을 환상에 투사함으로써'환멸의 담론'을 구성한다.

오정희 소설에서 환상성이 주요한 구성요소로 작용하고 있다는 것은 앞 절에서 살펴보았다. 대부분 오정희 소설에서는 미래에 대한 전망의 부재함에서 오는 현실의 황폐함을 가리기 위한, 또는 소외된 주체가 자신의 존재를 드러내는 방법으로서 환상이라는 소설적 장치가 도입된다.

---

108 박혜경, 「신생을 꿈꾸는 불임의 성」, 260~263쪽.
109 우찬제, 앞의 책, 276~277쪽.

그것은 우리의 무탈하고 친숙한 일상적 삶을 낯섦으로 유도하여 그 기괴함 속에서 현실의 삶을 재인식하는 계기를 마련한다. 따라서 환상적 요소는 주체의 소외와 현실에 은폐된 것을 폭로하는 효과와 함께, 일련의 서사를 낯선 것으로 교란 · 변형 시키는 구성적 효과를 동시에 가져다준다. 오정희 소설의 판타지는 결국 현실에 드러난 좌절을 모호한 이미지나 수사법으로 대체하는데, 그것은 환멸에 대한 완곡한 표현으로 볼 수 있다.

환멸의 서사에서 소설의 구성 요소로 도입되는 충동과 환상은 주체의 이상이 현실에서 실현될 가망이 없음을 나타내는 지표이다. 오정희 일부 소설에서는 주체가 세계와의 직접적인 대결을 배제하면서 그 대신 서사에 환상을 도입함으로써 주체가 현실 세계에 대한 기대나 전망이 부재하다는 것을 보여주는 전도된'환멸'의 방식을 도입하고 있다.

환멸의 사전적 정의는 "이상(理想)이나 공상(空想)이 현실(現實)로 나타난 것 같다가 곧 사라져 버림"이다. 그러나 오정희 소설에서 감지되는 환멸은 일반적인 환멸과 다른 방식으로 드러난다.[110] 오정희 소설에서 환멸은 루카치적인 의미의 '환멸의 낭만주의'에서 낭만주의가 거세된 것이라 할 수 있다. 오정희 소설 속 주체들은 세계에 대한 어떤 비전도 보여주지 않는다.[111] 오정희 소설 속 주체가 보여주는 "환멸의 태도는 외부세계에서 자신의 이상과 동경을 실현할 가능성을 전연 확인할 수 없는 영혼이 드러내는 태도이다."[112]

110 예를 들면, 김승옥의 소설 「환상 수첩」(환상과 현실의 거리), 「무진기행」(반복되는 일상에서의 환멸), 은희경의 『새의 선물』(성장기 아이 눈으로 경험하는 환멸) 등에서처럼 등장인물 주체가 직접 경험하면서 현실과 환상(비전)사이의 괴리에서 느끼는 즉물적인 방식의 환멸이 아니다.

111 그것은 작가가 세계(삶)를 인식하는 태도와 관련되며 그것은 '환멸'과 밀접한 연관성을 가진다.

112 장수익, 「권력과 욕망에 대한 인간학적 탐구: 이승우론」, 『기독교문화연구』, 제8집,

오정희 소설에서는 작중인물들과 타인들 사이의 어떤 관계에서 오는 사건(갈등)들에 의해서 스토리가 진행되는 경우가 아주 미미하다. 소설 속 주체들은 처음부터 세계(삶)에 대한 전망이 부재하거나 현실의 부조리하고 모순된 삶을 선험적으로 알아버린 자들이다. 그러므로 어쩔 수 없이 살아가야 하는 자가 겪는 세계와의 화해롭지 못한 삶의 일상이 부각된다.

오정희 소설이 보여주는 삶에는 세계와 자아 사이에 화해할 수 없는 간극이 존재한다. 권태롭고 무의미한 삶에 문득 돌올하게 출현하는 '전갈'이나 '육손이', '간질', '불임' 등의 불구적 이미지들은 주체가 인식하는 세계와의 불화를 드러내는 심리적인 표상들이다. 주체의 균열된 의식이 들여다보는 세계는 한 방울의 수돗물조차도 섬뜩한 불안 그 자체를 지시하며, 삶의 미세한 틈으로부터 환상을 도입하는 계기가 된다. "환상성이 실존적인 불안 및 불편함과 관련"[113]되는 것은 이러한 연유에서이다. 이러한 이유로 오정희 소설에서 환멸은 세계와의 화합에 실패한 주체들의 심리적인 태도에서 감지된다.

오정희 소설을 담론 구조를 통해 살펴봄으로써 주체가 상징계와 대상과의 관계 속에서 차지하는 위치[114]를 파악할 수 있다. 문제는 오정희 소설이 제기하는 환멸의 문제를 어떻게 형식화, 구조화시켜 담론으로 파악할 수 있느냐이다.

앞에서 이미 논의한 환멸의 담론 구조는 다음과 같다.

한남대학교기독교문화원, 2003, 96쪽. 또한 루카치는 환멸의 낭만주의의 주체를 설명하면서 "주체의 이 무절제한 고양(高揚)의 전제조건이자 대가(代價)는 외부 세계의 형성에 참여하는 것을 포기하는 것이다"라고 하였다. Lukacs, G., *The Theory of the Novel*, MIT Press, 1978, p.117.

113 Jackson, R., 앞의 책, 41쪽.

114 Widmer, P., 앞의 책, 179쪽.

분열된 주체($)	→	주인기표(S1)
지식기표(S2)	←	오브제 아(a)

이 환멸의 담론에서 4개의 위치(행위자, 타자, 생산, 진실)에 4개의 용어들이 어떤 방식으로 기능하는지를 설명하면 다음과 같다.

1. 행위자: 행위자의 자리에 '분열된 주체($)'가 배치된다. 행위자는 소외와 분리를 거쳐 존재와 사유의 영역으로 분열되어 있는 주체이다. 행위자는 내포저자, 서술자, 작중인물 모두가 될 수 있다. 그들의 행동은 지식기표(S2)의 연쇄에 의해 과거의 기억을 회상함(사후적으로 형성함)으로써 촉발된다. 히스테리 담론은 항상 욕망의 불가능성을 강조한다. 히스테리 담론에서와 마찬가지로 환멸의 담론에서도 분열된 주체($)는 결핍이 없는 완전한 대타자를 추구한다. 그것은 분열된 주체($)가 결핍되어 있다는 것을 말한다. 분열된 주체($)는 주인기표(S1, (대)타자)에게 자신의 정체성("나는 누구인가?")을 규정해 줄 것을 요구하지만, 주인기표(S1)가 상징질서 속에서 규정하는 정체성은 분열된 주체($)가 원하는 궁극적인 답이 아니다. 왜냐하면 분열된 주체($)가 원하는 답은 상징질서 속의 단순한 위치가 아닌 영원히 상실되고 말로 표현될 수 없는 오브제 아(a)와 관련된 지식이기 때문이다. 환멸의 담론의 주체 역시 히스테리 담론에서처럼 자신의 진실(정체성)에 관한 지식보다는 타자의 욕망에 더 관심을 갖기 때문에 주인기표(S1)로부터 원하는 답을 얻을 수 없다. 오정희 소설 속 주체는 라캉의 히스테리 담론의 변형된 형태인 "환멸의 담론" 속에서 행위자로 기능하는 주체이다.

2. 타자: 타자의 자리에 주인기표(S1)가 배치된다. 주인 기표는 대타자의 결핍을 나타내는 기표에 대한 대체물로 도입된다. 타자인 주인기표(S1)는 어떤 기표도 그 자리에 있을 수 있기 때문에 아무런 의미도 없는 텅 빈 기표이다. 주인 기표는 주체의 결핍을 해소할 수 있다고 생각되는 기표이다. 주체가 동일시함으로써 정체성을 형성한다고 여겨지는 기표이다. 주인기표(S1)는 분열된 주체($)가 자신의 정체성을 투사하는 대상이지만, 그 정체성의 확인이나 규정은 불가능하다. 따라서 주인기표(S1)는 담론으로부터 상실되거나 배제되는 허구적 기표이다. 오정희 소설에서 주인기표(S1)는 있다고 가정된 타자와 주체 자신 안의 이질적인 '나' 즉 타자이다. 부네(「유년의 뜰」), 중국인 남자(「중국인 거리」), 전갈(「전갈」), 그(「옛 우물」, 「비어 있는 들」), 당신(「직녀」) 등으로 나타난다. 결국 주인기표(S1)가 분열된 주체($)의 욕망을 적극적으로 실천하지(채우지) 못하게 되면서 욕망의 대상원인이자 잔여물, 즉 오브제 아(a)의 생산이 촉발된다.
3. 생산: 생산의 자리에 오브제 a가 배치된다. 오브제 아(a)는 분열된 주체($)가 욕망을 구성하는 대상원인이다. 오브제 아는 주체의 욕망과 밀접한 관련된다. 오브제 아는 주체가 원래의 어떤 것을 잃어버렸다고 생각되는 '상실된 대상(Ding)'[115]을 지칭한다. 주체는 이 상실을 메우기 위해 오브제 아의 자리에 판타지를 통한 대체물을 형성한다. 오브제 아는 주체에게 결핍을 상기시켜주고 욕망을 불러일으키는 대상-원인으로 기능한다. 오브제 아는 환상의 스크린을 통해 주체의 욕망을 상연하고, 또한 부분 충동의 한 부분을 담

115 주체가 결여한 것은 자신의 소외 과정에서 상실한 것, 즉 대상 소타자 a(objet a)이다. 양석원, 앞의 논문, 279쪽.

당한다. 오브제 아(a)는 주체의 결핍과 대타자의 결핍을 상기시켜 주는 기표이며, 욕망의 대상-원인이다. 타자 (또는 주체 내부의 타자)의 질문을 통해 얻을 수 있는 것은 완전한 답이 아닌 대체물로서 나타난다. 오브제 아(a)는 구체적인 소설 텍스트에서 상징과 은유로 나타난다. 즉, 똥(「유년의 뜰」, 「관계」, 「옛우물」), 초조(「중국인 거리」), 전갈의 시체(「전갈」), 고양이 시체(「파로호」), 익사체(「비어 있는 들」), 거울의 빛(「동경」) 거대한 파충류(「야회」) 등 오브제 a는 낯설음과 섬뜩함을 불러일으키는 불안과 환멸의 은유이다. 오브제 a는 라캉의 이론에서 소외와 분리를 겪은 분열된 주체($)가 욕망하는 존재이자 주체의 보충물로 상정된다. 오브제 아(a)는 오정희 소설에서 주체의 욕망을 채워주기보다는 주체의 좌절된 욕망을 은유 또는 상징으로 보여준다. 따라서 오정희 소설에서 오브제 아(a)는 왜곡된 성이나 살의 충동, 방화 등과 같은 다양한 형태로 드러나는데 그것들의 수사학적인 공통점은 결국 좌절과 환멸의 상징 또는 은유라는 점이다.

4. 진실(진리): 진리 · 진실의 자리에 지식기표(S2)가 배치된다. 지식은 근본적으로 주체의 정체성과 주이상스에 관련되어 있다. 지식은 주체의 의미와 가치를 부여함으로써 정체성을 형성하고 주이상스의 특성까지 결정한다. 지식 기표가 알고자 하는 것은 무의식의 기표이다. 주인 기표와 지식 기표가 주체의 형성에 필요한 조건이 되는 반면, 분열된 주체($)와 오브제 아는 이들 기표의 효과에 해당된다. 오정희 소설에서 지식기표(S2)에 의해 드러나는 진리는 과거에 대한 기억이다. 행위자인 분열된 주체($)는 과거 기억에 대한 회상을 통해, 즉 사후적 구성을 통해 주체를 움직이게 하는 동인(動因)을 얻는다. 즉, 행위자의 현재는 과거에 의해 대부분 추동된다. 분열된 주체($)의 욕망이 주인기표(S1)나 오브제 아를 통해

채워지지 않기 때문에 오브제 아의 생산과정 역시 진실과 아무런 관련이 없다. 따라서 과거에 대한 회상은 욕망의 좌절 또는 환멸의 서사(내러티브)를 반복할 수밖에 없다. 또한, 행위자는 진실을 통해 행위의 동력을 얻고자 회상을 통해 과거를 사후적으로 재구성하지만, 그 여정은 지연되고 우회하여 결국 좌절과 환멸이라는 종착점에 도달한다.

환멸의 담론이 적용될 수 있는 작품들은 「불의 강」, 「번제」, 「바람의 넋」, 「夜會」, 「직녀」, 「파로호」[116] 등이다. 이 절에서는 그 중에서 「불의 강」, 「번제」, 「바람의 넋」, 「夜會」를 환멸의 담론으로 분석해 보고자 한다. 「불의 강」의 주체가 상징계에서 차지하는 대상-관계 구조를 환멸의 담론으로 배치하면 다음과 같다.

표 22 환멸의 담론 구조로 파악한 「불의 강」

분열된 주체($) : 그, 남편	→	주인기표(S1) : 발전소, 남근
지식기표(S2) : 전쟁, 죽은 아이 (과거)	←	오브제 아(a) : 불에 대한 환상, 방화

환멸의 담론 절반은 '히스테리 담론'과 겹쳐 있다. 분열된 주체($)는 히스테리적인 발화에서 벗어날 수 없다. 환멸의 담론은 히스테리 담론에서 오브제 a의 위치와 지식기표(S2) 자리를 맞바꿈으로써 분열된 히

116 환멸의 담론 구조로 본 「파로호」는 아래와 같다. 이 절에서 「파로호」와 「직녀」는 다루지 않는다.

분열된 주체 ($) : 혜순	→	주인기표 (S1) : 남편 병언
지식기표 (S2) : 남편의 해직, 낙태한 아이 (과거)	←	오브제 아 (a) : 고양이 살해, 순수한 물

표 21 환멸의 담론 구조로 파악한 「파로호」

스테리적인 주체가 환멸이라는 태도를 취하는 것이다. 분열된 주체($)는 주인기표(S1)에게 '내가 누구인가?' 라는 질문을 던짐으로써 언표와 언표 행위 그 사이의 간극을 통해 타자의 욕망을 간파하고 주체 역시 타자의 욕망을 욕망하는 주체가 된다.

위의 환멸의 구조로 「불의 강」을 조명해 보면, 행위자의 위치에 분열된 주체($)인 '그', 즉 남편이 차지하게 된다. 그는 주인 기표로 상정된 남근적 발전소 주위를 맴도는 행동을 통해서 "케 보이?(Che Vuoi?)"라는 물음을 제기한다. 남근적 기표로서 발전소가 주인기표(S1)라고 여겨지는 타자의 자리를 차지할 수 있는 것은 앞서 살펴본 대로 분열된 주체($)인 그가 발전소를 "상징적 동일시, 즉 우리(그)가 관찰당하는 위치와 우리(그)가 우리(그) 자신을 바라보게 되는 위치와 동일시"[117]함으로써 가능해진다.

발전소는 앞 장에서 전쟁 당시 대학살에 대한 공포로 인해 '금지'((대)타자-아버지)를 지시하기 때문에 '타자-주인 기표(S1)=남근적 발전소'라는 해석이 가능하다.[118]

분열된 주체는 자신을 타자의 욕망의 대상으로 제공함으로써 '케 보이?'의 참을 수 없는 간극을, 타자의 욕망의 구멍을 메우려고 애쓴다는 것을 이미 살펴보았다. 우리는 그의 궁핍한 삶에서 노동으로 희생한 대가나 "사랑의 헌신을 통해서 상징화될 수 없고, '길들여질' 수 없는, 참을

---

117 Zizek, S., 이수련 역, 앞의 책, 184쪽.
동일시는 그 대상이 모델, 이상형 등을 모방하는 반드시 매혹적인 특징이어야 할 필요는 없다. 같은 책, 185쪽.

118 또한 남근적 발전소, 즉 타자의 자리를 보충해 주는 모성적 초자아(mOther) 역을 맡고 있는 아내(그녀)에 의해서 대리된다고도 할 수 있다. 그녀는 그와의 관계에서 중간 중간 그의 물음을 받아주는 역할을 하고 있기 때문이다. 예를 들면 "당신 불의 기원을 알아?"라는 발화에서 그는 그 자신의 정체성에 대한 대답을 요구하는 방식으로 진술하기 때문이다.

수 없는 불안을 일으키는 순수한 외상적인 지점을 고집하는"[119] 이 지점에서 그의 히스테리적인 발화를 대신하는 "들, 들, 들 끓어오르는 재봉틀 소리"(「불의 강」, 15쪽) 안에 내재된 환멸을 읽어낼 수 있을 것이다.

분열된 주체($)가 주인기표(S1)를 통해 결과적으로 얻은 것은 잉여 주이상스인 오브제 a이다. 그러나 그 답은 궁극적으로 주체의 궁금증을 해소시키지 못하지만, 주체는 방화에 대한 환상을 그 결과로 얻는다. 환상이 주체의 결여를 궁극적으로 채울 수 없다는 것은 그 위치(공간)가 늘 "결여로 가득한, 결여에 의해 점유되는 어떤 자리"[120]이기 때문이다.

환상은 "타자가 원하는 것이 무엇인가?"라는 질문에 대해 일시적으로 주체에게 답을 줌으로써 주체로 하여금 상징계를 벗어나는 것을 피할 수 있도록 해준다고 볼 수 있다. 주지하다시피 환상은 **'타자의 욕망'**의 빈 공백을 메우는 상상적 시나리오로서 기능한다. 주체의 욕망은 타자의 욕망인 바, 주체가 추구하는 방화에 대한 환상은 본질적으로 균열되고 결핍된 주체가 드러내는 자기 지시적인 존재의 표지라고 할 수 있다.

오정희 소설에서 욕망하는 주체들이 보여주는 환상들은 대부분 현실의 균열된 지점에서 그 환상(물)이 도입되어 부분적으로 결여를 보충해 주는 지지대 역할을 하는 반면, 「바람의 넋」과 「불의 강」에서는 그 환상을 그대로 껴안고 행동을 통해 환상 자체를 횡단한다는 점이 특이하다.

여기에서 지식기표(S2)는 행위자를 추동시키는 원동력이 된다. 오정희 소설에서 주체가 알고 있는 지식은 과거의 사건, 지식(S2)이다. 행위자인 분열된 주체($)는 유년 시절 전쟁을 겪었고, 그 발전소는 대학살이 자행되었던 곳으로 주체에게 억압된 기억의 장소, 즉 트라우마의 공간이다. 또한 강을 바라보면서 아이러니하게 탈수증으로 죽은 어린 아이

119 Zizek, S., 이수련 역, 앞의 책, 203쪽.
120 Zupančič, A., 이성민 역, 앞의 책, 369쪽.

에 대한 기억도 주체를 움직이게 한다. 여기에서 원망과 적시로 가득한 발전소에 대한 부정적인 인식은 세계에 대한 주체의 환멸이라는 구조로 볼 수 있게 한다. 주체는 이러한 기억을 사후적으로 재구성하여 행위의 동인으로 삼는다.

「바람의 넋」의 주체 역시 전쟁으로 인해 잃어버린 쌍둥이 동생과, 환몽처럼 떠오르는 두 짝 고무신에 관한 기억을 지니고 있다. 그녀는 "왜 불현 듯 기억의 맨 밑바닥에서 물에 잠긴 사금파리 조각처럼 빛나는 최초의 기억, 튀어오를 듯 강한 햇빛과 나 뒹굴어진 두 짝의 고무신이 떠오르는가."(222쪽)와 같은 기억을 통해 자신의 정체성에 관한 물음을 제기한다. "튀어오를 듯 강한 햇빛"으로 인해 주체는 대상의 실체를 정면으로 바라 볼 수 없다. 그것은 외부 세계(타자)로부터 폭력에 무방비로 노출된 주체의 외상적 경험에 기인한 것이며, 더 나아가 주체가 세계를 환멸로 받아들이게 하는 심리적 기제들이다. "나는 왜 어린 애들을 보면 슬픈 생각이 드는가 몰라요. 천지 분별 없이 인생에서 제일 행복할 때라는데, 철없이 뛰노는 아이들의 천진함에는 아주 깊은 슬픔이 있어요."(232쪽) 이 본문 텍스트의 내용은 주체가 가지고 있는 세계와 존재에 대한 궁극적인 인식을 엿볼 수 있게 한다. 그것은 세계가 결코 저 천진한 아이의 웃음들을 보장해 줄 수 없을 것이라는 비극적이고 절망적인 세계관에 의해서이다. 이것이야 말로 주체가 근본적으로 가지고 있는 세계와의 간극, 곧 환멸에 대한 인식이다. 그 무엇보다도 전쟁이라는 절망적이고 비극적 사건 자체가 지니는 환멸의 강도는 그 어떤 것으로 가늠할 수 없으며, 어떤 환상으로도 가릴 수 없다.

환멸의 담론은 "주체가 상징계와 대상과의 관계 속에서 차지하는 특별한 위치"를 지시한다면, 「바람의 넋」에서 주체는 "우리가 볼 수 있는 것은 진실의 환상일 뿐이 아닐까."(250쪽)라는 독백을 통해 전도된 현실을 인지함으로써 환멸의 담론을 구성한다.

행위자인 아내 은수는 주인기표(S1)인 남편 세중에게 "당신이 은행에서 일하는 동안 내가 뭘하고 있을까를 생각해 보기도 하나요?"(185쪽)라고 질문을 던진다. 그러나 세중은 가부장적인 평범한 남자일 뿐, 그녀가 원하는 답을 줄 수 없는 위치에 있다.

그녀가 주인기표(S1)인 남편을 대신해 발견한 것은 자기 자신 안에 있는 낯선 타자이다. 즉, 그녀가 그녀 자신을 바라봄으로써 내 안의 또 다른 이질적인 나, 타자를 발견하게 되는 것이다. 그녀는 그 낯선 타자에게 질문을 던진다. "부옇게 내려깔리고 더러는 햇빛 속에 떠도는 먼지들, 헛되고 헛된 사념의 부스러기들. 매일 쓸고 닦고 털어내건만 도대체 어디서부터 흘러드는 것일까."라고 그녀가 던지는 질문은 독백에 의해 진행된다.

또한 더 적극적으로 "내가 누구인가, 내가 누구인가"(211쪽)라는 질문들을 더 강도 있게 도출해 낸다. "케 보이?"라는 물음은 즉, "너는 내게 그것을 말하지만 그것을 통해 도대체 무엇을 겨냥하는 것인가?"이다. 이 의문 부호는 어떤 간극, 구멍의 표지이며, 언표와 언표된 행위 사이의 간극이 지속됨을 가리킨다는 것은 앞서 살펴보았다. 그녀는 이 요구를 통해 무엇을 겨냥하고 있는가? "요구와 욕구의 이런 균열이야말로 히스테리적인 주체의 위치를 규정하는 것이다."[121] 그녀의 이러한 히스테리적인 발화에도 불구하고 그녀가 타자(S1)에게 얻을 수 있는 것은 잉여주이상스인 환상의 부스러기들, "하얗게 바래져 튀어 오르는 흰 모래, 쨍쨍하고 뜨거운 햇볕 아래의 한기와도 같은 공포"(263쪽)로 생경한 이미지로 주체에게 도래한다.

「바람의 넋」에서 주체를 추동하게 하는 원인으로는 진실의 위치를 차지하고 있는 과거의 지식(S2)이 지목된다. 전쟁통에 죽은 쌍둥이 동생에

121 Zizek, S., 이수련 역, 앞의 책, 194~196쪽.

대한 과거의 기억을 떠올리며 주체는 바람이 그 동생의 넋을 불러내는 것이라고 생각한다. 본문 텍스트에서 바람은 주체의 가출로 형상화되어 반복된다. 주체는 그 반복충동을 통해 주체의 과거 트라우마의 한 장면, 즉 환상(몽)과 조우하게 된다.

반면 「불의 강」에서 환멸의 주체인 그(남편)는 외상적 과거를 돌파하기 위해서 발전소를 방화한다. 주체에게 억압된 욕망을 발전소에 투사하고 아울러 현실에 환상을 도입함으로써 분열된 주체는 환멸을 가로지른다고 볼 수 있다.

환상은 분열된 주체($)인 그가 "자기 자신의 균열을 미리 고려해 넣는 방식"[122] 으로 해석할 때 주체의 환멸을 보다 선명하게 이해할 수 있게 된다. 상징질서 내에서의 주체의 균열, 즉 결여되고 부족한, 주체에게 완벽하지 않은 그 무엇은 결국 세계와 자아간의 간극으로 그것은 환멸과 다르지 않다. 주체가 외부 세계와 자신에 대해 절망적인 태도를 보일 수밖에 없는 것은 애초에 세계에 대한 믿음이나 전망이 부재하기 때문이다. 환멸은 주체가 절망적인 세계를 벗어날 수 없음을 간접적으로 보여준다.

「번제」와 「직녀」에서 주체가 보여주는 환멸에 대한 태도는 히스테리적인 발화와 환상을 도입하는 부분에서 드러난다. 다음은 「번제」의 환멸의 담론구조이다.

표 23 환멸의 담론 구조로 파악한 「번제」

분열된 주체($) : 화자	→	주인기표(S1) : 의사, 자기 안의 타자
지식기표(S2) : 죽은 어머니, 낙태한 태아	←	오브제 아(a) : 환상

122 위의 책, 221쪽.

「번제」에서 주체가 드러내는 환멸은 '자기반영적(反影的)'인 환멸이다. 자기반영적 환멸은 자기의 내면을 투사해 내는 환멸이다. 주체($)인 그녀는 행위자 자리에서 주인기표(S1)인 의사에게 "창살을 뽑아주세요."(160쪽) 라고 요구한다. 그러나 주체의 발화에 반응하는 주인기표(S1)의 대답은 "그게 무슨 상관입니까"(160쪽)이다. 주인기표(S1)에게서 자신의 답을 찾으려는 주체의 노력은 실패로 돌아간다. 주체의 실패에 의해 드러나는 이 간극, 이 빈 구멍이 바로 정신분석학에서 말하는 기표의 주체가 출현하는 장소이다. "기표의 주체는 그 자신의 표상의 실패로 인한 소급효과이다."[123] 이 빈 구멍, 공백의 결여가 주체 역할을 한다는 것은 완전하지 않는 상징계의 틈이 주체를 작동하고 그 공백이 운동의 원인이 된다는 것이다.

주인기표(S1)는 주체($)가 자신의 정체성을 투사하는 대상이지만 위의 대화의 경우 주체가 주인기표(S1)로부터 얻을 수 있는 지식은 질문의 공허한 되돌림이다. 그러나 「번제」의 주체는 주인기표(S1)와 동일시를 통해서 자신의 정체성에 관한 답을 얻기 위해 자신의 요구를 포기하지 않는다. 주체는 스스로에게 질문을 던짐으로써 자기 안의 '이질적인 타자'[124]를 주인의 자리에 대신 세운다. 즉, 있다고 가정된 타자-주인기표(S1), 즉 의사를 상대로 가상의 질문을 던지고 스스로 답을 구하는 행위를 보여준다.

저 창살 좀 뽑아 주세요.
바람이 몹시 불고 있는데요?
눈이 열두 조각 나는 것 같아요.

---

123 위의 책, 297쪽.

124 "헤겔에 의하면 자신의 타자를 전제하는 것이 아니라 자기 자신을 어떤 낯선 실체라는 이타성(異他性)의 형태로 전제해야만 외재적 반영이 나타난다." 위의 책, 376쪽.

아마 그러실 테지요.

그뿐인 줄 아세요? 햇빛도 열두 조각, 지나가는 사람들 다리도 열두 조각, 내 눈이 초파리나 잠자리 눈인 줄 아시나봐.

창살을 뽑으면 어쩌게요?

곧장 날아가 버리겠어요.

오호라, 그러나 너무 높이 올라가지는 마세요. 날개가 녹아버릴지 모르니까요. 그럼 떨어져버린답니다. (…중략…)

그 다음날이면 나는 그의 사육 방법에 대해 진지하게 토론을 하게 될 것이고 아마 그는 나에 대해 우선은 강한 호기심을 가질 것이며 다음엔 나를 인정하게 되고 마침내는 사랑하게 될 것이다. (「번제」, 161쪽)

주체의 히스테리적인 발화는 환상(판타지)을 도입하여 주체가 언어에 의해 분열되어 있다는 것을 보여준다. 또한 주체($)가 주인기표(S1)에게 인정을 요구하는 것은 주체의 정체성과 관련되어 있기 때문에 멈출 수 없다.[125] 주체의 욕망은 판타지 구조를 통해 지지되며, 주체가 주인기표(S1)를 통해 주체의 결핍을 해소할 수 있다고 믿는 한 이 히스테리적인 질문은 주체에게는 계속 반복될 수밖에 없다.[126]

그러나 그녀가 원하는 답은 환멸의 담론에서는 궁극적으로 존재하지 않는다. 주체가 원하는 답은 말로 표현될 수 없는 오브제 a와 관련된 지식이기 때문이다. 그 결과 주인기표(S1)를 대리하던 타자의 발화는 생산의 위치에서 잉여 주이상스인 오브제 a를 유도한다. 주인기표(S1)가

125 "이상적인 주인기표(S1)를 제시하고 주체로 하여금 그 기표와 동일시를 하도록 유도하는 모든 담론은 주체를 욕망의 노예로 만드는 담론, 판타지를 통해서 유지되고 작동되는 담론이다." 김태숙, 「콘라드(J, Conrad)의 정치 소설과 라캉의 담론 이론」, 162쪽.

126 주인기표(S1)를 위해 봉사하는 모든 담론의 윤리를 알렌카 주판치치는 욕망의 윤리 또는 판타지의 윤리라고 설명한다. Zupančič, A., 이성민 역, 앞의 책, 382쪽.

주체의 욕망을 적극적으로 실천하지 못함으로서 '욕망의 대상 원인'[127]이자 상징계의 잔여물인 오브제 a의 생산은 촉발된다.

「번제」에서 세계와 화합할 수 없는 분열된 주체는 권태로운 일상과 죄의식에서 벗어나고자 한다. 이러한 주체의 이중적 심리는 무의식적 욕망의 어떤 충동들로 분열되어 있다.

> "원형 탁자위의 서너 알의 사과와 과도에 머물던 햇빛이 불현 듯 야기시킨 권태가 과도의 무딘 날에서 일곱 가지 빛깔로 번득이던 것을, 그것에서 느껴지던 살의를 설명해다오." (「번제」, 166쪽)

주체($)의 충동은 "잃어버린 원인에 대한 기억을 반복적으로 주지시키는 충동의 윤리적 강박"[128]안에 갇혀 있다. 그녀에게서 잃어버렸다고 생각되는 대상원인은 어머니와 과거 무의식에 남아있는 외상, 즉 낙태로 인한 태아이다. 태아 살해에 대한 죄책감은 그녀로 하여금 어떤 충동 상태로 몰고 가는데, 그녀는 그 충동 너머 감추어진 자신의 욕망이 무엇인가 스스로에게 질문을 던져보지만 그 자리엔 환멸과 죄책감만 동반된다.

> 시간은 햇빛 속에서 분해되어 완벽하게 용해되고, 이러한 오후에 너는 내게 왔다. (…중략…)
>
> 두어 번의 나지막한 노크 소리에 이어 문이 열리고 노란 수선화 다발을 든 채 어색하고 뻣뻣한 자세로 서 있는 너는 내게 빈민가의 저녁과 난간이 부서져나간 가파른 목재 계단 위의 하마하마 굴러떨어질 듯한 절망감이 주

---

127 환상이 욕망의 대상 - 원인인 a에 대한 주체의 '불가능한'관계라고 할 때, 환상은 일반적으로 주체의 욕망을 실현시키는 시나리오로 이해할 수 있다. Zizek, S., 김소연 · 유재희 역, 앞의 책, 23쪽.

128 Zizek, S., 박정수 역, 앞의 책, 512쪽.

던 색채, 유년의 색채를, 그 계단에 도사린 검푸른 빛의 음모가 비수처럼 준비된 것을 보여주었다. (「번제」, 167쪽)

위의 본문 텍스트는 "시간 속에 완벽하게 용해되는 햇빛"이 사라지고 난 다음의 무시간적인 환상이 도입되는 틈의 상상적 시간이다. 그 때 낙태로 지워버린 '아이'가 노란 꽃다발을 들고 출현한다.[129] 노란색은 오정희 소설에서 '번쩍이는 거울'(「유년의 뜰」, 「동경」)과 함께 '환멸'을 표상하는 이미지들로 각인된다.

위의 오정희 소설에 등장하는 주체의 유년시절 기억들은 노란색의 이미지로 각인되어 "절망감을 주던 색채"로 되살아난다. 그러한 유년시절에 대한 환멸의 도입은 곧 바로 "검푸른 빛의 음모가 비수처럼 준비"된 아이로 재현된다. 그것은 공포와 환멸과 죄책감, 강박증을 가진 히스테리적인 주체의 발화에 의해서 확인된다.

환멸의 담론에서 진실의 위치를 차지하고 주체를 움직이게 하는 것은 지식기표(S2) 이다. 「번제」에서 주체가 알고 있는 지식은 과거 어머니와 연관된 구약성경과, 주체 스스로 어머니를 위해 '번제'(낙태)의 희생양으로 바쳤다고 생각하는 태아에 대한 지식이다. 「번제」의 주체는 과거에 대한 죄책감으로 인해 강박적 히스테리 증상을 보인다. 그 예로

129 여기에서 오정희 소설에 자주 등장하는 노란색 이미지에 집중해볼 필요가 있다. 오정희 소설에서 노란색은 '환멸'을 나타내는 은유들이다. 오정희 소설의 '환멸'에 대한 작중 인물들의 태도는 대체로 성장소설의 성격을 띤 작품들에서 많이 발견된다. 오정희 성장소설류에 등장하는 인물들이 성장을 앞두고 세계와 자아간의 갈등, 가난과 아버지가 부재하던 가족사와 가부장제도에 대한 환멸로 "케익을 허겁지겁 먹고 화장실에가 구토를 일으키거나" "아이를 많이 낳는 어머니를 짐승처럼 여기고 아이를 한 번도 낳아보지 못한 할머니의 희고 매끈한 배를 보고 찬탄의 눈길"을 보내기도 한다. 어른의 세계를 미리 간파하고 알아차린 아이들은 『새』 에서는 더욱 두드러진다. 『새』에서 환멸은 노란 해바라기 다발로 각인되기도 한다. 박춘희, 앞의 논문, 111~112쪽.

주체인 그녀는 "쉴새없이 손 씻기"를 멈추지 않고 피부에 "기름기가 없어져 허옇게 비듬이 돈"을 때까지 반복해서 씻는다. 자신의 죄를 씻듯이 강박적인 행동들은 주체에게 절망감으로 감지되며, 그로 인한 주체의 언술은 히스테리적인 발화로 귀결된다.

낙태에 대한 죄책감과 가정을 가진 여성들의 일상의 권태와 뜻 모를 절망감, 자기 안의 이질적인 타자에 눈길을 주는 오정희 소설 속 인물들은 전망이 부재한 세계에 대한 자기 반영적인 환멸을 포함하고 있다고 볼 수 있다. 이러한 심리적인 기제들은 오정희 소설에서 자기 안의 '낯선 타자'를 응시하는 주체들의 욕망으로 설명할 수 있다.

「夜會」는 명혜와 남편 길모가 이층집으로 불리는 고등학교 선배인 외과병원장 집으로 저녁 초대를 받아 아이 둘과 참석하고, 더 놀고 싶어하는 남편을 남겨두고 돌아오는 몇 시간 동안의 이야기이다. 「夜會」에서 주체와 상징계, 대상들의 구조를 환멸의 담론으로 배치하면 다음과 같다.

표 24 환멸의 담론 구조로 파악한 「夜會」

분열된 주체($) : 명혜	→	주인기표(S1) : 자기(그녀) 안의 타자
지식기표(S2) : 이층집, 오후 흰 새 (과거)	←	오브제 아(a) : 거대한 파충류

위의 환멸의 구조로 「夜會」를 조명해 보면, 행위자의 위치에 분열된 주체($)인 '명혜', 즉 아내가 차지하게 된다. 그녀는 통상 주인 기표로 상정되는 남편에게 자신의 욕망을 물어보는 대신 자기안의 타자에게 "케 보이?(Che Vuoi?)"에 해당하는 물음을 독백의 형식으로 묻거나 돌려받는다. 주체는 "오후 다섯시와 여섯시 사이"(13쪽) 에 날아가는 흰 새를 통해 존재에 대한 근원적인 물음을 던지거나 "새벽 세시에 바라보

는 별"과 "밤과 새벽 사이를 흐르는 무서운 정적"(26쪽)을 통해 "냉담한 침묵"을 자각한다. 그녀는 그 자신을 바라봄으로써 내 안의 또 다른 이질적인 나를, 즉 타자를 발견하게 되는 것이다. 「夜會」에서는 자기 안의 타자를 주인기표(S1) 자리에 내세움으로써 타자의 자리를 구성한다.

주체($)인 명혜는 주인기표(S1)에게 "내가 누구인가?"라는 근원적인 질문을 잠정적인 독백의 형식으로 던짐으로써 타자의 욕망을 간파하고 주체 역시 욕망하는 주체가 될 수 있게 된다.

지식기표(S2)에 의해 드러나는 진리는 과거에 대한 기억이다. 행위자인 주체($)는 야회장에서 과거에 대한 회상, 특히 소설쓰기에 대한 열망을 호출해냄으로써 중산층의 위선적인 연회문화에 동화되지 않으려 한다. 그는 그들의 속물적인 근성에 대해 품고 있는 환멸의 감정을 은폐하고 겉으로는 즐기는 척한다.

> 길눈이 유난히 어두운 명혜를 위해 동행해 준 이웃집 여자는, 언덕 위에 이르러 너른 뜨락 안쪽 깊숙이 덩그라니 서 있는 이층집을 가리키며 나지막이 소근거렸다.
>
> 명혜는 그녀의, 남의 귀를 조심하는 듯 은밀한 목소리의 수상쩍은 여운에 의아해하며 붉은 벽돌의 이층집을 바라보았다. (…중략…)
>
> "가을이나 겨울에는 볼품이 없지만 여름엔 굉장해요. 등꽃 향기도 그렇지만 온 집을 뒤덮는 이파리들이 장관이에요. 그래서 녹색의 장원이라고 하기도 해요."
>
> 명혜는 거칠고 황량한, 아니 거의 추악한 느낌을 주는 철저히 장식 없는 스타일의 낡은 이층집이 등나무 이파리에 가리워 장원으로 변하는 모습을 잠깐 떠올려 보았다.
>
> "벌레가 굉장히 끓겠네."
>
> 명혜는 진저리치는 것으로 이웃집 여자의 외경과 선망을 묵살했다.

(…중략…)

멀리서 보면 담쟁이에 뒤덮인 교사는 번들거리는 비늘이 입혀진 거대한 파충류 같았다. (「夜會」, 14~15쪽)

위의 본문 텍스트는 명혜가 초대받은 병원장댁을 방문하는 도중에 떠올렸던 과거의 대한 기억이다. 파티를 할 이층집은 과거 기억 속 중고등학교 시절 담쟁이로 덮인 학교건물을 떠올리게 하는데, 그 형상은 비늘이 입혀진 거대한 파충류를 연상하던 기억과 연계된다. 이 회상의 도입은 주체가 상징계와 맺고 있는 위치를 짐작하게 한다. 상징질서 내에 완전히 동화되지 못하고 현실의 간극에 회상을 도입하여 그 틈을 메우려는 주체의 시도는 주체를 환멸의 담론 구조 안에 놓이게 한다.

또한 이러한 번들거리는 파충류에 대한 회상은 연회장에서 일어날 어떤 사건(환멸)의 암시로 읽힌다. 그러므로 명혜의 과거의 지식(S2)은 현재적 삶 속에서 불현듯 출몰하여 현재적 상황을 되비춰주는 거울 역할을 한다. 과거의 환상적인 기억(공포)을 현재적 상황과 병치시키는 그 지점에서, 그녀의 의도적인 발화 안에 내재된 환멸을 읽어 낼 수 있을 것이다.

명혜는 젊은 안주인의 환영을 받으며 연회장으로 안내되고, 저 멀리 남편 길모를 발견하고 낯선 감정에 휩싸인다. 너무 익숙해서 낯선 남편의 모습은 공간적인 낯설음에 기인한다. 그것은 명혜의 초조하고 불안한 심리가 반영된 결과이다. "낯설고 마음 놓을 수 없는 분위기에 대한 어쩔 수 없는 긴장이"(24쪽) 그녀로 하여금 술을 마시게 한다.

그녀는 아이들의 소변을 누이기 위해 안주인이 일러준 대로 담과 벽 사이 좁고 껌껌한 뒤꼍을 향한다. 그리고 그곳에서 낮게 위협적인 으르렁거리는 커다란 개를 발견하고 놀란다.

명혜는 개집 입구가 단단히 막혀있다는 것을 알면서도 느닷없이 허벅지 안쪽의 맨살에 깊이 박히는 이빨의 환상에 진저리치며 아이들을 번쩍 치켜 안고 발소리를 죽였다. (「夜會」, 25쪽)

「夜會」에서 오브제 아(a)의 생산은 주체가 과거의 기억을 호출하는 과정에서 얻게 되는 잉여 주이상스이다. 그것은 환상의 스크린을 통해 주체에게 도달하는데, "허벅지 안쪽의 맨살에 깊이 박히는 이빨의 환상"과 야회를 마치고 돌아가는 길에 맞닥뜨리는 '거대한 파충류'에 대한 환상이 그에 해당된다.

그녀는 주인기표(S1)인 타자에게 물음을 던져보지만 그러나 그 답은 궁극적으로 주체인 명혜의 궁금증을 해소시키지 못한다. 그러나 그녀는 파충류라는 환상을 그 결과로 얻는다. 향유(a)가 주체의 결여를 궁극적으로 채울 수 없다는 것은 그 상징계 내의 위치(공간)가 늘 "결여로 가득한, 결여에 의해 점유되는 어떤 자리"[130]이기 때문이다.

안으로부터 일보는 여자 둘이 상을 맞들고 나왔다. 안주인이 흰 상보를 젖히자 사람들은 아하, 탄성을 질렀다. 여러 개의 크고 흰 접시 위에 역시 엄청나게 큰 게가 얹혀 있었던 것이다.

"우리집의 특별 요리랍니다. 이걸 안 잡수시면 우리집에 오셨었다는 말씀을 할 수 없지요."

놀라는 사람들을 향해 안주인이 자랑스럽게 말했다. (…중략…) 다리가 하나씩 뜯기기 시작하고 게는 순식간에 몸통만 남았다. 안주인이 익숙한 솜씨로 등껍질을 벗겨 눈부시게 흰 살과 내장을 드러내 놓았다.

점점 작아지고 추악해진 게의 잔해가 탁자마다 수북이 쌓일 무렵 누군가

130 Zupančič, A., 이성민 역, 앞의 책, 369쪽.

축배의 노래를 부르기 시작하고 주인은 전축을 껐다. (「夜會」, 31쪽)

파티가 끝나갈 무렵 안주인의 의기양양함을 업고 등장한 거대한 게는 이들 부부의 속물근성, 허위의식을 여과 없이 드러낸다. 탄성을 지르며 '눈부시게 흰 살과 내장'을 다 발라 먹은 게의 잔해는 게걸스러운 인간의 탐욕뿐만 아니라 화려함 뒤에 감추어진 추악한 인간 군상의 모습으로서, 이에 대해 주체가 느끼는 감정은 바로 '환멸'이다.

> 정원은 곧 갇힌 개의 낮은 으르렁거림, 빈 위장을 훑어내리는, 미친 청년의 구역질 소리로 가득차게 될 것을 알면서도 명혜는 돌아가고 싶었다.
>
> 포식한 고기와 술, 흰게의 살이 전혀 소화되지 않은 채 위장을 뒤집고 식도를 타고 올라왔다. (「夜會」, 33~34쪽)

명혜는 아이 둘을 데리고 더 놀고 싶어 하는 남편을 남겨두고 집으로 돌아간다. 남편의 배웅을 받은 뒤 택시를 타려는 그때 남편 주머니에 지갑을 넣어둔 것을 알게 된다. 그녀는 다시 돌아가려고 몸을 돌리다가 초등학교 담벽에 쓰러지듯 기댄다. 결국 그녀는 담벽 아래에서 포식한 고기와 음식물을 게워내고 방금 떠나온 언덕 위의 이층집을 바라본다. 그리고 흔들리는 시야 속으로 "방금 떠나온 집은 비늘에 빈틈없이 감싸인 거대한 파충류의 동물처럼 우뚝 서 있"(34쪽)는 환상을 본다. 그녀는 어둠 속에서 "비늘을 털며 다가오는 거대한 동물"(34쪽)에 대해 공포를 느끼면서 아이들을 끌어안는다.

위의 본문 텍스트에서 '개의 으르렁거림'과 원장 댁 아들인'미친 청년의 구역질 소리', '명혜의 구토'는 모두 중산층의 허위의식에 대한 환멸의 신체적 발현이다. 또한 '비늘을 털며 다가오는 거대한 파충류'에 대한 환상이 도입되는 지점에서 주체가 느끼는 감정은 '환멸'이라는 것을 알 수 있게 된다. 오정희 소설에서 환멸은 구토와 같은 구체적인 형태로 드러나거나 '파충류'를 동반한 비가시적인 환상을 통해 은유적으로 드러난다.

이와 같이 환멸의 담론은 기본적으로 외부 세계에 대한 주체의 이상이 실현될 수 없음에 대한 태도를 드러내며 그 세계를 환상의 시나리오로 대체하여 지탱되는 것을 알 수 있다. 오정희 소설의 주체들이 보여주는 태도는 비극적, 비관적인 삶의 태도이다. 그럼에도 불구하고 이들 주체들이 환멸의 태도를 가지고 삶을 직시하려는 의지를 동시에 읽을 수 있다.

앞서 살펴본 대로 환상은 **타자의 욕망**의 구멍, 그 공백을 메우는 상상적 시나리오로서 기능한다. 그러므로 주체가 추구하는 글쓰기에 대한 환상은 본질적으로 균열되고 결핍된 주체가 드러내는 자기 존재의 표지로 인식된다. 또한 환상의 도입은 환멸을 가리는 스크린 역할을 한다고 볼 수 있게 된다.

오정희의 소설을 한마디로 요약하기 어려운 점은 이러한 주체들의 다양한 심리기제들이 펼쳐 보여주는 '모호한 언술'[131]을 지목할 수 있다. 그 모호함의 자리에 심오한 은유와 상징, 정밀한 묘사를 통해 생생한 감각으로 살아나는 대상들, 그러한 수사학적인 소설 구성 요소로 인해 오정희 소설을 판타지의 구조로 읽을 수 있게 한다. 역으로 그러한 수사학적

---

131 이들의 말은 대개 의문형이나 추측형 종결 어미, 완결되지 않은 문장, 말없음표(……) 등이 빈번하게 사용되면서 설명되거나 논리적으로 정리되지 않고 얽혀 있는 감정 상태를 그대로 드러낸다. 대상도 없이 내뱉는 이들의 독백은 단정하게 마무리되지 못한 채 중도에 끝나버리는 문장, 의문형 종결 어미, 아마/ 누군가/ 무엇/ 무언가 등의 부정칭(否定稱) 대명사, 아니/ 어쩌면/ 어떤/ 혹은/ 아마도 등 확신과 단정적인 판단을 피하는 어휘, 같았다/ 일일까/ 이었을까/ 일지도 몰라/ 일 거야 등 막연한 추측과 짐작을 나타내는 서술 어미로 채워진다. 황도경, 「어긋나는 말, 혹은 감추어진 말」, 『우리 시대의 여성 작가』, 문학과지성사, 1999, 66~67쪽.

효과는 오정희 소설에 도입되는 판타지 이면에 은폐된 욕망과 환멸을 짐작하게 한다. 그것은 주체의 히스테리적 발화 사이사이에 판타지가 도입되어 역으로 현실의 환멸을 드러내는 태도로 연결되기 때문이다.

앞서 회고적 욕망의 담론과 환멸의 담론을 비교해 보면, 같은 담론 구조 속에서도 주체가 지닌 과거의 기억(지식)의 내용에 따라 주체가 언어의 세계인 상징계와 맺는 관계가 다르게 나타나는 것을 볼 수 있다. 대부분 과거의 기억이나 회상에 의해 추동되는 서술 태도는 과거를 사후적으로 재구성하여 현실을 '반성적인 성찰'[132]로 이끄는 것이 아니라 오히려 잉여 주이상스인 오브제 아(a)를 생산함으로써 서사는 지연되고 우회로를 거친 다음 결국 좌절과 환멸을 더욱 도드라지게 드러내는 담론을 구성한다.

오정희 소설의 의미는 시대적 또는 사회와의 관계망 대신 주체가 상징계의 대상들과 맺고 있는 관계 속에서 더 명확히 드러나며 오정희 소설의 주체들이 공통적으로 지니고 있는 욕망의 문제는 결국 회고적 욕망의 담론 또는 환멸의 담론으로 파악된다.

132 그러나 다른 한편으로 무탈해 보이는 일상에 안주하거나 침윤되지 않으려는 오정희 소설 속 주체들의 모습은 오히려 독자들에게 반성적 성찰에 대한 요구를 강력하게 환기시켜 주기도 한다.

V. 결 론

이 연구는 오정희 소설에 나타난 주체의 욕망을 징후적 독법과 라캉적 주체 및 담론 구조를 통해 규명해 보고자 하였다.

오정희 소설에 대한 기존의 연구를 살펴보면, 존재론, 페미니즘, 성장소설과 같은 분야에서는 오정희 소설에 대해 상당히 많은 연구 성과가 축적되었음에도 아직 총체적인 해석이 부족하며, 정신분석학적 방법론을 적용한 연구 역시 양적인 실적에 상응하는 충분한 성과가 있었다고 보기 어렵다. 이것은 소설 텍스트의 일부분만을 특정 이론의 틀에 적용시키거나 텍스트를 정신분석학 이론의 정당화나 예시에 일방적으로 동원하였던 점, 그리고 저자나 작중인물을 신경증과 같은 정신분석학적 증상의 환자와 동일시했던 방법론에 기인한다고 볼 수 있다. 이러한 한계를 극복하고 오정희 소설에 대한 총체적이고도 입체적인 해석을 도출하기 위해서는 개별 작품의 내적 논리에 대한 충분한 텍스트 해석을 기반으로 정신분석학과 서사이론을 접목하고, 그동안 간과되었던 서사의 구조나 수사학적인 측면들을 재조명할 필요성이 대두되었다.

따라서 이 연구에서는 오정희 소설 텍스트에 대한 총체적인 접근을 위해 총 16편의 소설을 중점적으로 분석하되, '수행으로서의 서술행위'에 주목하여 텍스트의 무의식을 읽어내는 '징후적 독법'을 미시적인 분석 방법론으로 채택하였다. 또한, 인물 연구의 대상이 저자나 작중인물로부터 '주체'로 전환되게 된 역사적 · 철학적 배경에 주목하고, 상징적 질서 속에서 라캉의 주체가 가지는 위상과 분열의 양상, 존재의 결여와 욕망의 발생, 환상을 통한 욕망의 구성과 방어, 프로이트의 사후성의 논리, 기억에 의한 서사 텍스트의 재구성, 라캉의 담론 구조를 오정희 소설에 나타난 주체의 욕망을 분석하기 위한 출발점으로 삼았다. 그리고 이 연구의 차별화된 거시적 분석 방법론으로서 라캉의 담론 구조로부터 파생된 새로운 담론 구조로서 '회고적 욕망의 담론'과 '환멸의 담론'을 제시하였다.

정신분석학에서의 주체의 특성은 오정희 소설 텍스트에 등장하는 인물들의 분열되고 소외된 주체의 모습을 잘 반영해 준다. 이들은 모두 타자와의 관계에서 소통에 실패하고 현실세계 너머를 욕망하는 주체들이다. 이들은 언어로 구성된 상징계에 안착하여 순응하며 살아가는 주체들이 아니라, 항상 상징계 너머의 세계로 나아가 보려는 욕망을 포기하지 않는 문제적인 주체들이다. 오정희 소설의 인물 주체들은 이러한 균열된 지점에서 내러티브가 시작됨을 알리며 그 균열을 밀봉하거나 미래적인 전망을 제시해 준다기보다는 오히려 그 균열을 낯설게 드러내줌으로써 주체들과 타자, 현실의 간극을 더욱 극명하게 드러내 준다.

오정희 소설에서 분열과 결여에 의해 소외된 주체의 욕망은 '발화'의 욕망이라고 말할 수 있다. 정신분석학이 '케 보이?(Che Voui?)'에 대한 대답으로서 환상의 시나리오를 제시한다는 점을 감안한다면, 이와 같은 환상의 상상적 시나리오가 소외된 주체에게 '이야기하기의 욕망'으로 표출된다는 논리가 성립된다.

오정희 텍스트 속 주체에게 나타나는 억압된 충동의 양상은 텍스트의 전면에 판타지나 해독할 수 없는 상징성을 내포한 문장으로 불쑥 튀어 나오는 형태를 취한다. 이러한 문장들은 소설 속 주체의 정신적인 측면을 대리하는 것이기도 하지만 돌출된 문장은 문장 내 다른 문장과의 통일되지 않는 문장으로 서사를 논리적으로 흐르지 못하게 하는 측면과, 해석을 방해하는 측면을 지니고 있다고 볼 수 있다. 예를 들어, 「파로호」에서 화자의 기갈증은 심리적인 목마름이라는 시니피앙으로 표상되어 억압을 뚫고 현시된다. 그리고 「직녀」와 「관계」에서 주체의 무의식적 소망은 시적 이미지와 상징, 은유로 나타나기도 하고 이해할 수 없는 단어로 변형되어 은폐됨과 동시에 표출되고 있다.

라캉은 행위자, 타자, 생산, 진실의 자리에 주인기표(S1), 지식기표(S2), 분열된 주체($), 오브제 아(a)를 배치하는 순서와 방법에 따라 주인담론, 대학담론, 히스테리담론, 분석가담론의 4가지 담론 구조를 제시했다. 이 연구의 가장 독창적인 점은 과거에 대한 회상과 사후적 구성을 통해 주체의 행위가 추동되는 회상의 담론 구조에 주목하고, 주인기표(S1)와 오브제 아(a)가 배치되는 자리에 따라 '회고적 욕망의 담론'과 '환멸의 담론'이라는 새로운 담론 구조를 제시하여 오정희 소설 텍스트를 분석한 것이다. 오정희 소설 텍스트에서 확인되는 내러티브의 구조는 지식기표(S2)가 진실의 영역에서 저장하고 있는 억압된 기억과 꿈 텍스트가 반복강박, 회귀, 대체/전치, 상징화의 과정을 거쳐 서사화되는 과정으로 볼 수 있다.

먼저 '회고적 욕망의 담론'은 부정되거나 은폐되었던 기억에 의해 서사가 촉발되어 회상이 억압된 주체의 심리를 표상하는 내러티브의 과정을 설명한다. '회고적 욕망의 담론'은 라캉의 분석가 담론에서 생산의 자리에 있는 주인기표(S1)와 진실의 자리에 있는 지식기표(S2)의 위치는 유지하되 오브제 아(a)와 분열된 주체($)의 위치를 맞바꿈으로써 구성된다. 회고적 욕망의 담론은 분열된 주체의 회상 행위를 통해서 상실된 대상(오브제 아)에 대한 퇴행적 집착의 구조를 보여준다. 즉, 분열된 주체는 상실된 대상인 오브제 아(a)에게 욕망을 충족시켜 줄 것을 요구하면서 집착하지만 주체의 욕망은 충족되지 않는다.

'회고적 욕망의 담론'으로 파악되는 오정희 소설에서는 주체의 욕망이 유예되면서 발생하는 불안이 서사에서 강박적으로 반복되는 양상을 보여준다. 또한, 이질적인 서사의 삽입이나 회상의 과잉을 통해 서사는 중심 스토리에서 이탈하며 주체는 과거의 회상을 통해 상실된 대상에 집착하는 정신분석학적 메커니즘을 드러낸다.

오정희 소설에서 사건들이 부재하는 자리에는 주체를 압도하는 '불안'이나 '공포'등의 정신분석학적인 요소들이 배치됨으로써 내러티브의 어떤 의미들을 생산해 낸다고 볼 수 있다. 오정희 소설의 주체에게 반복적으로 나타나는 어떤 현상이나 행동들은 반복을 통해 '익숙한 낯섦'을 체험하게 하고 평온한 상태의 내러티브를 불안의 내러티브로 유도한다. 오정희 소설 속 욕망하는 주체가 보여주는 반복충동들에서 주체의 불안과 욕망의 구조 및 원리는 내러티브의 구성 원리와 상통한다. 오정희 소설에서 감지되는 반복강박(충동)적인 요소들은 내러티브의 진행을 지연시키기도 하는 한편, 불안의 내러티브로 형상화된다. 이러한 불안의 요소들은 「전갈」에서 실존에 대한 불안, 여성의 정체성이나 무탈한 일상에 대한 회의로 나타나며 「어둠의 집」은 낯익음에서 낯설음으로 일순간 전환하는 일상의 문제, 「비어 있는 들」에서는 시간에 따른 불안의 지속과 빈도, 감정의 기복의 가파른 변화로 변주되어 나타난다.

오정희 소설 텍스트에서 주로 나타나는 묘사의 과잉, 수다스런 혼잣말, 낯선 풍경의 도입, 이질적인 서사의 삽입, 회상의 과잉으로 인한 파편적 서사는 린다 사브린의 여담 개념으로 파악된다. 오정희 소설에서는 과거에 대한 회상의 과잉으로 주변 서사가 중심 서사를 압도하는 양상을 보여준다. 이러한 여담은 서사의 선형적 진행을 방해하며 정신분석학적으로는 과거에 대한 퇴행적 집착의 징후로 분석할 수 있다. 이러한 여담적 내러티브는 「저녁의 게임」에서 사실상 중심 이야기인 어머니와 오빠의 이야기가 주변화되면서 서사가 두 층위로 진행된다. 또한 「別辭」에서는 묘원 방문 이야기와 남편의 실종 이야기가 회상의 형식으로 중층적으로 교차하여 전개된다. 그 결과 「別辭」는 현재와 회상, 현실과 환상의 구분이 모호해지는 서사로 나아가게 된다.

회고적 욕망은 성취될 수 없었던 욕망, 억압되거나 부정된 기억 등을 통해 주체를 과거의 기억 속에 묶어두려 한다. 주체는 전망과 출구의 부재 속에서 도달할 수 없는 대상에 대한 회고와 설명으로 스스로를 만족시키는 심리를 보여준다. 오정희 소설 속 다수의 작중인물들은 과거의 기억으로부터 벗어나지 못하고 늘 과거의 기억에 붙들림 당한 영혼들의 소유자이다. 이들은 자신의 텅 빈 삶의 형식을 자각하지 못한다는 의미에서 타자의 삶, 즉 죽은 자(부재)와 연결된 현재적 시간을 소비하는, 에고(자아)가 없는 주체들이다. 그들의 회고적 욕망은 「동경」에서 죽은 아들을 잊지 못하는 노부부의 거세된 욕망으로, 「목련초」에서는 모성적 초자아의 목소리에 사로잡혀 타자(어머니)의 욕망을 내면화하는 모습으로, 「직녀」에서는 회임에 대한 과도한 욕망과 그 욕망의 도착적인 양상으로, 「번제」에서는 살의와 망상적(妄想的) 판타지로 변형된 성적 욕망으로 나타남을 볼 수 있다.

'환멸의 담론'은 라캉의 네 가지 담론 중 히스테리 담론에서 지식기표(S2)와 오브제 아(a)를 맞바꿈으로써 구성된다. 환멸의 담론은 히스테리 담론에서 행위자와 타자와의 관계를 유지하면서 판타지(환상)와 회상의 형식을 설명할 수 있도록 변형된 담론 구조이다. 과거의 기억이나 회상에 의해 추동되는 서술 태도는 과거를 사후적으로 재구성하여 현실을 반성적인 성찰로 이끄는 것이 아니라 오히려 잉여 주이상스인 오브제 아를 생산함으로써 서사는 지연되고 우회로를 거친 다음 결국 좌절과 절망을 더욱 도드라지게 드러낸다. '환멸의 담론'에서 주체의 좌절과 절망을 상징적으로 보여주는 잉여 주이상스로서의 오브제 아(a)는 오정희 소설 속에서 다양한 환상의 양상으로 나타난다. 예를 들어, 「불의 강」에서는 불에 대한 환상과 방화, 「번제」에서는 히스테리적인 자기반영적 환상, 「유년의 뜰」에서는 노란색의 이미지, 「동경」에서는 번쩍이는 거울, 「夜會」에서는 거대한 파충류가 오브제 아(a)에 해당한다.

오정희 소설의 판타지는 결국 현실에 드러난 좌절을 모호한 이미지로 대체하는 '환멸'에 대한 완곡한 표현이며 은유나, 환유와 같은 수사법과도 닿아 있다. 오정희 소설에서 환멸은 루카치적인 의미의 '환멸의 낭만주의'에서 낭만주의가 거세된 것이라 할 수 있다. 오정희 소설 속 주체들은 처음부터 세계(삶)에 대한 기대를 지니지 않거나 일찌감치 부조리한 삶을 알아버린 자의 절망이 내재된 존재들로 부각된다.

오정희 소설 속 주체들의 욕망은 충족 불가능한 지점을 추구한다. 그렇기 때문에 대상들과 대상들 사이를 미끄러져 나아가는 환유운동처럼 서사는 또 다른 서사를 통해 욕망이 유예되고 미끄러져나가는 미완의 메카니즘을 구현해 낸다. 특히 오정희 소설 속 주체들은 욕망의 불가능성을 환상으로 극복해 보려고 노력한다. 이 주체들은 주체가 안고 있는 결여의 문제를 다양한 종류의 판타지를 통해 시연해 보인다. 그러나 궁극적으로 그 빈 자리는 채워지지 않는 공백의 장소이기 때문에 주체의 욕망은 해결되지 못한다. 환상은 주체의 실패에 대한 보상으로, 대상에 대한 상실에 대응하는 충족감을 주체에게 잠시 부여한다. 주체에게 환상은 욕망을 지속시켜주는 잠깐의 빛 같은 것일 뿐 주체는 결국 환멸과 아이러니 구조 속으로 방기된다. 그 결과 주체는 주이상스(향유)와 환멸의 담론을 재생산해낼 수밖에 없게 된다.

오정희 소설 속에서 간헐적으로 드러나는 모성적 초자아(maternal superego)의 목소리는 서사의 통일된 의미가 균열되고 서사의 논리적인 공백을 드러내며 서사의 선형적인 진행을 방해하는 구성적인 요소로 작용한다. 그 목소리의 주인공은 과거 어느 시점에 주체에게 각인된 초자아의 '금지'와 '명령'에 관한 음성이다. 그것은 무탈해 보이는 상징질서의 체계가 완전히 봉합될 수 없고 눈에 보이지 않는 갈등과 배반, 공포를 배태한 균열, 틈의 현주소임을 지시한다. 그것은 주체가 상징질서 속에 안착하고 사는 것을 방해하거나 무엇으로도 메울 수 없는 일상의 권태나 환멸을 드러내주는 기표로 작용한다. 이러한 모성적 초자아의 목소리는 「불의 강」에서는 남편의 행동을 감시하고 심리적으로 지배하는 화자의 목소리로 나타나며, 「목련초」에서는 주체의 삶이 어머니의 욕망과 분리되지 못한 한시적 시계에 머무르게 한다.

오정희 소설 속 욕망하는 주체들은 상징 질서인 현실세계를 수용하면서도 다른 한편으로는 그 세계를 넘어서려고 지속적으로 시도한다. 그 과정에서 현실의 불완전한 간극을 뚫고 서사의 중간 중간에 환상을 도입함으로써 주체의 결핍된 욕망은 환유의 방식으로 작동한다. 그 주체들은 상징질서를 위반하고 자신의 무의식적 욕망을 관철시킨다는 점에서 새로운 윤리적 주체의 가능성을 보여준다. 「불의 강」에서 남편인 주체의 방화에 대한 환상은 결국 화력 발전소라는 대상을 실제로 선택함으로써 향유에 적극적으로 참여하며, 「바람의 넋」의 은수 역시 자신의 정체성을 확인하기 위한 문제에 몰두함으로써 상징질서를 위반한다. 그러나 그들은 라캉의 비-정념적이고 선험적인 대상-원인을 가지고 있는 '욕망의 순수한 능력'이 있다고 보기는 어렵다.

이상의 논의를 바탕으로 오정희 소설에 나타난 주체의 욕망에 대한 해석적 요점을 간략하게 정리하면 다음과 같다.

1. 오정희 소설 속 분열된 주체의 욕망과 충동, 혐오와 성적 공포, 환

타지는 상징과 은유, 특정 단어나 형태소의 반복적 사용 등 수사학적이나 문체상의 특징을 통해 감추어지거나 드러난다. 이러한 텍스트의 무의식은 수행으로서의 서술행위를 면밀하게 관찰하고 분석함으로써 감지해 낼 수 있다.

2. 오정희 소설의 결말은 어떤 사건이나 인물 주체들의 욕망이 해소되거나 미래 지향적인 서사로 마감되지 않는다. 오히려 소설의 발단인 원인으로 회귀하는 경향을 보인다. 열린 결말의 방식은 미결정적인 텍스트를 양산하는데, 오정희는 오히려 이러한 독특한 구성방법을 채택하여 단편 소설이 지닌 한계점을 극복하는 전략으로 채택한다. 그러한 의미에서 오정희 서사의 결말은 늘 미완의 서사, 열린 결말을 지향한다고 볼 수 있다.
3. 오정희 소설의 주체는 상징질서의 세계에 순순히 안착하지 않고 상징질서에 구멍을 내는 전복적인 충동으로 새로운 주체의 가능성을 제시한다. 주체가 쾌락원리를 넘어섰을 때 감당할 수 없는 죽음, 고통에 직면하지 않을 수 없게 되는 그 지점에서 자신의 욕망에 충실한 라캉적인 주체의 새로운 가능성, 즉 자기 욕망에 충실한 윤리적인 '새로운 주체의 가능성'을 보여준다.
4. 오정희의 소설에서는 주체들의 다양한 심리기제들이 펼쳐 보여주는 모호한 언술이 일의적(一義的)인 해석을 어렵게 한다. 그 모호함의 자리에 펼쳐지는 심오한 은유와 상징, 수사학적인 요소로 인해 오정희 소설을 판타지의 구조로 읽을 수 있게 하고, 그 판타지 이면의 욕망을 짐작하게 한다.
5. 주체의 욕망은 회상에 의해 과거를 사후적으로 재구성함으로써 추동되며 판타지를 매개로 회고적 욕망의 담론 또는 환멸의 담론 구조에 주체를 위치시킨다. 이러한 담론 구조 속에서 과거의 기억이나 회상에 의해 추동되는 서사는 현실을 반성적인 성찰로 이끌지

못하고 잉여 주이상스인 오브제 아를 생산함으로써 지연, 우회하게 되고 주체를 퇴행적 집착이나 환멸에 이르게 한다.

이 연구의 성과는 무엇보다도 연구방법론으로서 텍스트의 무의식을 통한 징후적 독법과 라캉의 담론 구조를 새롭게 확장한 회상의 담론 구조와 그 하위 담론인 '회고적 욕망의 담론'과 '환멸의 담론'을 채택하여 오정희 소설 텍스트를 총체적이고도 구조적으로 분석했다는 점에 있다. 이 방법론을 통하여 오정희 소설 주체의 욕망을 상징계에서 다른 대상과의 관계 속에서 정신분석학적으로 온전하게 파악할 수 있었다는 것에 의미가 있다. 그 과정에서 그 동안 오정희 소설의 난해성으로 간주되었던 인간 내면의 복잡한 심리 지형과 고도의 상징성, 열린 결말로 대표되는 내러티브의 특성이 '회고적 욕망'과 '환멸'로 해석될 수 있었다. 이러한 점에서 이 연구에서 채택한 방법론은 문학과 정신분석학의 일방적인 관계를 지양하고 상호 포함적인 관계를 형성할 수 있는 단초를 제공했다는 것 역시 이 연구의 성과이다. 이는 오정희 소설뿐만 아니라 향후 문학텍스트 일반의 분석에도 적용될 수 있는 가능성을 제시한다.

다만 이 연구에서 오정희 소설 분석을 통해 드러난 새로운 윤리적인 주체의 가능성을 개념적으로 보다 정밀하게 정의하는 문제는 향후의 연구 과제로 남겨둔다.

참고문헌

기본자료

오정희, 『바람의 넋』, 문학과지성사, 1986.
______, 『오정희 - 제3세대 한국문학 13』, 삼성출판사, 1988.
______, 『불의 강』, 문학과지성사, 1995.
______, 『불꽃놀이』, 문학과지성사, 1995.
______, 『유년의 뜰』, 문학과지성사, 1998.
______, 『옛우물』, 청아출판사, 2004.
______, 『새』, 문학과지성사, 2007.

단행본

강헌국, 『활자들의 뒷면』, 미다스북스, 2004.
권택영, 『소설을 어떻게 볼 것인가』, 문예출판사, 1995.
권택영 편, 『자크 라캉 욕망 이론』, 문예출판사, 2009.
김경순, 『라캉의 질서론과 실재의 텍스트적 재현』, 한국학술정보(주), 2009.
김상환 · 홍준기 편, 『라깡의 재탄생』, 창비, 2009.
김석, 『에크리』, 살림, 2009.
김용석, 『서사철학』, 휴머니스트, 2009.
김윤식, 『김윤식평론문학선』, 문학사상사, 1991.
김형중, 『소설과 정신분석』, 푸른사상, 2007.
김형효, 『구조주의의 사유체계와 사상』, 인간사랑, 1990.
나병철, 『가족로망스와 성장소설』, 문예출판사, 2007.

문장수, 『주체 개념의 역사』, 도서출판영한, 2012.
문학이론연구회 편, 『담론 분석의 이론과 실제』, 문학과지성사, 2002.
박찬부, 『현대 정신 분석 비평』, 민음사, 1996.
_____, 『기호, 주체, 욕망』, 창비, 2009.
서동욱, 『차이와 타자』, 문학과지성사, 2011.
안진수, 『현대 영미 소설비평의 특성』, 현대미학사, 1999.
우찬제 편, 『오정희 깊이 읽기』, 문학과지성사, 2007.
유종호, 『문학이란 무엇인가』, 민음사, 1994.
윤효녕 외 3인, 『주체 개념의 비판』, 서울대학교출판문화원, 2010.
이병창, 『지젝 라캉 영화』, 먼빛으로, 2013.
이정우, 『담론의 공간』, 민음사, 1999.
이정호, 『텍스트의 욕망』, 서울대학교출판부, 2005.
이현우, 『로쟈와 함께 읽는 지젝』, 자음과모음, 2012.
최기숙, 『환상』, 연세대학교 출판부, 2007.
おか まり(오카 마리), 김병구 역, 『기억 · 서사』, 소명출판, 2003.
Abbott, H. P., 우찬제 외 3인 역, 『서사학 강의』, 문학과지성사, 2010.
Assmann, A., 변학수 · 채연숙 역, 『기억의 공간』, 그린비, 2012.
Badiou, A., 이종영 역, 『조건들』, 새물결, 2007.
Barthes, R., 김웅권 역, 『S/Z』, 동문선, 2006.
Bellemin-Noël, J., 최애영 · 심재중 역, 『문학 텍스트의 정신분석』, 동문선, 2001.
Benjamin, W., 반성완 역, 『발터 벤야민의 문예 이론』, 민음사, 2010.
Bogue, R., 이정우 역, 『들뢰즈와 가타리』, ㈜새길, 1995.
Brooks, P., 박혜란 역, 『플롯 찾아 읽기』, 강, 2011.
Chatman, S., 김경수 역, 『영화와 소설의 서사구조』, 민음사, 1999.
_______, 한용환 역, 『이야기와 담론』, 푸른사상, 2008.
Childers, J. 외 편, 황종연 역, 『현대문학 · 문화비평 용어사전』, 문학동네, 1999.
Chion, M. 박선주 역, 『영화의 목소리』, 동문선, 2005.
Cohan, S., Shires, L. M., 임병권 · 이호 역, 『이야기하기의 이론』, 한나래, 1997.
Deleuze, G., 이강훈 역, 『매저키즘』, 인간사랑, 2007.
________, 김상환 역, 『차이와 반복』, 민음사, 2008.
Dor, J., 홍준기 · 강응섭 역, 『라깡 세미나 · 에크리 독해Ⅰ』, 아난케, 2009.

Eagleton, T., 김지선 역, 『반대자의 초상』, 이매진, 2010.
Evans, D, 김종주 외 역, 『라캉 정신분석 사전』, 인간사랑, 2004.
Fink, B., 김서영 역, 『에크리 읽기』, 도서출판 b, 2007.
______, 이성민 역, 『라캉의 주체』, 도서출판 b, 2012.
______, 맹정현 역, 『라캉과 정신의학』, 민음사, 2004.
Freud, S., 홍성표 역, 『꿈의 해석』, 홍신문화사, 1991.
______, 김명희 역, 「늑대 인간」, 『늑대인간』, 열린책들, 1996.
______, 정장진 역, 『예술, 문학, 정신분석』, 열린책들, 2007.
______, 강영계 역, 『쾌락 원리의 저편』, 지만지, 2009.
______, 윤희기 · 박찬부 역, 『정신분석학의 근본 개념』, 열린책들, 2012.
______, 이한우 역, 『일상생활의 정신병리학』, 열린책들, 2012.
______, 황보석 역, 『정신병리학의 문제들』, 열린책들, 2012.
______, 임홍빈 · 홍혜경 역, 『정신분석 강의』, 열린책들, 2013.
Genette, G., 권택영 역, 『서사 담론』, 교보문고, 1992.
Husserl, E., 이종훈 역, 『시간의식』, 한길사, 1998.
Jackson, R., 서강여성문학회 역, 『환상성』, 문학동네, 2007.
Lachaud, D., 홍준기 역, 『강박증: 의무의 감옥』, 아난케, 2007.
Lemaire, A., 이미선 역, 『자크 라캉』, 문예출판사, 1998.
Lukács, G., 반성완 역, 『소설의 이론』, 심설당, 1998.
______, *The Theory of the Novel*, MIT Press, 1978.
Maffesoli, M., Lefebvre, H., 박재환 역, 『일상생활의 사회학』, 한울아카데미, 2008.
Meyerhoff, H., 이종철 역, 『문학 속의 시간』, 문예출판사, 2003.
Miller, J. A., 맹정현 · 이수련 역, 『자크 라캉 세미나 11 - 정신분석의 네 가지 근본개념』, 새물결, 2008.
Myers, T., 박장수 역, 『누가 슬라보예 지젝을 미워하는가』, 앨피, 2005.
Nobus, D. 편, 문심정연 역, 『라캉 정신분석의 핵심 개념들』, 문학과지성사, 2013.
Prince, G., 최상규 역, 『서사학이란 무엇인가』, 예림기획, 1999.
Ricoeur, P., 김한식 · 이경래 역, 『시간과 이야기』, 문학과지성사, 2009.
______, 김동규 · 박준영 역, 『해석에 대하여: 프로이트에 관한 시론』, 인간사랑, 2013.

Rimmon-Kenan, S., 최상규 역, 『소설의 현대 시학』, 예림기획, 2003.
Sabry, R., 이충민 역, 『담화의 놀이들』, 새물결, 2003.
Salecl, R., 「여성 향락의 침묵」, 슬라보예 지젝 편, 라깡정신분석연구회 역, 『코기토와 무의식』, 인간사랑, 2013.
Tambling, J., 이호 역, 『서사학과 이데올로기』, 예림기획, 2000.
Todorov, T., 신동욱 역, 『산문의 시학』, 문예출판사, 1998.
__________, 이기우 역, 『덧없는 행복 - 루소론 환상문학 서설』, 한국문화사, 2005.
Uspensky, B., 김경수 역, 『소설구성의 시학』, 현대소설사, 1992.
Widmer, P., 홍준기 역, 『욕망의 전복』, 한울아카데미, 2003.
Wright, E., 권택영 역, 『정신분석비평』, 문예출판사, 1997.
_________, 김종주 · 김아영 역, 『무의식의 시학』, 인간사랑, 2002.
Zizek, S., 김소연 · 유재희 역, 『삐딱하게 보기』, 시각과 언어, 1995.
________, 김종주 역, 『환상의 돌림병』, 인간사랑, 2002.
________, 이만우 역, 『향락의 전이』, 인간사랑, 2002.
________, 이수련 역, 『이데올로기라는 숭고한 대상』, 인간사랑, 2002.
________, 김종주 역, 『실재계 사막으로의 환대』, 인간사랑, 2003.
________, 주은우 역, 『당신의 징후를 즐겨라!』, 한나래, 2006.
________, 박정수 역, 『그들은 자기가 하는 일을 알지 못하나이다』, 인간사랑, 2007.
________, 이성민 역,『부정적인 것과 함께 머물기』, 도서출판 b, 2007.
________, 김영찬 외 역, 『성관계는 없다』, 도서출판 b, 2010.
________, Salecl R. 편, 라깡정신분석연구회 역, 『사랑의 대상으로서 시선과 목소리』, 인간사랑, 2010.
Zupančič, A., 이성민 역, 『실재의 윤리』, 도서출판b, 2008.

논문 및 평론

권다니엘, 「오정희 소설에 나타난 '물'의 이미지와 여성성 연구」, 서울대 대학원 석사학위 논문, 2002.

권오룡, 「원체험과 변형 의식」, 『존재의 변명』, 문학과지성사, 1989.
권택영, 「욕망에서 사랑으로 - 라깡과 크레스테바의 타자」, 라깡과 현대정신분석학회편, 『우리시대의 욕망 읽기』, 문예출판사, 1999.
김경수, 「여성성의 탐구와 그 소설화」, 『문학의 편견』, 세계사, 1994.
______, 「소설의 인물지각과 서술태도」, 『현대소설 시점의 시학』, 한국소설학회 편, 새문사, 1996.
______, 「여성 성장소설의 제의적 국면」, 『현대소설의 유형』, 솔, 1997.
______, 「여성적 광기와 그 심리적 원천」, 『페미니즘 문학비평』, 프레스21, 2000.
______, 「가부장제와 여성의 섹슈얼리티」, 『현대소설연구』 제22호, 한국현대소설학회, 2004.
김병익, 「세계에의 비극적 비젼」, 『지성과 문학』, 문학과지성사, 1982.
김복순, 「여성 광기의 귀결, 모성혐오증」, 『페미니즘은 휴머니즘이다』, 한길사, 2000.
김석, 「시니피앙 논리와 주이상스의 주체」, Journal of Lacan & Contemporary Psychoanalysis Vol. 9 No. 1, Summer 2007.
______, 「욕망하는 주체와 기계 - 라캉과 들뢰즈의 욕망 이론」, 『철학과 현상학 연구』 Vol. 29, 한국현상학회, 2006.
김세나, 「오정희 소설에 나타난 충동의 논리」, 『우리말글』 Vol. 63, 우리말글학회, 2014.
김영애, 「오정희 소설의 여성인물 연구」, 『한국학연구』 제20집, 고려대학교 한국학연구소, 2004.
김정숙, 「「옛 우물」에 나타난 신화적 상상력 연구」, 『한국문학이론과비평』 제26집, 한국문학이론과비평학회, 2005.
김치수, 「외출과 귀환의 변증법」, 우찬제 편, 『오정희 깊이 읽기』, 문학과지성사, 2007.
______, 「전율, 그리고 사랑」, 『유년의 뜰』, 문학과지성사, 2008.
김태숙, 「라캉의 네 가지 담론」, 『라깡과 현대정신분석』 Vol. 6, No. 1, 한국라깡과현대정신분석학회, 2004.
______, 「콘라드(J, Conrad)의 정치 소설과 라캉의 담론 이론」, 경희대 대학원 박사학위논문, 2004.
김현, 「살의의 섬뜩한 아름다움」, 우찬제 편, 『오정희 깊이 읽기』, 문학과지성사,

2007.
김형종, 「Che Voui Jacques Zizek? - 현대 정신분석학과 한국 문학비평」, 『인문학연구』 제44집, 조선대학교 인문학연구소, 2012.
김혜순, 「여성적 정체성을 향하여」, 오정희, 『옛 우물』, 청아출판사, 2004.
김화영, 「개와 늑대 사이의 시간」, 우찬제 편, 『오정희 깊이 읽기』, 문학과지성사, 2007.
______, 「고요한 비극」, 『소설의 숲에서 길을 묻다』, 문학동네, 2009.
남운, 「담론 이론과 담론 분석 문예학의 입장과 전략」, 문학이론연구회 편, 『담론 분석의 이론과 실제』, 문학과지성사, 2002.
맹정현, 「라캉과 푸꼬 · 보드리야드: 현대적 시선의 모험」, 김상환 · 홍준기 편, 『라캉의 재탄생』, 창비, 2009.
박영선, 「문학과 정신분석학의 상호텍스트성에 관한 연구」, 경북대 대학원 박사학위논문, 2012.
박진영, 「오정희 소설의 비극성과 불안의 수사학 - 『불의 강』(1977)을 중심으로」, 『현대문학이론연구』 제31집, 현대문학이론학회, 2007.
박춘희, 「오정희 소설 연구」, 한경대 대학원 석사학위논문, 2009.
박혜경, 「불모의 삶을 감싸안는 비의적 문체의 힘」, 『작가세계』 1995 여름호, 세계사.
______, 「신생을 꿈꾸는 불임의 성」, 오정희 소설집 『불의 강』, 문학과지성사, 2005.
반성완, 「소설형식에 관한 철학적 고찰 - 루카치의 소설 미학 연구」, 『인문논총』 Vol. 29, 한양대학교 인문과학대학, 1999.
방민화, 「오정희의 〈유년의 뜰〉 연구」, 『한국현대소설연구』 20집, 한국현대소설학회, 2003.
서영채, 「소설의 운명, 1993」, 『소설의 운명』, 문학동네, 1996,
성민엽, 「존재의 심연에의 응시」, 오정희 소설집 『바람의 넋』, 문학과지성사, 1986.
______, 「파괴적 시간과 존재의 비극」, 『변하는 것과 변하지 않는 것』, 문학과지성사, 2005.
신혜수, 「부권적 세계의 잔혹성을 폭로하는 여성 주체의 윤리성」, 『이화어문논집』 Vol. 28, 이화어문학회, 2010.

심진경, 「오정희 초기소설에 나타난 모성성 연구」, 서강여성문학연구회 편, 『한국문학과 모성성』, 태학사, 1998.

______, 「 여성의 성장과 근대성의 상징적 형식」, 『여성, 문학을 가로지르다』, 문학과지성사, 2005.

______, 「억압적인, 아니 해방적인 - 1990년대 여성 문학에 나타난 '몸'의 문제」, 『여성 문학을 가로지르다』, 문학과지성사, 2005.

양석원, 「욕망의 주체와 윤리적 행위」, 『안과 밖』 Vol. 10, 영미문학연구회, 2001.

양은창, 「「銅鏡」의 등장인물들의 정신 구조 考」, 『한국문예창작』 제1권 1호, 한국문예창작학회, 2002.

어도선, 「라캉과 문학비평」, 김상환 · 홍준기 편, 『라캉의 재탄생』, 창비, 2002.

엄미옥, 「오정희 소설에 나타난 불안의 의미 연구」, 『한국어와 문화』 Vol. 5, 숙명여자대학교 한국어문화연구소, 2009.

오생근, 「허구적 삶과 비관적 인식」, 우찬제 편, 『오정희 깊이 읽기』, 문학과지성사, 2007.

우찬제, 「'텅 빈 충만', 그 여성적 넋의 노래」, 우찬제 편, 『오정희 깊이 읽기』, 문학과지성사, 2007.

이광호, 「그녀 몸 안에, 깊은 물의 시간들」, 우찬제 편, 『오정희 깊이 읽기』, 문학과지성사, 2007.

______, 「오정희 소설에 나타난 여성적 응시의 문제 - 초기 소설을 중심으로」, 『여성문학연구』 ,Vol. 29, 한국여성문학학회, 2013.

이남호, 「휴화산(休火山)의 내부」, 우찬제 편, 『오정희 깊이 읽기』, 문학과지성사, 2007.

이민희 · 최상진, 「라깡적 관점에서 여성(남성)에 대한 이론적 고찰: 성과 남녀관계를 중심으로」, 『한국심리학회지: 여성』 Vol. 10 No. 3, 한국심리학회, 2005.

이상섭, 「오정희의 「별사」 수수께끼」, 우찬제 편, 『오정희 깊이 읽기』, 문학과지성사, 2007.

이상신, 「오정희 '문체'의 '문채'」, 우찬제 편, 『오정희 깊이 읽기』, 문학과지성사, 2007.

이소연, 「오정희 소설에 나타난 여성 정체성의 의미화 연구」, 『한민족문화연구』 제30집, 한민족문화연구소, 2009.

이혜린, 「오정희 소설의 주체 연구」, 충남대 대학원 석사학위논문, 2012.
이혜원, 「도도새와 금빛 잉어의 전설을 찾아서」, 『작가세계』 1995 여름호, 세계사.
이호, 「인물 및 인물 형상화에 대한 이론적 개관」, 『현대소설 인물의 시학』, 태학사, 2000.
임금복, 「한국적 외디푸스 콤플렉스의 초상」, 『비평문학』 제7호, 한국비평문학회, 1993.
임영석, 「한국 현대 소설의 서사담론 연구 - 서정인, 오정희 소설을 중심으로」, 고려대 대학원 박사학위논문, 2009.
장수익, 「권력과 욕망에 대한 인간학적 탐구: 이승우론」, 『기독교문화연구』, 제8집, 한남대학교기독교문화원, 2003.
정미숙, 「반(反)성장의 성장: 오정희 소설 『새』와 시점」, 우암어문논집 제10호, 우암어문학회, 2000.
정연희, 「오정희 소설의, 욕망하는 주체와 경계의 글쓰기 - 『불의 강』(1997)을 대상으로」, 『현대소설연구』, Vol. 38, 한국현대소설학회, 2008.
______, 「오정희 소설에 나타나는 시간의 이미지와 타자성」, 『현대소설연구』, Vol. 39, 한국현대소설학회, 2008.
______, 「오정희 소설의 표상 연구: 『비어 있는 들』과 『야회』를 중심으로」, 『국제어문』, Vol. 40, 국제어문학회, 2008.
지주현, 「오정희 소설의 트라우마와 치유」, 『한국문학이론과 비평』 13권 4호, 한국문학이론과 비평학회, 2009.
최성실, 「영원한 '현재'시간을 위한 변주곡 - 오정희론」, 『육체, 비평의 주사위』, 문학과지성사, 2003.
최수완, 「오정희 소설의 젠더정치성 연구」, 이화여대 대학원 박사학위논문, 2013.
최영자, 「오정희 소설의 정신분석학적 연구 - 히스테리적 발화 양상을 중심으로」, 『인문과학 연구』 Vol. 12, 강원대학교 인문과학연구소, 2004.
하응백, 「소멸에의 저항과 모성적 열림」, 『낮은 목소리의 비평』, 문학과지성사, 1999.
함돈균, 『시는 아무것도 모른다 - 이상, 시적 주체의 윤리학』, 고려대 대학원 박사학위논문, 2010.
허만욱, 「여성소설에 나타난 내면의식의 형상화 연구」, 『批評文學』 Vol. 23, 한국비평문학회, 2006.

홍양순, 「오정희 소설에 나타난 욕망의 발현 양상 연구」, 동국대 문예예술대학원 석사학위논문, 2001.

홍준기, 「헤겔의 주인 - 노예 변증법과 라캉: 강박증 임상」, 『라캉과 현대정신분석』 Vol. 9, No. 2, 한국라캉과현대정신분석학회, 2007.

황도경, 「뒤틀린 性, 부서진 육체」, 『욕망의 그늘』, 하늘연못, 1999.

______, 「어긋나는 말, 혹은 감추어진 말」, 『우리 시대의 여성 작가』, 문학과지성사, 1999.

______, 「빛과 어둠의 이중문체」, 『문체로 읽는 소설』, 소명출판사, 2002.

황수영, 「라깡 의미론에서 은유와 이미지」, 『철학』 Vol. 95, 한국철학회, 2008.

Rimmon-Kenan, S., "Narration as Repetition: the Case of Günter Grass's Cat and Mouse", *Discourse in Psychoanalysis and Literature*, Routledge, 1987.

회고적 욕망과 환멸의 담론으로 오정희 소설 읽기

초판 1쇄 인쇄 2018년 4월 2일
초판 1쇄 발행 2018년 4월 6일

지은이 박춘희
펴낸이 박성복
펴낸곳 도서출판 월인
주소 01047 서울특별시 강북구 노해로25길 61
등록 1998년 5월 4일 제6-0364호
전화 (02) 912-5000
팩스 (02) 900-5036
홈페이지 www.worin.net
전자우편 worinnet@hanmail.net

ISBN 978-89-8477-652-4 93810

값은 뒤표지에 있습니다.